Clássicos do sobrenatural

H.G. Wells - Rudyard Kipling
Henry James - Edward Bulwer-Lytton
W.W. Jacobs - Charles Dickens
Edith Wharton - Bram Stoker
Joseph Sheridan Le Fanu - M.R. James
Robert Louis Stevenson - Sir Arthur Conan Doyle

CLÁSSICOS DO SOBRENATURAL

Prefácio, seleção e tradução
Enid Abreu Dobránszky

ILUMINURAS

Títulos originais
The haunted and the haunters (1859); The red room (1897); At the end of the passage (1891); The real right thing (1893); The monkey's paw (1902); To be taken with a grain of salt (1865); Afterward (1910); The judge's house (1914); The signalman (1866); Canon Alberic's scrap-book (1895); The body-snatcher (1884); They (1904); The Captain of the *Pole-star* (1890); The eyes (1910); Schalken, the painter (1851)

Copyright © 2004 desta edição e tradução
Editora Iluminuras Ltda.

Capa
Carlos Clémen

Revisão
Ariadne Escobar Branco
Lucia Brandão
Daniel Santos

CIP-BRASIL CATALOGAÇÃO NA FONTE
SINDICATO NACIONAL DOS EDITORES DE LIVROS, RJ

C551

    Clássicos do sobrenatural / Edward Bulwer-Lytton... [et al.] / prefácio, seleção e tradução Enid Abreu Dobránszky. – [8. reimp.] - São Paulo : Iluminuras, 2019

    ISBN 85-7321-210-1

    1. Antologia (Contos de terror). 2. Sobrenatural na literatura. 3. Antologias (Conto inglês).
I. Lytton, Edward Bulwer-Lytton, Baron, 1803-1873. II. Dobránszky, Enid Abreu.

04-0606.   CDD 823.008
                 CDU 821.111-3 (082)

2019
EDITORA ILUMINURAS LTDA.
Rua Inácio Pereira da Rocha, 389 - 05432-011 - São Paulo - SP - Brasil
Tel./Fax: 55 11 3031-6161
iluminuras@iluminuras.com.br
www.iluminuras.com.br

Índice

Prefácio, 7
Enid Abreu Dobránszky

ASSOMBRAÇÕES, 13
Edward Bulwer-Lytton

O QUARTO VERMELHO, 35
H.G. Wells

NO FIM DA PASSAGEM, 43
Rudyard Kipling

A DECISÃO CORRETA, 61
Henry James

A PATA DO MACACO, 73
W.W. Jacobs

PARA SER LIDO COM RESERVAS, 83
Charles Dickens

DEPOIS, 93
Edith Wharton

A CASA DO JUIZ, 119
Bram Stoker

O SINALEIRO, 135
Charles Dickens

O LIVRO DE RECORTES DO CÔNEGO ALBERIC, 147
M.R. James

O LADRÃO DE CORPOS, 157
Robert Louis Stevenson

ELES, 173
Rudyard Kipling

O CAPITÃO DO ESTRELA POLAR, 193
Sir Arthur Conan Doyle

OS OLHOS, 213
Edith Wharton

SCHALKEN, O PINTOR, 229
Joseph Sheridan Le Fanu

PREFÁCIO

Enid Abreu Dobránszky

Foi nas três últimas décadas do século XVIII que a exploração do sobrenatural adquiriu os contornos precisos de um novo subgênero literário: o romance gótico. De seu nascimento participaram tanto o conflito entre o ideário racionalista do Iluminismo, de um lado, e as crenças religiosas e supersticiosas, de outro, quanto o aumento dos índices de alfabetização, que impulsionou a imprensa periódica e popular, na qual se explorava o gosto pelas emoções fortes. Nesse sentido, nada melhor do que as proporcionadas por narrativas ambientadas em cenários sombrios de castelos mal-assombrados, cheios de passagens secretas, envoltos em brumas e cobertos por um céu tempestuoso. Criou-se um outro mundo, não o de uma natureza melhorada, banhado de sol e coberto de flores, mas seu negativo, seu duplo: o Mundo das Trevas, o Outro, habitado por potências terríveis, ameaçadoras, que, por vezes, encontram fendas pelas quais se insinuam no nosso mundo cotidiano e revelam aos mortais a existência e a substância do Mal neles ocultas. Certamente não foi pequena aqui a contribuição de certos aspectos da primeira fase romântica, sobretudo o gosto pelo Sublime, assim como suas explorações na pintura, com Piranesi (Prisões imaginárias, *1745*), Fuseli (O pesadelo, *1782*), Goya (O sono da razão engendra monstros, *1796-98*), *as visões míticas de William Blake.*

Dentre os pais do novo gênero contam-se principalmente aqueles que lhe deveram a fama, como Horace Walpole (O castelo de Otranto, *1764*), Ann Radcliffe (Os mistérios de Udolpho, *1794*), Matthew Gregory Lewis (Ambrosio, ou o Monge, *1796*), Charles Robert Maturin (A vingança fatal, *1807*) e principalmente Mary Wollstonecraft Shelley (Frankenstein, *1818*). Mas outros houve que nessa senda se aventuraram esporadicamente, como Walter Scott (The tapestried chamber). E assim sucederam-se novos cultores das trevas, engendrando numerosa prole e novos ramos, como a história de mistério, a história de detetive. Ramos que se entrelaçaram com outros mais antigos e estabelecidos: poemas como* A balada do velho marinheiro, *de Coleridge, ou os poemas "satânicos", na veia byroniana, mostram vestígios identificáveis dessa contaminação. E, para não falar das irmãs Brontë — principalmente de Emily, a autora de* O morro dos ventos uivantes, em que a união de erotismo e terror é apresentada na sua forma mais intensa e elaborada —, comparecem até mesmo autores como Jane Austen, cujo romance Northanger Abbey *(1818)* permite uma leitura enviesada, irônica do gênero. E o que dizer — para abreviar uma lista longa demais, interminável mesmo — das modernas histórias em quadrinhos? Batman, de preferência nas séries desenhadas por Frank Miller, ou o da versão cinematográfica de Tim Burton, primorosamente dark...

Mas voltemos ao núcleo do sobrenatural, por assim dizer, "literário". A explosão de periódicos na era vitoriana foi acompanhada da rápida ascensão das ghost stories — uma ascensão provavelmente impulsionada pelo vivo interesse suscitado, nos vinte anos anteriores, pelo espiritualismo e pelo mesmerismo, os quais, de um lado, alimentaram a credulidade popular e, de outro, ao provocar esforços em provar a realidade objetiva dos fenômenos sobrenaturais, realimentou o gênero, caso, por exemplo, do famoso conto de Conan Doyle, O cão dos Baskervilles, em que Sherlock Holmes soluciona, com seus métodos científicos, um mistério de origem aparentemente sobrenatural. Uma síntese perfeita, essa, de dois opostos: crenças supersticiosas e método indiciário, adequado a um intelectual esclarecido. Mas não haveria aqui, também, algo de quase "sobrenatural" num personagem que se alimenta — como um vampiro — dos casos de crime, em suma, do "mal"?

Mas a ambiguidade, a bem dizer, está no cerne do gênero: talvez mais do que qualquer outro, ele exige a suspensão da descrença. O jogo entre o verídico e o imaginado ou impossível requer uma adesão incondicional do leitor e, portanto, uma grande mestria na tessitura narrativa, de que poucos são capazes. Uns, mais do que outros. Uns, mais ingenuamente, diríamos, dispostos a convencer o leitor da veracidade da história mediante recursos a detalhes factuais e/ou à ficção de mero coletor de documentos encontrados por acaso. Outros, que preferem sublinhar sua indefinição quanto ao narrado, pontuando-o com "talvez", "parece-me que" e expressões semelhantes. Ou seja, a hesitação que constitui a essência do conto gótico, como observou Tzvetan Todorov: os mecanismos que utilizamos para compreender os acontecimentos da vida cotidiana serão capazes de dar conta dos fenômenos narrados, ou será preciso recorrer a explicações extraordinárias? É com essa incerteza que joga o conto, e o leitor mais adestrado na gramática narrativa e mais familiarizado com o gênero receberá uma recompensa proporcionalmente maior.

A era vitoriana — época de ouro desse gênero — produziu mestres de ambos os tipos: o "ingênuo" e o "sofisticado". A seleção dos contos incluídos nesta coletânea obedeceu — além do critério inevitável de preferência pessoal — a uma leitura nesse sentido. Diante da óbvia multiplicidade de escolhas possíveis, optamos pela composição inicial de três grupos. O primeiro, formado por contos quase "canônicos" (para os aficionados) de escritores pouco conhecidos (ou absolutamente desconhecidos) do público brasileiro, como Sheridan Le Fanu, M.R. James, Bulwer-Lytton e W.W. Jacobs. O segundo, de autores mais conhecidos por obras que não pertencem à categoria do "sobrenatural", como Conan Doyle e H.G. Wells. Por fim, o grupo de contos do sobrenatural escritos por autores pertencentes ao cânone literário

Prefácio

de língua inglesa: Charles Dickens, Rudyard Kipling, Henry James e Edith Wharton. Estes dois últimos, embora norte-americanos, pertencem a uma linhagem de pedigree *britânico, aquela bem estabelecida na Nova Inglaterra. E Bram Stoker? Ele aqui está para lembrar ao leitor que esse grande mestre do gênero não escreveu apenas o* Drácula. *Assim como Robert Louis Stevenson, para nos lembrar de que ele não deve ser lembrado apenas como o autor de "Dr. Jekyll and Mr. Hyde". Esperamos que nossas escolhas deem tanto prazer ao leitor quanto o que nos proporcionou a tradução desses contos magníficos.*

* * *

Sheridan Le Fanu (1814-1873), jornalista, romancista e contista inglês é considerado por muitos como o pai do conto fantástico moderno, quem primeiro percebeu o potencial do gênero. Seu primeiro conto, "The ghost and the bonesetter", foi publicado no Dublin University Magazine *em 1838, assim como "Schalken, the Painter", incluído nesta coletânea. Graduado em Direito pelo Trinity College (Universidade de Dublin), Le Fanu entrou para o corpo editorial do* Dublin University Magazine *em 1837, ali iniciando sua carreira de jornalista. Em 1861, tornou-se proprietário daquele periódico, no qual várias de suas obras foram publicadas em capítulos. Embora tido como um dos mais populares escritores da era vitoriana, não é mais tão conhecido e lido atualmente, não obstante em 1923 o também escritor de contos fantásticos M.R. James tenha publicado uma coletânea dos contos de Le Fanu, sob o título* Madam Crowl's ghost and other tales of mistery. *A última coletânea de contos seus publicada foi* Carmilla and other classic tales of mystery *(1996), Leonard Wolf (ed.). Obras mais conhecidas:* Uncle Silas *(1864), uma história de suspense, e* The house by the churchyard *(1863). O* Drácula *de Bram Stoker, segundo dizem, foi fortemente influenciado pelo conto "Carmilla", de Le Fanu, do qual existem versões cinematográficas.*[1]

Em alguns dos contos de Le Fanu, os acontecimentos estranhos estão envolvidos numa aura religiosa por vezes anticlerical — quase, diríamos, um grau zero do gênero. "Schalken, o pintor" constitui um dos raros exemplos de sobrenatural com ambientação histórica e de exploração do tema da abdução, com sugestão adicional de violência sexual. Junto com o "An account of some strange disturbances in Aungier Street" (1852), é um dos seus contos mais conhecidos.

Edward George Bulwer-Lytton (1803-1873), de família abastada, erudito frequentador de círculos literários — foi amigo de Dickens e de Macaulay —, iniciou

---

1) "Carmilla" foi publicado na coletânea *In a glass darkly* (1872); o erotismo, principalmente lesbianismo, subjacente à história foi notado por muitos diretores de cinema, entre eles Roger Vadim, que dirige a versão cinematográfica *Et mourir de plaisir* (1960), com Mel Ferrer, Annette Vadim e Elsa Martinelli. Outras versões cinematográficas: *Vampyr* (1931, dirigido por Carl Dreyer); *Crypt of horror* (1964, dirigido por Thomas Miller); *The vampir lovers* (1970, dirigido por Roy Ward); *A filha de Drácula* (1972, dirigido por Jesus Franco); *Carmilla* (série de TV *Showtime's nightmare classics*, 1989, dirigido por Gabrielle Beaumont).

sua carreira literária com a publicação de Ismael: an oriental tale with other poems *(1820), que lhe rendeu elogios por parte de Sir Walter Scott. Entre suas obras, além de contos fantásticos, encontram-se uma história social da Inglaterra e uma história de Atenas. Foi membro do Parlamento por duas vezes. O romance* Pelham; or the adventures of a gentleman *(1828) inaugurou sua carreira de sucesso como escritor de ficção. Atualmente, é mais conhecido como o autor de* Os últimos dias de Pompeia *(1834). Após quase meio século de esquecimento, nos anos 1960 começaram a aparecer novas edições das obras de Bulwer-Lytton e biografias suas.*

"Assombrações" ("The haunted and the haunters"), publicado inicialmente no Blackwood's Magazine *(1859), é seu conto mais conhecido, um clássico sobre o tema da casa mal-assombrada e, ao mesmo tempo, um ótimo exemplo das tentativas em provar a realidade objetiva dos fenômenos sobrenaturais, que mencionamos anteriormente — uma espécie de cruzamento do ideário irracionalista romântico com o ideário cientificista vitoriano.*

M.R. James (Montague Rhodes James, 1862-1936) foi linguista e erudito brilhante, estudou no colégio da elite inglesa, Eton, graduou-se em Cambridge, onde ocupou cargo importante, no departamento de arqueologia clássica do museu Fitzwilliam. Seus contos fantásticos ainda são bastante lidos e apreciados e inspiraram muitos autores modernos do gênero. "O livro de recortes do cônego Alberic" é considerado por muitos o melhor deles, um exemplar quase supremo da preocupação com detalhes factuais, nos quais se espera ancorar mais solidamente a suspensão da descrença. Foi publicado pela primeira vez na National Review *(março de 1895) e depois na coletânea* Ghost stories of an antiquary *(1904), à qual se seguiram:* More ghost stories of an antiquary *(1911),* A thin ghost and others *(1919) e* A warning to the curious *(1925). Mais recentemente publicaram-se seleções de seus contos:* The ghost stories of M.R. James *(1986, Michael Cox [org.]) e* Ghost stories *(1994, Penguin Popular Classics).*

W.W. Jacobs (William Wymark Jacobs, 1863-1943). Funcionário do Correio britânico, publicou seus primeiros contos na revista subvencionada por aquele órgão. Outro conhecido cultor do gênero, Jerome K. Jerome, introduziu-o na revista To-Day*, de maior importância e circulação. Sua ascensão, desde então, levou-o à publicação na prestigiosa* The Strand Magazine*, em que também colaborava frequentemente Conan Doyle. Apesar de seu sucesso inicial, morreu pobre e anônimo num asilo londrino. "A pata do macaco", seu conto de maior sucesso — dentre seus admiradores, nada menos do que Bioy Casares —, publicado inicialmente em* The Lady of the Barge *(1902), mescla terror com um certo humor. Outra fonte da qual beberam, e bebem talvez, muitos dos mestres atuais...*

Os autores pertencentes ao cânone da literatura "séria" dispensam apresentações. De Charles Dickens merece nota o fato de ter sido ele quem primeiramente farejou a oportunidade de lançamentos de ghost stories *na época natalina. Quem não se lembra do famosíssimo e sentimental "Um conto de Natal" ("Christmas Carol"), cujas versões,*

Prefácio

sempre renovadas, nos invadem as telinhas, em dezembro? Tanto "Para ser lido com reservas" quanto "O sinaleiro" foram publicados inicialmente no periódico All the Year Round *(ambos em dezembro, respectivamente 1865 e 1866), com olhos nesse mercado sazonal. Dados factuais no tratamento de um escritor estupendo...*

Em "No fim da passagem" (publicada inicialmente no Lippincott's Magazine, *1890, e depois na coletânea* Life's Handicap, *1891) e "Eles" (*Traffics and Discoveries, *1904, e depois separadamente, 1910), de Rudyard Kipling, outro vitoriano ilustre, muitos leitores reconhecerão a mão do autor de "O homem que queria ser rei". Dickens e Kipling constituem exemplos do tratamento do tema por romancistas mestres e experientes. Já em "O quarto vermelho" (*The Plattner story and others, *1897), de H.G. Wells, um dos criadores da ficção científica, temos quase uma "desconstrução" do gênero.*

Outros aspectos menos explorados comumente encontram-se em "A coisa verdadeiramente certa", de Henry James, e nos dois contos de Edith Wharton incluídos nesta coletânea: "Depois" e "Os olhos". O tema de "A decisão correta" (em The soft side, *1900) é mais propriamente o mesmo que encontramos em "O desenho do tapete"²* — *o evasivo significado de uma obra literária* — *e, nesse sentido, constitui um contraponto a "The Turn of the Screw", uma narrativa mais convencional no gênero. Edith Wharton, sua discípula sob muitos aspectos, conduz a ambiguidade e a sutileza de James a um novo patamar, entrelaçando-as com os pressupostos e códigos sociais da aristocracia norte-americana em "Os olhos" e com as ambições e percalços da camada ascendente burguesa em "Depois". Ambos os contos fazem parte da coletânea* Tales of men and ghosts *(1910).*

"O ladrão de corpos", de Robert Louis Stevenson, apareceu no número de dezembro de 1884 do Pall Mall Magazine *e posteriormente no livro* Tales and fantasies *(1905). "A casa do juiz", de Bram Stoker, só foi publicado postumamente, no volume* Dracula's guest and other weird stories *(1914), organizado por sua viúva, Florence Bram Stoker.*

---

2) JAMES, Henry. "O desenho do tapete", tradução e apresentação de Onédia Célia Pereira de Queiroz, em H. James, *A vida privada e outras histórias*, São Paulo: Nova Alexandria, 2002.

ASSOMBRAÇÕES

Edward Bulwer-Lytton

Um amigo meu, homem de letras e filósofo, disse-me um dia, meio zombeteiro, meio sério: "Adivinhe! Desde que nos vimos pela última vez, descobri uma casa assombrada no meio de Londres."

"Assombrada de verdade? E pelo quê? Fantasmas?"

"Bem, não sei; tudo que sei é o seguinte: seis semanas atrás, minha mulher e eu estávamos à procura de um apartamento mobiliado. Ao passar por uma rua tranquila, vimos na janela de uma das casas: 'Apartamentos mobiliados'. O lugar nos convinha; entramos na casa, gostamos dos aposentos, mudamos para eles na semana seguinte... e os abandonamos no terceiro dia. Nada no mundo poderia ter convencido minha mulher a permanecer mais tempo; e não me surpreende."

"E o que vocês viram?"

"Perdão; não quero ser ridicularizado como um visionário supersticioso, nem, por outro lado, poderia pedir-lhe aceitar, sob minha palavra, aquilo que você considerasse inacreditável a menos que seus sentidos o comprovassem. A única coisa que posso lhe dizer é que não foi tanto o que vimos ou ouvimos (pois você poderia muito bem imaginar que fôramos ludibriados por nossa própria imaginação vívida ou vítimas da impostura de outrem) que nos expulsou quanto um terror indefinível que nos tomava sempre que passávamos pela porta de um determinado quarto vazio, no qual nada víamos nem ouvíamos. E o mais espantoso de tudo foi que, pela primeira vez em minha vida, concordei com minha mulher, por tola que ela seja, e admiti, após a terceira noite, ser impossível ficar mais um dia naquela casa. Assim, na quarta manhã, chamei a mulher que cuidava da casa e nos assistia e disse-lhe que os aposentos não nos serviam e que provavelmente não ficaríamos ali no restante da semana. Ela disse secamente: 'Sei por quê: vocês ficaram mais tempo do que os outros inquilinos. Poucos ficam além da segunda noite; ninguém antes de vocês ficou até uma terceira. Mas suponho que eles foram muito gentis com vocês'."

"Eles quem?", perguntei, tentando sorrir.

"Ora, os que assombram a casa, sejam quem forem. Eles não me incomodam; lembro-me deles há muitos anos, quando morei nesta casa, não como criada; mas sei que me matarão algum dia. Não me importo. Sou velha e morrerei logo, mesmo; e então estarei com eles e ainda nesta casa."

"A mulher falava com sombria tranquilidade, mas uma espécie de temor me impeliu a interromper a conversação. Paguei a semana de aluguel, e minha mulher e eu nos sentimos afortunados por pagarmos só pela estadia."

"Você despertou minha curiosidade", disse eu. "Nada me agradaria mais do que dormir em uma casa assombrada. Por favor, dê-me o endereço daquela que você abandonou tão vergonhosamente."

Meu amigo deu o endereço e, quando nos despedimos, fui imediatamente para a casa indicada.

Ela está situada na parte norte da Oxford Street (em uma travessa sem movimento, porém respeitável). Encontrei a casa fechada, sem nenhum cartaz na janela, e ninguém respondeu às minhas batidas na porta. Quando estava me afastando, um desses meninos que recolhem garrafas nas vizinhanças disse-me: "O senhor quer falar com alguém daquela casa?"

"Sim, soube que ela estava para alugar."

"Alugar! Ora, a mulher que cuidava dela está morta. Morreu há três semanas e não há ninguém lá, embora o sr. J. a tenha oferecido a tanta gente. Ele ofereceu-a à minha mãe, que lhe traz carvão, na semana passada, apenas em troca de abrir e fechar as janelas, mas ela não quis."

"Não quis! E por quê?"

"A casa é mal-assombrada; e a velha que cuidava dela foi encontrada morta na cama, com os olhos arregalados. Dizem que o diabo a estrangulou."

"Bobagem! Você falou sobre o sr. J. Ele é o dono da casa?"

"É."

"Onde ele mora? Quem é ele? O que faz?"

"Nada em particular, senhor; é solteiro."

Dei ao menino uma gorjeta em paga de suas informações generosas e dirigi-me ao sr. J, na rua G, que ficava perto da rua da famosa casa mal-assombrada. Tive a sorte de encontrar o sr. J. em casa, um homem de idade, com uma fisionomia inteligente e maneiras agradáveis.

Imediatamente disse-lhe meu nome e minha profissão. Contei que ouvira dizer que a casa era assombrada, que queria muito examinar uma casa com uma reputação tão estranha, que ficaria imensamente agradecido se me permitisse alugá-la, embora somente por uma noite. Estava disposto a pagar o que ele pedisse por essa concessão. "Senhor", disse o sr. J., com grande cortesia, "a casa está a sua disposição, pelo tempo, curto ou longo, que o senhor desejar. Alugá-la está fora de questão. O favor é o senhor quem me prestará, se puder descobrir a causa dos estranhos fenômenos que até agora a privou de todo o seu valor. Não posso alugá-la, por que não consigo sequer um criado para mantê-la em ordem ou atender a porta. Infelizmente a casa é assombrada, se me permite usar essa expressão, não apenas à noite, mas também de dia, embora à noite as perturbações sejam mais desagradáveis e por vezes mais amedrontadoras. A pobre velha que nela morreu há três semanas era pobre e eu a tinha tirado de um asilo, pois, em sua infância, fora conhecida por alguém de minha família e, em dias melhores, alugara aquela casa de meu tio. Era bem educada e equilibrada — a única pessoa que pude jamais convencer a ficar na casa. De fato, desde sua morte, que foi súbita, e a autópsia, que chamou a atenção nas vizinhanças, perdi de tal modo as esperanças de encontrar uma pessoa para tomar conta da casa, e muito menos um inquilino, que de bom grado a cederia por um ano, sem pagamento de aluguel, a qualquer um que pagasse seus impostos e taxas."

"Há quanto tempo a casa adquiriu essa característica sinistra?"

"Sei muito pouco sobre isso, mas há muitos anos. A velha senhora de quem lhe falei disse que ela era assombrada quando alugou-a trinta ou quarenta anos atrás. Acontece que passei minha vida nas Índias Orientais, como funcionário público da Companhia. Retornei à Inglaterra no ano passado, ao herdar a fortuna de um tio, na qual se inclui a casa em questão. Encontrei-a lacrada e desabitada. Disseram-me que era mal-assombrada, que ninguém queria morar nela. Não levei a sério uma história tão tola. Gastei algum dinheiro em sua recuperação, acrescentei à sua mobília antiquada algumas peças modernas, anunciei-a e consegui alugá-la por um ano. Era um coronel aposentado a meio-soldo. Ele entrou com sua família, um filho e uma filha e quatro ou cinco criados; todos eles deixaram a casa no dia seguinte, e embora cada um deles declarasse ter visto algo diferente do que assustara os outros, havia algo de igualmente terrível para todos. Não pude em sã consciência processar, nem mesmo censurar o coronel por sua quebra de contrato. Coloquei então a velha senhora de quem lhe falei e dei-lhe licença para alugar aposentos da casa. Nunca tive um inquilino que ficasse mais de três dias. Não lhe conto suas histórias — não houve dois inquilinos que tenham presenciado exatamente o mesmo fenômeno. É melhor o senhor julgar por si mesmo do que entrar na casa com a imaginação influenciada por narrativas anteriores; esteja somente preparado para ver e ouvir alguma coisa e tome as precauções que desejar."

"O senhor nunca teve a curiosidade de passar uma noite naquela casa?"

"Tive. Passei não uma noite, mas três horas em plena luz do dia naquela casa. Minha curiosidade não está satisfeita, mas reprimida. Não tenho nenhum desejo de repetir a experiência. O senhor não pode, compreenda, queixar-se de que não sou suficientemente franco; e a menos que seu interesse seja extremo e seus nervos excepcionalmente fortes, com toda sinceridade aconselho-o a não passar uma noite naquela casa."

"Meu interesse é muito grande", disse-lhe eu, "e embora somente um covarde possa vangloriar-se de seus nervos em situações inteiramente desconhecidas para si, os meus têm sido temperados em tantos tipos diferentes de perigo que tenho o direito de confiar neles — até mesmo em uma casa mal-assombrada."

O sr. J. não disse muito mais; pegou de sua escrivaninha as chaves da casa, deu-as para mim e eu, agradecendo-lhe vivamente sua franqueza e cortês assentimento a meu desejo, fui embora com meu troféu.

Impaciente por iniciar a experiência, assim que cheguei a minha casa chamei meu criado de confiança — um jovem de espírito alegre, destemido e tão isento de superstições quanto se possa conceber.

"F.", disse eu, "você está lembrado de como ficamos desapontados por não encontrar um fantasma naquele velho castelo na Alemanha, que diziam ser assombrado por um fantasma sem cabeça? Bem, eu soube de uma casa em Londres que, segundo espero, é assombrada de verdade. Pretendo dormir lá hoje à noite. Pelo que ouvi, não há dúvida de que algo se fará ver ou ouvir — algo, talvez, terrivelmente aterrorizante. Você não acha que, se eu levar você comigo, poderei contar com sua presença de espírito, aconteça o que for?"

"Sem dúvida, senhor! Conte comigo", respondeu F., dando um sorrisinho de prazer.

"Muito bem; então aqui estão as chaves da casa, e este é o endereço. Vá agora; escolha para mim o quarto que achar melhor; e, uma vez que a casa há semanas permanece desabitada, acenda um bom fogo na lareira, areje a cama, verifique, é claro, se há velas e também combustível. Leve consigo meu revólver e minha adaga — são armas suficientes para mim; providencie também armas para si. E, se não formos páreo para uma dúzia de fantasmas, seremos apenas uma dupla de ingleses patéticos."

Passei o resto do dia tão ocupado em negócios tão urgentes que não houve tempo para pensar muito na aventura noturna na qual empenhara minha honra. Jantei sozinho e muito tarde e, enquanto jantava, li, como de hábito. Selecionei um dos volumes dos *Ensaios* de Macaulay. Pensei com meus botões que poderia levar o livro comigo; seu estilo é tão direto e os assuntos tão relacionados com o cotidiano que poderia servir como um antídoto contra a influência de fantasias supersticiosas.

E assim, às nove e trinta da noite, mais ou menos, pus o livro no bolso e caminhei despreocupadamente até a casa assombrada. Levei comigo meu cão favorito — um bull-terrier muito inteligente, corajoso e alerta, um cão que gosta muito de farejar cantos e corredores estranhos e obscuros à noite, em busca de ratos, enfim, o melhor dos cães para um fantasma.

Era uma noite de verão, mas muito fria, o céu algo sombrio e toldado. Havia lua, esmaecida e doentia, ainda assim uma lua. E, se as nuvens permitissem, após a meia-noite, ela estaria mais brilhante.

Assombrações

Cheguei à casa, bati e meu criado abriu-a com um sorriso animado.

"Está tudo arranjado, senhor, e muito confortável."

"Ah!", disse eu, um tanto desapontado; "você não viu ou ouviu nada fora do comum?"

"Bem, senhor, devo reconhecer que ouvi algo estranho."

"O quê? O quê?"

"O som de passos atrás de mim; e uma ou duas vezes ruídos curtos como sussurros junto ao meu ouvido, nada mais."

"Você não está assustado?"

"Eu? Nem um pouco, senhor", e seu olhar corajoso tranquilizou-me quanto a um ponto, isto é, que, acontecesse o que acontecesse, ele não me abandonaria.

Estávamos no saguão, a porta de entrada fechou-se e observei então meu cão. Inicialmente ele entrara correndo, mas recuara sorrateiramente para a porta e estava arranhando e gemendo para sair. Após eu acariciar sua cabeça e dirigir-lhe palavras de estímulo, o cão pareceu resignar-se e acompanhou-nos pela casa, mas mantendo-se junto a meus calcanhares em vez de correr curioso à frente, como era seu hábito usual e normal em todos os lugares estranhos. Percorremos primeiramente os aposentos subterrâneos, a cozinha e outras dependências, especialmente a adega, na qual havia duas ou três garrafas de vinho em uma caixa, cobertas de teias de aranha e evidentemente intocadas há muitos anos. Os fantasmas decididamente não gostavam de vinho. Quanto ao resto, nada descobrimos de notável. Havia um quintalzinho sombrio com muros muito altos. As pedras desse quintal eram muito úmidas, e em virtude quer da umidade, quer da poeira e da fuligem no pavimento, nossos passos deixaram pegadas leves por onde passamos.

E então apareceu o primeiro fenômeno estranho testemunhado por mim naquela estranha habitação. Vi, bem à minha frente, a impressão de um pé como que subitamente formar-se. Parei, segurei meu criado e apontei para ela. Diante daquela pegada, tão subitamente quanto antes, fez-se uma outra. Nós dois a vimos. Avancei rapidamente para o lugar; a pegada continuava a me anteceder, uma pegada pequena — o pé de uma criança; a impressão era leve demais para que se pudesse distinguir sua forma, mas a ambos pareceu-nos que era a impressão de um pé descalço. Esse fenômeno cessou quando chegamos ao muro oposto, mas não se repetiu ao retornarmos. Voltamos à escada e entramos nos aposentos no andar térreo, uma sala de jantar, uma saleta pequena e um terceiro cômodo ainda menor, que fora provavelmente ocupado por um lacaio — todos em um silêncio mortal. Então percorremos as salas de estar, que pareciam ter sido recentemente reformadas. Na sala da frente, sentei-me em uma poltrona. F. colocou sobre a mesa o candelabro que acendera para nós. Mandei-o fechar a porta. Quando ele se virou para fazê-lo, uma cadeira à minha frente moveu-se da parede rápida e ruidosamente e postou-se a cerca de uma jarda de minha própria cadeira, de frente para ela.

"Ora, isto é melhor do que mesas que viram", disse eu, meio sorrindo; e quando ri meu cão ergueu a cabeça e uivou.

F., voltando, não notara o movimento da cadeira. Ele tratava agora de acalmar o cão. Continuei a fitar a cadeira e imaginei nela ver, em uma névoa azulada, o contorno de uma figura humana, mas tão vaga que não permitia certeza. O cão agora estava quieto.

"Ponha essa cadeira à minha frente", disse eu a F., "de volta junto à parede."

F. obedeceu. "Foi o senhor?", disse ele, voltando-se abruptamente.

"Eu o quê?"

"Ora, algo me golpeou. Senti-o nitidamente no ombro, exatamente aqui."

"Não", disse eu. "Mas há ilusionistas aqui, e embora não consigamos descobrir seus truques, nós os pegaremos antes que nos assustem."

Não permanecemos muito tempo nas salas de estar – na verdade, elas eram tão úmidas e geladas que foi um alívio chegar ao aquecido andar superior. Trancamos as portas das salas de estar — uma precaução que, devo dizer, tínhamos tomado com todos os aposentos que vasculháramos no andar abaixo. O quarto de dormir que meu criado escolhera para mim era o melhor, naquele andar — um quarto grande, com duas janelas que davam para a rua. A cama de dossel, que ocupava um espaço considerável, estava em frente ao fogo, que queimava alto e reluzente; uma porta na parede à esquerda, entre a cama e a janela, comunicava-se com o quarto que ele escolhera para si. Este era pequeno, com um sofá-cama e não tinha nenhuma comunicação com o corredor — nenhuma porta senão a que levava ao quarto que eu ocuparia. De cada lado da lareira havia um armário, sem fechaduras, encostado à parede e coberto com o mesmo papel-de-parede marrom apagado. Examinamos esses armários — apenas ganchos para pendurar vestidos femininos e nada mais; auscultamos as paredes — decididamente sólidas — externas da casa. Terminado o exame desses aposentos, aqueci-me por uns instantes e acendi um charuto; depois, ainda acompanhado por F., dei continuidade à vistoria. No corredor, havia uma outra porta; estava emperrada. "Senhor", disse meu criado, surpreso, "destranquei esta porta juntamente com todas as outras quando vim pela primeira vez; ela não pode ter-se trancado por dentro, pois..."

Antes que ele terminasse a frase, a porta, que nenhum de nós estava então tocando, abriu-se silenciosamente sozinha. Trocamos um olhar por um instante. O mesmo pensamento nos tomou: alguma mão humana podia ser detectada aqui. Precipitei-me porta adentro, seguido de meu criado. Um pequeno quarto sombrio e vazio: poucas caixas e cestos em um canto, uma pequena janela com as venezianas fechadas, nem mesmo uma lareira, nenhuma outra porta senão aquela pela qual entráramos; nenhum tapete, e o soalho parecia muito velho, irregular e roído, remendado aqui e ali, como se podia ver pelos remendos mais claros na madeira; mas nenhum ser vivo e nenhum lugar visível no qual um ser vivo pudesse ter-se escondido. Enquanto olhávamos em volta, a porta pela qual entráramos fechou-se tão silenciosamente quanto se abrira antes: estávamos presos.

Pela primeira vez senti um arrepio de indefinível terror. Mas não meu criado. "Ora, eles não pretendem nos armar uma cilada, senhor; eu conseguiria quebrar a porta ordinária com um pontapé."

"Tente primeiro abri-la com a mão", disse eu, afastando a vaga apreensão que me tomara, "enquanto abro as venezianas para ver o que há lá fora".

Destranquei as venezianas — a janela dava para o quintalzinho descrito anteriormente; fora não havia nenhuma saliência — nada que interrompesse o plano vertical da parede. Ninguém que saísse por aquela janela encontraria onde pôr os pés: ele cairia nas pedras abaixo.

F., nesse ínterim, tentava em vão abrir a porta. Virou-se então para mim e pediu-me permissão para usar da força. E eu devo aqui fazer justiça ao criado, que, longe de dar mostras de qualquer terror supersticioso, com sua coragem, equilíbrio e até mesmo jovialidade em meio a circunstâncias tão extraordinárias, conquistaram minha admiração e me fizeram congratular-me pela segurança de uma companhia tão à altura da ocasião. Dei-lhe de bom grado a permissão solicitada. Porém, não obstante ele fosse extraordinariamente forte, sua força foi tão inútil quanto seus esforços menos violentos; a porta sequer mexeu com seu pontapé mais vigoroso. Sem fôlego e ofegante, ele desistiu. Eu então também forcei a porta, igualmente em vão. Quando desisti, fui novamente tomado daquele arrepio de terror; mas desta vez mais frio e persistente. Senti como se algo terrível emanasse das frestas daquele soalho corroído e enchesse a atmosfera de uma influência nefasta e hostil à vida humana. A porta então, muito lenta e silenciosamente, abriu-se como que por sua própria vontade. Precipitamo-nos no corredor. Vimos uma luz fraca e volumosa — do tamanho de um corpo humano, mas informe e transparente — mover-se à nossa frente e subir a escada que levava ao sótão. Segui a luz, meu criado acompanhou-me. Ela entrou, à direita do corredor, em um pequeno sótão, cuja porta estava aberta. Entrei no mesmo instante. A luz então se transformou em um pequeno globo, extremamente brilhante e nítido; pousou por um momento sobre uma cama no canto, tremeu e desapareceu.

Aproximamo-nos da cama e a examinamos — uma cama estreita, como as que comumente se encontram em sótãos reservados aos criados. Sobre a cômoda próxima a ela vimos um xale velho de seda desbotada, com a agulha ainda no remendo inacabado de um rasgão. O xale estava coberto de pó; provavelmente pertencera à velha senhora que morrera naquela casa, e este devia ter sido seu quarto de dormir. Tive a curiosidade de abrir as gavetas: havia alguns poucos artigos de roupas femininas e duas cartas amarradas com uma fita estreita de um amarelo desbotado. Tomei a liberdade de pegar as cartas. Nada mais encontramos na sala digno de nota, nem houve outra aparição da luz; mas ouvimos distintamente, quando nos viramos para sair, um som de passos apressados no soalho, exatamente à nossa frente. Percorremos os outros sótãos (eram quatro), com os passos ainda a nos precederem. Nada se via, nada havia exceto os passos. As cartas estavam em minha mão; justamente quando eu estava descendo a escada, senti claramente que pegavam meu pulso e um fraco e suave esforço para tirá-las de mim. O único gesto que fiz foi apertá-las ainda mais, e o esforço cessou.

Retornamos ao quarto de dormir que me fora destinado, e então observei que meu cão não nos seguira quando dali havíamos saído. Ele se postara junto ao fogo, tremendo. Eu estava impaciente para examinar as cartas e enquanto as lia meu criado abriu uma pequena caixa na qual depositara as armas que eu lhe ordenara trazer; tirou-as, colocou-as sobre a mesa junto à cabeceira de minha cama e então pôs-se a acalmar o cão, que, contudo, pareceu quase não notá-lo.

As cartas eram curtas e estavam datadas de exatamente trinta e cinco anos atrás. Eram visivelmente de um amante a sua amada, ou de um marido a uma jovem esposa. Não somente os termos, mas uma clara referência a uma viagem anterior indicavam que o escritor fora um homem do mar. A ortografia e a letra eram as de um homem de pouca instrução, mas mesmo assim a linguagem era eloquente. Nas expressões carinhosas havia uma espécie de amor rústico, porém ardente; mas aqui e ali se liam alusões sombrias e vagas de algum segredo não amoroso — algum segredo aparentemente com relação a um crime. "Devemos amar um ao outro", era uma das frases de que me lembro, "porque todos nos censurariam se soubessem de tudo". E também: "Não deixe ninguém ficar no mesmo quarto que você à noite — você fala durante o sono". Ou: "O que está feito está feito; e eu lhe asseguro que não existe nada contra nós, a menos que o morto voltasse à vida". Aqui havia um comentário em uma caligrafia melhor (feminina): "Eles sabem!" No fim da carta da data mais recente de todas, a mesma caligrafia feminina escrevera estas palavras: "Desaparecido no mar em 4 de junho, no mesmo dia em que..."

Depus as cartas e comecei a refletir sobre seu teor.

Temendo contudo que o curso de meus pensamentos pudesse abalar meus nervos, resolvi firmemente manter meu espírito em um estado mais apropriado para lidar com os fenômenos extraordinários que a noite ainda poderia trazer. Levantei-me, coloquei as cartas sobre a mesa, aticei o fogo, que ainda estava alto e reconfortante, e abri meu Macaulay. Li bastante tranquilo até às onze e trinta. Então me atirei vestido na cama e disse a meu criado que ele podia ir para seu quarto, mas permanecer acordado. Pedi-lhe que deixasse aberta a porta entre os dois aposentos.

Assombrações

Sozinho no quarto mantive duas velas acesas sobre a mesa ao lado de minha cabeceira. Coloquei meu relógio junto às armas e calmamente retomei meu Macaulay. À minha frente, o lume estava alto e, no tapete da lareira, provavelmente adormecido, jazia o cão. Cerca de vinte minutos depois, senti um ar extremamente frio passar pelo rosto, como uma brisa súbita. Imaginei que a porta à minha direita, que dava para o corredor, se abrira; mas não, ela estava fechada. Voltei então os olhos à minha esquerda e vi as chamas das velas balançarem com força, como que sob a ação de uma golfada de vento. No mesmo instante, o relógio ao lado do revólver deslizou suavemente da mesa — muito lentamente, sem que qualquer mão o tocasse — e desapareceu. Pulei da cama, agarrando o revólver com uma mão e o punhal com a outra: eu não estava disposto a deixar que minhas armas tivessem o mesmo destino do relógio. Assim armado, olhei o chão em torno: nenhum sinal do relógio. Três batidas lentas e nítidas ouviram-se à cabeceira da cama; meu criado disse em voz alta: "O senhor chamou?"

"Não; fique atento."

O cão então levantou e sentou-se, movendo rapidamente as orelhas para trás e para frente. Ele mantinha os olhos fixos em mim com um olhar tão estranho que não pude afastar dele os meus. Levantou-se devagar, os pelos eriçados, e ficou totalmente imóvel e com o mesmo olhar fixo e feroz. Não tive tempo, contudo, de observar atentamente o cão, pois meu criado surgiu à porta; se vi alguma vez o terror estampado em um rosto humano, foi essa. Eu não o teria reconhecido, caso nos encontrássemos na rua, tão alteradas estavam suas feições. Ele passou por mim rapidamente, dizendo em um sussurro que mal me chegou aos ouvidos: "Corra, corra! Ele está atrás de mim!" Ele ganhou a porta para o corredor, abriu-a e precipitou-se por ela. Segui-o até o corredor sem pensar, pedindo-lhe que parasse; mas, sem me dar atenção, dirigiu-se à escada, agarrando-se ao balaústre e pulando vários degraus de cada vez. Ouvi, de onde estava, a porta da rua abrir-se e também se fechar. Eu estava só na casa assombrada.

Apenas por um instante fiquei indeciso quanto a seguir ou não meu criado; orgulho e curiosidade, ao mesmo tempo, impediram-me de fugir covardemente. Retornei ao meu quarto, fechando atrás de mim a porta, e examinei cautelosamente o aposento. Nada encontrei que justificasse o terror de meu criado. Examinei-o novamente com todo cuidado, para ver se havia alguma porta oculta. Não encontrei nenhum indício disso — nem mesmo uma costura no papel-de-parede marrom desbotado com o qual o cômodo estava revestido. Como, então, a COISA, ou seja lá o que fosse, que tanto o assustara, conseguira entrar, exceto pelo meu próprio aposento?

Retornei ao meu quarto, fechei e tranquei a porta que abria para o interior da casa e postei-me próximo à lareira, expectante e alerta. Percebi então que o cão se atirara a um ângulo da parede e colara-se a ela, como se estivesse se esforçando por abrir caminho através dela. Aproximei-me dele e dirigi-lhe algumas palavras; o pobre animal estava visivelmente fora de si pelo terror. Ele mostrava todos os seus dentes, a mandíbula gotejava saliva e certamente teria me mordido se eu o tocasse. Ele não pareceu me reconhecer. Quem quer que tenha visto no jardim zoológico um coelho fascinado por uma serpente, agachado em um canto, pode fazer uma ideia da angústia que o cão mostrava. Procurando por todos os meios e em vão acalmar o animal e temendo que sua mordida pudesse ser venenosa naquele estado, tanto quanto na raiva hidrofóbica, afastei-me dele, coloquei minhas armas sobre a mesa ao lado do fogo, sentei-me e retomei meu Macaulay.

Talvez, para não parecer em busca de crédito por coragem, ou antes frieza, que o leitor possa julgar exagerada, eu possa ser perdoado se fizer uma pausa para, em meu favor, fazer uma ou duas observações de cunho pessoal.

Como julgo que a presença de espírito, ou aquilo que chamam de coragem, seja exatamente proporcional à familiaridade com as circunstâncias que levaram a ela, também devo dizer que há muito tempo conhecia todos os experimentos que dizem respeito ao Excepcional. Eu testemunhara muitos fenômenos extraordinários em diversas partes do mundo — fenômenos a que não se daria absolutamente nenhum crédito se eu os contasse, ou seriam atribuídos a entes sobrenaturais. Ora, minha teoria é que o sobrenatural é impossível, e que aquilo que chamam de sobrenatural é somente algo nas leis da natureza que até então ignorávamos. Portanto, se um fantasma surge à minha frente, não tenho o direito de dizer: "Então, o sobrenatural pode existir", mas antes, "Então, a aparição de um fantasma, ao contrário da opinião corrente, está conforme as leis da natureza — isto é, não é sobrenatural".

Ora, em tudo que até então eu havia testemunhado, e na verdade em todos os prodígios que os diletantes do mistério em nossa época registram como fatos, sempre se faz necessária a intervenção material pela qual, em virtude de algumas características constitutivas, certos fenômenos estranhos são percebidos pelos sentidos naturais.

Além disso, até mesmo o fato de se admitirem como verdadeiras as narrativas de manifestação espiritual na América — sob a forma de música ou outros sons, registros em papel, produzidos por nenhuma mão visível, peças de mobília que se movem sem uma intervenção humana visível, ou a visão ou toque de mãos concretos, aos quais não parecem pertencer quaisquer corpos — exige que se encontre o MEIO ou ser vivo, com características constitutivas capazes de produzir tais sinais. Enfim, em todos esses casos extraordinários, até mesmo na suposição de que não se trata de impostura, deve haver um ser humano como nós pelos quais, ou por meio dos quais, os efeitos apresentados a seres humanos são produzidos. É assim com o agora familiar

Assombrações

fenômeno mesmerismo[1], ou eletrobiologia: a mente da pessoa atingida é influenciada por um agente vivo material. Nem, supondo verdade que um paciente mesmerizado possa responder à vontade ou passe de um mesmerizador uma centena de quilômetros distante, é a resposta menos ocasionada por um fluido material — chame-o Elétrico, chame-o Ódico[2], ou o que seja — que tem o poder de atravessar o espaço e obstáculos, que o efeito material é comunicado de um para o outro. Consequentemente, eu acreditava que tudo quanto até aquele instante testemunhara, ou esperava testemunhar naquela estranha casa, era criado mediante alguma intervenção ou meio tão mortal quanto eu próprio. E essa ideia necessariamente me livrara de ser tomado pelo assombro — em razão das aventuras daquela noite extraordinária — ao qual estão sujeitos aqueles que consideram sobrenaturais coisas que não se conformam às forças da natureza.

Como, então, minha conjectura era de que tudo que se mostrara, ou seria mostrado aos meus sentidos, devia ter origem em algum ser humano, dotado por constituição do poder para fazê-lo e tendo algum motivo para tal, senti um interesse em minha teoria que, ao seu modo, era antes filosófica do que supersticiosa. E posso sinceramente dizer que meu ânimo estava tão calmo e propício à observação quanto o de qualquer verdadeiro experimentalista, a aguardar o resultado de alguma combinação química rara, embora talvez perigosa. É claro que, quanto mais impassível e distante da fantasia eu mantinha minha mente, mais apropriado à observação ficaria meu estado de espírito; portanto fixei olhos e pensamentos no forte teor cotidiano das páginas do meu Macaulay.

Então percebi que algo se interpunha entre a página e a luz — uma sombra toldava a página. Levantei os olhos e vi o que encontro muita dificuldade — e talvez me seja impossível fazê-lo — descrever.

Eram as próprias Trevas a tomar forma no ar, em um contorno bastante vago. Não posso dizer que era humana, contudo parecia ter forma humana, ou antes uma sombra de um ser humano, do que qualquer outra coisa. Assim parada, completamente separada e distinta do ar e da luz a sua volta, suas dimensões pareciam gigantescas e seu topo chegava ao teto. Enquanto eu a fitava, uma sensação de frio intenso invadiu-me. Um *iceberg* diante de mim não poderia ter-me enregelado mais; nem poderia o frio de um *iceberg* ter sido mais material. Estou convicto de que não

---

1) Mesmerismo, Magnetismo, Magnetismo Animal, Eletrobiologia: termos que foram cunhados por Franz Anton Mesmer (1734-1815), médico, criador da teoria do Mesmerismo ou Magnetismo Animal. "De todos os corpos da Natureza, é o próprio homem que com maior eficácia atua sobre o homem", afirma. Apesar de muito combatido em sua época, registrou desde 1773 inúmeras curas e experiências com a movimentação de objetos inanimados. O magnetismo aceita a existência de um fluido especial, que é projetado pelo magnetizador influenciando a pessoa que o recebe. De certa forma, precursor do moderno Hipnotismo e de grande influência na vulgarização do Kardecismo (N.E.).

2) *Ódic force*: denominação dada em meados do século XIX para uma hipotética energia-vital ou força da vida pelo Barão Carl von Reichenbach (1788-1869), famoso químico (N.E.).

era o frio causado pelo medo. Enquanto ainda estava a fitá-la, julguei — mas não posso afirmá-lo com precisão — distinguir dois olhos olhando-me do alto. Por um momento, imaginei distingui-los claramente; no seguinte, pareceram desfazer-se; mas mesmo então dois raios de luz azul clara luziram em meio às trevas, como que da altura em que eu meio acreditara, meio duvidara ter visto os olhos.

Tentei falar, minha voz emudecera completamente; eu conseguia apenas pensar com meus botões: "Isso é medo? Isso não é medo!" Tentei levantar-me, em vão; senti como se uma força irresistível me empurrasse para baixo. Na verdade, minha impressão era a de um imenso e supremo Poder a se opor a qualquer ato voluntário — aquela sensação de total impotência para lidar com uma força superior à de qualquer homem, que se pode sentir fisicamente em uma tempestade no mar, em uma conflagração ou até mesmo quando nos deparamos com algum animal feroz, ou antes, talvez, com um tubarão no oceano — era esse o sentimento moral que me tomara. Oposta à minha vontade havia uma outra, tão superior à minha quanto são materialmente superiores à força humana uma tempestade, um incêndio ou um tubarão.

E então, enquanto essa impressão crescia em mim — veio, por fim, o terror — um terror tal que nenhuma palavra pode descrever. Ainda assim mantive meu orgulho, se não coragem; e em minha própria mente dizia: "Isso é terror, mas não medo; se eu não sentir medo, ele não poderá me fazer mal; minha razão rejeita essa coisa, trata-se de uma ilusão — não sinto medo". Com um esforço violento consegui por fim estender a mão para a arma sobre a mesa; quando o fiz, recebi no braço e no ombro um estranho golpe, e meu braço caiu ao lado, inerte. E então, para aumentar meu terror, a luz começou a diminuir lentamente nas velas; elas não foram, por assim dizer, apagadas, mas sua chama parecia recuar gradualmente; o mesmo ocorreu com o fogo — a luz era extraída das labaredas; em poucos minutos, o quarto estava em completa escuridão.

O pavor que se abateu sobre mim, pavor de estar assim na escuridão com aquela Coisa escura, cujo poder era sentido de modo tão intenso, provocou uma reação de coragem. Na verdade, o terror alcançara aquele clímax no qual todas as minhas faculdades me abandonariam ou eu romperia o encantamento. Eu o rompi. Consegui finalmente emitir um som, não obstante este fosse um grito. Lembro-me de ter jorrado de minha boca algo como: "Não tenho medo, minha alma não teme"; e ao mesmo tempo encontrei forças para levantar-me. Ainda naquelas densas trevas, corri para uma das janelas, com um repelão abri a cortina e empurrei as venezianas; meu primeiro pensamento foi: LUZ. E quando vi a luz no alto, clara e calma, senti uma alegria que quase contrabalançou o terror anterior. Havia lua, havia também a luz dos lampiões de gás na rua deserta e silenciosa. Voltei-me para olhar o quarto; o luar penetrava sua sombra de modo muito fraco e parcial — mas ainda assim

Assombrações

havia luz. A Coisa escura, fosse o que fosse, dissipou-se — salvo pelo fato de que eu ainda conseguia ver uma sombra vaga, que parecia uma sombra daquela nuvem escura, junto à parede oposta.

Meus olhos então pousaram na mesa, e debaixo dela (que não estava coberta por toalha ou cobertura — uma velha mesa redonda de mogno) levantou-se uma mão, visível somente até o punho. Era, aparentemente, de carne e osso como a minha, mas a mão de uma pessoa velha — magra, enrugada e pequena, também; a mão de uma mulher. Aquela mão muito suavemente fechou-se em volta das duas cartas que jaziam sobre a mesa; mão e cartas desaparecem. Soaram então as mesmas três batidas fortes que eu ouvira na cabeceira, antes do início daquela extraordinária cena. Quando aqueles sons lentamente cessaram, senti que o quarto todo vibrava; e na extremidade do quarto levantaram-se, como que do chão, centelhas e glóbulos como bolhas multicores de luz — verdes, amarelas, rubras, azuis. Para cima e para baixo, para cá e para lá, aqui e ali, aparentando fogos-fátuos, as centelhas moviam-se aleatoriamente, ora lentas, ora rápidas. Uma cadeira (repetindo o ocorrido com a da sala de estar no andar debaixo) moveu-se de junto à parede, sem qualquer intervenção material visível e colocou-se no lado oposto da mesa. Subitamente, da cadeira brotou uma forma — uma forma feminina. Era tão nítida quanto um ser vivente — espectral como uma forma morta. O rosto era de uma jovem, com uma estranha beleza enlutada; o pescoço e os ombros estavam nus, o resto vestia um manto largo de um branco nebuloso. Ela começou a alisar seus longos cabelos dourados, que lhe caíam aos ombros; seus olhos não estavam voltados para mim, mas para a porta; pareciam tentar ouvir, observar, esperar. A sombra da névoa escura no fundo tornou-se mais intensa; e novamente julguei ver os olhos brilhando do alto da sombra — olhos que miravam fixamente aquela forma.

Como que da porta, embora ela não estivesse aberta, brotou uma outra aparição, igualmente nítida, igualmente espectral — a forma de um homem, um homem jovem. Estava vestido à moda do século passado, ou antes de um modo semelhante (pois tanto a forma masculina quanto a feminina, embora nítidas, eram obviamente imateriais, impalpáveis, simulacros, fantasmas); e havia algo de incongruente, grotesco, até mesmo amedrontador no contraste entre o requinte elaborado, a precisão gentil daquela vestimenta fora de moda, com seus franzidos, suas rendas e fivelas, e o aspecto cadavérico e a imobilidade espectral de seu portador flutuante. Exatamente quando a forma masculina aproximava-se da feminina, a sombra escura avançou de junto à parede, todas três, por um momento, envoltas em escuridão. Quando a luz pálida retornou, os dois fantasmas que estavam ocultos na sombra surgiram lado a lado; e, no peito da visão feminina, via-se uma mancha de sangue; o fantasma masculino apoiou-se em sua espada espectral, o sangue a gotejar rapidamente dos franzidos, da renda; e o negrume da Forma intermediária engoliu a ambos — e

25

desapareceram. E novamente as bolhas de luz moveram-se rapidamente, adejaram e flutuaram, tornando-se cada vez mais densas e, seus movimentos, mais desordenados.

A porta do móvel à direita da lareira abriu-se então e da fresta surgiu a figura de uma mulher idosa. Ela portava cartas na mão — as mesmas cartas sobre as quais eu vira a Mão se fechar; e atrás dela ouvi passos. Ela virou-se como se a ouvir e então abriu as cartas e pareceu lê-las; e sobre seu ombro vi um rosto lívido, o rosto semelhante a um homem há muito tempo afogado — inchado, esbranquiçado, com algas entrelaçadas em seus cabelos ensopados; e a seus pés jazia uma forma semelhante a um cadáver, e atrás do cadáver escondia-se uma criança, uma criança terrivelmente esquálida, de rosto encovado e olhos amedrontados. E enquanto eu olhava para o rosto da mulher idosa, as rugas e as linhas desapareceram e ele transformou-se em um rosto jovem — de olhos duros, opacos, mas ainda assim jovens; e a Sombra precipitou-se e envolveu em escuridão aqueles fantasmas, como havia feito com os anteriores.

Então, nada restou senão a Sombra, e sobre ela meus olhos fixaram-se até que novamente os olhos brotaram da Sombra — olhos maus, olhos de serpente. E as bolhas de luz novamente surgiram e caíram, e em seus movimentos desordenados, irregulares, turbulentos, fundiram-se com o pálido luar. E então, desses mesmos glóbulos, como que da casca de um ovo, jorraram coisas monstruosas; o ar encheu-se delas; larvas tão exangues e tão horrendas que não consigo absolutamente descrevê-las, exceto para lembrar o leitor da vida fervilhante que o microscópio solar põe diante de seus olhos em uma gota d'água — coisas transparentes, flexíveis, ágeis, caçando-se mutuamente, devorando-se mutuamente — formas nunca antes contempladas a olho nu. Assim como as formas eram assimétricas, também seus movimentos eram desordenados. Em suas errâncias nada havia de jovial; contornavam-se incessantemente, cada vez mais densas e velozes, pululando sobre minha cabeça, rastejavam sobre meu braço direito, distendido em uma ordem involuntária contra todos os seres vis. Por vezes eu sentia um toque, não da Sombra, mas de mãos invisíveis. Senti uma vez o aperto como de dedos frios e macios em meu pescoço. Eu ainda estava igualmente consciente de que, se cedesse ao medo, correria perigo físico e concentrei todas as minhas faculdades unicamente na vontade obstinada de resistência. E desviei meus olhos da Sombra — sobretudo daqueles estranhos olhos de serpente — olhos que agora haviam se tornado totalmente visíveis. Pois ali, e em nada mais do que me rodeava, eu sabia existir uma VONTADE, e uma vontade do mal em ação, intenso, original, que poderia esmagar a minha.

A atmosfera opaca do quarto começou então a avermelhar-se, como que à aproximação de uma conflagração. As larvas tornaram-se vívidas como as coisas que vivem no fogo. O quarto novamente vibrava; novamente ouviram-se as três batidas espaçadas; e novamente todas as coisas foram engolidas pelas trevas da Sombra escura, como se daquela escuridão tudo surgira e a ela tudo retornasse.

Quando a penumbra diminuiu, a Sombra desapareceu completamente. Tão lentamente quanto seu recuo, as chamas levantaram-se de novo nas velas sobre a mesa e também na lareira. O quarto todo se tornou, uma vez mais, calmo e sadiamente visível.

As duas portas ainda estavam fechadas, e a porta que se comunicava com o quarto do criado, ainda trancada. No canto da parede ao qual ele tão convulsivamente se colara, jazia o cão. Chamei-o; ele não se moveu. Aproximei-me. O animal estava morto, os olhos proeminentes, a língua de fora, as mandíbulas espumantes. Peguei-o nos braços, levei-o para junto da lareira. Eu estava desolado pela perda de meu predileto e censurei-me severamente; sentia-me culpado por sua morte. Supus que ele morrera de pavor. Mas qual foi minha surpresa ao descobrir que, na verdade, seu pescoço estava quebrado. Isso fora feito no escuro? Não teria isso sido feito por uma mão tão humana quanto a minha? Não haveria necessariamente uma intervenção humana durante todo o tempo naquele quarto? Havia bons motivos para achar que sim. Não tinha certeza. Posso apenas registrar fielmente o fato; o leitor tirará suas próprias conclusões.

Uma outra circunstância surpreendente: meu relógio de pulso fora devolvido à mesa da qual fora retirado tão misteriosamente; mas parara no mesmo instante em que desaparecera e, a despeito dos esforços do fabricante, desde então não voltou a funcionar normalmente. Isto é, funciona de modo errático por algumas horas e depois para. Ficou inutilizado.

Nada mais aconteceu no resto da noite. Na verdade, logo amanheceu. Deixei a casa somente quando já ia adiantado o dia. Antes disso, inspecionei a pequena sala vazia na qual meu criado e eu havíamos sido aprisionados por algum tempo. Eu tinha uma forte impressão — não sei explicar por quê — de que nela se originara o mecanismo dos fenômenos — por assim dizer — que vivenciara em meu quarto. E embora eu entrasse nele agora, em plena luz do dia, com o sol a penetrar pela janela embaçada, ainda sentia subir pelos pés o terror que sentira pela primeira vez na noite anterior e que fora tão exacerbado pelo que se passara em meu próprio quarto. Não consegui, com efeito, permanecer mais do que meio minuto dentro daquelas paredes. Desci a escada e novamente ouvi um passo à minha frente; e quando abri a porta da rua julguei ouvir distintamente uma risada bem baixa. Fui até minha casa, contando em encontrar lá meu criado fujão. Mas ele não aparecera e por três dias não deu notícias, quando então recebi uma carta sua, datada de Liverpool e que dizia:

"Prezado Senhor, humildemente peço desculpas, embora poucas esperanças tenha de que o senhor me julgará merecedor delas, a menos — Deus não permita

— que o senhor tenha visto o mesmo que eu. Sinto que anos se passarão antes que eu me recupere, e acho que não conseguirei trabalhar nunca mais. Portanto, vou ficar com meu cunhado em Melbourne. O navio parte amanhã. Talvez a longa viagem me cure. Fico assustado e tremo o tempo todo, pensando que AQUILO está me perseguindo. Humildemente lhe peço, prezado senhor, que envie minhas roupas e o salário a que faço jus à casa de minha mãe, em Walworth. O John sabe meu endereço".

A carta terminava com outros tantos pedidos de desculpas, um tanto incoerentes, e detalhes quanto aos objetos de uso sob a custódia do missivista.

Essa fuga talvez dê margem a suspeita de que ele queria ir para a Austrália e de que matreiramente usara o pretexto dos acontecimentos da noite para isso. Não tenho como refutar essa conjectura; ao contrário, considero que essa seja uma solução que pareceria a muitas pessoas a mais provável para acontecimentos improváveis. A crença em minha própria teoria permanece inabalada. Retornei a casa na noite seguinte para trazer em uma carruagem de aluguel as coisas que lá deixara e o corpo de meu pobre cão. Não fui perturbado, nem qualquer incidente digno de nota me ocorreu, exceto que ainda, ao subir e ao descer a escada, ouvi o mesmo som de passos à frente. Ao deixar o local, dirigi-me à casa do sr. J. Ele estava lá. Devolvi-lhe as chaves, disse-lhe que minha curiosidade fora plenamente satisfeita e, quando estava para relatar rapidamente o que se passara, ele me interrompeu e disse, embora com muita delicadeza, que não tinha mais nenhum interesse por um mistério que ninguém jamais solucionara.

Eu estava decidido a informá-lo pelo menos das duas cartas que lera, assim como do modo extraordinário pelo qual haviam desaparecido, e então indaguei se ele julgava que elas haviam sido endereçadas à mulher que morrera na casa e se havia algo em seu passado que pudesse confirmar as suspeitas sombrias que elas haviam levantado. O sr. J. pareceu assustado e, após ponderar por alguns momentos, respondeu: "Não sei muito a respeito do passado da mulher, salvo, como lhe disse anteriormente, que sua família era conhecida da minha. Mas o senhor reaviva algumas vagas reminiscências desfavoráveis a ela. Farei algumas investigações e o informarei do resultado. Mesmo assim, ainda que pudéssemos aceitar a superstição popular de que uma pessoa que fora ou o criminoso ou a vítima de crimes terríveis em vida conseguisse revisitar, como um espírito inquieto, o palco no qual esses crimes haviam sido cometidos, é preciso observar que a casa estava infestada de estranhas aparições e sons antes da morte da velha senhora... O senhor sorri! O que o senhor diz?"

"Eu diria o seguinte: que estou convencido de que, se conseguíssemos chegar ao fundo desses mistérios, encontraríamos uma intervenção humana."

"O quê! O senhor crê que seja tudo uma fraude? Com que finalidade?"

Assombrações

"Não uma fraude no sentido comum da palavra. Se eu subitamente caísse em um sono profundo, do qual o senhor não pudesse me acordar, mas nesse sono pudesse responder a perguntas com uma exatidão que não poderia fingir quando acordado, dizer-lhe quanto em dinheiro o senhor tem no bolso; mais ainda, descrever seus próprios pensamentos; isso não é necessariamente uma fraude, tanto quanto não é necessariamente algo sobrenatural. Eu estaria, inconscientemente, sob a mesma influência hipnotizante, que me foi comunicada à distância por um ser humano que havia adquirido poder sobre mim mediante uma ligação anterior."

"Mas se um hipnotizador pudesse causar um efeito assim sobre um outro ser vivo, o senhor pode imaginar que um hipnotizador conseguiria afetar também objetos inanimados, mover cadeiras, abrir e fechar portas?"

"Ou provocar em nossos sentidos a crença em tais efeitos, embora nunca tivéssemos tido uma ligação com a pessoa que age sobre nós? Não. O que é comumente chamado hipnotismo não conseguiria fazê-lo; mas pode haver um poder afim ao hipnotismo e mais forte do que ele: o poder que em épocas passadas era chamado de Mágico. Se esse poder pode se estender a todos os objetos materiais inanimados, não sei dizer; mas se assim fosse não seria contrário à natureza. Seria apenas um poder raro na natureza que poderia ser dado a constituições com certas peculiaridades e desenvolvido a um grau extraordinário mediante a prática. Que esse poder possa ser estendido sobre os mortos — isto é, sobre certos pensamentos e memórias que o morto ainda possa conservar — e obrigar, não aquilo que deveria mais propriamente ser chamado ALMA e que está muito além do alcance humano, mas antes um fantasma do que foi mais terreno neste mundo, a se tornar visível aos nossos sentidos, é uma teoria muito antiga, embora obsoleta, sobre a qual eu não me arriscaria a emitir opinião. Mas não creio que o poder seja sobrenatural. Permita-me exemplificar o que quero dizer com um experimento que Paracelso descreve como mais ou menos fácil e que o autor das *Curiosidades da Literatura* cita como crível. Uma flor perece; é incinerada. Sejam quais forem os elementos daquela flor quando viva, eles desaparecem, dispersam-se, não se sabe para onde; não se consegue nunca encontrá-los ou reuni-los. Mas pode-se, por meios químicos, das cinzas dessa flor criar um espectro dela, com a aparência que ela possuía quando viva. O mesmo pode ocorrer com o ser humano. A alma saiu dele tanto quanto a essência ou os elementos da flor. Ainda assim é possível obter um espectro dela.

"E esse fantasma, embora na superstição popular seja considerado a alma daquele que partiu, não deve ser confundido com a verdadeira alma; trata-se apenas de um *eidolon* da forma morta. Por conseguinte, como as histórias mais bem confirmadas de fantasmas ou espíritos, o que mais nos impressiona é a ausência do que consideramos alma; isto é, da inteligência superior e liberta de preconceitos. Essas aparições surgem com pouco ou nenhum objetivo; elas raramente falam quando surgem; se falassem, não comunicariam ideias acima das de uma pessoa comum na terra. Os videntes norte-americanos publicaram muitos livros sobre comunicações em prosa e em verso, que afirmam ter sido dados sob os nomes dos mortos mais ilustres — Shakespeare, Bacon e sabe-se lá mais quem. Essas comunicações, mesmo as melhores, de forma alguma são superiores às que se obtêm dos vivos de grande talento e educação; são imensamente inferiores ao que Bacon, Shakespeare e Platão disseram ou escreveram quando na Terra. Tampouco — o que é mais notável — elas jamais contêm uma ideia que não houvesse na Terra antes. Por espantosos, portanto, que tais fenômenos possam ser (a crer que sejam verdadeiros), admito que muito possa ser questionado pela filosofia, mas nada que cabe à filosofia negar, isto é, nada que seja sobrenatural. Trata-se apenas de ideias manifestadas de um modo ou de outro (ainda não descobrimos como) de um cérebro mortal para outro. Se, ao fazê-lo, mesas movem-se sozinhas, ou formas malignas aparecem em um círculo mágico, ou mãos sem corpos levantam e escondem objetos materiais, ou uma Filha das Trevas, como a que me apareceu, gela nosso sangue — ainda assim estou convencido de que são apenas intervenções comunicadas, como que por fios elétricos, ao meu próprio cérebro pelo cérebro de um outro. Em algumas constituições há uma química natural, e essas constituições podem produzir prodígios químicos; em outras, um fluido natural — ou eletricidade —, e estes podem produzir prodígios elétricos.

"Mas os prodígios diferem da Ciência Normal nisto: são igualmente sem objetivo, sem finalidade, pueris, incoerentes. Não conduzem a resultados grandiosos; e portanto o mundo não os nota, e os verdadeiros sábios não refletiram sobre eles. Mas estou certo, de tudo que vi ou ouvi, que um homem, tão humano quanto eu, foi sua origem primeira; e acredito que sem consciência dos efeitos pontuais produzidos, pelo seguinte motivo: o senhor disse que duas pessoas jamais vivenciaram a mesma coisa. Ora, veja bem; nunca houve duas pessoas que vivenciassem exatamente o mesmo sonho. Em uma fraude comum, o mecanismo funcionaria com vistas a efeitos quase semelhantes; em uma intervenção sobrenatural concedida por Deus Todo-Poderoso, eles certamente teriam um motivo definido. Esses fenômenos não pertencem a nenhuma dessas categorias; na minha opinião, eles provêm de algum cérebro agora distante; que esse cérebro não produziu voluntariamente nada do que ocorreu; que o que realmente ocorre reflete apenas seus pensamentos errantes, heterogêneos, mutáveis, incompletos; em suma, que se trata de sonhos que esse cérebro pôs em ação e dotou de uma semissubstância. Que esse cérebro possui um poder imenso, que pode mover objetos materiais, que é maligno e destrutivo — nisso eu acredito. Alguma força material deve ter matado meu cão; a mesma força poderia, pelo que sei, ser suficiente para me matar, tivesse eu sido subjugado pelo terror como o cão, não tivesse meu intelecto ou meu espírito apresentado uma resistência compensadora em minha vontade."

Assombrações

"Ele matou seu cão! Que coisa terrível! De fato, é estranho que não se possa obrigar animal algum a ficar naquela casa; nem mesmo um gato. Não se acham nem ratos nem camundongos lá."

"Os instintos das criaturas irracionais detectam ameaças letais a sua existência. A razão humana tem uma percepção menos sutil, porque possui um poder de resistência muito superior. Mas basta. O senhor compreende minha teoria?"

"Sim, embora não inteiramente — e aceito qualquer extravagância (com perdão da palavra), embora esquisita, de preferência a aceitar de pronto a ideia de fantasmas e duendes que absorvemos em nossos berços. Ainda assim o mal feito a minha casa continua. Que diabos posso fazer com a casa?"

"Direi o que eu faria. Estou intimamente convencido de que o pequeno quarto vazio contíguo à porta do quarto que ocupei forma um ponto de partida ou receptáculo para as influências que assombram a casa; e aconselho-o a que derrube as paredes e remova o soalho. Mais do que isso: derrube o quarto todo. Observei que ele está separado do corpo da casa e está construído sobre o pequeno quintal e poderia ser removido sem prejuízo do resto do edifício."

"E o senhor julga que, se eu o fizesse..."

"O senhor cortaria os fios do telégrafo. Tente. Estou convencido de que estou certo, que quase valerá as despesas, se o senhor permitir que comande os trabalhos."

"Não importa, posso arcar com os custos; quanto ao resto, permita-me que o comunique por escrito." Cerca de dez dias depois, recebi uma carta do sr. J., dizendo que havia visitado a casa desde minha visita a ele; que encontrara as duas cartas que eu dissera ter recolocado na gaveta de onde as tirara; que ele as lera com pressentimentos semelhantes aos meus; que procedera a uma investigação cuidadosa sobre a mulher a quem eu acertadamente imaginara terem elas sido escritas. Ao que parece, trinta e seis anos atrás (um ano antes da data das cartas) ela se casara, contra a vontade de seus parentes, com um americano de caráter suspeito — na verdade, acreditava-se que ele era um pirata. Ela, por sua vez, era filha de comerciantes muito respeitáveis e servira como babá antes de casar-se. Tinha um irmão viúvo, que era tido por rico, com um filho de cerca de seis anos. Um mês antes do casamento, o corpo desse irmão foi encontrado no Tâmisa, perto da Ponte de Londres; havia, ao que parece, algumas marcas de violência em sua garganta, mas elas não foram julgadas suficientes para se instaurar um inquérito e o caso foi encerrado com uma declaração de "encontrado afogado".

O americano e sua mulher ficaram responsáveis pelo garoto, em virtude de ter o falecido deixado à sua irmã a guarda de seu único filho — e se a criança morresse a irmã seria a herdeira. A criança morreu cerca de seis meses depois; houve suspeitas de negligência e maus-tratos. Os vizinhos testemunharam havê-la ouvido gritar a noite toda. O médico legal que fez o exame *post-mortem* disse que a criança estava emaciada, como se estivesse malnutrida, e o corpo estava coberto de contusões lívidas. Parece que, em uma noite de inverno, a criança tentou fugir — arrastou-se até o quintal, tentou escalar o muro, caiu exausta e foi encontrada sobre as pedras pela manhã, agonizante. Porém, não obstante houvesse algumas provas de crueldade, não se pôde alegar assassinato; e a tia e seu marido procuraram dissimular a crueldade pela alegação de extrema teimosia e mau gênio da criança, que se declarou ser retardada. Seja como for, com a morte do órfão, a tia herdou a fortuna do irmão. Antes de um ano de casados, o americano deixou subitamente a Inglaterra e nunca mais retornou. Ele adquiriu uns navios cruzeiros, que se perderam no Atlântico dois anos depois. A viúva ficou rica; mas reveses de diversos tipos lhe sobrevieram; um banco faliu, um investimento deu prejuízo, ela envolveu-se em um negócio de pouca monta e ficou insolvente. Então, buscou empregos, afundando-se cada vez mais, de governanta a faxineira, nunca permanecendo muito tempo no mesmo lugar, embora nada se tenha jamais alegado contra seu caráter. Apesar de considerada equilibrada, honesta e particularmente tranquila em suas atividades, nada dava certo para ela. Assim foi que acabou no asilo, do qual o sr. J. a tirara, para ser encarregada da mesma casa da qual fora senhora nos primeiros anos de sua vida de casada.

O sr. J. acrescentou que passara uma hora sozinho no quarto vazio que eu lhe aconselhara destruir, e que seus sentimentos de pavor enquanto lá permanecera foram tão grandes, não obstante não ouvisse nem visse nada, que apressou-se em derrubar as paredes e remover o assoalho como eu lhe sugerira. Ele contratara pessoas para o trabalho e começaria qualquer dia que me aprouvesse marcar.

Marcou-se, assim, o dia. Retornei à casa assombrada, entrei no lúgubre quarto vazio, tirei os lambris e depois o assoalho. Sob as vigas, coberto com entulho, encontrou-se um alçapão, grande o suficiente para um homem. Ele estava bem pregado, com parafusos e rebites de ferro. Depois de removê-los, descemos a um quarto abaixo, de cuja existência nunca se havia suspeitado. Nesse quarto, houvera uma janela e um fumeiro, mas eles haviam sido cobertos de tijolos, aparentemente muitos anos atrás. Com o auxílio de velas, examinamos esse lugar; ele ainda conservava alguns móveis deteriorados — três cadeiras, um banco de carvalho, uma mesa — todos no estilo de cerca de oitenta anos antes. Havia uma cômoda contra a parede, na qual encontramos, meio roídas, peças de vestimenta masculina antigas, do tipo que se usava oitenta ou cem anos antes por um cavalheiro de posses — fivelas caras e botões de aço, como os que ainda se usam em vestes de corte, uma bela espada. Em um colete que no passado fora adornado de renda dourada, mas que agora estava enegrecida e suja de umidade, encontramos cinco guinéus, umas poucas moedas de prata e um ingresso de marfim, provavelmente para um lugar de entretenimento há muito desaparecido. Mas nossa principal descoberta foi em uma espécie de cofre de ferro fixado à parede, cuja fechadura muito nos custou arrombar.

Assombrações

Nesse cofre havia três prateleiras e duas gavetas pequenas. Alinhadas nas prateleiras havia várias garrafas de cristal hermeticamente fechadas. Elas continham essências voláteis incolores, de cuja natureza direi somente que não era venenosa — havia fósforo ou amônia na composição de algumas delas. Havia também alguns tubos de vidro muito estranhos e uma haste pequena e pontuda de ferro, com uma protuberância de cristal de rocha e uma outra de âmbar — também uma magnetita de grande poder.

Em uma das gavetas, encontramos um retrato miniatura com moldura de ouro, cujas cores se conservavam admiravelmente vívidas, apesar do grande espaço de tempo em que provavelmente permanecera lá. O retrato era de um homem já na meia-idade, talvez quarenta e sete ou quarenta e oito.

Era um rosto notável, impressionante. Se pudéssemos imaginar uma serpente poderosa transformada em homem e que conservasse nos traços humanos as características anteriores do réptil, teríamos uma ideia melhor daquela fisionomia do que podem dar longas descrições: a largura e achatamento da testa, o elegante afilamento do contorno, que disfarçava a força da mandíbula letal, os olhos longos, grandes e terríveis a brilhar, verdes como esmeraldas, e contudo uma certa calma implacável, como que nascida da consciência de um imenso poder.

Mecanicamente virei a miniatura para examinar seu verso e nele estava gravado um pentagrama; no meio deste, uma escada, cujo terceiro degrau era formado pela data 1765. Examinando-o mais detalhadamente, descobri uma mola que, ao ser pressionada, abriu o verso da miniatura, como uma tampa. Dentro dela estava gravado: "Marianna, para ti. Sê fiel na vida e na morte a..." Aqui seguia um nome que não mencionarei, mas que não me era desconhecido. Ouvira-o da boca de pessoas idosas, em minha infância, como o nome de um charlatão fascinante que fizera sensação em Londres durante mais ou menos um ano e que fugira do país sob a acusação de duplo homicídio dentro de sua própria casa: a de sua amante e de seu rival. Eu nada disse sobre isso ao sr. J., a quem relutantemente entreguei a miniatura.

Não tivemos dificuldade em abrir a primeira gaveta dentro do cofre de ferro; encontramos grande dificuldade em abrir a segunda: ela não estava trancada, mas resistiu a todos os esforços, até que inserimos nas frestas a lâmina de um formão. Quando assim a havíamos puxado, encontramos um instrumento muito singular, de grande refinamento. Sobre um livro pequeno e fino, ou antes um bloco, estava colocado um pires de cristal; esse pires estava cheio de um líquido claro, e nele flutuava uma espécie de bússola, com uma agulha que girava rapidamente; mas em vez dos pontos usuais de uma bússola havia sete caracteres estranhos, não muito diferentes dos usados por astrólogos para indicar planetas.

Um odor singular, mas não forte nem desagradável, veio dessa gaveta, que estava forrada de uma madeira que depois descobrimos ser aveleira. Esse odor, qualquer que fosse sua origem, produziu um grande efeito sobre os nervos. Todos nós o sentimos, até mesmo os dois operários que estavam no quarto — uma sensação de formigamento e de arrepio que subia das pontas dos dedos da mão até as raízes do cabelo. Impaciente por examinar o bloco, removi o pires. Quando o fiz, a agulha da bússola girou com extrema rapidez, e eu senti um choque que percorreu todo meu corpo e me fez deixar cair ao chão o pires. O líquido derramou-se, o pires quebrou, a bússola rolou pelo quarto e naquele instante as paredes oscilaram para frente e para trás, como se um gigante as balançasse e agitasse. Os dois operários ficaram tão apavorados que subiram a escada pela qual havíamos descido do alçapão; mas, vendo que nada mais acontecia, foram facilmente convencidos a retornar.

Entrementes, eu abrira o bloco: ele estava encadernado de pele vermelha lisa, com um fecho de prata; continha apenas uma folha de velino espesso, e nessa folha estavam escritas dentro de um pentagrama duplo palavras em antigo latim monacal, que poderiam ser traduzidas literalmente como se segue: "Sobre todos aqueles que adentrarem estas paredes — sensíveis ou inanimados, vivos ou mortos — e moverem a agulha, será exercida a minha vontade! Maldita seja a casa e desinquietos sejam os seus habitantes".

Nada mais encontramos. O sr. J. queimou o bloco e seu anátema. Ele demoliu a parte do edifício que continha o quarto secreto e o compartimento sobre ele. Teve então a coragem de habitar ele próprio a casa durante um mês, e casa mais tranquila e mais saudável não havia em toda Londres. Pouco tempo depois, ele a alugou bem, e seu inquilino não fez quaisquer queixas.

O QUARTO VERMELHO

H.G. Wells

"Posso assegurar-lhe", disse eu, "que somente um fantasma bem tangível poderá me assustar." E postei-me diante da lareira, com meu copo na mão.

"A escolha é sua", disse o homem do braço mirrado e lançou-me um olhar de soslaio.

"Vinte e oito anos", disse eu, "já vivi e nunca vi um fantasma."

A velha senhora estava sentada, olhando fixamente para o fogo, os olhos opacos bem abertos. "É", disse subitamente, "e há vinte e oito anos você vive e nunca viu uma casa como esta, é verdade. Há muitas coisas para ver quando ainda se está com vinte e oito anos." Ela balançou vagarosamente a cabeça de um lado para o outro. "Muitas coisas para ver e lamentar."

Eu tinha uma leve suspeita de que os dois velhos estavam tentando acentuar os horrores espirituais de sua casa mediante seu zunido insistente. Coloquei meu copo vazio na mesa e dei uma olhada à volta da sala; tive um vislumbre de mim mesmo, diminuído e disformemente alargado, no antigo e estranho espelho no extremo da sala. "Bem", disse eu, "se eu vir algo esta noite, ficarei mais sábio. Pois vim tratar do caso com espírito aberto."

"A escolha é sua", disse o homem do braço mirrado novamente.

Ouvi o som de uma bengala e passos trôpegos nas lajes do corredor externo, e a porta rangeu nas dobradiças quando um segundo velho entrou, mais curvado, mais enrugado, mais idoso ainda do que o primeiro. Ele se apoiava em uma única muleta, seus olhos estavam cobertos por uma sombra e seu lábio inferior, meio repuxado, pendia pálido e estriado de rosa de seus dentes estragados e amarelados. Ele dirigiu-se imediatamente para uma poltrona no lado oposto da mesa, sentou-se desajeitadamente e começou a tossir. O homem do braço mirrado lançou ao recém-chegado um breve olhar de total aversão; a velha ignorou sua chegada e permaneceu com os olhos fixos no fogo.

"Eu disse: a escolha é sua", disse o homem do braço mirrado, quando o outro velho parou de tossir por um momento.

H.G. Wells

"A escolha é minha", respondi.

O homem da sombra pela primeira vez deu-se conta de minha presença e pendeu momentaneamente sua cabeça para trás e para os lados, para observar-me. Pude ver, por um instante, os seus olhos, pequenos, brilhantes e avermelhados. Então ele começou a tossir e a cuspir novamente.

"Ora, por que você não bebe alguma coisa?", disse o homem do braço mirrado, empurrando a cerveja em direção ao outro. O homem da sombra encheu um copo com um braço trêmulo que derramou a metade do líquido na mesa de pinho. Uma sombra monstruosa dele rastejava na parede e fazia troça de seus gestos enquanto se servia e bebia. Devo confessar que não imaginava encontrar esses curadores grotescos. Para mim, existe algo de inumano na senilidade, algo de rastejante e atávico; as qualidades humanas parecem abandonar imperceptivelmente os velhos, dia após dia. Aqueles três fizeram-me sentir pouco à vontade, com seus silêncios sombrios, seus corpos encurvados, sua clara hostilidade tanto com relação a mim quanto entre si.

"Se", disse eu, "vocês me levarem ao seu quarto mal-assombrado, eu me instalarei confortavelmente lá."

O velho da tosse atirou a cabeça para trás, tão subitamente, que dei um salto, e lançou-me um outro olhar de seus olhos inflamados por debaixo da sombra; mas ninguém me respondeu. Esperei um minuto, fitando-os um a um.

"Se", disse eu, um pouco mais alto, "se vocês me levarem a esse seu quarto mal-assombrado, eu os livrarei do trabalho de me fazerem sala."

"Há um candeeiro na prancha do lado de fora da porta", disse o homem do braço mirrado, olhando para meus pés enquanto falava. "Mas se você for ao quarto vermelho esta noite..."

"Justamente esta noite!", disse a velha.

"Você irá sozinho."

"Muito bem", respondi. "E onde fica?"

"Vá pelo corredor", disse ele, "até chegar a uma porta, e além dela há uma escada em caracol e na metade dela há uma plataforma e outra porta coberta com uma baeta. Atravesse-a e siga pelo corredor até o fim. O quarto vermelho fica à esquerda, logo adiante."

"Entendi direito?", disse eu, repetindo as instruções. Ele me corrigiu em um ponto.

"E você vai mesmo?", disse o homem da sombra, olhando novamente para mim, pela terceira vez, com aquele estranho, bizarro repuxo no rosto.

("Justamente esta noite!", disse a velha.)

"Foi para isso que vim", disse eu e me dirigi para a porta. Enquanto o fazia, o velho da sombra levantou-se e cambaleou em volta da mesa, para aproximar-se dos outros e do fogo. Na porta, virei-me, olhei para eles e vi que haviam se juntado,

O quarto vermelho

escuros, contra o fogo da lareira, encarando-me sobre seus ombros, com uma expressão concentrada em seus rostos envelhecidos.

"Boa noite", disse eu, abrindo a porta.

"A escolha é sua", disse o homem do braço mirrado.

Deixei a porta aberta até que a chama da vela ficasse bem acesa e então a fechei e caminhei pelo corredor gelado e ressonante.

Devo confessar que a singularidade desses três velhos pensionistas a quem a proprietária encarregara de cuidar do castelo e a mobília antiquada da sala do zelador na qual eles haviam anteriormente se reunido afetou-me, a despeito de meus esforços em manter minha frieza de espírito. Eles pareciam pertencer a uma outra era, uma era remota, quando as coisas espirituais eram diferentes das nossas, menos claras; uma era em que se acreditava em presságios e em bruxas — e acima de tudo em fantasmas. Sua própria existência era espectral; o corte de suas roupas, estilos nascidos de cérebros mortos. Os ornamentos e objetos úteis da sala a sua volta eram fantasmáticos — pensamentos de homens desaparecidos, que ainda assombravam, mais do que dele participavam, o mundo de hoje. Mas com um esforço consegui despachar tais pensamentos. O corredor subterrâneo, comprido e atravessado de correntes de ar, era gelado e empoeirado, minha vela tremulava e fazia as sombras tremerem e se agitarem. Os ecos soaram acima e abaixo da escada em caracol, e uma sombra veio de baixo, velozmente em minha direção e outra correu à minha frente, para a escuridão acima. Cheguei ao patamar e parei ali por um instante, à escuta de um farfalhar que imaginei ter ouvido; então, convencido pelo silêncio absoluto, abri a porta com a baeta, detive-me no corredor.

O que vi não era bem o que eu esperava, pois o luar, entrando pela grande janela da escadaria imponente, realçava tudo com uma sombra nítida e negra ou com uma luz prateada. Tudo estava em seu lugar: parecia que a casa fora abandonada no dia anterior, em vez de dezoito meses atrás. Havia velas nos soquetes das arandelas e a pouca poeira que cobria os tapetes ou o soalho encerado distribuíra-se de modo tão uniforme que era invisível ao luar. Quando estava prestes a entrar, parei abruptamente. Um conjunto de bronze estava em pé no patamar, oculto de mim pela aresta da parede, mas sua sombra caía com uma nitidez surpreendente sobre a almofada branca da porta e deu-me a impressão de alguém se agachando para me acometer. Fiquei rígido e imóvel por uns segundos, talvez. Então, com a mão no bolso onde estava meu revólver, avancei e descobri um Ganimedes[11] e uma águia reluzindo ao luar. Aquele fato, por uns momentos, devolveu meu equilíbrio, e um chinês de porcelana sobre uma mesa de marfim, cuja cabeça girou silenciosamente quando passei, pouco me assustou.

1) Terceiro maior satélite de Júpiter, descoberto por Galileu em 1610.

H.G. Wells

A porta do quarto vermelho e os degraus que levavam até ele estavam em um canto envolto na sombra. Movi minha vela de um lado para outro, para ver claramente em que tipo de nicho me encontrava antes de abrir a porta. Fora aqui, pensei, que encontraram meu predecessor, e a lembrança daquela história provocou em mim uma súbita pontada de apreensão. Olhei de relance sobre meu ombro para o Ganimedes ao luar e abri a porta do quarto vermelho com certa pressa, com o rosto meio virado para o silêncio descorado do patamar.

Entrei, fechei imediatamente a porta atrás de mim, girei a chave que encontrara na parte de dentro da fechadura e detive-me, a vela levantada acima de minha cabeça, a examinar o cenário de minha vigília, o grande quarto vermelho do Castelo Lorraine, no qual morrera o jovem duque. Ou antes, no qual ele começara a morrer, pois abrira a porta e caíra de ponta-cabeça nos degraus que eu acabara de galgar. Fora esse o fim de sua vigília, de sua galante tentativa de vencer a tradição espectral do lugar; e nunca, pensei, a apoplexia se prestara melhor aos objetivos da superstição. E havia outras histórias mais antigas ligadas ao quarto, até o início duvidoso de tudo, a história da esposa medrosa e o trágico fim que sobreveio à brincadeira de seu marido, que pretendia assustá-la. E, ao olhar à volta do quarto amplo e penumbroso, com suas janelas de sacada envoltas em sombras, seus nichos e alcovas, era fácil entender as lendas que brotavam de seus cantos negros, suas trevas seminais. Minha vela era apenas uma pequena chama na sua vastidão, insuficiente para penetrar no extremo oposto do quarto e deixava um mar de mistério e insinuações para além de sua ilha de luz. Decidi fazer imediatamente um exame sistemático do lugar e dissipar as insinuações fantasiosas de sua obscuridade antes que tomassem conta de mim. Após verificar se a porta estava realmente fechada, comecei a caminhar pelo quarto, examinando em volta de cada peça de mobília, enrolando os cortinados da cama e abrindo totalmente as cortinas. Empurrei as persianas e examinei os ferrolhos de várias janelas, antes de fechar as folhas, abaixei-me e olhei o negrume da grande chaminé e bati de leve nos lambris de carvalho escuro em busca de alguma passagem secreta. Havia dois espelhos grandes no quarto, cada um com um par de arandelas com velas, e sobre o aparador também havia mais velas em candeeiros de louça. Acendi todos eles, um a um. Havia lenha na lareira, uma inesperada gentileza da velha criada, e eu a acendi, para reprimir qualquer tendência a arrepios, e quando o fogo pegou, fiquei de pé, de costas para ele e observei novamente o quarto. Eu empurrara uma poltrona coberta de chintz e uma mesa, para formar uma espécie de barricada diante de mim e sobre esta depositei meu revólver, logo à mão. Meu exame minucioso fizera-me bem, mas ainda achei as penumbras mais distantes do lugar e sua absoluta quietude demasiado estimulantes para a imaginação. Os ecos dos chiados e estalidos do fogo não eram de molde a me confortar. A sombra no extremo da alcova, especialmente, possuía aquela indefinível qualidade de uma

38

O quarto vermelho

presença, daquela estranha impressão de uma coisa viva e à espreita, que brota tão facilmente do silêncio e da solidão. Por fim, para me acalmar, dirigi-me para ela com uma vela e convenci-me de que não havia nada material lá. Coloquei a vela no soalho da alcova e deixei-a nessa posição.

A essa altura eu já estava em um estado de grande tensão nervosa, embora racionalmente não houvesse nenhum motivo para isso. Minha mente, contudo, estava perfeitamente lúcida. Convenci-me de que nada de sobrenatural poderia acontecer e, para passar o tempo, comecei a costurar alguns versos, à moda de Ingoldsby[22], da lenda original local. Uns poucos eu disse em voz alta, mas os ecos não eram agradáveis. Pelo mesmo motivo também abandonei, depois de algum tempo, um diálogo comigo mesmo sobre a impossibilidade de fantasmas e de assombrações. Minha mente retrocedeu às três pessoas envelhecidas e contorcidas lá embaixo e tentei mantê-la ocupada com isso. Os vermelhos escuros e os negrumes do quarto me preocupavam; até mesmo com as sete velas o lugar estava apenas vagamente iluminado. A da alcova tremeluziu com um golpe de vento, e o bruxuleio do fogo fazia com que as sombras e a penumbra mudassem e se agitassem incessantemente. Meditando em busca de um recurso, lembrei-me das velas que vira no corredor e, com um ligeiro esforço, saí em direção ao luar, carregando uma vela e deixando a porta aberta; retornei em seguida com dez delas. Coloquei-as em diversos badulaques de louça com os quais o quarto estava adornado aqui e ali, acendi-as e coloquei-as onde as sombras eram mais densas, algumas no chão, outras nos nichos das janelas, até que por fim minhas dezessete velas estavam dispostas de modo que nenhum centímetro do quarto ficasse sem a luz direta de pelo menos uma delas. Ocorreu-me que, quando o fantasma entrasse, eu poderia avisá-lo para não tropeçar nelas. O quarto estava agora envolto em uma luz brilhante. Havia algo de realmente alegre e tranquilizador naquelas pequenas chamas flutuantes, e cheirá-las manteve-me ocupado e proporcionou-me uma sensação proveitosa da passagem do tempo. Mesmo assim, contudo, a expectativa apreensiva da vigília tornou-se-me pesada. Foi após a meia-noite que a vela da alcova subitamente apagou, e a sombra negra retornou ao seu lugar. Não vi a vela apagar-se; simplesmente virei-me e vi que a escuridão estava lá, como alguém que se surpreendesse ao ver a presença inesperada de um estranho. "Por Júpiter!", disse eu em voz alta, "aquela corrente de ar é forte!"; e pegando os fósforos da mesa, atravessei o quarto de modo despreocupado para iluminar novamente o canto. Não consegui acender o primeiro fósforo e quando consegui acender o segundo algo pareceu piscar na parede a minha frente. Virei a cabeça involuntariamente e vi que as duas velas sobre a mesinha ao lado da lareira haviam se apagado. Pus-me imediatamente em pé.

---

2) *The Ingoldsby legends*. Coleção de "ghost stories", mitos, lendas e poemas, supostamente escritas por Thomas Ingoldsby, pseudônimo de Richard Harris Barham. Publicadas pela primeira vez em 1837, sendo as mais conhecidas: "The Jackdaw of Rheims" e "The Hand of Glory" (N.T.).

"Estranho!", disse. "Eu mesmo fiz isso, sem me dar conta?"

Voltei, reacendi uma e quando o fiz vi a vela na arandela à direita de um dos espelhos tremular e apagar-se totalmente; quase imediatamente sua companheira seguiu-a. Não havia dúvidas quanto a isso. A chama sumiu, como se os pavios tivessem sido subitamente beliscados entre um dedo e um polegar, deixando o pavio, não em brasa ou fumegante, mas preto. Enquanto eu estava paralisado, ofegante, a vela ao pé da cama apagou, e as sombras pareceram dar um outro passo em minha direção.

"Assim não vai dar!", disse eu, e uma e depois outra vela sobre o aparador se seguiram. "O que está acontecendo?", exclamei, com uma voz que alcançava um tom agudo e estranho. Nesse instante a vela sobre o guarda-roupa apagou e a que eu reacendera na alcova seguiu-a.

"Fique firme!", disse eu. "Essas velas são necessárias", expressando-me num tom de facécia semi-histérica, e riscando um fósforo sem parar para os castiçais da cornija da lareira. Minhas mãos tremiam tanto que por duas vezes errei a superfície rugosa da caixa de fósforos. Quando a cornija emergiu novamente das trevas, duas velas no canto mais distante da janela estavam apagadas. Mas com o mesmo fósforo reacendi as velas maiores do espelho e as do chão próximas da porta, e com isso, por algum tempo, pareceu que eu vencera os apagamentos. Mas então, em uma saraivada, apagaram-se quatro luzes ao mesmo tempo em diferentes cantos do quarto, e acendi outro fósforo, trêmulo na pressa, e parei hesitante, sem saber para onde levá-lo.

Enquanto estava ali indeciso, uma mão invisível pareceu golpear as duas velas sobre a mesa. Com um grito de terror disparei para a alcova, depois para o canto e em seguida para a janela, reacendendo três, enquanto duas outras se extinguiam ao lado da lareira; então, divisando um meio melhor, larguei os fósforos sobre a escrivaninha no canto e agarrei o candelabro do quarto. Com isso, evitei a demora em riscar os fósforos; mas mesmo assim o curso uniforme de apagamento continuou, e as sombras que eu temia e contra as quais lutava retornaram e se arrastaram até mim, primeiro com um passo deste lado e depois daquele. Era como uma nuvem de tempestade esgarçada apagando as estrelas. De quando em quando, uma retornava por um instante e depois era perdida novamente. A essa altura eu já estava quase desvairado de pavor das trevas a caminho, e meu autocontrole abandonou-me. Pulei ofegante e acorri de vela em vela, em um esforço inútil contra o avanço implacável. Machuquei minha coxa contra a mesa, virei uma cadeira, tropecei, caí e na queda puxei a toalha da mesa. Minha vela rolou para longe de mim, e agarrei uma outra quando levantei. Esta foi abruptamente, enquanto eu a tirava apressadamente da mesa, apagada pelo deslocamento de ar provocado pelo meu movimento súbito, e imediatamente as duas velas restantes a acompanharam. Mas ainda havia luz na sala, uma luz

O quarto vermelho

vermelha que afastava de mim as sombras. O fogo! É claro que eu ainda podia aproximar minha vela das toras e reacendê-la!

Fui até onde as chamas ainda dançavam entre os pedaços de carvão reluzentes e difundiam reflexos rubros sobre a mobília, dei dois passos em direção à grelha e nesse exato instante as chamas bruxulearam e se apagaram, e, enquanto eu enfiava a vela entre as toras, a escuridão fechou-se sobre mim como o baixar de pálpebras, envolvendo-me num abraço apertado, selando minha visão e esmagando os últimos vestígios de razão no meu cérebro. A vela caiu-me da mão. Estiquei os braços em um vão esforço para arremessar para longe de mim aquela escuridão poderosa e, levantando a voz, gritei com toda força — uma, duas, três vezes. Depois, acho que devo ter me levantado, cambaleando. Lembro-me de ter pensado subitamente no corredor iluminado da luz do luar e, com a cabeça pendida e os braços sobre o rosto, consegui correr para a porta.

Mas eu esquecera a posição exata da porta, e bati com força contra o canto da cama. Zonzo, recuei, virei e ou fui golpeado ou dei de encontro com alguma outra peça volumosa de mobília. Tenho uma vaga lembrança de ter-me debatido assim, para cá e para lá na escuridão, de uma luta convulsiva e de meu próprio grito desvairado enquanto corria para cá e para lá, de um golpe forte, finalmente, em minha testa, uma horrível sensação de cair que durou séculos, de meu último esforço frenético para manter-me em pé, e de mais nada depois disso.

Abri os olhos com a luz do dia. Minha cabeça estava toscamente enfaixada, e o homem do braço mirrado observava meu rosto. Olhei a minha volta, tentando lembrar o que acontecera, e por um tempo não consegui. Girei os olhos e vi a velha, não mais absorta, derramando algumas gotas de remédio de um frasco azul para um copo. "Onde estou?", perguntei, "acho que me lembro de vocês, mas não consigo lembrar quem são."

Eles me disseram então, e ouvi falar do quarto vermelho mal-assombrado como quem ouve um conto de fadas. "Nós o encontramos ao amanhecer", disse ele, "e havia sangue na sua testa e em sua boca."

Apenas muito lentamente recobrei a memória de minha experiência. "Você acredita agora", disse o velho, "que o quarto é mal-assombrado?" Ele não falava mais como alguém que cumprimenta um intruso, mas como quem lamenta um amigo alquebrado.

"Sim", disse eu, "o quarto é mal-assombrado."

"E você mesmo viu. E nós, que moramos aqui durante toda a vida, nunca o vimos. Porque nunca ousamos... Diga-nos, é mesmo o velho conde que..."

"Não", disse eu, "não é."

"Eu lhe falei", disse a velha, com o copo na mão. "É a pobre condessa jovem que estava com medo..."

"Não é", disse eu. "Não existem nem fantasma de conde nem fantasma de condessa naquele quarto, não existe nenhum fantasma lá; mas é muito pior, muito, muito pior."

"E então?", disseram.

"A pior de todas as coisas que assombram o pobre mortal", disse eu; "e ela é, pura e simplesmente, o Medo! O medo de que não haja luz nem som, o que não se harmoniza com a razão, isso ensurdece, deprime e subjuga. Ele seguiu-me pelo corredor, lutou contra mim no quarto..."

Parei subitamente. Houve um intervalo de silêncio. Levei a mão às bandagens. Então o homem da sombra suspirou e falou. "É isso", disse ele. "Eu sabia que era isso. Um poder das trevas. Pôr uma maldição dessas sobre uma mulher! Ele está sempre lá, à espreita. Podemos senti-lo até mesmo durante o dia, até mesmo em um dia claro de verão, nos reposteiros, nas cortinas, ficando atrás de nós sempre que não estamos olhando. Na penumbra, ele rasteja pelo corredor e o segue, e nós não ousamos olhar para trás. Há Medo naquele quarto dela — Medo negro e haverá... enquanto esta morada do pecado durar."

NO FIM DA PASSAGEM

Rudyard Kipling

O céu é plúmbeo e nossas faces, vermelhas,
E os portais do Inferno estão abertos e violados,
E os ventos do Inferno estão soltos e impelidos,
E o pó fustiga a face dos Céus,
E as nuvens descem num sudário em chamas,
Pesado demais para subir e sólido demais para se espalhar.
E a alma do homem é tirada de sua carne,
Desprega-se das futilidades pelas quais lutou
O corpo doente e o coração opresso,
E sua alma alça voo como o pó de um sudário
Desprega-se de sua carne, despede-se e vai embora,
Como os sons que se tiram das trompas da cólera.[1]

Kipling, *Himalaio*

Quatro homens, cada um deles com direito à "vida, liberdade e à busca da felicidade",[2] estavam sentados à mesa, jogando uíste.[3] O termômetro marcava — para eles — cento e um graus de calor [38,3°C]. O aposento estava tão escuro que era possível distinguir apenas as figuras das cartas e as faces muito brancas dos jogadores. Um *punkah*[4] esfarrapado e podre de chita esbranquiçada poluía o ar quente e gemia

1) *Collery-Horn, cholera horn* (trompa da cólera). Longo instrumento de metal — trombeta de corno — que produz um som horripilante geralmente usada pelos nativos indus em funerais (N.E.).
2) *Life, liberty, and the pursuit of happiness*. Referência à Declaração da Independência dos EE.UU. (N.E.).
3) *Whist*, jogo de cartas de raciocínio, muito popular na Inglaterra nos séculos XVIII e XIX; utiliza um baralho comum de 52 cartas, e é jogado por quatro jogadores divididos em duas duplas. É jogado ainda hoje na Inglaterra, e é considerado o ancestral do bridge. Em português, uíste (N.E.).
4) *Punkah*. Um grande leque, consistindo numa armação recoberta de tecido que é posicionada sob o teto e movimentada geralmente por um serviçal. Usado na Índia para a circulação de ar em um aposento (N.E.).

lamurientamente a cada movimento. Lá fora, pairavam as sombras nubladas de um dia londrino de novembro. Não havia nem céu, nem sol, nem horizonte — nada senão um mormaço pardacento e violáceo. Era como se a Terra estivesse morrendo de apoplexia.

De tempos em tempos, nuvens de pó fulvo levantavam-se do chão sem vento ou prenúncio, atiravam-se como toalhas por entre as copas das árvores ressecadas e depois desciam novamente. Então, um redemoinho corria através da campina por umas duas milhas, desfazia-se e caía, embora nada houvesse para deter seu voo exceto uma pilha longa e baixa de dormentes de estrada de ferro esbranquiçados pela poeira, um amontoado de barracas feitas de barro, trilhos descartados e lona, e um bangalô de quatro cômodos abandonado, que pertencera ao engenheiro assistente responsável por uma seção da linha Gaudhari State, então em construção.

Os quatro, quase despidos, cobertos apenas de seus pijamas mais leves, jogavam uíste rabugentamente, com altercações acerca das mãos e reconhecimento de cartas. Não era o melhor tipo de uíste, mas eles tinham se esforçado para jogá-lo. Mottram, da Inspetoria Indiana, havia cavalgado trinta milhas e viajado de trem por outras tantas cem de seu posto solitário no deserto desde a noite anterior; Lowndes, do Serviço Civil, em cargo especial no departamento político, viera de longe para fugir por um instante às mesquinhas intrigas de um Estado nativo empobrecido, cujo rei alternadamente bajulava e vociferava por mais dinheiro a ser retirado de impostos minguados, pagos por camponeses exauridos pelo trabalho e desalentados criadores de camelos; Spurstow, o médico da linha, deixara um campo de trabalhadores devastado pelo cólera para cuidar de si durante quarenta e oito horas, no convívio renovado com outros homens brancos. Hummil, o engenheiro assistente, era o anfitrião. Ele era estacionário e recebia seus amigos, assim, todo domingo, sempre que conseguiam vir. Quando um deles deixava de comparecer, ele mandava um telegrama para o seu último endereço, com a finalidade de saber se o ausente estava morto ou vivo. Existem muitas regiões no Leste em que não é bom nem gentil perder de vista os conhecidos, nem mesmo por uma breve semana.

Os jogadores não estavam conscientes de qualquer afeição mútua especial. Brigavam toda vez que se encontravam; mas desejavam ardentemente se encontrarem, como homens sedentos desejam beber água. Eram pessoas solitárias, que compreendiam o terrível significado da solidão. Tinham todos cerca de trinta anos — cedo demais para que se possa saber disso.

"Pilsener?", disse Spurstow, após a primeira negra, enxugando a testa.

"Sinto muito, mas a cerveja acabou, e há muito pouca água gasosa para esta noite", disse Hummil.

"Que porcaria de estabelecimento!", rosnou Spurstow.

O quarto vermelho

"A culpa não é minha. Escrevi e telegrafei; mas os trens ainda não chegam regularmente. Na última semana o gelo acabou — como Lowndes sabe."

"Ainda bem que eu não vim. Mas eu poderia ter-lhe mandado algumas, se tivesse sabido. Ufa! Está quente demais para continuar jogando *bumblepuppy*", disse, lançando um olhar feroz para Lowndes, que apenas sorriu. Ele era um agressor inveterado.

Mottram levantou-se da mesa e olhou por uma fenda nas venezianas.

"Bonito dia!", disse ele.

Os companheiros bocejaram, todos juntos, e lançaram-se a uma investigação inútil sobre todos os bens de Hummil — armas, romances despedaçados, selaria, esporas e objetos semelhantes. Eles os haviam contado inúmeras vezes antes, mas não havia outra coisa a fazer.

"Alguma notícia nova?", disse Lowndes.

"A *Gazeta da Índia* da última semana e um recorte de casa. Meu pai enviou-o. É bastante divertido."

"Um daqueles paroquianos que se denominam M.P.s[5] novamente, não é?", disse Spurstow, que lia seus jornais quando os conseguia.

"Sim. Ouçam isto. Diz respeito ao seu campo, Lowndes. O homem estava fazendo um discurso aos seus eleitores e passou dos limites. Eis uma amostra, 'E afirmo peremptoriamente que o Serviço Civil da Índia é reserva — reserva de estimação — da aristocracia da Inglaterra. O que a democracia — o que as massas — recebem daquele país, que pouco a pouco fraudulentamente anexamos? Respondo: absolutamente nada. É cultivada unicamente com vistas a seus próprios interesses pelos rebentos da aristocracia. Eles cuidam muito bem de manter seus rendimentos generosos, evitar ou abafar quaisquer investigações sobre a natureza e conduta de sua administração, enquanto eles próprios forçam o infeliz camponês a pagar com o suor de sua fronte todos os luxos com os quais se mimam'." Hummil abanou o recorte sobre sua cabeça. "Ouçam! Ouçam!", disseram seus ouvintes.

E então Lowndes, pensativamente, "eu daria... daria o salário de três meses para que esse cavalheiro passasse um mês comigo e visse como os príncipes nativos livres e independentes lidam com as coisas. O velho Perna-de-pau"[6] — era esse o irreverente título para um ilustre e condecorado príncipe feudatário — "me esgotou a paciência a semana passada por causa de dinheiro. Por Júpiter, sua última façanha foi enviar-me uma de suas mulheres como suborno!".

"Que ótimo! Você aceitou?", disse Mottram.

"Não. Gostaria de tê-lo feito, agora. Ela era bem bonitinha e contou-me uma história comprida sobre a horrível penúria entre as mulheres do rei. As queridinhas não conseguiram nenhuma roupa nova durante quase um mês, e o velho quer

---

5) M.P.s: *Members of Parlament* (Membros do Parlamento) (N.E.).
6) No original: *Timbersides*, diz-se de uma construção de alvenaria, com uma das paredes de madeira (N.E.).

comprar uma nova carruagem de Calcutá — grades de prata maciça, lanternas de prata e quinquilharias desse tipo. Tentei fazê-lo entender que ele esbanjou os últimos rendimentos dos últimos vinte anos e precisa ir devagar. Ele não se convenceu."

"Mas ele possui as caixas-fortes do tesouro ancestral com que contar. Deve haver pelo menos três milhões em joias e moedas sob seu palácio", disse Hummil.

"Vá um rei nativo remexer no tesouro da família! Os sacerdotes o proíbem, exceto como último recurso. O velho Perna-de-pau acrescentou algo como um quarto de milhão ao depósito de seu reino."

"De que maldade vem tudo isso?", disse Mottram.

"Do país. A situação do povo é de deixar qualquer um doente. Eu soube que os coletores de impostos se postam ao lado de uma camela leiteira até que a cria nasça e então correm até a mãe em busca dos atrasados. E o que posso fazer? Não consigo que os funcionários da corte me prestem contas; não consigo senão um sorriso gordo do comandante-em-chefe quando descubro que as tropas estão com três salários atrasados; e o velho Perna-de-pau começa a chorar quando falo com ele. Encharca-se de King's Peg, trocou o uísque por conhaque, e Heidsieck por água de soda.[7]"

"Foi nisso que o Rao de Jubela[8] se afundou. Nem mesmo um nativo consegue aguentar muito tempo assim", disse Spurstow. "Ele vai apagar. Acho que então teremos um conselho de regência e um tutor para o jovem príncipe, e de lhe devolver seu reino com as rendas acumuladas em dez anos."

"E depois disso esse jovem príncipe, a quem se ensinaram todos os vícios ingleses, brincará com o dinheiro e desfará o trabalho de dez anos em dezoito meses. Já vi isso antes", disse Spurstow. "Eu pegaria leve com o rei, se fosse você, Lowndes. De qualquer modo eles vão odiá-lo."

"Perfeito. Quem está de espectador pode falar em pegar leve; mas você não pode limpar um chiqueiro com uma pena molhada em água de rosas. Conheço meus riscos; mas nada aconteceu ainda. Meu criado é um velho patane e cozinha para mim. É muito pouco provável que o subornem, e não aceito comida de meus fiéis amigos, como eles se denominam. Mas é um trabalho exaustivo! Eu preferiria ficar com você, Spurstow. Há caça perto de seu acampamento."

"Você iria? Acho que não. Cerca de quinze mortes por dia não incitam um homem a atirar em nada exceto em si mesmo. E o pior de tudo é que os pobres diabos olham para você como se fosse salvá-los. Deus sabe que tentei de tudo. Minha última tentativa foi empírica, mas tirou um velho de dificuldades. Ele chegou até mim evidentemente depois de ter perdido todas as esperanças, e lhe dei gim e molho Worcester com pimenta de Caiena. Isso o curou, mas não o recomendo."

"Como os casos acabam, de modo geral?", disse Hummil.

---

7) *King's Peg*, coquetel preparado com brandy e champanhe; *Heidsieck*, marca de champanhe (N.E.).

8) *Rao*. Título honorífico concedido a gentlemans, magistrados etc.; *Jubela*. Designação não confirmada de um Estado ou região da Índia (N.E.).

O quarto vermelho

"Na verdade, de uma forma muito simples. Chlorodyne, pílula de ópio, colapso, nitro,[9] pesos para os pés, e então... as escadarias do rio. Esta última parece ser a única coisa que põe fim ao problema. É o cólera negro, você sabe. Pobres diabos! Mas, digo-lhes, o pequeno Bunsee Lal, meu farmacêutico, trabalha como o diabo. Vou indicá-lo para promoção, se ele sobreviver."

"E quais são as suas chances, meu velho?", disse Mottram.

"Não sei; pouco me importa, mas enviei uma carta. O que você tem feito em geral?"

"Sentar sob uma mesa na tenda e cuspir no sextante para mantê-lo frio", disse o topógrafo. "Lavar meus olhos para evitar a oftalmia, que certamente pegarei, e tentar fazer o ajudante entender que um erro de cinco graus num ângulo não é tão pequeno quanto parece. Estou completamente sozinho, você sabe, e assim vou estar até o fim da estação quente."

"Hummil é o sortudo", disse Lowndes, atirando-se sobre um sofá. "Ele tem um teto de verdade — de lona rasgada, mas ainda assim um teto — sobre sua cabeça. Vê um trem todos os dias. Consegue deles cerveja, água gasosa e gelo, quando Deus permite. Tem livros, quadros — eles foram recortados do *Graphic* — e o convívio com o sub-empreiteiro Jevins, além do prazer de nos receber semanalmente."

Hummil deu um sorriso feroz. "Sim, acho que sou um sujeito de sorte. Jevins tem mais sorte ainda."

"Como? Não..."

"Sim. Foi-se. Segunda-feira última."

"Por suas próprias mãos?", disse Spurstow rapidamente, insinuando a suspeita que estava na cabeça de todos. Não há cólera perto da região de Hummil. Até mesmo a febre dá a um homem o período de uma semana, e a morte súbita geralmente implicava suicídio.

"Com esse tempo, não culpo ninguém", disse Hummil. "Ele foi afetado pelo sol, imagino; pois uma semana atrás, depois que vocês partiram, entrou na varanda e me disse que estava indo para casa ver sua mulher, na rua Market, em Liverpool, naquela noite."

"Consegui que o farmacêutico viesse vê-lo e tentamos fazer com que se deitasse. Depois de uma ou duas horas, ele esfregou os olhos e disse que achava ter tido um ataque, esperava não ter dito nenhuma palavra grosseira. Jevins tinha grandes esperanças de progredir socialmente. Usava uma linguagem muito peculiar.[10]"

"E?"

"Então ele foi para o seu pequeno bangalô e começou a limpar um rifle. Disse ao criado que pela manhã iria caçar. Provavelmente mexeu no gatilho e deu um tiro

9) Prescrição para os casos de cólera no final do séc. XIX. *Chorodyne*: uma mistura de clorofórmio e ópio. *Nitre*: nitrato de potássio em solução diluída (N.E.).

10) No original *Chucks*: significando um meio de vida, atributos, ações, crenças e estilo de um homem. *Chucks the Boatswain*, uma espécie de escalador social, in: *Peter Simple* novela do Capitão Frederick Marryat (1792-1848) (N.E.).

na cabeça — acidentalmente. O farmacêutico enviou um relatório ao meu chefe, e Jevins está enterrado em algum lugar lá. Eu teria lhe telegrafado, Spurstow, se você tivesse podido fazer alguma coisa."

"Você é um sujeito esquisito", disse Mottram. "Se você mesmo tivesse matado o homem não poderia ter ficado mais quieto sobre o caso."

"Cruzes! O que importa?", disse Hummil calmamente. "Tenho muito trabalho de supervisão dele a fazer, além do meu próprio. Sou o único a sofrer. Jevins está livre, por puro acidente, é claro, mas livre. O farmacêutico ia escrever um longo discurso sobre suicídio. Nada como um babu[11] para escrever besteiras sempre que a chance aparece."

"Por que você não deixou que isso passasse por suicídio?", disse Lowndes.

"Nenhuma prova irrefutável. Um homem não tem muitos privilégios neste país, mas pelo menos deveria ser-lhe permitido manejar mal seu próprio rifle. Além disso, algum dia eu posso precisar que alguém abafe um acidente comigo. Viva e deixe viver. Morra e deixe morrer."

"Tome uma pílula", disse Spurstow, que estivera observando atentamente o rosto pálido de Hummil. "Tome uma pílula e não faça besteira. Esse tipo de conversa não tem sentido.[12] De qualquer modo, suicídio é fugir do trabalho. Se eu tivesse a paciência de dez Jós, estaria tão interessado no que iria acontecer em seguida, que ficaria e observaria."

"Ah! Perdi essa curiosidade", disse Hummil.

"Fígado ruim?", disse Lowndes compassivamente.

"Não. Não consigo dormir. O que é pior."

"Por Júpiter que é!", disse Mottram. "Vez por outra eu também fico assim, e o ataque tem que se esgotar por si mesmo. O que você toma?"

"Nada. Para quê? Não preguei o olho desde a sexta-feira de manhã."

"Coitado! Spurstow, você devia dar um jeito nisso", disse Mottram. "Agora que você falou, seus olhos estão bastante remelentos e inchados."

Spurstow, ainda observando Hummil, sorriu levemente. "Eu o consertarei logo mais. Você acha que está muito quente para cavalgar?"

"Para onde?", disse Lowndes, cansado. "Teremos de partir às oito e então haverá muito que cavalgar. Odeio um cavalo quando tenho de utilizá-lo por necessidade. Céus! O que há para fazer?"

"Começar o uíste novamente, por pontos de pintinho (um "pintinho" vale oito xelins) e um *mohur* de ouro[13] na falta", disse Spurstow prontamente.

"Pôquer. O pagamento de um mês pela parada — sem limites — e aumentos de cinquenta rúpias. Alguém estará quebrado antes que nos levantemos", disse Lowndes.

11) *Babu*: Funcionário bengali, fluente na língua inglesa. *Bengali*: habitante do Estado de Bengali, Índia (N.E.).
12) *Skittles*, no original: um dos pinos no jogo de nove pinos; no contexto, *non sense* (N.E.).
13) *Gold mohur*: a moeda de maior valor utilizada na Índia na época (N.E.).

O quarto vermelho

"De minha parte, não me daria prazer algum quebrar alguém nesta mesa", disse Mottram. "Não há nada de emocionante nisso e é tolice." Ele dirigiu-se ao pequeno piano velho e quebrado do acampamento — destroços de um ocupante casado que outrora havia ocupado o bangalô e abriu-o.

"Está em cacos há muito tempo", disse Hummil. "Os criados destruíram-no."

O piano estava de fato irremediavelmente quebrado, mas Mottram conseguiu pôr as notas rebeldes numa espécie de acordo e nasceu do teclado dissonante algo que poderia outrora ter sido o fantasma de uma canção popular do teatro de variedades. Os homens nas poltronas viraram-se com visível interesse enquanto Mottram golpeava com violência cada vez maior.

"Muito bem!", disse Lowndes. "Por Júpiter! A última vez em que ouvi essa canção foi em 79, ou por volta disso, um pouco antes de vir para cá."

"Ah!", disse Spurstow com orgulho, "eu estava em casa em 80." E mencionou uma canção popular em moda então.

Mottram dedilhou-a toscamente. Lowndes criticou e se propôs a fazê-lo corretamente. Mottram esboçou outra cançoneta, diferente das características do teatro de variedades, e fez um movimento como se fosse se levantar.

"Sente-se", disse Hummil, "eu não sabia que você compunha. Continue a tocar até que não consiga pensar em mais nada. Vou mandar afinar esse piano antes que você venha novamente. Toque algo alegre."

Muito simples eram de fato as melodias que a arte de Mottram e as limitações do piano poderiam produzir, mas os homens ouviram com prazer e nas pausas falavam todos juntos do que haviam visto ou ouvido quando estiveram pela última vez em casa. Uma densa tempestade de areia soprou lá fora e passou sibilando por sobre a casa, envolvendo-a nas sufocantes trevas da meia-noite, mas Mottram continuou, despreocupado, e o louco tilintar se elevava acima da vibração do pano de teto esfarrapado.

No silêncio após a tempestade, ele passou gradativamente das canções escocesas de apelo mais íntimo, cantarolando-as por vezes enquanto as tocava, para o Evening Hymn.

"Domingo", disse ele, fazendo um aceno com a cabeça.

"Continue. Não se desculpe por isso", disse Spurstow.

Hummil riu, longa e ruidosamente. "Isso mesmo, toque-a. Você está cheio de surpresas, hoje. Eu não sabia que você tinha esse dom consumado do sarcasmo. Como isso acontece?"

Mottram recomeçou a música.

"Está meio lenta. Você não pegou o tom de gratidão", disse Hummil. "Ela deveria passar para a 'Grasshopper's Polka'[14] — assim." E cantarolou, *prestissimo*,

14) *Grasshopper's Polka*, composição de Ernest Bucalossi (1859-1933) (N.E.).

Glória a Ti, meu Deus, por esta noite,[15]
Por todas as bênçãos de luz.

Isso mostra que realmente nos sentimos abençoados. Como ela continua? —

Se à noite deito-me insone,
Minha alma me enche de pensamentos sagrados:
   Não perturbem meu descanso pensamentos maus —

Mais rápido, Mottram! —

Ou me persigam potências do mal!

"Bah! Que hipócrita você é!"

"Não seja bobo", disse Lowndes. "Você tem toda liberdade para fazer o que quiser, mas não brinque com esse hino. Ele está associado em meu espírito às mais sagradas recordações..."

"Noites de verão no campo, janelas de vidro colorido, a luz esmaecendo, e você e ela, as cabeças coladas, pendendo sobre um livro de hinos", disse Mottram.

"Sim, e besouro velho e gordo atingindo seu olho quando vocês estão indo para casa. Cheiro de feno e uma lua tão grande quanto uma chapeleira, acima do topo de um monte de feno; morcegos, rosas, leite e mosquitos", disse Lowndes.

"Mães também. Lembro-me exatamente de minha mãe cantando isso para eu dormir quando era pequeno", disse Spurstow.

As trevas haviam caído sobre a sala. Eles podiam ouvir Hummil mexendo-se em sua cadeira.

"Consequentemente", disse ele irritado, "você o canta quando está no sétimo círculo, bem fundo no Inferno! É um insulto à inteligência da Divindade fingir que não somos uns rebeldes atormentados".

"Tome *duas* pílulas", disse Spurstow: "isso é fígado maltratado".

"O geralmente plácido Hummil está num mau humor dos diabos. Tenho pena dos *coolies* amanhã", disse Lowndes, enquanto os criados traziam os candeeiros e preparavam a mesa para o jantar.

---

15) *Glory to thee, my God, this night, / For all the blessings of the light. // If in the night I sleepless lie, / My soul with sacred thoughts supply; / May no ill dreams disturb my rest, / Or powers of darkness me molest!*. Hino *All praise to Thee, my God, this night* (1674), letra do bispo Thomas Ken sobre música de Thomas Tallis. Trechos citados erradamente por Kipling, talvez intencionalmente. O correto é: *All praise to Thee, my God, this night, / For all the blessings of the light! // When in the night I sleepless lie, / My soul with heavenly thoughts supply; / Let no ill dreams disturb my rest, / No powers of darkness me molest* (N.E.).

O quarto vermelho

Enquanto tomavam seus lugares em volta das sofríveis costeletas de cabrito e do pudim de mandioca defumada, Spurstow aproveitou a ocasião para sussurrar para Mottram, "muito bem, David!"

"Procure Saul, então", foi a resposta.

"O que vocês estão cochichando?", disse Hummil desconfiado.

"Apenas que você é um anfitrião bem ruinzinho. Não se consegue cortar esta carne", respondeu Spurstow, com um sorriso gentil. "Você chama isso de jantar?"

"Não posso fazer nada. Você não esperava um banquete, não é?"

Durante toda aquela refeição Hummil se esforçou em insultar direta e propositalmente todos os seus convidados, um após o outro, e a cada insulto Spurstow cutucava as pessoas agredidas sob a mesa; mas não ousou trocar um olhar de conivência com nenhum deles. O rosto de Hummil estava branco e contraído, ao passo que seus olhos estavam anormalmente grandes. Ninguém sonharia por um momento em ressentir-se de suas ofensas pesadas, mas assim que terminaram a refeição apressaram-se em partir.

"Não vão embora. Vocês estavam justamente ficando divertidos, companheiros. Espero não ter dito nada que os aborrecesse. Vocês são tão sensíveis..." E então, mudando o tom para uma súplica quase abjeta, Hummil acrescentou, "Ora essa! Vocês não estão mesmo indo embora, não é?"

"Na língua do abençoado Jorrocks,[16] onde como, durmo", disse Spurstow. "Quero dar uma olhada em seus *coolies* amanhã, se você não se importa. Será que poderia me arranjar um lugar para deitar?"

Os outros alegaram urgência em seus muitos deveres no dia seguinte e, montando, partiram juntos, Hummil lhes pedia que viessem no domingo seguinte. Enquanto partiam a trote, Lowndes abriu-se com Mottram:

"... E eu nunca tive tanta vontade de chutar um homem na sua própria mesa em toda a minha vida. Ele disse que eu roubei no uíste e me lembrou que lhe devia dinheiro! Disse-lhe na sua cara que você era um mentiroso! Você tem todo o direito de se sentir mais do que indignado."

"Eu não me sinto", disse Mottram. "Pobre diabo! Você já viu alguma vez o velho Hummy se portar desse jeito ou de forma remotamente semelhante?"

"Não há desculpa para isso. Spurstow estava me chutando a perna o tempo todo, e por isso me segurei. Do contrário, teria..."

"Não, você não o faria. Você fez como Hummy com Jevins; não julgue mal um homem tão indisposto. Por Júpiter! A fivela da minha rédea está queimando minha mão! Trote um pouco e cuidado com os buracos de rato."

---

16) *Jorrocks*. Personagem de diversas novelas de Robert Smith Surtees (1803-1864), um dos autores preferidos de Kipling (N.E.).

H.G. Wells

Dez minutos de trote arrancaram de Lowndes uma observação bastante solene quando ele se deteve, suando por todos os poros...

"Ainda bem que Spurstow ficou com ele esta noite."

"Sim. Bom homem, o Spurstow. Nossas estradas se separam aqui. Vejo você no próximo domingo, se o sol não me derrubar."

"Acho que sim, a menos que o secretário das finanças do velho Perna-de-pau consiga temperar um pouco de minha comida. Boa noite, e... Deus meu!"

"O que foi agora?"

"Nada, não!", Lowndes apanhou seu chicote e, batendo de leve no flanco da égua de Mottram, acrescentou: "Você não é um sujeitinho de todo mau, só isso". E a essas palavras a égua disparou assustada por meia milha através da areia.

No bangalô do assistente de engenheiro, Spurstow e Hummil fumavam cachimbo juntos, em silêncio, observando-se atentamente um ao outro. O espaço da moradia de um solteirão é tão elástico quanto simples sua organização. Um criado desocupou a mesa de jantar, trouxe um par de toscas armações de cama feitas de tiras fixadas numa estrutura leve de madeira, atirou um quadrado de esteira fresca de Calcutá sobre cada uma, colocou-as uma ao lado da outra, prendeu com alfinetes duas toalhas à *punkah*, de modo que suas franjas pendessem até quase o nariz e a boca de quem nelas dormisse, e anunciou que os leitos estavam prontos.

Os homens atiraram-se às camas, ordenando aos *coolies* do *punkah* que, com todas as forças infernais, abanassem. Todas as portas e janelas estavam fechadas, pois a temperatura lá fora estava um forno. Dentro, a temperatura era apenas 104° [40°C], como testemunhava o termômetro, e pesado com o terrível cheiro dos candeeiros a querosene mal-ajustados; e esse fedor, combinado ao do tabaco nativo, tijolo queimado e terra seca, faz parar até o coração de um homem forte, pois é o cheiro do Grande Império Indiano quando ele se transforma, durante seis meses, em um lugar atroz. Spurstow empilhou habilmente seus travesseiros, de modo que ficasse mais reclinado do que deitado, com a cabeça em uma altura adequada acima de seus pés. Não é bom dormir em travesseiro baixo quando está fazendo calor e se tem pescoço grosso, pois pode-se passar, com roncos e gorgolejos vigorosos, do sono natural para o sono pesado da apoplexia por calor.

"Empilhe seus travesseiros", disse o doutor secamente, quando viu Hummil preparando-se para se estirar.

A iluminação noturna estava bem distribuída: a sombra do *punkah* ondeava pela sala, o adejar da toalha-*punkah* e o suave ranger da corda através do buraco da parede a seguiam. Então o *punkah* esmoreceu, quase cessou. O suor pingava da fronte de Spurstow. Deveria ele sair e repreender o *coolie*? Ela começou novamente a balançar com um solavanco forte e um alfinete soltou-se das toalhas. Quando ele foi substituído, um tumtum na direção dos *coolies* começou a soar com o pulsar firme

52

O quarto vermelho

de uma artéria inchada dentro de um crânio tomado de febre cerebral. Spurstow virou de lado e roncou suavemente. Não havia nenhum movimento da parte de Hummil. O homem havia se ajeitado tão rigidamente quanto um cadáver, as mãos apertadas em seus flancos. A respiração estava demasiado rápida para indicar sono. Spurstow olhou para o rosto imóvel. A mandíbula estava cerrada e havia uma ruga em torno das pálpebras palpitantes.

"Ele está se segurando o mais que pode", pensou Spurstow. "Que diabos está acontecendo com ele? — Hummil!"

"O quê?", respondeu uma voz pesada e contida.

"Você não consegue dormir?"

"Não."

"Cabeça quente? Sentindo a garganta inchada? Ou o quê?"

"Nenhuma das duas, obrigado. Não durmo muito, você sabe."

"Sentindo-se muito mal?"

"Muito mal, obrigado. Há um tumtum lá fora, não? De início pensei que fosse minha cabeça... Oh!, Spurstow, por misericórdia, me dê alguma coisa para dormir, cair num sono profundo, ainda que por apenas seis horas!" Ele levantou-se num pulo, tremendo da cabeça aos pés. "Há dias não tenho conseguido dormir bem, e não estou aguentando! Não estou aguentando!"

"Pobre amigo velho!"

"Não adianta. Dê-me algo que me faça dormir. De verdade, estou quase louco. Metade do tempo não sei o que digo. Durante três semanas tive de pensar e soletrar cada palavra que me veio à boca antes que ousasse dizê-la. Não é para deixar um homem louco? Não consigo ver as coisas claramente agora, e perdi o sentido do tato. Minha pele dói — minha pele dói! Faça-me dormir. Oh!, Spurstow, pelo amor de Deus, faça-me dormir um sono profundo. Não é suficiente deixar-me apenas sonhar. Faça-me dormir!"

"Está bem, meu velho, está bem. Vá com calma; você não está tão mal assim."

Uma vez abertas as comportas da represa, Hummil estava agarrando-se a ele como uma criança amedrontada. "Você está machucando meu braço."

"Vou quebrar seu pescoço, se não me ajudar. Não, não quis dizer isso. Não fique bravo, meu velho." Ele enxugou o suor enquanto se esforçava por recompor-se. "Estou um pouco inquieto e inapetente, e talvez você pudesse me receitar alguma espécie de composto para dormir — brometo de potássio.[17]"

"Brometo uma ova! Por que não me disse isso antes? Solte meu braço, e verei se há algo em minha cigarreira que resolva seu problema." Spurstow procurou entre suas roupas diárias, aumentou a luz da lamparina, abriu uma pequena cigarreira

---

17) *Bromide of potassium*. Medicamento utilizado em distúrbios nervosos, como sedativo. O pedido de Hummil provoca a experta exclamação de Spurstow, que lhe injeta morfina (N.E.).

de prata e deu uns passos em direção ao expectante Hummil com uma seringa extremamente fina e elegante.

"O último recurso da civilização", disse ele, "e algo que odeio usar. Estenda seu braço. Bem, sua insônia não prejudicou seu músculo; e que couro duro! Parece que estou dando uma subcutânea num búfalo. Agora, dentro de poucos minutos a morfina começará a fazer efeito. Deite-se e espere".

Um sorriso de genuíno e beatífico prazer começou a insinuar-se pelo rosto de Hummil. "Acho", sussurrou ele. — "Acho que estou apagando agora. Meu Deus! É decididamente celestial! Spurstow, você precisa me dar essa caixa para eu guardar; você..." A voz cessou enquanto a cabeça pendeu para trás.

"Não por muito tempo", disse Spurstow à forma inconsciente. "E agora, meu amigo, já que insones do seu tipo tendem a relaxar a pressão moral em questiúnculas de vida e morte, tomarei a liberdade de travar suas armas."

Ele andou descalço a passos trôpegos até o quarto de selaria e tirou da caixa um rifle calibre doze, uma espingarda automática e um revólver. Do primeiro ele desatarraxou o bocal e os escondeu no fundo da caixa de selaria; da segunda tirou a alavanca, chutando-a para trás de um grande guarda-roupas. O terceiro ele apenas abriu, e emperrou o tambor com o salto de uma bota de montar.

"Feito", disse ele, enquanto sacudia o suor de suas mãos. "Essas pequenas precauções pelo menos lhe darão tempo para mudar de ideia. Você é muito compassivo com acidentes com armas."

E, enquanto se levantava, a voz pastosa e abafada de Hummil exclamou na porta: "Seu tolo!"

É esse o tom de voz que costumam usar aqueles que, nos intervalos de lucidez em meio ao delírio, falam a seus amigos um pouco antes de morrer.

Spurstow deu um pulo, deixando cair a pistola. Hummil estava na soleira, sacudindo-se numa gargalhada convulsiva.

"Você foi muito gentil, sem dúvida", disse ele, muito lentamente, buscando palavras. "Não pretendo pôr um fim em mim mesmo por minhas próprias mãos, por enquanto. Ora essa, Spurstow, esse negócio não funciona. O que vou fazer? O que vou fazer?" Pânico e terror transpareciam em seus olhos.

"Deite-se e dê um tempo. Deite-se imediatamente."

"Não tenho coragem. Aquilo vai me levar novamente e não poderei fugir desta vez. Você sabe que isso era tudo que eu poderia fazer para me safar neste instante? Geralmente sou rápido como um raio; mas você tinha imobilizado meus pés. Quase fui pego."

"Ah, sim, entendo. Vá se deitar."

"Não, não é delírio; mas foi uma peça danada de baixa que você me pregou. Você sabe que eu poderia ter morrido?"

O quarto vermelho

Assim como uma esponja apaga completamente uma lousa, também algum poder ignorado por Spurstow apagara do rosto de Hummil todo traço humano, e ele postava-se à porta como a manifestação de sua perdida inocência. Dormindo, ele recuara à infância aterrorizada.

"Será que ele vai morrer aqui mesmo?", pensou Spurstow. E então em voz alta: "Está bem, meu filho. Volte para a cama e me conte tudo. Você não conseguiu dormir; mas como foi o resto da bobagem?"

"Um lugar, um lugar lá", disse Hummil, com uma sinceridade genuína. A droga estava agindo sobre ele em ondas, e ele passara do medo de um homem forte para o terror de uma criança quando seus nervos assumiram o controle ou foram embotados.

"Deus do Céu! Há meses venho sentindo medo daquilo, Spurstow. Ele transformou todas as noites em um inferno para mim; e, no entanto, não tenho consciência de haver feito nada de errado."

"Fique quieto e lhe darei outra dose. Vamos cessar seus pesadelos, seu grandissíssimo idiota!"

"Sim, mas você precisa me dar bastante, para que eu não possa ir embora. Você precisa me fazer dormir profundamente, e não só um pouco sonolento. É muito difícil correr depois."

"Eu sei, eu sei. Eu também já senti isso. Os sintomas são exatamente como você descreve."

"Ah!, não ria de mim, seu maldito! Antes que essa terrível insônia me acontecesse, eu tentava apoiar-me no cotovelo e colocar uma espora na cama para me picar quando caía. Veja!"

"Por Júpiter! O homem tem sido esporeado como um cavalo! Cavalgado turbulentamente pelo pesadelo! E todos nós o julgávamos muito sensato. Vá lá entender! Você gosta de falar, não é?"

"Sim, às vezes. Não quando estou amedrontado. *Nessa hora* desejo correr. Você não?"

"Sempre. Antes de eu lhe dar sua segunda dose, tente dizer-me exatamente qual é o seu problema."

Hummil falou num sussurro entrecortado por quase dez minutos, enquanto Spurstow examinava as pupilas de seus olhos e passava a mão diante deles uma ou duas vezes.

No fim da narrativa, pegou a cigarreira de prata, e as últimas palavras ditas por Hummil enquanto caía para trás pela segunda vez foram: "Faça-me dormir um sono profundo; pois se eu for pego, morro, morro!"

"Sim, sim, como todos nós, cedo ou tarde, graças aos Céus, que põem um fim a todas as nossas desgraças", disse Spurstow, arrumando as almofadas sob a cabeça. "Ocorre-me que, a menos que beba algo, morro antes da hora. Parei de suar e — eu uso um colarinho cinquenta." Fez um chá escaldante, que é um excelente remédio contra a apoplexia por calor, quando se toma três ou quatro xícaras de uma só vez. Então observou aquele que dormia.

"Um rosto apático que grita e não pode enxugar seus olhos, um rosto apático que o persegue pelos corredores! Hum! Decididamente, Hummil deveria pedir uma licença assim que possível; e, são ou não, ele indubitavelmente esporeou-se da maneira mais atroz. Bem, vá lá entender!"

Ao meio-dia Hummil levantou-se, com um gosto ruim na boca, mas com os olhos desanuviados e espírito alegre.

"Eu passei bem mal na noite passada, não é?", disse ele.

"Já vi homens mais saudáveis. Você deve ter tido insolação. Olhe: se eu escrever um atestado médico a seu favor, você pedirá licença imediatamente?"

"Não."

"Por quê? Você precisa disso."

"Sim, mas posso aguentar até que o tempo fique um pouco mais fresco."

"E por quê, se pode conseguir um alívio imediato?"

"Burkett é o único que poderia ser enviado; e ele é um rematado tolo."

"Oh!, não se preocupe com a linha. Você não é tão importante assim. Telegrafe pedindo licença, se necessário."

Hummil parecia muito constrangido.

"Posso aguentar até a estação das chuvas", disse evasivamente.

"Você não pode. Telegrafe ao centro de operações pedindo Burkett."

"Não. Se você quer saber por quê, exatamente, Burkett é casado e sua mulher acabou de ter um filho e está em Simla, lugar mais fresco, e Burkett tem um ótimo posto que lhe permite ir até Simla de sábado a segunda. A mulherzinha não está muito bem. Se Burkett fosse transferido, ela teria de segui-lo. Se ela deixasse o bebê para trás, ficaria mortalmente aflita. Se ela viesse — e Burkett é um daqueles animaizinhos egoístas que estão sempre falando do lugar de sua mulher com seu marido — ela morreria. É assassinato trazer uma mulher para cá justamente agora. Burkett tem o físico de um rato. Se vier para cá, morre; e sei que ela não tem dinheiro algum e tenho certeza de que morrerá também. De certa forma estou imunizado, não sou casado. Espere até a estação das chuvas, e então Burkett pode emagrecer aqui embaixo. Isso lhe fará um bem danado."

"Você quer dizer que pretende enfrentar... o que você enfrentou, até a chegada das chuvas?"

"Ora, não será tão ruim, agora que você me mostrou a saída. Sempre posso telegrafar-lhe. Além disso, agora que encontrei o caminho do sono, vai ficar tudo bem. De qualquer modo, não vou pedir licença. E ponto final."

O quarto vermelho

"Meu excelente Scott! Eu julgava que tudo isso já eram águas passadas."

"Pfuh! Você faria o mesmo. Sinto-me um novo homem, graças àquela cigarreira. Você vai para o acampamento agora, não é?"

"Sim; mas virei vê-lo de vez em quando, se puder."

"Não estou tão ruim assim. Não quero incomodá-lo. Dê gim e ketchup aos *coolies*."

"Então você está se sentindo bem?"

"Pronto para sobreviver, mas não para ficar ao sol conversando com você. Vá embora, meu velho, e Deus o acompanhe."

Hummil girou em seus calcanhares para enfrentar a solidão permanente de seu bangalô, e a primeira coisa que viu na varanda foi a imagem de si mesmo. Ele deparara-se com uma aparição semelhante uma vez antes, quando estava sofrendo de excesso de trabalho e da pressão do calor.

"Isso é muito mau", disse ele, esfregando os olhos. "Se a coisa deslizar para longe de mim de uma só vez, como um fantasma, saberei se se trata apenas de um desarranjo dos olhos e do estômago. Se ela caminhar... minha cabeça está indo."

Ele se aproximou da figura, que tinha a característica de manter distância dele, como costumam fazer todos os espectros que nascem do excesso de trabalho. Ela deslizou pela casa e dissolveu-se nas manchas dentro do globo ocular assim que atingiu a luz ofuscante do jardim. Hummil cuidou de seus afazeres até o entardecer. Quando entrou para jantar, ele viu a si próprio sentado à mesa. A visão levantou-se e saiu apressadamente. Salvo pelo fato de não lançar sombra, ela era, sob todos os aspectos, real.

Nenhum homem vivo sabe o que aquela semana preparava para Hummil. Um aumento da epidemia reteve Spurstow no acampamento, entre os *coolies*, e tudo que pudera fazer fora telegrafar para Mottram, instando-o para que fosse para o bangalô e dormisse lá. Mas Mottram estava a quarenta milhas de distância do telégrafo mais próximo e de nada sabia, exceto das necessidades da inspeção, até que encontrou, na manhã de domingo, Lowndes e Spurstow a caminho da casa de Hummil para a reunião semanal.

"Espero que o pobre sujeito esteja num humor melhor", disse o primeiro, pendendo seu corpo para apear-se à porta. "Acho que ele ainda não se levantou."

"Vou dar uma olhada nele", disse o doutor. "Se ele estiver dormindo, não há necessidade de acordá-lo."

E um instante mais tarde, pelo tom da voz de Spurstow pedindo-lhes que entrassem, os homens souberam o que acontecera. Não havia necessidade de acordá-lo.

O *punkah* ainda estava sendo movido, mas Hummil deixara a vida havia pelo menos três horas.

O corpo jazia de costas, as mãos rígidas ao lado do corpo, como Spurstow as vira sete noites antes. Nos olhos estatelados estava escrito um terror fora do alcance de qualquer pena.

Mottram, que entrara atrás de Lowndes, inclinou-se sobre o morto e tocou levemente a testa com os lábios. "Oh, sujeito de sorte, diabo de sorte!", sussurrou.

Mas Lowndes vira os olhos e recuou tremendo para o outro lado da sala.

"Pobre rapaz! Pobre rapaz! E na última vez em que o vi eu estava bravo. Spurstow, deveríamos ter cuidado dele. Ele...?"

Habilmente, Spurstow continuou em suas investigações, terminando em uma busca pela sala.

"Não, ele não", disse ríspida e rapidamente. "Não há vestígios de nada. Chame os criados."

Eles vieram, oito ou dez deles, cochichando e espiando por sobre os ombros dos outros.

"Quando seu Sahib foi para a cama?", disse Spurstow.

"Achamos que às onze ou dez", disse o criado pessoal de Hummil.

"Ele estava bem então? Mas como vocês sabem?"

"Ele não estava doente, tanto quanto pudemos entender. Mas havia dormido muito pouco durante três noites. Isso eu sei, porque o vi caminhando muito e especialmente no meio da noite."

Quando Spurstow estava arranjando o lençol, uma grande espora reta de caça caiu no chão. O doutor suspirou. O criado pessoal olhou de relance para o corpo.

"O que você acha, Chuma?", disse Spurstow, percebendo o olhar na face escura.

"O Nascido-do-Céu,[18] na minha pobre opinião, este que era o meu amo desceu até as Trevas e lá foi pego porque não conseguiu escapar rápido o bastante. Temos a espora como prova de que ele lutou com o Medo. Tenho visto homens da minha raça fazerem assim com espinhos quando um encanto lhes foi lançado para arrastá-los nas horas de sono e eles não ousavam dormir."

"Chuma, você é um cabeça tonta. Vá e faça os preparativos para selar os pertences de Sahib."

"Deus criou o Nascido-do-Céu. Deus me criou. Quem somos nós, para indagar os desígnios de Deus? Pedirei aos outros criados para manter distância enquanto o senhor estiver relacionando os bens de Sahib. São todos ladrões e roubariam."

"Na minha avaliação, ele morreu de... ora, de qualquer coisa; de parada cardíaca, apoplexia pelo calor, ou alguma outra provação", disse Spurstow a seus companheiros. "Precisamos fazer um inventário de seus bens e coisas assim."

"Ele estava morto de medo", insistiu Lowndes. "Veja esses olhos! Pelo amor de Deus, não deixem que seja enterrado com eles abertos!"

"Fosse o que fosse, ele está livre de todos os problemas agora", disse Mottram suavemente.

18) *Heaven-born*. Título aplicado aos membros do Indian Civil Service como forma de elogio e respeito. Inspirado em *twice-born* [*nascido-duas-vezes*] como eram nomeados os Brâmanes, sacerdotes hindus da mais alta casta e cultura superior (N.E.).

O quarto vermelho

Spurstow estava examinando os olhos abertos.

"Venha cá", disse ele. "Consegue ver algo aí?"

"Não consigo olhar para ele!", disse Lowndes com uma voz lamurienta. "Cubra o rosto! Haverá no mundo um medo que possa imprimir num homem essa aparência? É horrível. Oh, Spurstow, cubra isso!"

"Nenhum medo... no mundo", disse Spurstow. Mottram inclinou-se sobre seu ombro e olhou atentamente.

"Não vejo nada, exceto algumas manchas cinzentas na pupila. Não pode haver nada, você sabe."

"Mesmo assim. Bem, pensemos. Levará metade do dia para montar qualquer tipo de caixão; e ele deve ter morrido à meia-noite. Lowndes, meu velho, vá e diga aos *coolies* para começar a abrir uma cova ao lado do túmulo de Jevins. Mottram, dê uma volta pela casa com Chuma e veja se puseram selos nas coisas. Mande-me uns dois homens e porei ordem nisso."

Os criados de braços fortes, quando retornaram aos seus, contaram uma estranha história do doutor Sahib inutilmente tentando chamar de volta à vida o seu amo, por rituais mágicos — segurando uma pequena caixa verde que tinia em cada um dos olhos do homem morto, e de um murmúrio confuso da parte do doutor Sahib, que levou embora consigo a pequena caixa verde.

O ecoar das batidas de martelo em um caixão não é um som agradável, mas os que passaram pela experiência sustentam que muito mais terrível é o suave farfalhar dos lençóis de linho, o ranger das tiras de lona de cama, quando aquele que caiu à beira da estrada é preparado para o enterro, o gradual afundar à medida que as tiras amarradas são soltas, até que a forma amortalhada toca o chão e não se ouve nenhuma queixa contra a indignidade da remoção apressada dos restos mortais.

No último momento, Lowndes foi tomado de escrúpulos. "Há necessidade de vocês seguirem o ritual inteiro?", disse a Spurstow.

"É o que pretendo. Como civil, você é o mais velho. Pode fazê-lo você mesmo, se preferir."

"Não quis dizer exatamente isso. Apenas pensei que, se pudéssemos conseguir um capelão em algum lugar, eu me ofereceria para ir procurá-lo e dar ao pobre Hummil uma chance melhor. Só isso."

"Pfuh!", disse Spurstow, pondo nos lábios as terríveis palavras que são ditas no início das exéquias.

Depois do desjejum, fumaram cachimbo em silêncio, em memória do morto. Então disse Spurstow distraidamente:

"Não é coisa para a medicina."

"O quê?"

"Coisas no olho de um morto."

"Pelo amor de Deus, deixa para lá aquele horror!", disse Lowndes. "Já vi um nativo morrer de puro medo quando um tigre o acossara. Sei o que matou Hummil."

"Uma ova, que você sabe! Vou tentar saber." E o doutor foi para o banheiro com uma câmera Kodak. Após alguns minutos, ouviu-se o som de algo sendo quebrado em pedaços com um martelo, e ele surgiu, muito, muito branco.

"Você tirou uma fotografia?", disse Mottram. "Como é a criatura?"

"Foi impossível, é claro. Você não precisa olhar, Mottram. Destruí os filmes. Não havia nada lá. Foi impossível."

"Isso", disse Lowndes, escandindo as palavras, observando a mão que tremia, tentando acender o cachimbo, "uma mentira deslavada."

Mottram riu inquieto. "Spurstow está certo", disse. "Estamos todos em tal estado agora que acreditaríamos em qualquer coisa. Pelo amor de Deus, vamos tentar ser racionais."

Nada mais se disse por um longo tempo. O vento quente soprou lá fora, e as árvores secas soluçaram. Então, o trem diário, relampejando metal, aço polido e jorrando vapor, parou ofegante na intensa luz cegante. "Devemos embarcar", disse Spurstow. "Voltar ao trabalho. Já escrevi meu atestado. Não podemos ajudar em mais nada aqui, e o trabalho manterá nossos juízos em ordem. Vamos."

Ninguém se moveu. Não é agradável enfrentar viagens de trem no meio do dia em junho. Spurstow pegou seu chapéu e seu chicote e, voltando-se na soleira da porta, disse:

"Pode existir Céu — pode existir Inferno. Por enquanto, existe a nossa vida aqui.[19] E então?"

Nem Mottram nem Lowndes encontraram resposta para a pergunta.

---

19) Citação do final do poema de Robert Browning, "*Time's Revenges*": *There may be heaven; there must be hell; / Meantime, there is our earth here — well!* (N.E.).

A DECISÃO CORRETA

Henry James

I

Quando, após a morte de Ashton Doyne — apenas três meses depois —, George Withermore foi procurado, como se diz, a propósito de um "livro", a comunicação chegou-lhe diretamente de seus editores, que haviam sido, e na verdade muito mais, também os de Doyne; mas ele não ficou surpreso ao saber, durante a entrevista que em seguida eles lhe solicitaram, que uma certa urgência com relação à publicação, em breve, de uma biografia, viera da viúva de seu falecido cliente. As relações de Doyne com sua mulher haviam sido, como era do conhecimento de Withermore, um capítulo muito especial — que se mostraria, a propósito, muito delicado para o biógrafo; mas uma percepção do que ela perdera, e até mesmo de suas deficiências, deixara-se trair pela pobre mulher, nos primeiros dias de sua perda, o bastante para deixar qualquer observador iniciado na expectativa de algum gesto de compensação, algum patrocínio até mesmo exagerado dos interesses de um nome ilustre. George Withermore era — assim julgava-se ele — um iniciado; contudo, o que ele não esperava era ouvir que ela o mencionara como a pessoa em cujas mãos colocaria sem demora o material para um livro.

Esse material — diários, cartas, memorandos, anotações, documentos de muitos tipos — era propriedade da viúva, e ela detinha todo poder sobre ele, sem qualquer restrição ou reserva relativa à sua parte na herança; portanto, estava livre para fazer o que desejasse — livre, especialmente, para não fazer nada. O que Doyne teria disposto, tivesse ele tempo para fazê-lo, poderia ser apenas objeto de suposições e de adivinhações. A morte levara-o muito prematura e subitamente, e era uma pena que os únicos desejos por ele expressos, segundo se sabia, eram os de que fossem absolutamente desconsiderados. Ele ficara inacabado — essa fora sua

Henry James

peculiaridade; e o fim estava imperfeito e necessitava de remendos. Withermore estava plenamente consciente dos laços que os uniam, mas não menos de que ele próprio era relativamente obscuro. Era jovem, um jornalista, um crítico, alguém que cavava a existência dia a dia, ainda com pouco, como se dizia, a apresentar. Seus escritos eram escassos e de pouca importância, suas relações, limitadas e indefinidas. Doyne, por outro lado, vivera o bastante — acima de tudo, possuíra talento o bastante — para se tornar famoso, e entre seus muitos amigos, também cercados de prestígio, havia vários, sobretudo aqueles que conheciam sua mulher, que lhe pareceriam ainda mais interessante.

A preferência que ela, indubitavelmente, declarara — e o fizera de um modo indireto, polido que lhe deixou uma margem de liberdade — fez com que nosso jovem sentisse que devia ao menos vê-la e que haveria de qualquer modo muito sobre o que conversar. Ele imediatamente escreveu-lhe, ela com igual presteza indicou uma hora e eles se explicaram. Mas desse encontro ele saiu consideravelmente mais convicto de sua ideia inicial. Ela era uma mulher estranha, e ele nunca a julgara agradável; mas havia algo na sua impaciência atarefada, desajeitada que o comovia agora. Ela queria que o livro fosse escrito, e a pessoa, do grupo de seu marido, que ela provavelmente acreditava poder manipular mais facilmente deveria sob todos os aspectos ajudar a escrevê-lo. Ela não havia levado Doyne muito a sério durante sua vida, mas a biografia deveria ser uma resposta convincente a toda e qualquer incriminação a ela própria. Sobre como tais livros eram escritos, ela muito pouco sabia, mas investigara e aprendera algo. Causou um certo alarme a Withermore, de início, perceber que ela desejava algo volumoso. Ela falava em "volumes" — mas ele tinha suas próprias ideias a esse respeito.

"Pensei imediatamente em *você*, como ele teria feito", ela dissera quase no momento em que surgiu diante dele em seus amplos trajes de luto — com seus grandes olhos negros, sua grande peruca negra, seus grandes leques e luvas negros, sua desolada, feia, trágica, mas impressionante e, como se poderia julgar, de um certo ponto de vista, "elegante" presença em geral. "Dentre todos, você era de quem ele mais gostava; ah, muito mais!" — e isso foi mais do que o suficiente para virar a cabeça de Withermore. Pouco importava que depois se perguntasse se conhecera Doyne o bastante, como ocorreria, com certeza. Ele diria a si mesmo, de fato, que o testemunho dela sobre essa questão dificilmente teria contado. Ainda assim, não há fumaça sem fogo; ela sabia ao menos o que queria dizer, e ele não era um indivíduo a quem ela poderia ter interesse em lisonjear. Eles subiram juntos, sem demora, ao escritório vazio do grande homem, que ficava na parte posterior da casa e dava para o espaçoso jardim de inverno — um belo e inspirador cenário, segundo o pobre Withermore — comum às casas ricas.

"Você pode perfeitamente trabalhar aqui, se quiser", disse a sra. Doyne; "terá este lugar somente para si — eu o reservarei para você; e assim, especialmente

A decisão correta

às noites — não acha? — servirá às mil maravilhas para sua tranquilidade e privacidade."

Maravilhado, de fato, era como o jovem se sentia ao olhar a sua volta — após ter explicado que, como seu trabalho regular era num jornal vespertino e suas horas anteriores, ainda por um longo tempo, estavam normalmente tomadas, ele viria sempre à noite. A presença de seu amigo desaparecido ainda pairava no lugar; tudo que eles tocavam fizera parte da vida dele. Por hora, isso tudo era excessivo para Withermore — uma honra grande demais e até mesmo uma atenção grande demais. Memórias ainda recentes retornaram, e fizeram com que seu coração batesse mais forte, e seus olhos se enchessem de lágrimas, a pressão de sua lealdade parecia mais do que ele poderia suportar. Ao ver suas lágrimas, também as da sra. Doyne marejaram-lhe os olhos, e ambos, por um instante, apenas olharam-se. Ele quase esperava que ela exclamasse: "Ah!, ajude-me a sentir o que você sabe ser meu desejo sentir!" E, após um momento, um deles disse, com a viva aprovação do outro, não importava qual: "É aqui que estamos *com* ele". Mas foi decididamente o jovem a dizer, antes de deixarem a sala, que era "aqui que ele estava com *eles*".

O jovem começou a vir tão logo pôde, e foi então que, no mesmo instante, no encantador silêncio, entre a lâmpada e o fogo, e com as cortinas fechadas, que uma certa consciência mais vívida invadiu-o. Ele viera de uma sombria Londres de novembro; atravessara a grande e silenciosa casa, e subira as escadas onde encontrara em seu caminho apenas rapidamente com uma criada obedientemente muda, ou a visão, pelo vão de uma porta, dos trajes régios de luto da sra. Doyne e de seu rosto trágico e aprovador; e depois, com um simples toque da porta bem-feita que produzia um estalido tão preciso e agradável, fechou-se lá durante três ou quatro horas cordiais com o espírito — sempre fizera questão de as caracterizar assim — de seu mestre. Ficou não pouco amedrontado quando, na primeira noite mesmo, tomou consciência de que ficara, na verdade, profundamente impressionado, no caso todo, pela expectativa, pelo privilégio e pela delícia dessa sensação. Ele não refletira — agora percebia-o —, não ponderara claramente sobre a questão do livro — acerca do qual havia aqui, até mesmo anteriormente, muito a pensar; simplesmente deixara que seu afeto e admiração — para não falar de seu orgulho gratificado — acedessem plenamente à tentação que a sra. Doyne lhe apresentara.

Como saber, sem maiores reflexões, ele poderia começar a se indagar, que o livro era, de um modo geral, desejável? Que justificativa jamais recebera ele do próprio Ashton Doyne para uma aproximação tão direta e, de certo modo, tão informal? Respeitável era a arte da biografia, mas havia vidas e vidas, havia temas e temas. Ele recordava-se vagamente, a esse respeito, de palavras há muito ditas casualmente por Doyne com relação a elaborações contemporâneas, indícios de seu juízo exigente com relação a outros heróis e a outras paisagens. Ele até mesmo lembrava-se de como seu amigo, em certos momentos, parecia ter-se mostrado da opinião de que a carreira "literária" poderia — salvo no caso de um Johnson e um Scott, com a ajuda de um Boswell e de um Lockhart — ter-se dado por satisfeita em ser representada. O artista era o que ele *fazia* — e nada mais. E contudo, por outro lado, como deixaria *ele*, George Withermore, um pobre diabo, de agarrar-se à oportunidade de passar seu inverno num convívio tão abastado? Fora simplesmente maravilhoso — essa era a verdade. Não haviam sido os "termos" dos editores — não obstante eles fossem, como haviam dito no escritório, satisfatórios; fora o próprio Doyne, sua companhia, seu contacto, sua presença — fora particularmente a decorrência disso tudo, a possibilidade de um relacionamento mais íntimo do que houvera em vida. Era estranho que, de ambas as coisas, fosse a morte a possuidora de menos mistérios e segredos! Na primeira noite em que nosso jovem ficou a sós no aposento, pareceu-lhe que seu mestre e ele estavam realmente juntos pela primeira vez.

II

A sra. Doyne, na maioria das vezes, deixara-o propositadamente a sós, mas em duas ou três ocasiões surgira para verificar se ele não precisava de nada, e ele tivera a oportunidade de agradecer-lhe imediatamente o discernimento e o zelo com que ela lhe facilitara o trabalho. Até certo ponto, ela própria examinara o material e já conseguira reunir diversos grupos de cartas; colocara nas mãos dele, além disso, todas as chaves de gavetas e armários e lhe dera informações úteis acerca dos lugares prováveis de diferentes assuntos. Em suma, ela lhe entregara todo o material possível e, quer seu marido confiara nela ou não, ela, ao menos — isso estava claro — confiava no amigo de seu marido. Todavia, tomou conta de Withermore a impressão de que, a despeito de todas essas atenções, ela ainda não estava tranquila e de que uma certa ansiedade não aplacada continuava até mesmo a acompanhar sua confiança. Embora tivesse cercado-o de consideração, ela ao mesmo tempo estava sensivelmente *ali*: ele a sentia, embora mediante um sexto sentido extremamente sutil de que toda a conexão já fora posta em jogo, pairar, no silêncio da noite, no alto da escadaria e no outro lado das portas, a inferir-se do farfalhar mudo de suas saias o sinal de suas vigílias e expectativas. Uma noite, quando, à mesa de seu amigo, ele estava absorto nas profundezas da correspondência, aconteceu-lhe assustar-se e virar-se, com a impressão de que havia alguém atrás de si. A sra. Doyne entrara sem que ele ouvisse a porta e deu-lhe um sorriso forçado quando ele se pôs em pé de um salto. "Espero", disse ela, "não tê-lo assustado".

"Só um pouco — eu estava tão absorto... Foi como se, por um instante", o jovem explicou, "fosse ele próprio."

A singularidade de seu rosto aumentou com sua surpresa. "Ashton?"

64

A decisão correta

"Ele parece tão próximo", disse Withermore.

"A você também?"

Isso compreensivelmente o espantou. "Você também sente a presença dele?"

Ela hesitou, imóvel no lugar onde estivera de início, mas olhando em volta da sala como se para penetrar em seus cantos mais escuros. Tinha ela um modo de levantar ao nível do nariz o grande leque negro, que aparentemente nunca abandonava e com o qual cobria assim a parte inferior do rosto, que tornava seus olhos um tanto duros, acima dele, ainda mais ambíguos-vagos. "Às vezes."

"Aqui", continuou Withermore, "é como se ele pudesse entrar a qualquer momento. Foi por isso que me assustei há pouco. Faz tão pouco tempo que ele realmente... *foi* apenas ontem. Sento-me em sua cadeira, folheio seus livros, uso suas penas, atiço seu fogo, exatamente como se, sabendo que ele retornaria agora de uma caminhada, eu tivesse subido até aqui, satisfeito, a aguardá-lo. É delicioso — mas estranho."

A sra. Doyne, ainda com seu leque levantado, ouvia com interesse. "Isso o preocupa?"

"Não; agrada-me."

Ela hesitou novamente. "Você já sentiu como se ele estivesse... ahm... pessoalmente na sala?"

"Bem, como disse agora há pouco", riu seu companheiro, "ao ouvi-la atrás de mim pareceu-me senti-lo. Afinal, não é exatamente o que desejamos?", perguntou ele, "tê-lo conosco?"

"Sim, como você disse que ele estaria — na primeira vez." Ela encarou-o, concordando plenamente. "Ele *está* conosco."

Ela era um tanto solene, mas Withermore apenas sorriu. "Então devemos mantê-lo. Devemos fazer apenas o que ele gostaria que fizéssemos."

"Ah!, exatamente isso, é claro — apenas. Mas se ele *está* aqui...?" E seus olhos melancólicos pareciam sugerir, numa vaga ansiedade, sobre seu leque.

"Isso mostra que ele está satisfeito e quer ajudar? Sim, com certeza; deve estar a mostrar isso."

Deu um leve suspiro e olhou novamente em volta da sala. "Bem", disse ela enquanto se despedia, "lembre-se de que eu também desejo ajudar". E com isso, quando ela se fora, convenceu-se de... que ela viera simplesmente para ver se ele estava bem.

Ele estava cada vez melhor, como descobriu em seguida, surpreso, pois à medida que começou a envolver-se no seu trabalho, assim lhe parecia, aproximou-se ainda mais da ideia da presença pessoal de Doyne. Desde que essa fantasia começara a envolvê-lo, ele a saudava, chamava-a, estimulava-a, até mesmo lembrava-se dela com prazer, ansiando durante todo o dia para senti-la renovar-se à noite e esperando pela

Henry James

noite, exatamente como um casal de amantes aguardariam a hora de seu encontro. Os acasos mais fortuitos animavam-na e confirmavam-na, e ao fim de três ou quatro semanas ele decididamente terminara por vê-la como a consagração de seu empreendimento. Não era ela a resposta ao que Doyne teria pensado do que eles estavam fazendo? O que eles estavam fazendo era o que ele desejava que fosse feito, e eles podiam ir em frente, passo a passo, sem vacilações ou dúvidas. Com efeito, havia momentos em que Withermore regozijava-se ao sentir essa certeza: por vezes, profundamente mergulhado em alguns dos segredos de Doyne, era particularmente agradável poder crer que Doyne desejava, por assim dizer, que ele os soubesse. Ele estava aprendendo muitas coisas que não imaginara, abrindo muitas cortinas, forçando muitas portas, desvendando muitos enigmas, percorrendo os bastidores, em geral, como se diz, de quase tudo. Era em uma dessas mudanças bruscas de direção das perambulações mais obscuras pelos "bastidores" que ele realmente, de súbito, sentia-se mais fortemente, de um modo íntimo, perceptível, face a face com seu amigo; de tal modo que ele dificilmente poderia dizer, naquele instante, se seu encontro ocorrera no corredor estreito e comprimido do passado, ou na hora e no lugar que ele realmente ocupava. Fora em 1867, ou apenas do outro lado da mesa?

Felizmente, de qualquer modo, até mesmo à luz mais vulgar que a vida pública poderia jamais lançar, haveria o acontecimento magnífico do modo como Doyne estava "mostrando-se". Ele estava mostrando-se maravilhosamente bem — melhor ainda do que um sectário como Withermore poderia ter imaginado. Todavia, durante todo o tempo igualmente, como esse sectário poderia descrever a alguém o estado especial de sua própria consciência? Não era algo de que se pudesse falar — era somente algo que se sentia. Havia momentos, por exemplo, em que, ao inclinar-se sobre seus papéis, a respiração leve do anfitrião morto estava tão nitidamente em seus cabelos quanto seus próprios cotovelos na mesa diante de si. Havia momentos em que, pudesse ele levantar os olhos, o outro lado da mesa teria lhe mostrado seu companheiro tão vividamente quanto a luz sombreada da lâmpada lhe mostrava sua página. Por que ele não podia levantar os olhos era assunto somente dele, pois a situação seguia regras — como era natural — de profundas sutilezas e delicados receios, por temor de um progresso demasiado súbito ou demasiado descortês. O que pairava no ar com maior intensidade era que, se Doyne *estava* lá, não era tanto por si mesmo quanto pelo jovem sacerdote em seu altar. Ele hesitava e protelava, ia e vinha e, em meio aos livros e papéis, movia-se quase como um silencioso, discreto bibliotecário, a executar certas tarefas, a oferecer auxílios discretos, tal como aprazia aos homens de letras.

O próprio Withermore, entrementes, ia e vinha, mudava de lugar, vagueava em buscas ora definidas, ora vagas; e mais de uma vez, descendo um livro de uma estante e nela encontrando marcas do lápis de Doyne, ele sentira-se estimulado

A decisão correta

e perdido, ouvira documentos sobre a mesa atrás de si suavemente moverem-se e agitarem-se, encontrara literalmente, ao seu retorno, alguma carta que pusera em lugar inadequado ser colocada novamente à vista, uma miscelânea desfeita ao abrir-se um velho periódico na data exata que ele desejava. Como lhe fora possível, certa vez, dirigir-se a uma caixa ou gaveta em especial, em meio a cinquenta receptáculos, que o auxiliaria, não fosse pelo fato de que seu místico ajudante, numa bela previsão, balançar sua tampa ou entreabri-la, exatamente de modo a lhe atrair a atenção? — a despeito, não obstante, de interrupções e períodos nos quais, caso se *pudesse* realmente ter olhado, ver-se-ia alguém em pé, ao lado da lareira, ligeiramente afastado e profundamente atento — alguém a fitar outro com um olhar um pouco mais duro do que na vida real.

III

Que essa relação auspiciosa de fato existira, permanecera durante duas ou três semanas, estava suficientemente provado pelo despertar da angústia mediante a qual nosso jovem tornou-se consciente de que havia, por algum motivo, desde uma certa noite, começado a perdê-la. O sinal disso foi uma percepção abrupta, atônita — quando ele perdera uma página maravilhosa não publicada que, por mais que procurasse, permanecia tolamente, irremediavelmente perdida —, de que esse estado protegido corria, afinal, o risco de alguma confusão e até mesmo de algum enfraquecimento. Se, para a felicidade do trabalho, Doyne e ele haviam, desde o início, estado juntos, a situação, poucos dias após a primeira vez em que desconfiara dela, passou pela estranha mudança de deixar de sê-lo. Foi isso que ocorreu, ele disse para si, a partir do momento em que a impressão de simples amontoado e de abundância surpreendentemente, na satisfação com que via seu material, substituiu sua presunção prazerosa de um curso desimpedido e de uma marcha veloz. Durante cinco noites ele lutou; e então, sempre longe de sua mesa, caminhando a esmo pela sala, consultando suas referências somente para deixá-las de lado, olhando através da janela, atiçando o fogo, pensando estranhos pensamentos e à escuta de sinais e sons, não como os supunha ou imaginava, mas os que inutilmente desejava e conjurava, ele decidiu que estava, ao menos naquele momento, desamparado.

Mas o extraordinário foi tornar-se esse fato motivo não somente de tristeza por não sentir a presença de Doyne, mas também de profunda inquietação. De certo modo, era mais estranho que ele não estivesse lá do que fora sua *presença* constante — na verdade, tão estranho, por fim, que os nervos de Withermore acabaram por ser afetados de modo bastante despropositado. Eles haviam se afeiçoado bastante complacentemente ao que constituía uma ordem inexplicável e reservado seu estado mais agudo ao retorno ao normal, à substituição do falso. E estavam excepcionalmente descontrolados quando, finalmente, uma noite, após resistir por uma ou duas horas, ele simplesmente saiu intempestivamente da sala. Tornara-se agora, pela primeira vez, impossível para ele permanecer lá. A esmo, mas ofegando um pouco e indubitavelmente como um homem assustado, ele caminhou pelo seu corredor costumeiro e alcançou o topo da escada. Lá, viu a sra. Doyne embaixo, olhando para ele exatamente como se soubera que ele viria; e o mais singular de tudo era que, embora estivesse consciente de que não tivera nenhuma intenção de recorrer a ela e de que fora impelido somente a acalmar-se pela fuga, vê-la naquela atitude fez com que ele reconhecesse seu fundamento, rapidamente a sentisse como parte de alguma opressão monstruosa que se estava fechando em torno de ambos. Foi maravilhoso como, num simples e moderno salão londrino, entre os tapetes de Tottenham Court Road e a luz elétrica, da senhora alta e em negro até ele e dele novamente até ela, lá embaixo, veio-lhe a certeza de que sabia o que significava o fato de ela olhar para ele como se ele o soubesse. Ele desceu imediatamente, ela entrou em sua sala particular no andar térreo e lá, em seguida, com a porta fechada, eles confrontaram, ainda em silêncio e nos rostos uma expressão estranha, as confissões que haviam nascido subitamente desses dois ou três movimentos. A descoberta do motivo pelo qual seu amigo o abandonara fez com que Withermore ofegasse. "Ele esteve com *você*?"

Com isso expressou-se tudo — expressou-se tão completamente que nenhum deles teve de explicar e, quando um "O que você imagina estar acontecendo?" de súbito ouviu-se, entre eles, pareceu que tanto um quanto outro o havia dito. Withermore olhou em volta da pequena e iluminada sala na qual, noite após noite, ela estivera a viver sua vida do mesmo modo que ele estivera vivendo a sua lá em cima. Ela era bonita, aconchegante, rosada; mas ela sucessivamente ali sentira o que ele sentira e ali ouvira o que ele ouvira. O efeito que a sra. Doyne produzia ali — negro irreal, ostentoso e extravagante, sobre rosa escuro — era o de uma estampa colorida "decadente", um cartaz da escola da moda. "Você compreendeu que ele me abandonou?", perguntou ele.

Ela visivelmente desejava esclarecê-lo. "Esta noite — sim. Eu compreendi tudo."

"Você sabia... antes... que ele estava comigo?"

Ela hesitou novamente. "Senti que ele não estava *comigo*. Mas na escadaria..."

"Sim?"

"Bem... ele passou, mais de uma vez. Ele estava na casa. E à sua porta..."

"Então?" ele continuou, quando ela mais uma vez vacilou.

"Se eu parasse, poderia algumas vezes saber. E por sua expressão", acrescentou ela, "esta noite, de qualquer forma, eu sabia como você estava."

"E foi por isso que você saiu?"

"Julguei que você viria até mim."

A decisão correta

A estas palavras, ele estendeu a mão para ela, e eles assim, por um minuto, em silêncio, mantiveram as mãos apertadas. Não havia uma presença singular para ambos, agora — nada mais singular do que a de um para o outro. Mas o lugar subitamente tornara-se como que santificado, e Withermore transmitiu-lhe novamente sua ansiedade. "O que *está* acontecendo, então?"

"Eu apenas quero fazer a coisa realmente certa", replicou ela após um momento.

"E nós não o estamos fazendo?"

"Não sei. *Você* não está?"

Ele ponderou também. "O melhor que posso, creio eu. Mas precisamos pensar."

"Precisamos pensar", ecoou ela. E eles realmente pensaram — pensaram intensamente, juntos, pelo resto da noite, pensaram cada qual em seu canto — Withermore pelo menos podia responder por si — durante os muitos dias que se seguiram. Ele interrompeu brevemente suas visitas e seu trabalho, tentando, em meditação, apanhar-se no ato de algum erro que pudesse explicar a perturbação de ambos. Haveria ele tomado, sobre alguma questão importante — ou parecera haver tomado — alguma passagem errada ou um ponto de vista errado? Teria ele em algum lugar inadvertidamente mentido ou insistido inadequadamente? Voltou por fim com a ideia de ter-se deparado com duas ou três questões às quais ele poderia estar tratando de maneira equivocada; depois disso, ele teve, no andar superior, outro período de agitação, logo seguido de outra conversação, no andar inferior, com a sra. Doyne, que ainda estava perturbada e ansiosa.

"Ele está aqui?"

"Ele está aqui."

"Eu sabia!", replicou ela com um estranho brilho de triunfo. E então, como que para esclarecer: "Ele não esteve novamente *comigo*".

"Nem comigo para ajudar", disse Withermore.

Ela ponderou. "Não para ajudar?"

"Não consigo entender — estou desnorteado. Faça o que fizer, sinto que estou errado."

Ela cobriu-o por um momento com sua dor pomposa. "Como você o sente?"

"Ora, por coisas que acontecem. As coisas mais estranhas. Não consigo descrevê--las — e você não acreditaria."

"Ah!, sim, eu acreditaria!", murmurou a sra. Doyne.

"Bem, ele intervém", Withermore tentou explicar. "Para onde quer que eu me volte, encontro-o."

Ela seguiu-o atentamente. "Encontra-o?"

"Deparo-me com ele. Ele parece surgir lá, diante de mim."

A sra. Doyne, olhando-o fixamente, esperou um pouco. "Você quer dizer que o vê?"

"Sinto como se a qualquer momento pudesse vê-lo. Estou perplexo. Estou chocado." E então acrescentou: "Tenho medo".

"*Dele*?", perguntou a sra. Doyne.

Ele pensou. "Bem... do que estou fazendo."

"O que, então, de tão terrível, você *está* fazendo?"

"O que você propôs que eu fizesse. Entrar na vida dele."

Ela mostrou, em sua atitude solene, um novo sobressalto. "E você não *gosta* disso?"

"Ele *gosta*? Essa é a pergunta. Nós o desnudamos. Nós o apresentamos numa bandeja. Como se chama isso? Nós o mostramos ao mundo."

A pobre sra. Doyne, como se sob uma ameaça e diante de uma desventura de difícil reparação, ponderou sobre essas palavras, por um instante, com uma tristeza mais profunda. "E por que não o faríamos?"

"Porque não sabemos. Existem naturezas, existem vidas que se retraem. Ele pode não desejá-lo", disse Withermore. "Nunca lhe perguntamos."

"Como *poderíamos*?

Ele ficou em silêncio por um momento. "Bem, perguntemos a ele agora. Foi isso, afinal, que nossa iniciativa, até agora, representou. Nós o impusemos a ele."

"Então — se ele tem estado conosco — tivemos sua resposta."

Withermore falou agora como se soubesse no que acreditar. "Ele não tem estado 'com' nós ambos — ele tem estado contra nós."

"Então, por que você julga..."

"O que eu *julguei*, de início... que o que ele deseja é fazer-nos sentir sua simpatia? Porque, em minha simplicidade inicial, eu estava enganado. Eu estava — não sei como chamá-lo — tão empolgado e encantado que não compreendi. Mas compreendo, finalmente. Ele apenas queria comunicar-se. Ele esforça-se por sair da escuridão; de lá de seu mistério, ele dirige-se a nós; ele nos faz débeis sinais de seu horror."

"Horror?", disse ofegante a sra. Doyne, com o leque à altura de sua boca.

"Do que estamos fazendo." Ele conseguia, agora, juntar todas as peças. "Vejo agora que inicialmente..."

"Sim, o quê?"

"Tinha-se apenas que sentir que ele estava lá, e portanto não indiferente. E a beleza disso me enganou. Mas ele está lá como um protesto."

"Contra a *minha* Biografia?", gemeu a sra. Doyne.

"Contra *qualquer* biografia. Ele está lá para *preservar* sua biografia. Ele está lá para ser deixado em paz."

"Então você desiste?", ela quase gritou.

Ele não poderia senão concordar com ela. "Ele está lá como um aviso."

Por um momento, diante disso, eles trocaram um olhar intenso. "Você *está* com medo!", disse ela finalmente.

Isso o afetou, mas ele insistiu. "Ele está lá como uma maldição!"

Com isso eles se despediram, mas apenas por dois ou três dias; de tal forma a última palavra dela continuou a soar em seus ouvidos que, entre sua necessidade real de satisfazê-la e uma outra necessidade a ser atendida no momento, ele sentiu que não deveria ainda arriscar-se. Por fim, voltou na sua hora habitual e encontrou-a em seu lugar de sempre. "Sim, *estou* com medo", anunciou, como se houvesse examinado-o muito bem e soubesse agora o que tudo aquilo significava. "Mas imagino que você não está."

Ela vacilou, nada respondendo. "O que você teme?"

"Bem, que se continuar eu o *verei*."

"E então...?"

"Ah!, então", disse George Withermore, "eu *deveria* desistir!"

Ela ponderou com seu ar altivo, porém sincero. "Penso, você sabe, que devemos ter um sinal claro."

"Você quer que eu tente novamente?"

Ela hesitou. "Você sabe o que significa — para mim — desistir."

"Ah!, mas *você* não precisa", disse Withermore.

Ela pareceu cismar, mas logo continuou. "Isso significaria que ele não tomará de mim..." Mas ela deteve-se, tomada de desânimo.

"Bem, o quê?"

"Tudo", disse a pobre sra. Doyne.

Ele encarou-a por mais um momento. "Eu também pensei em um sinal claro. Tentarei novamente."

Quando ele estava se afastando, contudo, ela lembrou. "Mas acho que esta noite nada foi providenciado — nem lâmpada nem fogo."

"Não importa", disse ele, do pé da escadaria; "eu encontro as coisas".

Ela respondeu que a porta da sala estaria, de qualquer modo, provavelmente aberta; e retirou-se novamente, como que a aguardá-lo. Ela não teve de esperar muito; embora, com sua própria porta aberta e a atenção concentrada, possa não haver tido uma percepção do tempo semelhante à do seu visitante. Ouviu-o na escada, após algum tempo, e ele logo surgiu à porta, onde, embora não houvesse se precipitado, mas antes se aproximado cautelosamente, relutante e incerto, apareceu por fim, lívido e estupefato.

"Eu desisto."

"Então você o viu?"

"Na soleira da porta... guardando-a."

"Guardando-a?" Sua face afogueou-se acima do leque. "Claramente?"

"Imenso. Mas indistinto. Sombrio. Terrível", disse o pobre George Withermore. Ela continuou a inquirir. "Você não entrou?"

O jovem afastou-se. "Ele o proíbe!"

"Você diz que *eu* não preciso", ela continuou após um momento. "Bem, então eu preciso?"

"Vê-lo?", perguntou George Withermore.

Ela esperou um instante. "Desistir."

"Cabe a você decidir." Quanto a ele, conseguiu apenas cair por fim no sofá, o rosto apoiado nas mãos. Ele não se lembraria depois durante quanto tempo; mas se lembraria de que somente se dera conta, em seguida, de estar sozinho entre os objetos prediletos dela. Assim que ele se pôs de pé, contudo, com essa sensação e a de abrir-se a porta do salão, deparou-se novamente, envolvida na luz, na calidez, no espaço róseo, com a grande presença negra, perfumada, da sra. Doyne. Ele percebeu imediatamente, diante dos olhos enormes, mais soturnos, que o encaravam acima da máscara do leque, que ela havia estado lá em cima; e assim foi que, pela última vez, eles enfrentaram juntos sua estranha indagação: "Você o viu?", perguntou Withermore.

Ele inferiria mais tarde, pelo modo extraordinário com que ela fechou os olhos e, como se para equilibrar-se, apertou-os com força e durante muito tempo, em silêncio, que, em comparação com a inominável visão da esposa de Ashton Doyne, a sua própria poderia ser classificada como uma libertação. Ele soube, antes que ela falasse, que tudo terminara. "Eu desisto."

A PATA DO MACACO

W.W. Jacobs

I

Lá fora, a noite estava fria e úmida, mas na pequena sala de estar de Laburnam Villa, as venezianas estavam fechadas e o fogo ardia vivamente. Pai e filho jogavam xadrez, o primeiro, para quem o jogo envolvia mudanças bruscas, arriscava o rei em lances súbitos e desnecessários que arrancavam até mesmo comentários da senhora de cabelos brancos a tricotar placidamente ao lado da lareira.

"Ouça o vento", disse o sr. White, que, ao verificar tarde demais um lance fatal, estava benevolamente desejoso de impedir que seu filho o visse.

"Estou ouvindo", disse este último, examinando implacavelmente o tabuleiro enquanto estendia a mão. "Xeque."

"Acho difícil ele vir esta noite", disse seu pai, com as mãos pousadas sobre o tabuleiro.

"Mate", retrucou o filho.

"Esse é o mal de viver em lugar tão remoto", vociferou sr. White, com uma veemência súbita e involuntária; "de todos os lugares abomináveis, lamacentos e remotos para morar, este é o pior. A trilha é um lamaçal, e a estrada, uma torrente. Não sei o que as pessoas estão pensando. Imagino que, porque apenas duas casas no caminho estão alugadas, não há motivo para se importar".

"Deixe estar, querido", disse sua mulher, com brandura; "talvez na próxima você ganhe."

O sr. White levantou os olhos bruscamente, a tempo de interceptar um olhar de entendimento entre mãe e filho. As palavras detiveram-se em seus lábios, e ele escondeu um sorriso de culpa na barba rala e grisalha.

"Lá vem ele", disse Herbert White, enquanto o portão bateu e pisadas sonoras aproximavam-se da porta.

O velho senhor levantou-se pressuroso e, quando abriu a porta, ouviram-se suas expressões de compaixão dirigidas ao recém-chegado. Também este exprimiu suas queixas, e a sra. White disse: "Ora, vamos!" e tossiu delicadamente quando seu marido entrou na sala, seguido por um homem corpulento e alto, com olhos de botão e face rubicunda.

"Major Morris", disse ele, apresentando-o.

O sargento-major cumprimentou-os e, sentando-se no lugar oferecido, ao lado da lareira, observou satisfeito enquanto seu anfitrião pegou uísque e copos e pôs uma pequena chaleira no fogo.

Ao terceiro copo, seus olhos tornaram-se mais brilhantes e ele começou a falar, com o pequeno círculo familiar a olhar com vivo interesse o visitante de lugares distantes, enquanto ele endireitava seus ombros largos na cadeira e falava de estranhas paisagens e feitos audazes, de guerras, pestes e povos estranhos.

"Vinte e um anos disso", disse o sr. White, acenando para a mulher e o filho. "Quando ele se foi, era um jovem franzino no armazém. E ei-lo agora."

"Ele não parece ter se saído mal", disse a sra. White educadamente.

"Eu também gostaria de ir à Índia", disse o velho senhor, "somente para dar uma olhada, entendam-me."

"Você está melhor aqui", disse o major, balançando a cabeça. Ele depôs o copo vazio e, dando um suspiro leve, balançou-a novamente.

"Eu gostaria de ver aqueles templos antigos, os faquires e os malabaristas", disse o velho senhor. "Como foi aquilo que você começou a me contar no outro dia, sobre a pata de um macaco ou algo assim, Morris?"

"Nada, não", disse apressadamente o soldado. "Pelo menos nada de importante."

"Pata de macaco?" indagou a sra. White, curiosa.

"Bem, é apenas um pouco daquilo que vocês poderiam chamar de mágica, talvez", disse o major, bruscamente.

Seus três ouvintes inclinaram-se para frente, curiosos. O visitante, absorto, colocou seu copo vazio na boca e então baixou-o novamente. Seu anfitrião serviu-lhe mais uma dose.

"Olhando-a", disse o major, procurando em seu bolso, "é apenas uma pata pequena e comum, mumificada."

Ele tirou algo do bolso e estendeu-o. A sra. White recuou com uma careta, mas seu filho, pegando-a, examinou-a com interesse.

"E o que há de especial nela?", indagou o sr. White ao tomá-la de seu filho e, depois de examiná-la, colocou-a sobre a mesa.

"Um velho faquir lançou-lhe um feitiço", disse o major, "um homem muito santo. Ele queria mostrar que o destino governa a vida das pessoas e que aqueles que se interpunham entre eles se arrependiam. Ele lançou sobre essa pata um feitiço para que três diferentes homens pudessem lhe fazer três pedidos."

Sua atitude era tão impressionante que os ouvintes perceberam as suas alegres risadas soarem de forma um tanto estridente.

"Bem, e por que o senhor não pediu os três?", disse sagazmente Herbert White.

O soldado olhou para ele como costuma alguém de meia-idade olhar para a juventude presunçosa. "Eu pedi", disse ele calmamente, e seu rosto enodoado ficou branco.

"E você obteve de verdade os três pedidos?", perguntou a sra. White.

"Obtive", disse o major, e seu copo bateu em seus dentes fortes.

"E ninguém mais fez pedidos?", indagou a velha senhora.

"O primeiro homem obteve, sim, os três pedidos", foi a resposta. "Não sei quais foram os dois primeiros, mas o terceiro foi a morte. Foi assim que consegui a pata."

Seu tom de voz era tão solene que o silêncio caiu sobre o grupo.

"Se seus três pedidos foram concedidos, ela nada vale para você agora, Morris", disse por fim o velho senhor. "Por que a guarda?"

O soldado balançou a cabeça. "Capricho, acho eu", disse ele vagarosamente. "Eu pretendia vendê-la, mas acho que não o farei. Ela já causou muito mal. Além disso, ninguém a comprará. Alguns pensam que é um conto de fadas, e aqueles que acreditam nela querem experimentá-la primeiro e pagar depois."

"Se você pudesse fazer outros três pedidos", disse o velho senhor, fitando-o com um olhar penetrante, "você os obteria?"

"Não sei", disse o outro. "Não sei."

Ele pegou a pata e, balançando-a entre o indicador e o polegar, subitamente jogou-a no fogo. White, com um leve grito inclinou-se e conseguiu arrebatá-la do fogo.

"É melhor deixá-la queimar", disse o soldado solenemente.

"Se você não a quer, Morris", disse o velho, "dê-a para mim."

"Não", disse seu amigo, teimosamente. "Eu a atirei ao fogo. Se você guardá-la, não me culpe pelo que possa acontecer. Atire-a de novo no fogo, como um homem sensato."

O outro balançou a cabeça e examinou atentamente sua nova propriedade. "Como você o faz?", indagou.

"Segure-a na mão direita e faça seu pedido em voz alta", disse o major, "mas aviso-o das consequências."

"Soa como as *Mil e uma noites*"[1], disse a sra. White, que se levantou e começou a pôr a mesa para a ceia.

---

1) *The Arabian Nights*. Coletânea de contos, fábulas, contos de fadas, romances, farsas, lendas, parábolas, narradas pela personagem Scherazade, cada noite, ao Sultão que a condenara à morte, e assim, espertamente, ir escapando da punição. As histórias se passam em grande variedade de cenários, como Bagdá, Basrah, Cairo, Damasco, e incluem também a China, África do Norte e Turquia. Existem inúmeras versões e traduções das *Mil e Uma Noites* através dos séculos, sendo o conjunto considerado tesouro da humanidade (N.E.).

"Você não acha que poderia desejar quatro pares de mãos para mim?"

Seu marido tirou o talismã do bolso e então todos os três caíram na gargalhada quando o major, com um olhar assustado no rosto pegou-o pelo braço.

"Se você for fazer um pedido", disse ele rispidamente, "que seja alguma coisa sensata."

O sr. White colocou-a novamente no bolso e, posicionando as cadeiras, conduziu o amigo à mesa.

Ocupados com a ceia, o talismã foi deixado de lado e depois os três sentaram-se para ouvir, enfeitiçados, uma segunda parte das aventuras do soldado na Índia.

"Se a história sobre a pata do macaco não é mais verdadeira do que as que ele acabou de nos contar", disse Herbert, assim que a porta se fechou atrás de seu convidado, a tempo de ele tomar o último trem, "não deveremos lhe dar muito crédito."

"Você lhe deu algum dinheiro por ela, papai?", indagou a sra. White, fitando seu marido.

"Uns trocados", disse ele, com um leve rubor. "Ele não queria, mas eu o fiz aceitar. E ele insistiu novamente para que eu a jogue fora."

"Com razão", disse Herbert, fingindo medo. "Ora, vamos ficar ricos, famosos e felizes. Quero ser imperador, papai, para começar; e o senhor não será mais controlado pela mamãe."

Ele correu em volta da mesa, perseguido pela difamada sra. White, armada com uma daquelas peças que se usam para proteger o espaldar de poltronas.

O sr. White tirou do bolso a pata e fitou-a, indeciso. "Não sei o que pedir, essa é a verdade", disse ele lentamente. "Parece que tenho tudo que quero."

"Se o senhor saldasse a casa, ficaria muito feliz, não é?", disse Herbert, com a mão em seu ombro. "Bem, peça duzentas libras e pronto."

Seu pai, com um sorriso envergonhado por sua própria credulidade, levantou o talismã enquanto seu filho, com uma expressão solene, um tanto contrariada por uma piscadela para a mãe, sentou-se ao piano e tocou alguns acordes grandiosos.

"Desejo duzentas libras", disse o velho senhor em voz clara.

Um belo acorde do piano acompanhou as palavras, interrompido por um grito sobressaltado do velho senhor. Sua mulher e o filho correram até ele.

"Ela moveu-se", exclamou, com um olhar de repugnância para o objeto, que jazia no chão. "Enquanto eu fazia o pedido, ela torceu-se em minhas mãos como uma cobra."

"Bem, não vejo o dinheiro", disse seu filho, enquanto a pegava e colocava sobre a mesa, "e aposto que nunca verei."

"Deve ter sido sua imaginação, pai", disse sua mulher, fitando-o ansiosamente.

Ele balançou a cabeça. "Mas não importa; não se fez nada de mau, mas ainda assim fiquei chocado."

A pata do macaco

Eles sentaram-se ao lado da lareira novamente, enquanto os dois homens terminavam seus cachimbos. Lá fora, o vento soprava cada vez mais forte, e o velho deu um pulo de susto quando uma porta bateu no andar superior. Um silêncio incomum e opressivo envolveu os três, até que o velho casal levantou-se para ir dormir.

"Acho que o senhor encontrará o dinheiro enrolado em um saco grande no meio de sua cama", disse Herbert, quando lhe deu boa-noite, "e algo terrível empoleirado no alto do guarda-roupa observando-o enquanto o senhor embolsa seus lucros mal ganhos."

O sr. White permaneceu sozinho no escuro, observou as brasas e viu faces formarem-se nelas. A última era tão horrível e simiesca que a encarou espantado. Parecia tão vívida que provocou nele um sorriso constrangido; pegou de sobre a mesa uma vasilha com água e despejou-a no braseiro. Sem querer, tocou a pata do macaco e sentiu um leve calafrio; esfregou as mãos nas vestes e foi para a cama.

II

Ao brilho do sol hibernal na manhã seguinte, que flutuava sobre a mesa de desjejum, Herbert riu de seus temores. Na sala havia um ar de saúde prosaica de que ela carecera na noite anterior, e a patinha suja e enrugada estava jogada no aparador com desatenção e não indicava nenhuma grande crença em suas virtudes.

"Acho que todos os velhos soldados são iguais", disse a sra. White. "Que ideia a nossa, de ouvir tais bobagens! Como poderiam os desejos ser atendidos hoje em dia? E se pudesse, como duzentas libras poderiam trazer-lhe algum mal, pai?"

"Poderiam cair do céu em sua cabeça", disse o frívolo Herbert.

"Morris disse que as coisas aconteceram tão naturalmente", disse seu pai, "que se poderia, caso se quisesse, atribuí-las à coincidência."

"Bem, não abra o pacote de dinheiro antes de minha volta", disse Herbert enquanto levantava-se da mesa.

"Receio que ele o transformará em um homem malvado, avarento, e teremos de deserdá-lo."

Sua mãe riu e, acompanhando-o até a porta, observou-o enquanto ele caminhava pela estrada; ao retornar à mesa do café da manhã, ela parecia divertir-se com a credulidade do marido. Mas isso não a impediu de correr para a porta quando o carteiro bateu, nem de fazer uma breve referência ao major aposentado beberrão, quando descobriu que o correio trouxera uma conta do alfaiate.

"Herbert com certeza fará mais algumas de suas observações jocosas quando chegar a casa", disse ela, enquanto se sentavam para jantar.

"Também acho", disse o sr. White, servindo-se de um pouco de cerveja, "mas ainda assim a coisa moveu-se em minha mão; juro que sim".

"Você pensou que ela se moveu", disse a velha senhora, apaziguando-o.

"Digo que ela se moveu", replicou o outro. "Não tenho dúvidas disso; eu tinha apenas... O que foi?"

Sua mulher não respondeu. Estava observando os movimentos misteriosos de um homem lá fora, que espiava a casa de um modo indeciso e parecia tentar se decidir a entrar.

Em uma associação mental com as duzentas libras, ela notou que o estranho estava bem vestido e usava um chapéu de seda reluzentemente novo. Por três vezes ele se deteve no portão e depois caminhou novamente. Na quarta vez, pôs a mão sobre ele e então, com decisão súbita abriu-o e caminhou pela entrada. A sra. White, no mesmo momento colocou as mãos atrás de si e, desatando apressadamente as fitas de seu avental, pôs essa peça útil de vestuário embaixo da almofada de sua cadeira.

Ela trouxe o estranho, que parecia pouco à vontade, para a sala. Ele olhou furtivamente a sra. White e ouviu com expressão preocupada quando a velha senhora se desculpou pela aparência da sala e o paletó de seu marido, uma vestimenta que ele geralmente reservava para o jardim. Então ela esperou tão pacientemente quanto lhe permitia seu sexo que ele declarasse a que vinha, mas ele ficou a princípio estranhamente calado.

"Eu... pediram-me que viesse", disse ele por fim e parou, pegando uma linha de algodão de suas calças. "Venho a pedido de Maw e Meggins."

A velha senhora assustou-se. "Aconteceu alguma coisa?" perguntou ofegante. "Aconteceu alguma coisa com Herbert? O que foi? O que foi?"

Seu marido interrompeu-a. "Ora, ora, mãe", disse ele acudindo-lhe. "Sente-se e não tire conclusões apressadas. O senhor não trouxe más notícias, tenho certeza, senhor", e ele olhou para o outro ansiosamente.

"Sinto muito...", começou o visitante.

"Ele está ferido?", inquiriu a mãe.

O visitante fez que sim com a cabeça. "Gravemente ferido", disse ele calmamente, "mas não sente dor".

"Graças a Deus!", disse a velha senhora, juntando as mãos. "Graças a Deus! Graças..."

Ela silenciou subitamente, quando o sinistro significado da afirmação se lhe revelou e ela viu a terrível confirmação de seus temores no modo como o outro lhe evitava o olhar. Ela prendeu a respiração e, virando-se para o seu lento marido, pôs sua mão velha e tremente sobre a dele. Fez-se um longo silêncio.

"Ele ficou preso na máquina", disse o visitante por fim, em voz baixa.

A pata do macaco

"Preso na máquina", repetiu o sr. White como que atordoado, "sim".

Ele sentou-se, fitou com olhos vazios a janela e, tomando entre a sua a mão de sua mulher, apertou-a como costumava fazer em seus dias de namoro, quase quarenta anos atrás.

"Ele era o último filho que nos restara", disse, virando-se amavelmente para o visitante. "É difícil."

O outro tossiu e, levantando-se, caminhou silenciosamente até a janela. "A firma pediu-me que lhes manifestasse suas sinceras condolências por sua grande perda", disse, sem olhar em volta. "Rogo-lhes que compreendam, sou apenas um funcionário e apenas obedeço a ordens."

Não houve resposta; o rosto da velha senhora estava branco, os olhos arregalados e a respiração inaudível; no rosto de seu marido havia uma expressão que poderia muito bem ter sido provocada pela primeira história do major.

"Eu ia dizendo que Maw e Meggins se eximem de toda responsabilidade", continuou o outro. "Eles não pretendem absolutamente recuar quanto a isso, mas, em consideração aos serviços de seu filho, desejam oferecer-lhes uma certa quantia como compensação."

O sr. White deixou cair a mão de sua mulher e, levantando-se, dirigiu a seu visitante um olhar de terror. Seus lábios secos proferiram a palavra: "Quanto?"

"Duzentas libras", foi a resposta.

Sem se dar conta do grito de sua mulher, o velho senhor sorriu levemente, estendeu as mãos como um cego e caiu no chão como um fardo inerte.

III

No imenso cemitério novo, a algumas milhas de distância, os velhos enterraram seu morto e voltaram para uma casa envolta em sombra e silêncio. Tudo terminou tão rapidamente que de início eles mal conseguiram dar-se conta e permaneceram em um estado de expectativa, como a aguardar mais um acontecimento — um acontecimento que tornasse mais leve aquele fardo, pesado demais para velhos corações.

Mas passaram-se os dias e a expectativa deu lugar à resignação — a resignação desalentada da antiga, e, muitas vezes maldenominada apatia. Por vezes eles mal trocavam alguma palavra, pois agora nada tinham sobre o que conversar, e seus dias se arrastavam na monotonia.

Foi cerca de uma semana depois que o velho senhor, acordando subitamente à noite, estendeu a mão e viu-se sozinho. O quarto estava escuro, e o som de choro sufocado vinha da janela. Sentou-se na cama e pôs-se à escuta.

"Volte", disse ele, com ternura. "Você vai ficar com frio."

"Está mais frio para meu filho", disse a velha senhora e pôs-se novamente a chorar.

O som de seus soluços morreram nos ouvidos dele. A cama estava morna, e seus olhos, pesados de sono. Ele cochilou intermitentemente e depois dormiu, até que um grito desvairado de sua mulher acordou-o de súbito.

"A pata do macaco!", gritou ela, descontrolada. "A pata do macaco!"

Ele pulou, assustado. "Onde? Onde ela está? O que aconteceu?"

Cambaleante, ela atravessou o quarto até ele. "Eu a quero", disse ela, calmamente. "Você a destruiu?"

"Ela está na sala de estar, na prateleira", respondeu surpreso. "Por quê?"

Ela gritava e ria ao mesmo tempo e, inclinando-se, beijou seu rosto.

"Acabei de pensar nisso", disse ela histericamente. "Por que não pensei nisso antes? Por que você não pensou nisso?"

"Pensar no quê?", indagou ele.

"Os outros dois pedidos", respondeu ela rapidamente. "Fizemos apenas um."

"E não foi o bastante?", replicou ele com raiva.

"Não", exclamou ela triunfantemente; "faremos mais um. Desça e pegue-a, depressa; peça que nosso filho viva novamente".

O homem sentou-se na cama e jogou os lençóis de suas pernas trêmulas. "Deus do céu, você enlouqueceu!", exclamou ele, estupefato.

"Pegue-a", disse ela ofegante; "pegue-a, rápido, e faça o pedido... Oh!, meu menino, meu menino!"

O marido riscou um fósforo e acendeu a vela. "Volte para a cama", disse ele, hesitante. "Você não sabe o que está dizendo."

"Nosso primeiro pedido foi atendido", disse a velha mulher, febrilmente; "por que não o segundo?"

"Uma coincidência", gaguejou o velho.

"Vá e peça", gritou sua mulher, tremendo de excitação.

O velho homem agitou-se, e falou para ela, a voz comovida: "Ele já está morto há dez dias e, ainda mais, há algo que não quis que você soubesse... só consegui reconhecê-lo pelas roupas. Se a cena era, então, demasiadamente horrível de se ver, o que não será agora?"

"Traga-o de volta", gritou novamente a velha, e arrastou-o em direção à porta. "Você acha que terei medo da criança que criei?"

Ele desceu no escuro e tateou até a sala de estar e depois ao console da lareira. O talismã estava em seu lugar, pegou-o; um medo terrível de que o pedido calado trouxesse seu filho mutilado antes que pudesse fugir da sala tomou conta dele. Prendeu a respiração quando descobriu que havia perdido a direção da porta. Com a fronte coberta de suor, caminhou às apalpadelas em volta da mesa e tateou pela parede até encontrar-se no corredor estreito com aquela coisa maligna na mão.

A pata do macaco

Até mesmo o rosto de sua mulher parecia mudado quando ele entrou no quarto. Estava branco e ansioso e, como ele temia, com uma expressão anormal. Ele ficou com medo dela.

"Faça o pedido!", gritou ela, com voz forte.

"É uma tolice e uma perversidade", balbuciou.

"Faça o pedido", repetiu sua mulher.

Ele levantou a mão. "Desejo que meu filho viva novamente."

O talismã caiu ao chão, e ele olhou-o, a tremer. Depois desabou tremendo em uma poltrona, enquanto a velha, com olhos chamejantes, caminhou para a janela e levantou a persiana.

Ele ficou sentado até sentir-se enregelado, relanceando de quando em quando a figura da velha a espiar pela janela. A vela, que queimara até a borda do candeeiro de louça, lançava sombras palpitantes sobre o teto e as paredes, até que, com um lampejo maior, apagou-se. O velho, com uma sensação de indizível alívio pelo fracasso do talismã, arrastou-se de volta para a cama, e, após um minuto ou dois, a velha juntou-se a ele, silenciosa e apática.

Nenhum dos dois falou, mas puseram-se silenciosamente a ouvir o tique-taque do relógio. Um degrau da escada estalou, e um camundongo correu ruidosamente e a guinchar pela parede. A escuridão era opressiva, e após permanecer deitado por algum tempo, a reunir coragem, o marido pegou a caixa de fósforos e, acendendo um, desceu as escadas à procura de uma vela.

Ao pé da escada, o fósforo apagou-se, e ele parou para acender outro; no mesmo instante, uma batida, tão surda e furtiva que mal pôde ser ouvida, soou à porta da frente.

Os fósforos lhe caíram da mão. Ele ficou imóvel, a respiração suspensa até que a batida repetiu-se. Então ele virou-se e disparou de volta ao quarto e fechou a porta atrás de si. Uma terceira batida ressoou pela casa.

"O que foi isso?", exclamou a velha, dando um pulo.

"Um rato", disse o velho, com voz tremida — "um rato. Ele passou por mim na escada."

Sua mulher sentou-se na cama, à escuta. Uma batida forte ressoou pela casa.

"É Herbert!", gritou ela. "É Herbert!"

"O que foi isso?", repetiu a velha.

Ela correu para a porta, mas seu marido alcançou-a antes e, pegando-a pelo braço, abraçou-a com força.

"O que você vai fazer?", sussurrou ele asperamente.

"É meu menino; é Herbert!", gritou ela, debatendo-se descontroladamente. "Eu me esqueci que foi a duas milhas de distância. Por que você está me segurando? Solte-me. Preciso abrir a porta."

"Pelo amor de Deus, não o deixe entrar", gritou o velho a tremer.

"Você está com medo de seu próprio filho", tentou se desvencilhar. "Solte-me. Estou indo, Herbert. Estou indo."

Houve mais uma batida e mais outra. A velha, com um súbito repelão libertou-se e correu para fora do quarto. Seu marido seguiu-a até o patamar e chamou-a suplicante enquanto ela descia correndo a escada. Ele ouviu a corrente chacoalhar com estrépito e o ferrolho soltar-se lenta e penosamente do encaixe. Então a voz da velha senhora, tensa e ofegante:

"O ferrolho", gritou alto. "Desça. Não consigo soltá-lo."

Mas seu marido estava com as mãos e joelhos tateando loucamente à procura da pata. Se ao menos ele conseguisse encontrá-la antes que a coisa de fora entrasse... Uma completa bateria de batidas reverberou pela casa, e ele ouviu o arrastar de uma cadeira quando sua mulher a colocou no corredor contra a porta. Ele ouviu o ranger do ferrolho a deslizar e no mesmo instante encontrou a pata do macaco e freneticamente soprou seu terceiro e último pedido.

A batida cessou subitamente, embora seus ecos ainda se ouvissem pela casa. Ele ouviu a cadeira ser retirada, e a porta, aberta. Um vento frio varreu a escada, e um longo e alto gemido de desapontamento e desespero de sua mulher deu-lhe coragem para correr em sua direção, e então para o portão. O bruxulear do lampião no lado oposto da rua iluminou uma estrada calma e deserta.

PARA SER LIDO COM RESERVAS

Charles Dickens

Observei sempre uma geral falta de coragem, até mesmo entre pessoas de inteligência e cultura superiores, em revelar suas próprias experiências psicológicas quando estas são de uma natureza estranha. Quase todos receiam que relatos desse tipo poderiam não encontrar experiências semelhantes ou receptividade na vida interior de um ouvinte e ser vistos com reservas ou como dignos de chacota. Um viajante veraz que houvesse visto uma criatura extraordinária semelhante a uma serpente do mar não temeria mencioná-lo; mas o mesmo viajante, caso tivesse tido algum pressentimento, impulso, pensamento fantasioso (a assim chamada visão), sonho ou outra impressão mediúnica extraordinária, hesitaria muito antes de confessá-lo. A essas reticências atribuo muito da obscuridade na qual tais assuntos estão envolvidos. Não comunicamos habitualmente nossas experiências desses fatos subjetivos da mesma forma que nossas experiências da criação objetiva. A consequência é que o conhecimento público dessas experiências parece ser incomum, e realmente é, em virtude de ser lamentavelmente incompleto.

Com o que estou prestes a relatar não tenho nenhuma intenção de avançar, opor ou sustentar qualquer teoria que seja. Conheço a história do livreiro de Berlim, estudei o caso da esposa de um falecido astrônomo real tal como me foi relatado por Sir David Brewster e acompanhei, até os mínimos detalhes, um caso muito mais notável de ilusão espectral ocorrido em meu círculo de amizades. Talvez seja necessário declarar quanto a este último que a pessoa em questão (uma senhora) não era absolutamente em qualquer grau, mesmo distante, relacionada a mim. Uma suposição equivocada sobre esse fato poderia sugerir uma explicação de parte de minha história — mas somente de parte — totalmente sem fundamento. Ela não deve ser atribuída a minha herança de qualquer peculiaridade desenvolvida; eu também jamais tive qualquer experiência semelhante desde então.

Há anos — não importa se há muitos ou poucos — foi cometido na Inglaterra um certo homicídio que atraiu grande atenção. Comentam-se mais do que se deveria

Charles Dickens

notícias sobre assassinos, as quais, avolumadas proporcionalmente à sua atrocidade, assaltam nossos ouvidos, e meu desejo seria, se pudesse, enterrar a lembrança desse vilão em particular, tal como seu corpo o foi, na prisão de Newgate. Abstenho-me intencionalmente de dar qualquer pista direta da identidade do criminoso.

Quando o assassinato foi descoberto, nenhuma suspeita recaiu — ou antes diria, pois não posso apresentar os fatos exatos, nenhuma suspeita foi publicada — sobre o homem que posteriormente foi levado a julgamento. Como nenhuma referência a ele se fez àquela ocasião nos jornais, é obviamente impossível que qualquer descrição sua àquela época tenha sido dada nos jornais. É fundamental que se tenha esse fato na lembrança.

Ao abrir meu jornal matutino durante o desjejum, o relato daquela primeira descoberta chamou minha atenção e o li com vivo interesse. Eu o li duas vezes, talvez três. Ela fora feita em um quarto de dormir e, quando baixei o jornal, tive consciência de um clarão de luz — agitação, fluxo, não sei como designá-lo, não consigo encontrar nenhuma palavra para descrevê-lo satisfatoriamente — no qual eu parecera ver aquele quarto atravessando minha sala, como um quadro absurdamente pintado sobre as águas correntes de um rio. Não obstante quase instantâneo em sua aparição, ele era perfeitamente visível; tão visível que eu, com uma sensação de alívio, observei distintamente a ausência do corpo morto na cama.

Não foi em um lugar romântico que tive essa sensação curiosa, e sim em aposentos na Picadilly, bem próximos a Saint James Street. Nunca me ocorrera algo parecido. Estava em minha poltrona naquele momento, e a sensação foi acompanhada de um estremecimento singular que moveu a cadeira. (Mas devo dizer que os pés em rodízio facilitavam o movimento.) Dirigi-me a uma das janelas (havia duas no aposento, e este ficava no segundo andar) para revigorar meus olhos na agitação de Picadilly. Era uma manhã clara de outono, e a rua estava cheia de vida e alegria. O vento soprava forte. Quando olhei para fora, ele trazia do parque grande quantidade de folhas caídas, que uma rajada apanhou e girou em uma coluna espiralada. À medida que a espiral caía e as folhas se dispersavam, vi dois homens no lado oposto do caminho, caminhando do oeste para o leste. Um seguia o outro. O que estava à frente olhava constantemente sobre os ombros, para o que vinha atrás. O segundo o seguia, a uma distância de cerca de trinta passos, com sua mão direita levantada, num gesto ameaçador. A estranheza e constância de seu gesto ameaçador em um lugar tão público atraíram minha atenção, em primeiro lugar; e em segundo, a circunstância ainda mais extraordinária de ninguém atentar para ele. Ambos os homens abriam caminho por entre os outros transeuntes, com uma facilidade muito pouco compatível com a ação de andar sobre uma calçada, e ninguém, que eu pudesse ver, lhes abria caminho, tocava-os ou olhava para eles. Ao passarem diante de minhas janelas, ambos me fitaram. Vi distintamente seus

Para ser lido com reservas

rostos e soube que poderia reconhecê-los em qualquer lugar. Não que eu registrasse conscientemente qualquer traço notável em seus rostos, exceto que o homem que ia à frente tinha uma aparência inusitadamente sombria e que a face do homem que o seguia era da cor de cera suja.

Sou solteiro, e meu criado e sua esposa constituem toda a minha criadagem. Trabalho em um certo Branch Bank e gostaria que minhas obrigações como chefe de uma seção fossem tão leves quanto se julga. Elas me prenderam na cidade naquele outono, quando necessitava de uma mudança. Não estava doente, mas não me sentia bem. Meu leitor deve levar em conta, tanto quanto for razoável, meu estado de exaustão, sob a pressão de um desânimo diante de uma vida monótona e num estado "ligeiramente dispéptico". Meu médico, de grande reputação, assegurou-me que meu estado de saúde real àquela época não justifica uma descrição mais severa, e cito suas próprias palavras, na resposta por escrito às minhas indagações.

À medida que as circunstâncias do assassinato, gradualmente esclarecendo-se, captavam com força cada vez maior a atenção do público, eu as afastava da minha, delas sabendo tão pouco quanto possível em meio à agitação geral. Mas eu sabia que o réu fora confinado em Newgate e aguardava seu julgamento por homicídio doloso. Eu também sabia que esse julgamento fora adiado numa sessão do Tribunal Penal Central,[1] sob alegação de pré-julgamento e tempo insuficiente para a preparação da defesa. É possível também que eu tenha obtido informações — mas acredito que não — sobre o dia, ou data aproximada, do julgamento.

Minha sala de estar, dormitório e quarto de vestir [*closet*] ficam todos no mesmo andar. Nenhuma comunicação com este último existe, senão através do dormitório. É verdade que nele existe uma porta, que se comunicava com a escadaria; mas uma parte dos encanamentos de meu banheiro foi — desde há alguns anos — fixada nela. Na mesma época, e como parte da mesma reforma, a porta foi pregada e pintada.

Estava em pé em meu quarto uma noite, bem tarde, dando algumas instruções a meu criado antes de ele recolher-se. Encontrava-me de frente para a única porta de comunicação com o quarto de vestir, a qual estava fechada. Meu criado achava-se de costas para essa porta. Enquanto falava, eu a vi abrir-se e aparecer um homem, olhando para dentro do quarto, um homem a acenar para mim com gestos graves e misteriosos. Esse homem era o mesmo que seguira o outro em Picadilly e cuja face tinha uma cor de cera suja.

Após acenar, a figura recuou e fechou a porta. Num espaço de tempo não maior do que o necessário para atravessar o quarto de dormir, abri a porta do quarto de vestir e olhei para dentro. Eu já tinha na mão uma vela acesa. Intimamente não esperava ver a figura no quarto de vestir e, de fato, não a vi.

---

1) Tribunal Penal de Old Bailey, Londres (*London Central Criminal Court*), a mais importante e famosa corte criminal da Inglaterra, em funcionamento desde 1539 (N.E.).

Consciente do espanto de meu criado virei-me para ele e disse: "Derrick, você acreditaria que vi, com meus próprios olhos, um..." Neste instante, pus minha mão em seu peito e ele, com um súbito e violento tremor, disse: "Sim, senhor, sim! Um morto acenando!"

Ora, não creio que esse John Derrick, meu fiel e dedicado criado durante mais de vinte anos, tivera qualquer impressão de ver tal figura antes de eu o tocar. A mudança nele foi tão espantosa quando eu o toquei que acredito piamente que essa impressão, de alguma forma oculta, comunicou-se de mim para ele naquele instante.

Roguei a John Derrick que me trouxesse um pouco de conhaque e lhe servi um gole, antes de tomar um pouco também eu. Do que antecedera ao fenômeno naquela noite não lhe disse uma só palavra. Refletindo sobre isso, convenci-me de que absolutamente jamais vira aquele rosto antes, exceto naquela ocasião em Picadilly. A comparação de sua expressão quando acenara na porta, com sua expressão quando me fitara à janela, levou-me à conclusão de que na primeira ocasião ele procurara imprimir-se em minha memória e de que na segunda certificara-se de ser imediatamente lembrado.

Fiquei um pouco inquieto naquela noite, embora sentisse uma certeza, difícil de explicar, de que a figura não retornaria. À luz do dia, caí em um sono pesado, do qual fui acordado pela presença de John Derrick ao pé de minha cama, com um papel na mão.

Esse papel, ao que parece, fora objeto de uma discussão à porta, entre seu portador e meu criado. Era uma convocação para fazer parte de um corpo de jurados na próxima sessão do Tribunal Criminal Central em Old Bailey. Eu jamais fora convocado antes para um júri, como John Derrick bem sabia. Ele acreditava — e não estou certo agora se com ou sem razão — que aquele corpo de jurados era normalmente escolhido entre homens de classe inferior à minha, e ele de início recusara-se a receber a convocação. O homem que a entregava permanecera impassível. Disse que o cumprimento não lhe dizia respeito; ali estava a convocação; e que a mim cabia resolver a questão, por minha conta e risco, não a ele.

Durante um dia ou dois fiquei indeciso quanto a obedecer ao chamado ou ignorá-lo. Não me passou pela cabeça coisa alguma relacionada a aspectos misteriosos, influência ou atração, fossem quais fossem. Disso estou absolutamente certo, assim como de qualquer outra afirmação que aqui faço. Por fim, decidi, como uma maneira de quebrar a monotonia de minha vida, que iria.

A manhã marcada era uma manhã fria e úmida do mês de novembro. Picadilly estava coberta de uma névoa parda, que se tornou simplesmente negra e extremamente opressiva a leste de Temple Bar.[2] Encontrei as passagens e escadarias da corte tomadas pela luz resplandecente dos lampiões de gás, e o próprio tribunal igualmente iluminado. *Acho* que, até o momento em que fui conduzido por oficiais

Para ser lido com reservas

ao recinto e o vi ocupado por uma multidão, não sabia que o assassino deveria ser julgado naquele dia. *Acho* que, até ser levado com muita dificuldade ao recinto do tribunal, não sabia a qual dos dois recintos da corte minha convocação me levaria. Mas isso não deve ser tomado como uma afirmação cabal, pois não estou totalmente convencido quanto a nenhum desses fatos.

Sentei-me no lugar destinado aos jurados e passei meus olhos pelo recinto tanto quanto me permitiu a densidade da névoa e de hálito úmido que nele pairavam pesadamente. Observei o negro vapor que pendia como uma cortina escura fora de grandes janelas e chamaram-me a atenção o som compacto de rodas sobre a palha ou cascas de árvore que cobriam a rua e também o murmúrio das pessoas ali reunidas, que um zunido agudo, ou um refrão ou saudação mais altos do que os outros sons vez por outra atravessavam. Logo em seguida, os juízes —eram dois — entraram e tomaram seus lugares. O burburinho no tribunal foi veementemente silenciado. Ordenou-se que o criminoso fosse trazido ao cancelo. Ele ali se apresentou. E no mesmo instante reconheci nele o primeiro dos dois homens que haviam caminhado por Picadilly.

Se meu nome fosse então chamado, duvido que tivesse conseguido responder com voz audível. Mas ele foi pronunciado cerca de seis ou oito vezes na lista de jurados e então fui capaz de dizer "Presente". Pois bem, observem. Quando subi ao tablado, o prisioneiro, que até então tudo olhava atentamente, mas sem qualquer sinal de preocupação, tomou-se de violenta agitação e acenou para seu advogado. O desejo do prisioneiro a me opor era de tal forma manifesto que provocou uma pausa, durante a qual o advogado, com a mão no banco dos réus, sussurrou com seu cliente e balançou a cabeça. Eu soube posteriormente, por aquele senhor, que as primeiras palavras amedrontadas do prisioneiro a ele foram *"Recuse, a todo custo, aquele homem!"* Mas, como ele não quis dar o motivo para tal e admitiu que sequer sabia meu nome antes de ele ser pronunciado e eu me apresentar, isso não foi feito.

Tanto pelos motivos já expostos — pois não é meu desejo trazer novamente à baila a memória nefasta daquele assassino — e também porque um relato detalhado desse longo julgamento não é absolutamente indispensável à minha história, limitar- -me-ei exclusivamente aos incidentes, nos dez dias e noites durante os quais nós, os jurados, fomos mantidos juntos, pois dizem respeito somente a minha estranha experiência pessoal. É para isso, e não para o assassino, que desejo chamar a atenção de meu leitor. É para isso, e não para uma página dos registros de Newgate, que lhe rogo o obséquio de sua atenção.

Fui escolhido para ser o primeiro jurado. Na segunda manhã do julgamento, depois que as provas haviam sido apresentadas durante duas horas (ouvi o relógio

---

2) *Temple Bar*. A mais importante "barreira" que marca o perímetro Leste da City de Londres (N.E.).

da igreja soar duas vezes), ocorreu-me percorrer os olhos pelos meus companheiros jurados e encontrei uma dificuldade inexplicável em contá-los. Contei-os diversas vezes, e no entanto sempre com a mesma dificuldade. Em suma, percebi que seu número excedia o normal.

Toquei o jurado próximo a mim e lhe sussurrei: "Por favor, conte quantos somos". Ele olhou surpreso diante do pedido, mas voltou sua cabeça e contou. "Ora", disse ele subitamente, "somos trez...; mas não, não é possível. Não, somos doze".

Segundo minha contagem naquele dia, nosso número estava sempre certo no pormenor, mas no todo sempre superior. Não havia nada aparentemente — nenhum número — que o explicasse; mas eu tinha agora um pressentimento do número que certamente surgiria.

O júri foi hospedado na London Tavern. Dormíamos todos em um quarto grande, em camas separadas e ficávamos continuamente sob as ordens e a vigilância de um oficial encarregado, sob juramento, de nossa segurança. Não vejo motivos para omitir o nome real daquele oficial. Ele era inteligente, extremamente polido e prestativo e (fiquei feliz em saber) muito respeitado. Tinha uma aparência agradável, olhos benevolentes, invejáveis costeletas negras e uma voz bela e sonora. Seu nome era sr. Harker.

Quando voltamos para nossas doze camas à noite, a cama do Sr. Harker foi colocada em frente à porta. Na noite do segundo dia, como eu não estivesse inclinado a me deitar e visse o sr. Harker sentado em sua cama, fui sentar-me a seu lado e lhe ofereci uma pitada de rapé. Quando a mão do sr. Harker tocou a minha ao pegá-lo de minha caixa, ele foi tomado de um estremecimento singular e disse: "Quem é esse!"

Seguindo o olhar do sr. Harker e olhando para o quarto, vi novamente a figura que eu esperava: o segundo dos dois homens que haviam atravessado Picadilly. Levantei-me e dei alguns passos; então parei e olhei novamente para o sr. Harker. Ele estava bem despreocupado, riu e disse de um modo amável, "por um instante pensei ter visto um décimo-terceiro jurado, sem uma cama. Mas vejo que é o luar".

Nada revelando ao sr. Harker, mas convidando-o a dar uma volta comigo até o fim do aposento, observei o que fazia a figura. Permaneci por uns momentos ao lado de cada um de meus onze companheiros jurados, junto ao travesseiro. Ela se movia sempre do lado direito da cama e sempre passava para o pé da cama seguinte. Pareceu-me, pelo movimento da cabeça, apenas olhar para baixo pensativamente, para cada uma das figuras deitadas. Não tomou conhecimento de mim, nem de minha cama, que era próxima à do sr. Harker. Pareceu sair por onde entrava a luz do luar, através de uma janela alta, como por uma escada etérea.

Na manhã seguinte, ao desjejum, pareceu que todos os presentes haviam sonhado naquela noite com o homem assassinado, exceto eu próprio e o sr. Harker.

Eu estava agora convencido de que o segundo homem que atravessara Picadilly era o assassinado (por assim dizer), como se esse fato fosse gerado em minha

Para ser lido com reservas

consciência por seu testemunho direto. Mas até mesmo isso ocorreu de uma forma para a qual eu não estava absolutamente preparado.

No quinto dia do julgamento, quando as provas da promotoria chegavam a seu termo, foi apresentado um retrato em miniatura do homem assassinado, que desaparecera de seu quarto de dormir à época da descoberta do fato e depois encontrada no esconderijo que o assassino fora visto a cavar. Identificado pela testemunha interrogada, foi levado ao banco e entregue à inspeção dos jurados. Quando um oficial, em um manto negro, dirigia-se com ele até mim, a figura do segundo homem que atravessara Picadilly impetuosamente saiu da multidão, tomou a miniatura do oficial e deu-a para mim com suas próprias mãos, dizendo ao mesmo tempo em uma voz baixa e cava, antes que eu visse a miniatura, que estava em um medalhão: "Eu era jovem e meu rosto ainda não estava exangue." Ele também se postou entre mim e o jurado próximo, a quem eu deveria passar a miniatura e entre ele e o jurado ao qual aquele deveria entregá-lo, assim procedendo até que a passasse a todos os jurados e em seguida devolvendo-a a mim. Nenhum deles, contudo, apercebeu-se disso.

À mesa, e geralmente quando estávamos enclausurados sob a custódia do sr. Harker, desde o início nossas conversas sempre se dirigiam aos detalhes das ocorrências do dia. Naquele quinto dia, concluídas as provas da promotoria e estabelecido por nós o quadro dessa questão, nossa discussão tornou-se mais animada e séria. Entre nós encontrava-se um membro do conselho paroquial — o maior idiota que eu jamais encontrara —, que objetou da maneira mais ridícula às provas mais evidentes e que foi secundado por dois parasitas paroquiais balofos — todos os três recrutados de um distrito tão entregue à exaltação que deveriam ser eles próprios julgados por centenas de assassinatos. Quando esses estúpidos nefastos estavam no auge de sua exaltação, o que ocorreu por volta da meia-noite, quando alguns de nós já se preparavam para ir para a cama, vi novamente o homem assassinado. Ele postou-se solenemente atrás deles, acenando para mim. Quando me dirigi a eles e intervim na conversa, ele imediatamente retirou-se. Essa foi a primeira de uma série de aparições isoladas, circunscritas àquele grande aposento a que *nós* nos encontrávamos circunscritos. Toda vez que um grupo de meus colegas jurados aproximava suas cabeças, eu via a cabeça do homem assassinado entre elas. Toda vez que sua comparação de notas lhe era desfavorável, ele solene e resolutamente acenava para mim.

Deve-se ter em mente que, até a apresentação do resumo no quinto dia do julgamento, eu nunca vira a aparição no tribunal. Três mudanças ocorreram quando se iniciou a apresentação da defesa. Duas delas mencionarei juntas, em primeiro lugar. O fantasma estava sempre no tribunal, e ele nunca lá se dirigia a mim, mas sempre à pessoa que estava falando no momento. Por exemplo, a garganta do homem assassinado havia sido cortada em linha reta. No discurso de abertura da defesa, sugeriu-se que o morto poderia ter cortado sua própria garganta. Naquele mesmo instante, a figura, com sua garganta nessa condição terrível a que se referiu (ela havia escondido isso anteriormente), se postou ao lado do falante, movendo ora sua mão esquerda, ora sua mão direita pela sua traqueia, dando a entender com veemência ao próprio falante a impossibilidade de que tal ferida tivesse sido infligida por qualquer uma das mãos. Outro exemplo: uma mulher testemunhou em favor do caráter do prisioneiro, dizendo ser ele o mais amável dos seres. O fantasma, naquele instante, postou-se à sua frente, encarando-a e apontando para a expressão malévola do prisioneiro com um braço estendido e o dedo em riste.

A terceira mudança a ser agora acrescentada causou-me forte impressão, por ser a mais eloquente e extraordinária de todas. Não avanço nenhuma hipótese sobre ela; descrevo-a com exatidão, simplesmente. Embora a aparição não fosse em si percebida por aqueles a quem ela se dirigia, sua aproximação era invariavelmente acompanhada de um tremor ou perturbação por parte dessas pessoas. Parecia-me que alguma lei a mim inacessível o impedia de se revelar aos outros e, todavia, como se ele pudesse, invisível, silenciosa e sombriamente toldar seus espíritos. Quando o principal advogado de defesa aventou a hipótese de suicídio e o fantasma postou-se junto àquele cavalheiro erudito, serrando aterradoramente sua garganta, o advogado inequivocamente vacilou em seu discurso, perdeu por alguns instantes o fio de seu discurso engenhoso, enxugou sua testa com um lenço e ficou extremamente pálido. Quando a testemunha em favor do caráter foi desafiada pela aparição, seus olhos visivelmente seguiram a direção do dedo em riste e pousaram com grande hesitação e perturbação no rosto do prisioneiro. Dois exemplos adicionais bastarão. No oitavo dia do julgamento, depois da pausa que se fazia diariamente no início da tarde para um descanso de alguns minutos e uma refeição ligeira, voltei para o tribunal com os demais jurados, um pouco antes do retorno dos juízes. De pé no tablado e olhando a minha volta, julguei que o fantasma não estava lá, até que, levantando por acaso meus olhos para a galeria, vi-o inclinando-se para a frente e encostando-se em uma mulher muito distinta, como se para verificar se os juízes haviam retomado ou não seus lugares. Imediatamente depois, aquela mulher gritou, desmaiou e foi carregada para fora. O mesmo ocorreu com o venerável, sagaz e paciente juiz que presidia ao julgamento. Quando a defesa terminou e ele reuniu os documentos para a súmula, o homem assassinado entrou pela porta dos juízes, avançou para a mesa de Sua Excelência e olhou ansiosamente por sobre seu ombro para as páginas de suas anotações, que ele estava virando. Sua fisionomia se transformou; sua mão deteve-se; o singular tremor que eu tão bem conhecia atravessou-o; ele vacilou, "Perdoem-me, cavalheiros, por alguns instantes. Creio que o ar viciado me afetou", e não se recobrou antes de tomar um copo d'água.

Para ser lido com reservas

Durante toda a monotonia daqueles dez dias intermináveis — os mesmos juízes e os demais em seus lugares, o mesmo assassino no banco dos réus, as mesmas entoações de perguntas e respostas a ressoar pela sala do tribunal, o mesmo ranger da pena do juiz, os mesmos oficiais entrando e saindo, as mesmas luzes acesas à mesma hora, não obstante a luz natural do dia, a mesma cortina de fumaça fora das grandes janelas quando havia névoa, a mesma chuva tamborilando e gotejando quando chovia, as mesmas pisadas do carcereiro e do prisioneiro dia após dia na mesma serragem, as mesmas chaves a fechar e abrir as mesmas portas pesadas — durante toda a cansativa monotonia que me fez sentir como se fora o primeiro jurado durante um enorme período do tempo e Picadilly tivesse vicejado contemporaneamente à Babilônia, o homem assassinado nunca perdeu um traço de sua visibilidade em meus olhos, e tampouco em momento algum se fez menos nítido do que qualquer outra pessoa. Na verdade, não devo omitir que sequer uma vez vi a aparição que designo por homem assassinado olhar para o assassino. Repetidas vezes perguntei-me por que não o fazia. Mas ele não o fazia.

Ele tampouco olhou para mim, após a apresentação da miniatura, até os últimos minutos de conclusão do julgamento. Nós nos retiramos para deliberar às sete para as dez da noite. O apalermado membro de conselho paroquial e seus dois parasitas paroquiais nos deram tanto trabalho que por duas vezes retornamos ao tribunal para requerer a leitura de certos extratos das anotações dos juízes. Para nove de nós não havia qualquer dúvida quanto a essas passagens, tampouco, creio eu, para qualquer outra pessoa no tribunal; o triunvirato de patetas, contudo, não desejando senão a obstrução, justamente por isso objetava a elas. Por fim vencemos e finalmente o júri retornou ao tribunal à meia-noite e dez.

O homem assassinado colocou-se no lugar oposto ao banco dos jurados, no outro lado do Tribunal. Quando tomei meu lugar, seus olhos pousaram em mim, com grande atenção; ele parecia satisfeito e vagarosamente agitou um grande véu cinza, que carregava em seu braço, pela primeira vez sobre a cabeça. No momento em que declarei nosso veredicto de "Culpado", o véu caiu e tudo desapareceu, deixando vazio seu lugar.

Quando o juiz, segundo o costume, perguntou-lhe se desejava declarar algo antes que lhe fosse dada a sentença de morte, o assassino murmurou indistintamente algo que foi descrito pelos principais jornais do dia seguinte como "umas poucas divagações incoerentes e palavras semi-inaudíveis, pelas quais deu a entender que não tivera um julgamento justo porque o primeiro jurado se colocara contra ele". A extraordinária declaração que ele realmente fizera é a seguinte: "Meu senhor, eu soube que estava condenado quando o primeiro jurado de meu julgamento subiu ao banco. Meu senhor, eu soube que ele nunca me libertaria, porque, antes que eu fosse preso, ele pôs-se ao lado de minha cama à noite, não sei como, acordou-me e pôs uma corda em volta de meu pescoço."

DEPOIS

Edith Wharton

I

"Ah!, existe um, é claro, mas você jamais o saberá."

A afirmação, lançada risonha e repentinamente seis meses antes, em um jardim iluminado pelo sol de junho, retornou a Mary Boyne com uma sensação clara de sua importância latente enquanto ela, no lusco-fusco de dezembro, aguardava que trouxessem candeeiros à biblioteca.

As palavras haviam sido ditas por sua amiga Alida Stair, ao tomarem chá, sentadas no gramado em Pangbourne, em referência à mesma casa da qual a biblioteca em questão era o centro, o "lugar principal" em torno do qual tudo girava. Mary Boyne e seu marido, em busca de uma casa de campo em uma das regiões ao sul ou ao sudoeste, tinham, em sua chegada à Inglaterra, levado seu problema diretamente a Alida Stair, que o solucionara a contento; mas não antes que, após eles terem rejeitado, de maneira quase caprichosa, muitas sugestões práticas e sensatas, ela sugerisse: "Bem, existe Lyng, em Dorsetshire. Pertence a uns primos de Hugo, e vocês podem consegui-la por uma pechincha".

Os motivos que ela deu para essa facilidade — sua grande distância de uma estação de trem, a ausência de luz elétrica, de água quente e outras necessidades vulgares — eram exatamente os que contavam a seu favor na opinião de dois americanos românticos, obstinadamente em busca dos descontos que geralmente acompanhavam, em sua tradição, conveniências arquitetônicas fora do comum.

"Eu nunca acreditaria estar vivendo numa casa antiga a menos que estivesse absolutamente desconfortável", insistira jocosamente Ned Boyne, o mais extravagante dos dois: "a menor sugestão de 'conforto' me levaria pensar que ela fora comprada em uma exposição, com as peças numeradas, e montada novamente". E eles passaram a enumerar, com exatidão cômica, suas muitas desconfianças e exigências, recusando-se a crer que a casa recomendada por sua prima fosse realmente Tudor, até serem informados de que ela não possuía sistema de aquecimento, ou que a igreja da aldeia estava literalmente dentro do terreno da propriedade, até que ela os convenceu da lastimável incerteza quanto ao suprimento de água.

"É desconfortável demais para ser verdade!" continuara Edward Boyne a exultar à medida que o reconhecimento de cada desvantagem era sucessivamente arrancado dela; mas ele interrompera suas demonstrações de entusiasmo para perguntar, com uma súbita recaída de desconfiança: "E o fantasma? Você está escondendo de nós o fato de que não há fantasma!"

Mary, naquele momento, rira com ele; porém, quase instantaneamente, ainda rindo, tomada de várias séries de percepções independentes, notara uma súbita queda de tom da hilaridade na reação de Alida.

"Ah!, Dorsetshire está cheio de fantasmas, como sabem."

"Sim, sim; mas isso não basta. Não quero ter de viajar dez milhas para ver o fantasma de outra pessoa. Quero um meu, em minha propriedade. Há um fantasma em Lyng?"

Sua resposta fizera Alida rir novamente, e foi então que ela replicara, provocante: "Ah!, existe um, é claro, mas vocês nunca saberão".

"Nunca saberemos?", Boyne interrompeu-a. "Mas o que faz de um fantasma um fantasma senão o fato de ser visto por alguém?"

"Não sei. Mas essa é a história."

"Que há um fantasma, mas ninguém sabe que é um fantasma?"

"Bem... somente depois, de qualquer forma."

"Somente depois?"

"Somente muito, muito tempo depois."

"Mas se ele foi identificado uma vez como um visitante sobrenatural, por que sua descrição não foi passada adiante na família? Como ele conseguiu manter-se incógnito?"

Alida apenas balançou a cabeça. "Não me pergunte por quê. Mas ele conseguiu."

"E então, subitamente...", Mary deixou escapar, como que das profundezas cavernosas do pressentimento — "subitamente, muito tempo depois, a pessoa diz para si mesma, 'Era ele?'"

Ela ficou estranhamente chocada com o som sepulcral com o qual sua pergunta abateu-se sobre o gracejo dos outros dois e viu a sombra da mesma surpresa perpassar as pupilas claras de Alida. "Suponho que sim. É preciso apenas esperar."

"Qual nada!", interrompeu Ned. "A vida é curta demais para que se possa desfrutar de um fantasma apenas em retrospecto. Não se consegue algo melhor do que isso, Mary?"

Depois

Mas, afinal, verificou-se que isso é que lhes estava reservado, pois três meses depois de sua conversa com a sra. Stair eles se estabeleceram em Lyng, e a vida que haviam almejado, a ponto de tê-la planejado com todas as minúcias cotidianas, havia realmente começado para eles.

Era sentar-se, na densa penumbra de dezembro, ao lado de uma grande lareira exatamente como aquela, sob vigas de carvalho escuro como aquelas, com a sensação de que, para além das vidraças emolduradas de madeira, as colinas cobertas de relva se ensombreciam, envolvendo-as numa solidão mais profunda: era pelo prazer absoluto de tais sensações que Mary Boyne suportara durante quase catorze anos a feiura deprimente do Meio Oeste e que Boyne se aferrara obstinadamente a seu ofício de engenheiro, até que, com uma rapidez que ainda a fazia pestanejar, a sorte inesperada e prodigiosa da Mina Estrela Azul dera-lhes da noite para o dia a posse da vida e o ócio para saboreá-la. Nem por um instante sua intenção fora desfrutar de sua nova condição em completa inatividade; mas pretendiam dedicar-se apenas a atividades harmoniosas. Ela imaginara ocupar-se da pintura e da jardinagem (tendo ao fundo paredes cinzentas), ele sonhava em escrever seu livro há muito tempo planejado sobre "As bases econômicas da cultura"; e com esses trabalhos tão absorventes à frente, nenhuma existência poderia ser demasiado isolada; nenhuma distância do mundo poderia ser suficientemente grande ou sua vida suficientemente mergulhada no passado.

Dorsetshire atraíra-os desde o início por uma aparência de isolamento totalmente desproporcional à sua posição geográfica. Mas para os Boynes uma das inacreditáveis e sempre presentes maravilhas da ilha tão inacreditavelmente comprimida — um ninho de condados, como diziam — era que os efeitos de uma determinada qualidade necessitavam de tão pouco para ser tão grandes: que tão poucas milhas se tornassem uma grande distância, e que tão pouca distância fizesse diferença.

"É isso", Ned explicara entusiasmado uma vez, "que dá a seus efeitos uma tal profundidade, um tal relevo a seus mínimos contrastes. Eles conseguiram cobrir seus bocados com uma camada tão espessa de manteiga."

A camada de manteiga sem dúvida era bem espessa em Lyng: a velha casa cinzenta, oculta por uma saliência das colinas verdejantes, possuía quase todas as marcas mais sutis de comunicação com um longo passado. O simples fato de não ser nem grande nem excepcional tornava-a, para aos Boynes, mais rica ainda de seu caráter especial — o de ter sido durante séculos um profundo, vago receptáculo de vida. A vida provavelmente não tivera uma natureza muito intensa: durante longos períodos, sem dúvida, ela descaíra tão silenciosamente no passado quanto a silenciosa garoa de outono, por horas a fio, sobre o tanque de peixes verdes entre os teixos; mas essas águas passadas da existência por vezes geravam, em suas profundezas preguiçosas, estranhas e sutis emoções, e Mary Boyne sentira desde o início o roçar ocasional de uma memória mais vívida.

Edith Wharton

O sentimento nunca fora mais forte do que quando, na tarde de dezembro, enquanto aguardava na biblioteca que trouxessem, por fim, os candeeiros, levantou-se de sua cadeira e postou-se ao lado da lareira. Seu marido saíra, após o almoço, para uma de suas longas caminhadas pelas colinas. Ela observara que ultimamente ele preferia ficar sozinho nessas ocasiões; e, com a segurança adquirida na convivência, fora levada à conclusão de que ele estava preocupado com seu livro e precisava das tardes para revolver na solidão os problemas surgidos do trabalho matinal. Com certeza o livro não estava caminhando tão facilmente quanto ela imaginara, e as linhas de perplexidade entre seus olhos nunca se haviam mostrado durante seus dias de engenheiro. Ele demonstrara então muitas vezes uma exaustão que beirava a enfermidade, mas o demônio natural da "preocupação" jamais marcara sua fronte. Todavia, as poucas páginas que ele até esse momento lera para ela — a introdução e um resumo do primeiro capítulo — davam mostras de um domínio firme de seu tema e uma confiança profunda em sua capacidade.

O fato lançou-a numa perplexidade ainda mais profunda, por saber que, agora já desligado dos "negócios" e de suas contingências aborrecidas, o único possível elemento restante de ansiedade estava eliminado. E se fosse sua saúde? Mas ele estava fisicamente melhor desde que haviam chegado a Dorsetshire, mais robusto, mais vigoroso e com um olhar mais vívido. Fazia apenas uma semana que sentira nele a mudança indefinível que a tornava inquieta durante sua ausência e muito mais contida em sua presença, como se fosse ela a guardar algum segredo!

O pensamento de que havia um segredo em algum lugar entre eles atingiu-a com uma súbita e violenta sensação de surpresa; e ela percorreu os olhos à volta de si, na penumbra da grande sala.

"Seria a casa?", cismou ela.

A própria sala poderia ter sido cheia de segredos. Eles pareciam estar-se empilhando, à medida que a noite caía, como camadas após camadas de sombra aveludada a cair do teto baixo, as paredes empoeiradas de livros, a escultura manchada de fumaça da grande lareira.

"Ora, é claro — a casa é assombrada!", lembrou ela.

O fantasma — o fantasma imperceptível de Alida —, depois de frequentar assiduamente seus gracejos nos primeiros meses em Lyng, fora gradualmente descartado como demasiado irreal para tal uso. Mary, na verdade, quando se tornara habitante de uma casa assombrada, fizera as habituais investigações entre seus poucos vizinhos rurais, mas, além de um vago "Assim dizem, senhora", os aldeões nada tinham para contar. O espectro ardiloso aparentemente nunca possuíra uma identidade bastante para que sua lenda se cristalizasse, e após algum tempo os Boynes haviam risonhamente registrado a questão em sua conta de lucros e perdas,

Depois

concordando em que Lyng era uma das poucas casas boas o bastante em si mesmas para dispensar acréscimos sobrenaturais.

"E eu suponho, pobre, incompetente demônio, que é por esse motivo que bate suas belas asas em vão no vácuo", concluíra risonhamente Mary.

"Ou melhor", retrucou Ned, na mesma veia, "por que ele, dentre tantas coisas fantasmagóricas, nunca consegue confirmar sua existência separada como fantasma." E depois disso seu inquilino invisível finalmente foi eliminado de suas referências, que eram numerosas o bastante para torná-los instantaneamente alheios à perda.

Agora, ao lado da lareira, o objeto de sua curiosidade passada nela ressurgiu com uma nova percepção de seu significado — uma percepção gradualmente adquirida pelo contacto estreito e diário com o cenário do mistério oculto. Era a própria casa, é claro, que possuía a faculdade de ver fantasmas, que comungava visual, mas secretamente, com seu próprio passado; e, se alguém conseguisse se comunicar com a casa poderia descobrir seu segredo e adquirir a capacidade de ver o fantasma. Talvez, em suas longas horas solitárias nesta mesma sala, que ela nunca violava antes que a tarde chegasse, seu marido já a houvesse adquirido e estava silenciosamente a carregar o terrível fardo de algo que se lhe fora revelado. Mary era versada o bastante no código do mundo espectral para ignorar que uma pessoa não podia falar dos fantasmas que vira: fazê-lo constituía uma violação das regras de educação quase tão grande quanto mencionar uma senhora num clube. Mas essa explicação não a satisfez verdadeiramente. "Por que, afinal, exceto pelo gozo da excitação", ponderou ela, "ele realmente se importaria com quaisquer de seus velhos fantasmas?" E isso a fez voltar uma vez mais ao dilema principal: o fato de que uma maior ou menor susceptibilidade de uma pessoa a influências espectrais não se aplicava a esse caso em particular, uma vez que, quando se via um fantasma em Lyng, não se tinha consciência disso.

"Não até muito tempo depois", dissera Alida Stair. Bem, e se Ned vira um quando de sua primeira visita e o tivesse sabido somente na última semana o que lhe acontecera? Sob o fascínio crescente da hora, ela voltou seus pensamentos inquisitivos aos seus primeiros dias na propriedade, mas de início apenas para recordar a alegre confusão de desencaixotar, organizar, distribuir os livros e chamar um ao outro de cantos remotos da casa à medida que tesouros de sua morada se lhes revelavam. Foi por essa associação em especial que ela agora recordava uma certa tarde amena do outubro anterior, quando, passando da agitação extasiante inicial da exploração para uma inspeção detalhada da velha casa, ela pressionara (como uma heroína de romance) uma porta, que abrira ao seu toque para um lance estreito de escadas que conduzia a uma inesperada borda plana do telhado — o telhado que, de baixo, parecia inclinar-se para todos os lados tão abruptamente que apenas pés experientes poderiam escalar.

Desse canto oculto, a vista era fascinante, e ela voara escada abaixo para arrancar Ned de seus papéis e lhe oferecer o privilégio de sua descoberta. Ela ainda se lembrava de como, em pé sobre borda estreita, ele passara os braços a sua volta enquanto os olhos de ambos percorriam o espaço até a longa, ondulante linha do horizonte das colinas e então retornavam para contornar o arabesco das sebes de teixos em volta do tanque de peixes e à sombra do cedro no gramado.

"E agora o outro lado", ele dissera, virando-a suavemente em seus braços; e com o corpo bem junto ao dele ela absorvera, como um longo e prazeroso suspiro, a imagem do pátio cercado de paredes cinzentas, os leões agachados nos portões e a alameda de tílias que avançava até a estrada próxima às colinas.

Foi justamente nesse instante, ainda em contemplação e abraçados, que ela sentira seu braço soltar-se e ouviu um brusco "Olá!" que a fez girar e olhar para ele.

Claramente — sim, ela agora recordava ter visto, de relance, uma sombra de ansiedade, ou melhor, de perplexidade toldar seu rosto; e, seguindo seus olhos, notara a figura de um homem — um homem com roupas folgadas e cinzentas, pareceu-lhe — que caminhava pela alameda até o pátio com passos hesitantes de um estranho à procura de seu rumo. Seus olhos míopes lhe haviam proporcionado apenas uma impressão indistinta de delgadeza e de acinzentado, com algo de estrangeiro ou pelo menos não característico da região, no talhe da figura ou em seu traje; mas seu marido aparentemente vira mais — o suficiente para fazê-lo empurrá-la para o lado com um brusco "Espere!" e precipitar-se pelas escadas em caracol, sem parar para lhe oferecer a mão à descida.

Uma leve tendência à vertigem obrigou-a, depois de agarrar-se à chaminé contra a qual eles se haviam encostado, a segui-lo com maior cuidado; e, quando atingiu a plataforma do sótão, ela parou novamente por um motivo menos claro, apoiando-se no balaústre de carvalho para forçar seus olhos através do silêncio das profundezas castanhas, salpicadas da luz do sol, logo abaixo. Ela demorou-se lá até que, de algum lugar daquelas profundezas, ouviu a porta fechar-se; então, num impulso mecânico, desceu os lances rasos da escada até alcançar o vestíbulo mais abaixo.

A porta da frente abria-se para a suave luz do sol no pátio, e não havia ninguém no vestíbulo nem no pátio. A porta da biblioteca também estava aberta, e após tentar em vão ouvir algum som de vozes lá dentro, ela rapidamente cruzou a soleira e encontrou seu marido sozinho, manuseando a esmo os papéis em sua escrivaninha.

Ele levantou os olhos, como que surpreso diante de sua entrada súbita, mas a sombra de ansiedade desaparecera-lhe do rosto, deixando-o até mesmo, julgara ela, um pouco mais iluminado e mais despreocupado do que de costume.

"O que foi? Quem era?", perguntou ela.

"Quem?", ele repetiu, ainda com a vantagem da surpresa.

"O homem que vimos andando em direção à casa."

Depois

Ele pareceu sinceramente refletir. "O homem? Ora, pensei ter visto Peters; corri para lhe falar sobre os escoadouros da estrebaria, mas ele havia desaparecido antes que eu acabasse de descer."

"Desapareceu? Ora, ele parecia estar caminhando muito devagar quando o vimos."

Boyne encolheu os ombros. "Assim pensei; mas ele deve ter apressado o passo nesse ínterim. O que você me diz de tentarmos escalar Meldon Steep antes do pôr-do-sol?"

Foi tudo. À época, o acontecimento fora insignificante e, de fato, imediatamente ofuscado pela magia de sua primeira vista de cima de Meldon Steep, uma colina que eles haviam sonhado em escalar desde que viram pela primeira vez sua espinha nua a içar-se acima do telhado baixo de Lyng. Sem dúvida foi o mero fato de ter o outro incidente ocorrido exatamente no mesmo dia de sua subida a Meldon Steep que o depositara na dobra inconsciente de associação da qual agora emergira; pois em si mesmo ele não trazia a marca do prodigioso. Naquele momento nada poderia ter sido mais natural do que Ned precipitar-se do telhado em perseguição do lento artesão. Era o período em que eles estavam sempre à espreita de um ou de outro dos especialistas que trabalhavam nas vizinhanças; sempre a sua espera e correndo para eles com perguntas, censuras ou lembranças. E, com certeza, à distância a figura cinzenta assemelhara-se à de Peters.

Agora, contudo, à medida que ela revia a rápida cena, sentiu que a explicação de seu marido fora invalidada pelo olhar de ansiedade em seu rosto. Por que a aparição familiar de Peters o tornara ansioso? Por que, acima de tudo, se era de fundamental importância consultar aquele entendido a respeito dos escoadouros da estrebaria, não o encontrar produzira uma tal expressão de alívio? Mary não sabia se qualquer dessas considerações lhe ocorrera na época; não obstante, pela rapidez com que agora se apresentavam às suas intimações, ela experimentou uma sensação súbita de que todas deviam estar lá, aguardando sua hora.

II

Esgotada por seus pensamentos, caminhou em direção à janela. A biblioteca estava agora completamente às escuras, e ela ficou surpresa em ver como o mundo exterior ainda estava envolvido numa luz tênue.

Enquanto o perscrutava, para além do pátio, uma figura delineou-se na perspectiva cônica de linhas nuas: parecia um mero borrão de cinza mais escuro no acinzentado, e por um instante, à medida que ela se movia em sua direção, seu coração disparou ao pensamento: "É o fantasma!"

Ela teve tempo, naquele longo instante, de sentir subitamente que o homem de quem, dois meses antes, ela tivera uma breve e distante visão desde o telhado, estava agora, nesta hora pressaga, prestes a revelar-se outro que não Peters; e seu espírito abateu-se sob o temor iminente da revelação. Mas, quase no átimo que separa dois movimentos do ponteiro do relógio, a figura ambígua, ganhando substância e personalidade, mostrou-se até mesmo à sua vista fraca como a de seu marido; e ela voltou-se para recebê-lo, enquanto ele entrava, com a confissão de sua tolice.

"É realmente um absurdo", ela riu e parou na soleira, "mas nunca consigo lembrar-me!"

"Lembrar-se de quê?", perguntou Boyne enquanto se aproximavam.

"De que quando vemos o fantasma de Lyng nunca se sabe disso."

Sua mão estava na manga dele, e ele manteve-a lá, mas sem nenhuma reação por gesto ou pelas linhas de seu rosto exausto, preocupado.

"Você acha que o viu?", perguntou ele, após um tempo considerável.

"Ora, tomei você por ele, meu querido, em minha louca determinação em localizá-lo!"

"Por mim, agora?" Seu braço caiu e ele afastou-se dela com um fraco eco de sua risada. "Realmente, querida, é melhor você desistir, se isso é o melhor que você consegue."

"Sim, desistir... Eu desisto. Você desistiu?", perguntou ela, afastando-se dele bruscamente.

A arrumadeira entrara com cartas e um candeeiro, e a luz iluminou o rosto de Boyne quando ele se inclinou para a bandeja que ela lhe estendia.

"Você desistiu?", Mary obstinadamente insistiu, quando a criada desaparecera para cumprir sua incumbência de iluminação.

"Desisti do quê?", replicou ele distraidamente, com a luz a revelar a expressão marcada de preocupação entre suas sobrancelhas, enquanto revolvia as cartas.

"Desistiu de tentar ver o fantasma." Seu coração bateu um pouco mais forte com o experimento que ela estava fazendo.

Seu marido, pondo de lado as cartas, moveu-se para a sombra da lareira.

"Eu nunca tentei", disse ele, rasgando o invólucro de um jornal.

"Bem, é claro", persistiu Mary, "o exasperante é que não adianta tentar, uma vez que não se pode ter certeza senão muito tempo depois."

Ele estava desdobrando o jornal como se mal pudesse ouvi-la; mas após uma pausa, durante a qual as folhas farfalharam espasmodicamente entre suas mãos, levantou a cabeça para dizer abruptamente: "Você sabe depois de quanto tempo?"

Mary afundara numa poltrona de espaldar baixo ao lado da lareira. De seu assento, ela olhou para cima, espantada, para o perfil de seu marido, que, escuro, projetava-se contra o círculo da luz do candeeiro.

"Não; não mesmo. Você desistiu?", retorquiu ela, repetindo sua frase anterior com um tom de veemência.

Depois

Boyne juntou o jornal num maço e então, sem nenhuma razão aparente, virou-se com ele para o candeeiro.

"Por Deus, não! Apenas quis dizer", explicou ele, com um leve tom de impaciência, "há alguma lenda, alguma tradição quanto a isso?"

"Não que eu saiba", respondeu ela; mas o impulso de acrescentar "por que pergunta?" foi refreado pelo reaparecimento da arrumadeira com o chá e um segundo candeeiro.

Com a dissipação das sombras e a repetição da rotina doméstica diária, Mary Boyne sentiu-se menos oprimida por aquele sentimento de algo surdamente iminente que ensombrecera sua tarde solitária. Por alguns momentos, ela entregou-se silenciosamente aos pormenores de sua tarefa, e quando levantou os olhos ficou chocada, espantada mesmo, pela mudança no rosto de seu marido. Ele sentara-se perto do candeeiro mais distante e estava absorto na leitura de suas cartas; mas fora algo que ele encontrara nelas ou apenas a mudança da própria perspectiva dela que devolvera às feições de Boyne seu aspecto normal? Quanto mais ela olhava, mais claramente se confirmava a mudança. As linhas de dolorosa tensão haviam desaparecido, e os traços remanescentes de fadiga eram do tipo facilmente explicáveis por um esforço mental contínuo. Ele olhou para cima, como que atraído pelo olhar dela, e lhe dirigiu um sorriso.

"Estou louco por meu chá, como você sabe; e aqui está uma carta para você", disse.

Ela pegou a carta que ele segurava em troca da xícara que lhe estendia e, retornando à sua poltrona, rompeu o selo com o gesto lânguido do leitor cujos interesses estão totalmente envolvidos por uma presença amada.

Seu movimento consciente em seguida foi pôr-se em pé subitamente, a carta caiu enquanto ela se levantava e estendia a seu marido um longo recorte de jornal.

"Ned! O que é isto? O que significa?"

Ele levantara-se no mesmo instante, quase como se ouvisse a exclamação de Mary antes que ela o proferisse; e por um espaço de tempo perceptível ele e ela entreolharam-se atentamente, como adversários à espreita de uma vantagem, através do espaço entre a poltrona dela e a escrivaninha dele.

"O que é o quê? Você me assustou mesmo!", disse Boyne por fim, caminhando em direção a ela com uma risada súbita e meio irritada. A sombra de apreensão estava novamente em seu rosto, não mais um olhar de permanente presságio, mas de uma cautela astuciosa nos lábios e nos olhos, que deu a ela a sensação de ele sentir-se invisivelmente cercado.

A mão dela tremia tanto que ela mal conseguiu estender-lhe o recorte de jornal.

"Este artigo... do *Sentinela de Waukesha*... que um homem chamado Elwell abriu processo contra você... que houve alguma coisa de errado com a Mina Estrela Azul. Só consigo entender a metade."

Eles continuaram a se encarar enquanto ela falava e, para espanto dela, viu que suas palavras tiveram o efeito quase imediato de dissipar a expressão de cautela no rosto dele.

"Ah!, isso!" Ele baixou os olhos para a tira impressa e então dobrou-a com o gesto de quem manuseia algo inofensivo e familiar. "O que há com você esta tarde, Mary? Pensei que tivera más notícias."

Ela permanecia diante dele com seu terror indefinível a subsistir sob o traço de certeza na aparência tranquila de Boyne.

"Você sabia disso, então... Está tudo bem?"

"Certamente que eu sabia; e está tudo bem."

"Mas o que foi? Não compreendo. De que esse homem o acusa?"

"Ah!, de quase todos os crimes das listas de processos." Boyne deixara cair o recorte de jornal e lançara-se confortavelmente numa poltrona perto da lareira. "Você quer ouvir a história? Não é especialmente interessante — apenas uma disputa sobre o controle da Estrela Azul."

"Mas quem é esse Elwell? Não conheço o nome."

"Ah!, é um sujeito que introduzi nela — dei-lhe uma ajuda. Eu lhe contei sobre ele na época."

"Talvez. Devo ter esquecido." Em vão ela procurou em sua memória. "Mas se você o ajudou, por que ele lhe dá isso em troca?"

"Ah!, provavelmente algum rábula o agarrou e convenceu. É tudo muito técnico e complicado. Pensei que esse tipo de coisa a aborrecesse."

Sua esposa sentiu uma pontada de remorso. Em teoria, ela desaprovava vivamente o desinteresse das esposas americanas com relação aos assuntos profissionais de seus maridos, mas na prática ela sempre julgara difícil ouvir atentamente os relatos de Boyne sobre os negócios nos quais seus vários interesses o envolviam. Além disso, ela sentira desde o início que, numa comunidade em que as amenidades da vida podiam ser obtidas apenas a custa de esforços tão árduos quanto as tarefas profissionais de seu marido, tais ócios breves como os seus poderiam ser usados como uma libertação das preocupações imediatas, uma fuga para a vida que eles haviam sempre sonhado viver. Uma vez ou duas, agora que sua vida havia realmente traçado seu círculo mágico em torno deles, ela se perguntara se agira do modo certo; mas até então tais conjecturas não haviam sido mais do que excursões retrospectivas de uma imaginação vívida. Agora, pela primeira vez, causou-lhe um certo espanto descobrir quão pouco sabia das bases materiais sobre as quais se construíra sua felicidade.

Ela relanceou-o novamente e foi tranquilizada pela serenidade de seu rosto; todavia, ela sentiu necessidade de motivos mais claros para sua própria tranquilidade.

"Mas esse processo não o preocupa? Por que você nunca me falou disso?"

Depois

Ele respondeu a ambas as perguntas ao mesmo tempo. "Eu não lhe falei disso, no início, porque ele me preocupava — ou antes, me aborrecia. Mas agora tudo isso é passado. Seu correspondente deve ter conseguido um número atrasado do *Sentinela*."

Ela sentiu uma intensa vibração de alívio. "Você quer dizer que acabou? Ele perdeu a causa?"

Houve uma demora apenas perceptível na resposta de Boyne. "O processo foi retirado — foi tudo."

Mas ela insistiu, como se para eximir-se da acusação interior de ser tão facilmente convencida. "Retirado porque ele viu que não tinha possibilidade de ganhar?"

"Ora, ele não tinha possibilidade alguma", respondeu Boyne.

Ela ainda estava lutando com uma perplexidade vagamente sentida, lá no fundo de seus pensamentos.

"Há quanto tempo ela foi retirada?"

Ele fez uma pausa, como se sua anterior incerteza retornasse ligeiramente. "Eu acabei de receber a notícia agora; mas já estava esperando-a."

"Agora, exatamente... em uma de suas cartas?"

"Sim; em uma de minhas cartas."

Ela não fez nenhuma observação e estava consciente apenas, após um pequeno intervalo de espera, de que ele havia se levantado e, andando a esmo pela sala, colocara-se no sofá ao seu lado. Ela sentiu-o, quando ele o fez, passar um braço a sua volta, sentiu sua mão procurar a sua e apertá-la e, virando-se lentamente, atraída pelo calor da face dele, viu a sinceridade sorridente de seus olhos.

"Tudo bem... tudo está bem?", ela indagou, por entre o fluxo de suas dúvidas evanescentes; e "Dou-lhe minha palavra de que nunca esteve tão bem!", ele riu, olhando para ela, abraçando-a.

III

Uma das coisas mais estranhas que Mary recordaria no dia seguinte era a súbita e completa recuperação de sua sensação de segurança.

Estava presente no acordar de Mary em seu quarto escuro, de teto baixo, essa segurança acompanhou-a lá embaixo, à mesa de desjejum, reverberou desde o fogo e reduplicou-se ao reluzir nos lados da urna e do canelado bem marcado do bule de chá. Era como se, de algum modo indireto, todas as suas apreensões difusas do dia anterior, com seu momento de concentração cerrada no artigo de jornal — como se a vaga indagação sobre o futuro e o retorno alarmado ao passado — houvesse liquidado entre eles as dívidas de alguma obrigação moral aterradora. Se ela de fato descuidara dos negócios de seu marido, era porque — seu novo estado parecia prová-lo — sua fé nele instintivamente justificava tal descuido; e o direito dele a tal fé havia sido confirmado, de forma inquestionável, exatamente diante da ameaça

103

e da suspeita. Ela nunca o vira tão despreocupado, tão natural e inconsciente no domínio de suas faculdades quanto após a inquirição à qual ela o submetera: era quase como se ele estivera consciente das dúvidas que nela espreitavam e tivesse desejado, tanto quanto ela, que o céu desanuviasse.

Ele desanuviara — graças a Deus! — tanto quanto a luz brilhante exterior que inesperadamente se lhe apresentou com um toque de verão, quando ela saiu da casa para sua ronda diária pelos jardins. Deixara Boyne em sua escrivaninha e gratificara-se, ao passar pela porta da biblioteca, com uma última espiada em seu rosto tranquilo, onde ele se inclinava, cachimbo na boca, sobre seus papéis; e agora ela deveria desempenhar sua própria tarefa matinal. A tarefa envolvia, em dias de inverno tão encantadores como aquele, caminhar deliciosamente a esmo pelos cantos de seus domínios, como se a primavera já estivesse em curso nos arbustos e nas bordaduras. Havia ainda tantas possibilidades inexauríveis diante de si, tantas oportunidades de fazer com que florescessem as graças latentes daquele lugar antigo, sem um único toque irreverente de alteração, que os meses de inverno eram breves demais para planejar o que a primavera e o outono executavam. E sua recobrada sensação de segurança deu, nesta manhã em especial, um vigor singular à sua caminhada pela herdade tranquila. Ela foi primeiramente ao pomar, onde o renque de pereiras desenhava formas complexas nas paredes, e pombos voejavam e se alisavam em volta do telhado de ardósia prateada de seu redil. Havia algo de errado com a tubulação da estufa, e ela estava aguardando um entendido de Dorchester, que deveria vir nos intervalos dos trens para fazer um diagnóstico da caldeira. Mas quando mergulhou no calor úmido da estufa, entre os odores picantes e os rosas e vermelhos lisos de plantas raras e antiquadas — até mesmo a flora de Lyng estava exuberante! — ela soube que o grande homem não chegara, e como o dia era excelente demais para desperdiçar numa atmosfera artificial, saiu novamente e caminhou lentamente pela turfa flexível do gramado para jogos até os jardins atrás da casa. Nos seus limites mais distantes erguia-se uma plataforma gramada, que proporcionava, acima do tanque de peixes e das sebes de teixos, uma vista da comprida fachada da casa, com seu grupo de chaminés entrelaçadas e as sombras azuis de seus ângulos do telhado, todos embebidos da umidade dourada do ar.

Vista assim, por entre a escultura dos teixos, sob a luz difusa, suave, ela lhe enviava, de suas janelas abertas e chaminés a emanar uma fumaça hospitaleira, a aparência de uma cálida presença humana, de um espírito lentamente amadurecido num muro ensolarado de experiência. Ela jamais tivera antes uma percepção tão profunda de intimidade com a casa, uma tal convicção de que seus segredos eram todos benévolos, que guardavam, como se dizia às crianças, "para nosso bem", uma confiança tão absoluta em seu poder de entrelaçar sua vida e a de Ned num desenho da longuíssima história que ela tecia, assim sentada, ao sol.

Depois

Ouviu passos atrás de si e virou-se, na expectativa de ver o jardineiro, acompanhado do engenheiro de Dorchester. Mas somente uma figura mostrou-se, a de um homem bastante jovem, de talhe delgado, que, por razões que ela não poderia no momento estabelecer, nem remotamente correspondia à sua ideia preconcebida de um entendido em caldeiras de estufa. O recém-chegado, ao vê-la, ergueu seu chapéu e deteve-se, com o ar de um cavalheiro — talvez um viajante — desejoso de dar a entender imediatamente que sua intrusão era involuntária. A fama local de Lyng vez por outra atraía os excursionistas mais inteligentes, e Mary tinha como quase certo ver o estranho ocultar uma câmera, ou mostrá-la para justificar sua presença. Mas ele não fez nenhum gesto de qualquer tipo, e após um momento ela perguntou, num tom de reação à reprovação cortês de sua atitude: "O senhor deseja ver alguém?"

"Vim encontrar o senhor Boyne", respondeu ele. Sua entonação, mais do que seu sotaque, era levemente americana, e Mary, ao som familiar, olhou para ele mais atentamente. A aba de seu chapéu de feltro flexível lançava uma sombra sobre seu rosto, o qual, assim obscurecido, mostrava aos olhos míopes de Mary um ar de seriedade, como o de uma pessoa "a negócios" e cortês, mas firmemente consciente de seus direitos.

A experiência tornara Mary igualmente sensível a tais reivindicações; mas ela, ciosa das horas matinais de seu marido, duvidava que ele tivesse dado a qualquer pessoa o direito de interrompê-las.

"O senhor tem um encontro marcado com o sr. Boyne?", perguntou ela.

Ele hesitou, como se despreparado para a pergunta.

"Não exatamente um encontro marcado", respondeu.

"Nesse caso, receio que ele não possa recebê-lo agora, pois ele trabalha de manhã. O senhor poderia deixar um recado, ou voltar mais tarde?"

O visitante, novamente erguendo o chapéu, respondeu brevemente que voltaria mais tarde e afastou-se, como se retomasse o caminho para a frente da casa. Enquanto sua figura desaparecia pela trilha entre as sebes de teixos, Mary viu-o deter-se e erguer os olhos um instante para a fachada tranquila banhada numa fraca luz de sol hibernal; e veio-lhe de súbito à mente, com um toque tardio de remorso, que teria sido mais cordial perguntar-lhe se ele viera de longe e oferecer-se, nesse caso, para verificar se seu marido poderia recebê-lo. Mas enquanto o pensamento lhe ocorria, ele desapareceu atrás de um teixo em forma de pirâmide, e ao mesmo tempo a atenção dela foi distraída pela aproximação do jardineiro, acompanhado da figura barbada e trajada do tecido mesclado do artesão de caldeira de Dorchester.

O encontro com esse técnico levou a questões de tão alta importância que ele resolveu desistir de seu trem e convenceu Mary a passar o resto da manhã numa confabulação absorvente entre as estufas. Ela ficou surpresa ao descobrir, quando o colóquio chegou ao fim, que era quase hora do almoço, e tinha quase certeza, enquanto corria de volta para casa, ver seu marido vindo ao seu encontro. Mas ela não encontrou ninguém no pátio, salvo um ajudante de jardineiro varrendo o pedregulho com o ancinho, e o saguão, quando entrou, estava tão silencioso que ela supôs estar Boyne ainda trabalhando atrás da porta fechada da biblioteca.

Não desejando perturbá-lo, ela voltou para a sala de estar e lá, à sua escrivaninha, perdeu-se em novos cálculos da despesa envolvida na entrevista matinal. Saber que ela podia permitir-se tais loucuras ainda não perdera sua novidade; e de algum modo, em contraste com as vagas apreensões dos dias anteriores, ela agora parecia parte de sua recobrada segurança, da sensação de que, como dissera Ned, as coisas em geral nunca haviam estado "tão bem".

Ela ainda estava deleitando-se numa profusão de cifras quando a arrumadeira, da soleira, despertou-a com uma pergunta vagamente expressa quanto à conveniência de servir o almoço. Uma de suas brincadeiras era que Trimmle anunciava o almoço com se estivesse divulgando um segredo de Estado, e Mary, concentrada em seus papéis, apenas murmurou uma aprovação distraída.

Sentiu Trimmle agitando-se expressivamente na soleira, como a censurar tal aquiescência sem cerimônia e ouviu seus passos em retirada a soarem no corredor. Empurrou em seguida seus papéis, cruzou o saguão e dirigiu-se à porta da biblioteca. A porta ainda estava fechada, e ela fez um movimento de hesitação, indesejosa de perturbar seu marido, e contudo preocupada em que ele não excedesse sua medida normal de trabalho. Enquanto estava lá, ponderando seus impulsos, a esotérica Trimmle retornou com o anúncio do almoço; assim pressionada, Mary abriu a porta e entrou na biblioteca.

Boyne não estava à escrivaninha, e ela perscrutou a sua volta, esperando descobri-lo ao lado das estantes, em algum lugar ao longo da sala; mas seu chamado não obteve resposta, e gradualmente convenceu-se de que ele não estava na biblioteca.

Ela se voltou para a arrumadeira.

"O sr. Boyne deve estar lá em cima. Por favor, diga-lhe que o almoço está pronto."

A arrumadeira pareceu hesitar entre o dever óbvio de obedecer a ordens e uma igualmente óbvia convicção da tolice da determinação que se lhe fizera. A luta resultou que ela disse, dubiamente, "com sua licença, senhora, o sr. Boyne não está lá em cima."

"Não está em seu quarto? Você tem certeza?"

"Tenho, senhora."

Mary olhou para o relógio. "Onde está ele?"

"Ele saiu", declarou Trimmle, com o ar superior de alguém que respeitosamente esperou pela pergunta que uma mente lúcida teria feito logo de início.

A conjectura anterior de Mary estava certa. Boyne devia ter ido aos jardins para encontrá-la e, uma vez que ela não o vira, estava claro que ele tomara o caminho mais curto pela porta ao sul, em vez de rodear o pátio. Ela cruzou o saguão até a

Depois

porta de vidro, que dava diretamente para o jardim de teixos, mas a arrumadeira, após um outro momento de conflito interior, decidiu revelar inquietamente, "com licença, senhora, o sr. Boyne não foi naquela direção."

Mary voltou-se. "Aonde ele foi? E quando?"

"Ele saiu pela porta da frente, estrada acima, senhora." Era para Trimmle uma questão de princípio nunca responder mais de uma pergunta por vez.

"Estrada acima? A esta hora?" Mary dirigiu-se à porta e olhou rapidamente por entre o longo túnel de tílias desfolhadas. Mas não enxergou ninguém, de onde estava.

"O sr. Boyne não deixou nenhum recado?", perguntou.

Trimmle pareceu render-se a uma última luta contra as forças do caos.

"Não, senhora. Ele apenas saiu com o cavalheiro."

"O cavalheiro? Que cavalheiro?" Mary girou nos calcanhares, como para enfrentar esse novo fato.

"O cavalheiro que veio, senhora", disse Trimmle resignadamente.

"Quando veio um cavalheiro? Por favor, explique-se, Trimmle!"

Apenas o fato de que Mary estava com muita fome e de que queria consultar o marido sobre as estufas a teriam feito dar uma ordem tão incomum a sua criada; e até mesmo agora ela estava calma o suficiente para notar nos olhos de Trimmle a rebeldia nascente do subordinado respeitoso que foi pressionado demais.

"Não sei exatamente a hora, senhora, porque eu não mandei o cavalheiro entrar", respondeu, com o ar de quem ignora magnanimamente a irregularidade do comportamento de sua patroa.

"Você não o mandou entrar?"

"Não, senhora. Quando o sino tocou eu estava me vestindo, e Agnes..."

"Vá e pergunte a Agnes", interrompeu Mary. Trimmle ainda apresentava o olhar de paciente magnanimidade. "Agnes não sabe, senhora, pois ela infelizmente tinha queimado a mão ao tentar acender o pavio do novo candeeiro que veio da cidade..." — Trimmle, percebeu Mary, sempre se opusera ao novo candeeiro — "e por isso a sra. Dockett mandou a ajudante de cozinheira em seu lugar."

Mary olhou novamente o relógio. "Já passa das duas! Vá e pergunte à ajudante de cozinheira se o sr. Boyne deixou algum recado."

Ela foi almoçar sem esperar, e Trimmle logo lhe trouxe a afirmação da ajudante de cozinheira de que o cavalheiro chegara por volta da uma hora, que o sr. Boyne saíra com ele sem deixar nenhum recado. A ajudante de cozinheira nem mesmo sabia o nome do visitante, pois ele o havia escrito numa tira de papel, que dobrara e lhe dera, com a ordem de entregá-lo imediatamente ao sr. Boyne.

Mary terminou seu almoço, ainda curiosa, e quando terminou e Trimmle trouxera o café à sala de estar sua curiosidade aumentou, tomada, pela primeira vez, de um leve matiz de desassossego. Não era do feitio de Boyne ausentar-se sem explicação em uma hora tão inusitada, e a dificuldade de identificar o visitante a cujas ordens ele aparentemente obedecera tornou seu desaparecimento ainda mais inexplicável. A experiência de Mary Boyne como esposa de um engenheiro ocupado, sujeito a súbitas chamadas e obrigado a manter horários irregulares, treinara-a para a aceitação filosófica de surpresas; mas Boyne, desde que se retirara dos negócios, adotara uma rotina monacal de vida. Como para compensar os anos dissipados e agitados, com seus almoços "em pé" e jantares apressados, sujeitos às sacudidelas de um vagão-restaurante, ele cultivava os refinamentos máximos da pontualidade e da monotonia, desestimulando a imaginação da esposa pelo inesperado — e declarando que a um gosto delicado havia infinitas gradações de prazer nas repetições fixas do hábito.

Ainda assim, uma vez que nenhum ser vivo pode precaver-se completamente do imprevisto, era evidente que todas as precauções de Boyne cedo ou tarde se verificariam ineficazes, e Mary concluiu que ele havia abreviado uma visita cansativa, acompanhando seu visitante até a estação, ou pelo menos o acompanhando até parte do caminho.

Essa conclusão aliviou-a de preocupações maiores, e ela foi retomar sua conversa com o jardineiro. De lá, dirigiu-se à agência do correio na aldeia, a pouco mais de uma milha de distância; e quando ela retornou a casa, já caía a tarde.

Ela tomara uma trilha por entre as colinas, e como Boyne, no entretempo, provavelmente retornara da estação pela estrada, havia pouca probabilidade de que se encontrassem pelo caminho. Ela estava certa, no entanto, de que ele tinha chegado a casa antes dela; tão certa que, quando entrou, sem mesmo deter-se para perguntar a Trimmle, dirigiu-se imediatamente à biblioteca. Mas não havia ninguém na biblioteca, e com uma inusitada precisão de memória visual ela imediatamente observou que os papéis sobre a escrivaninha de seu marido estavam exatamente como antes, quando ela fora chamá-lo para o almoço.

Foi então subitamente tomada de um vago temor do desconhecido. Ela fechara a porta atrás de si ao entrar e sozinha, na grande, silenciosa, penumbrosa sala, seu temor pareceu adquirir forma e som, estar lá respirando, à espreita por entre as sombras. Seus olhos míopes esforçaram-se por ver através delas e vislumbraram uma presença real, algo alheio, que observava e sabia; impelida pela repugnância causada por aquela proximidade intangível, de um salto apoderou-se do cordão da campainha e deu-lhe um violento puxão.

Os chamamentos longos, vibrantes, trouxeram uma Trimmle apressada, com um candeeiro; Mary respirou novamente diante desse reaparecimento tranquilizador do habitual.

"Você pode trazer o chá, se o sr. Boyne chegou", disse ela, para justificar a chamada.

"Está bem, senhora. Mas o sr. Boyne ainda não chegou", disse Trimmle, depondo o candeeiro.

Depois

"Ainda não chegou? Você quer dizer que ele voltou e saiu novamente?"

"Não, senhora. Ele ainda não voltou."

O medo novamente despertou, e Mary sentiu que agora ele a invadia.

"Não voltou, desde que saiu com... o cavalheiro?"

"Não voltou, desde que saiu com o cavalheiro."

"Mas quem era o cavalheiro?", falou Mary, ofegante, com a voz aguda de alguém que tenta ser ouvido em meio a uma confusão de ruídos sem sentido.

"Isso eu não sei, senhora." Trimmle, em pé ao lado do candeeiro, parecia subitamente ficar menos redonda e rosada, como que eclipsada pela mesma sombra rastejante de apreensão.

"Mas a ajudante da cozinheira sabe... não foi a ajudante da cozinheira que o fez entrar?"

"Ela também não sabe, senhora, porque ele escreveu seu nome num papel dobrado."

Mary, em meio a sua agitação, estava consciente de que estavam ambas designando o visitante desconhecido por um pronome vago, em vez da fórmula convencional que, até então, mantivera suas alusões dentro dos limites do comportamento habitual. E no mesmo momento sua mente agarrou-se à menção do papel dobrado.

"Mas ele deve ter um nome! Onde está o papel?"

Ela foi até a escrivaninha e começou a revirar os documentos espalhados que a atulhavam. O primeiro que atraiu sua atenção foi uma carta inacabada com a caligrafia de seu marido, com sua pena deitada sobre ela, como se deixada ali enquanto ele atendia a um chamado.

"Meu caro Parvis" — quem era Parvis? —, "acabei de receber sua carta com a notícia da morte de Elwell, e não obstante eu imagine não haver agora outros riscos de problema, poderia ser mais seguro..."

Ela empurrou para o lado a folha de papel e continuou sua busca; mas não conseguiu encontrar nenhum papel dobrado entre os papéis e páginas de manuscrito, que haviam sido arrebanhados ao acaso, como que na pressa ou por um gesto assustado.

"Mas a ajudante de cozinheira viu-o. Chame-a aqui", ela ordenou, admirada de sua tolice de não ter pensado antes em uma solução tão simples.

Ao comando, Trimmle desapareceu num relâmpago, como se agradecida por sair da sala, e quando reapareceu, trazendo a agitada serviçal, Mary recobrara o autodomínio e tinha as perguntas apropriadas.

O cavalheiro era um estranho, sim — isso ela havia entendido. Mas o que dissera? E, acima de tudo, qual a sua aparência? A primeira pergunta era muito fácil de responder, pois o motivo desconcertante de que ele dissera tão pouco — apenas perguntara pelo sr. Boyne e, rabiscando algo num pedaço de papel, solicitara que fosse imediatamente levado até ele.

"Então você não sabe o que ele escreveu? Você não tem certeza se era seu nome?"

A criada de cozinha não tinha certeza, mas supunha que era, já que ele o havia escrito em resposta a sua pergunta de a quem deveria anunciar.

"E quando você levou o papel para o sr. Boyne, o que ele disse?"

A ajudante da cozinheira achava que o sr. Boyne não dissera nada, mas não tinha certeza, pois justamente quando lhe estendera o papel e ele o abria ela percebeu que o visitante a seguira até a biblioteca e ela retirou-se em silêncio, deixando os dois cavalheiros juntos.

"Mas, se você os deixou na biblioteca, como sabe que eles saíram da casa?"

Essa pergunta mergulhou a testemunha no silêncio por um momento, do qual ela foi salva por Trimmle, que, mediante circunlóquios engenhosos, trouxe à tona a afirmação de que, antes que ela cruzasse o saguão em direção ao corredor de trás, ouvira o cavalheiro atrás de si e vira-os saírem juntos pela porta da frente.

"Se você viu duas vezes o cavalheiro, deve ser capaz de me descrevê-lo."

Mas, com esse desafio final à sua capacidade de expressão, tornou-se claro ter chegado ao limite a paciência da ajudante da cozinheira. A obrigação de ir até a porta da frente para "mandar entrar" um visitante era em si tão subversiva da ordem elementar das coisas, que suas faculdades foram lançadas em uma desordem irrecuperável, e ela conseguia somente tartamudear, depois de vários esforços ofegantes em recordar, "Seu chapéu, dona, era de um tipo diferente, como..."

"Diferente? Como assim?", Mary interrompeu-a subitamente, seu próprio pensamento retornou de um salto para uma imagem lá impressa naquela manhã, mas temporariamente perdida entre camadas de impressões subsequentes.

"Seu chapéu tinha uma aba larga, é isso? E seu rosto era pálido — um rosto jovem?" Mary pressionou-a, com tal intensidade na pergunta que lhe embranqueceu os lábios. Mas se a ajudante de cozinha conseguiu encontrar qualquer resposta adequada a esse desafio, isso se perdeu, pois sua ouvinte estava sendo levada pela correnteza violenta de suas próprias convicções. O estranho... o estranho no jardim! Por que Mary não pensara nele antes? Ela não precisava que ninguém agora lhe dissesse que fora ele a buscar seu marido e a ir embora com ele. Mas quem era ele, e por que Boyne obedecera a seu chamado?

IV

Acudiu-lhe à mente, de súbito, como um arreganho a sobressair das trevas, que eles muitas vezes haviam chamado a Inglaterra de muito pequena — "um lugar onde é danado de difícil perder-se."

Um lugar onde é danado de difícil perder-se! Tinha sido essa a expressão de seu marido. E agora, com toda a parafernália da investigação oficial a varrer com

Depois

seus holofotes a região de costa a costa e todos os canais; agora, com o nome de Boyne estampado nos muros de cada cidade e cada aldeia, seu retrato (como isso a torturara!) exposto em todos os cantos do país como a imagem de um criminoso caçado; agora a pequena, compacta, populosa ilha, tão policiada, vistoriada e administrada, revelava-se uma esfinge, um guardião de mistérios abismais, a devolver o olhar angustiado de sua esposa, como se na vil alegria de saber algo que eles nunca saberiam!

Nas duas semanas desde o desaparecimento de Boyne, não houvera nenhuma mensagem dele, nenhum vestígio de seus movimentos. Até mesmo os habituais relatos que levantam expectativas em corações opressos haviam sido poucos e passageiros. Ninguém, salvo a desnorteada ajudante de cozinha o vira sair de casa, e ninguém mais vira "o cavalheiro" que o acompanhava. Nenhuma das investigações nas vizinhanças conseguiu trazer à tona a lembrança da presença de um estranho naquele dia nas cercanias de Lyng. E ninguém viu Boyne quer sozinho, quer acompanhado, em quaisquer das aldeias vizinhas, quer na estrada por entre as colinas, quer nas estações locais de trem. O ensolarado meio-dia inglês engolira-o por completo, como se ele tivesse desaparecido numa noite ciméria.

Mary, enquanto todos os meios externos de investigação estavam em seu auge, revistara os papéis de seu marido em busca de alguma pista de complicações anteriores, de obstáculos ou de obrigações que ela desconhecesse e que poderiam iluminar de algum modo, fracamente que fosse, a escuridão. Mas se algo desse tipo existira nos recessos da vida de Boyne, ele desaparecera tão completamente quanto a tira de papel na qual o visitante escrevera seu nome. Não restara nenhum fio que levasse a ela, exceto — se é que havia realmente essa exceção — a carta que Boyne aparentemente estivera a escrever quando recebeu seu chamado misterioso. Essa carta, lida e relida por sua esposa e entregue por ela à polícia, constituía uma base muito precária para conjecturas.

"Acabei de receber notícias sobre a morte de Elwell e, não obstante eu imagine não haver agora outros riscos de problema, poderia ser mais seguro..." E era tudo. O "risco de problema" era facilmente explicável pelo recorte de jornal que informara Mary sobre o processo contra seu marido por um de seus sócios na empresa Estrela Azul. A única informação nova presente na carta era o fato de mostrar que Boyne, quando a escrevera, ainda estava apreensivo quanto às consequências do processo, não obstante houvesse garantido a sua esposa que ele havia sido retirado e embora a própria carta revelasse que o demandante estava morto. Somente várias semanas de exaustiva troca de cabogramas para identificar com precisão a identidade do "Parvis" a quem se dirigia a comunicação fragmentada, mas até mesmo após essas investigações terem revelado ser ele um advogado de Waukesha nenhum fato novo com relação ao processo de Elwell foi trazido à tona. Ele parecia não ter uma ligação

111

direta com o caso, exceto por ter conhecimento dos fatos, em virtude de ser um conhecido e possível intermediário; e declarou-se incapaz de adivinhar com que objetivo Boyne buscara seu auxílio.

Essa informação negativa, único fruto das primeiras duas semanas de busca febril, não recebeu o mínimo acréscimo durante as lentas semanas que se seguiram. Mary sabia que as investigações ainda estavam em curso, mas tinha uma sensação indefinível de que ficavam gradualmente mais lentas, à medida que também se tornava mais lenta a passagem do tempo. Era como se os dias, em fuga aterrorizada da imagem amortalhada daquele dia inextricável, adquirissem confiança à medida que a distância aumentava, até que, por fim, retornaram ao seu ritmo normal. O mesmo ocorreu com as elucubrações humanas provocadas pelo acontecimento obscuro. Seguramente ele ainda as ocupava, mas a cada semana, a cada hora tornava-se menos absorvente, ocupava menos espaço, era lenta mas inevitavelmente afastado do primeiro plano da consciência pelos novos problemas que infindavelmente exalavam do borbulhante caldeirão da vida humana.

Até mesmo a consciência de Mary Boyne gradualmente sofreu a mesma diminuição de velocidade. Ela ainda flutuava com as incessantes oscilações da conjectura; mas elas eram mais vagarosas, seu ritmo era mais regular. Havia momentos de lassidão opressiva quando, como a vítima de um veneno que mantém o cérebro lúcido, mas imobiliza o corpo, ela via-se mais íntima do Horror, receptiva a sua presença permanente como uma das condições fixas da vida.

Esses momentos estenderam-se a horas e dias, até que ela passou para uma fase de aceitação apática. Observava a rotina familiar da vida com os olhos indiferentes de um selvagem, sobre o qual os processos sem sentido da civilização não tivessem uma impressão senão muito leve. Acabara por ver-se como parte da rotina, como uma trave da roda, a girar com seu movimento; sentia-se quase como a mobília da sala onde se sentava, um objeto inanimado que devia ser desempoeirado e empurrado com as cadeiras e mesas. E essa apatia intensificada prendeu-a a Lyng, a despeito das solicitações veementes de amigos e da habitual recomendação médica de "mudança". Os amigos supunham que sua recusa em mudar-se era inspirada pela crença de que seu marido retornaria um dia ao lugar do qual desaparecera, e uma bela lenda nasceu em torno desse estado imaginário de espera. Mas na realidade ela não possuía nenhuma crença: as profundezas da angústia que a envolvia não mais se iluminavam com clarões de esperança. Ela tinha certeza de que Boyne jamais retornaria, que ele desaparecera completamente de sua vida, como se a própria Morte tivesse surgido à soleira da porta naquele dia. Ela até mesmo renunciara, uma a uma, às várias teorias quanto ao seu desaparecimento que haviam sido cogitadas pela imprensa, pela polícia e por sua própria imaginação torturada. Em absoluta lassidão, seu espírito afastava-se dessas alternativas de horror e mergulhava de volta no fato puro e simples de que ele se fora.

Depois

Não, ela nunca saberia o que acontecera a ele — ninguém jamais saberia. Mas a casa sabia; a biblioteca onde ela passara suas noites longas, solitárias, sabia. Pois fora lá que o último ato fora encenado, fora lá que o estranho entrara e dissera a palavra que fizera Boyne levantar-se e segui-lo. O soalho que ela pisava sentira seu passo; os livros nas estantes haviam visto seu rosto; e havia momentos em que a consciência viva das velhas e ensombrecidas paredes pareciam prestes a irromper em alguma revelação de seu segredo. Mas a revelação nunca ocorreu, e ela sabia que nunca ocorreria. Lyng não era uma dessas velhas casas loquazes que traem os segredos que lhes foram confiados. É real a lenda de que existe em algum lugar um participante que se recusa a falar, o incorruptível guarda dos mistérios pode surpreender. E Mary Boyne, sentada face a face com seu silêncio pressago, sentiu a futilidade de tentar rompê-lo por qualquer artifício humano.

V

"Não digo que não fosse correto, mas também não digo que o fosse. Eram negócios."

Mary, a estas palavras, levantou sua cabeça surpresa e olhou atentamente para quem as proferia.

Quando, meia hora antes, um cartão com a inscrição "Senhor Parvis" lhe fora trazido, ela imediatamente reconhecera que o nome fizera parte de sua consciência desde que o lera no cabeçalho da carta inacabada de Boyne. Na biblioteca, encontrou a sua espera um homenzinho de cor neutra, careca e com óculos de armação de ouro, e sentiu um estranho tremor ao saber que essa era a pessoa a quem os últimos pensamentos conhecidos de seu marido haviam se dirigido.

Parvis, educadamente mas sem qualquer preâmbulo inútil — à maneira de um homem que tem sempre um relógio à mão — declarara o propósito de sua visita. Ele "estava de passagem" pela Inglaterra a negócios e, encontrando-se nas vizinhanças de Dorchester, não desejava partir sem apresentar seus cumprimentos à sra. Boyne, perguntar-lhe, caso a oportunidade lhe fosse oferecida, o que ela pretendia fazer a respeito da família de Bob Elwell.

As palavras tocaram a mola de um obscuro temor no peito de Mary. Saberia seu visitante, afinal, o que Boyne quisera dizer com sua frase inacabada? Ela pediu um esclarecimento sobre a questão e observou imediatamente que ele pareceu surpreso diante do seu prolongado desconhecimento do assunto. Seria possível que ela realmente soubesse tão pouco quanto dizia?

"Nada sei... o senhor precisa me contar", ela balbuciou; e o visitante imediatamente passou a expor o caso. Ele lançou, até mesmo para suas percepções confusas e compreensão pouco clara, um clarão lúgubre sobre todo o episódio da Mina Estrela

Azul. Seu marido ganhara dinheiro naquela brilhante especulação à custa de "passar para trás" alguém menos pronto para agarrar a oportunidade; a vítima de sua astúcia era o jovem Robert Elwell, que o "introduzira" no projeto da Estrela Azul.

Parvis, à primeira exclamação de espanto de Mary, lançara-lhe um olhar tranquilizador através de seus óculos impassíveis.

"Bob Elwell não era muito inteligente, só isso; se ele fosse, poderia ter dado o troco a Boyne. É o tipo de coisa que acontece todos os dias nos negócios. Imagino que seja aquilo que os cientistas chamam de sobrevivência do mais apto", disse o sr. Parvis, visivelmente satisfeito com a propriedade de sua analogia.

Mary sentiu uma aversão física diante da pergunta seguinte que tentava formular; era como se as palavras em seus lábios tivessem um gosto nauseante.

"Mas então... o senhor acusa meu marido de ter feito algo desonesto?"

O sr. Parvis avaliou a pergunta com frieza. "Ah, não. Não acuso. Nem mesmo digo que ele não foi correto." Ele percorreu de um lado para outro as longas linhas de livros, como se um deles pudesse fornecer-lhe a definição que ele buscava. "Não digo que não foi correto, e, contudo não digo que o foi. Eram negócios." Afinal, nenhuma definição nessa categoria poderia ser mais abrangente do que essa.

Mary estava sentada, a encará-lo com um olhar de terror. Ele lhe parecia o emissário indiferente, implacável, de alguma potência negra, informe.

"Mas os advogados do sr. Elwell aparentemente não compartilhavam dessa sua opinião, pois imagino que o processo foi retirado pela recomendação deles."

"Ah!, sim, eles sabiam que, tecnicamente, ele não tinha uma base sólida. Foi quando o aconselharam a retirar o caso que ele se desesperou. A senhora sabe, ele havia pedido emprestado a maior parte do dinheiro que perdeu na Estrela Azul e estava em dificuldades. Foi por isso que deu um tiro em si mesmo quando eles lhe disseram que ele não tinha chance."

O horror estava fluindo sobre Mary em grandes, ensurdecedoras ondas.

"Ele atirou em si mesmo? Ele se suicidou por causa disso?"

"Bem, ele não se suicidou, exatamente. Arrastou-se por uns dois meses antes de morrer." Parvis emitiu a afirmação tão impassivelmente quanto um gramofone a ranger seu "disco".

"O senhor quer dizer que ele tentou matar-se e falhou? E tentou novamente?"

"Ah, ele não precisou tentar novamente", disse Parvis austeramente.

Eles estavam sentados de frente um para o outro, em silêncio, ele a balançar seus óculos pensativamente em seus dedos; ela, imóvel, os braços esticados sobre os joelhos, numa atitude de extrema tensão.

"Mas se o senhor sabia de tudo isso", começou ela por fim, quase incapaz de levantar sua voz acima de um sussurro, "por que, quando eu lhe escrevi à época do desaparecimento de meu marido, disse que não compreendia a carta?"

Depois

Parvis recebeu estas palavras sem qualquer desconforto perceptível. "Ora, eu não a compreendia — no sentido exato da palavra. E não era hora de falar sobre isso, ainda que eu tivesse compreendido. A questão Elwell estava encerrada quando a petição foi retirada. Nada do que eu pudesse contar-lhe teria ajudado a encontrar seu marido."

Mary continuou a interrogá-lo. "Então por que o senhor o está contando agora?"

Ainda assim Parvis não hesitou. "Bem, para começar, supus que a senhora soubesse mais do que me parece agora — quero dizer, sobre as circunstâncias da morte de Elwell. Além disso, as pessoas estão falando disso agora; a questão toda tem sido revolvida novamente. E julguei que, se a senhora não soubesse, deveria."

Ela permaneceu em silêncio, e ele continuou: "É que somente nos últimos tempos se soube do alcance das dificuldades em que se encontravam os negócios de Elwell. Sua mulher é orgulhosa e lutou tanto quanto pôde, arranjando um emprego e costurando para fora, mas ficou muito doente — algo ligado ao coração, creio eu. Mas ela tinha de cuidar de sua mãe, que estava acamada, além das crianças, e sucumbiu. Finalmente, precisou pedir socorro. Isso atraiu a atenção para o caso, e os jornais intervieram, iniciou-se uma subscrição. Todo mundo lá gostava de Bob Elwell, e a maior parte dos nomes importantes na região está na lista, e as pessoas começaram a imaginar por que..."

Parvis parou para remexer num bolso interno. "Aqui", continuou, "aqui está uma explicação do caso todo impressa no *Sentinela* — um pouco sensacionalista, é claro. Mas acho que a senhora deveria dar uma boa olhada nela".

Ele estendeu um jornal a Mary, que o desdobrou devagar, lembrando-se, enquanto o fazia, da tarde em que, naquela mesma sala, a leitura atenta de um recorte do *Sentinela* havia pela primeira vez revolvido as profundezas de sua segurança.

Enquanto abria o jornal, seus olhos, contraindo-se diante das manchetes berrantes, "Viúva da vítima de Boyne forçada a pedir ajuda", percorreu a coluna do texto até dois retratos lá incluídos. O primeiro era de seu marido, reproduzido de uma fotografia feita no ano em que eles haviam chegado à Inglaterra. Era a imagem dele de que ela mais gostava, aquela que ficava na escrivaninha lá em cima, em seu quarto de dormir. Quando os olhos na fotografia encontraram os seus, ela sentiu que lhe seria impossível ler o que se dizia dele, e fechou suas pálpebras com uma pontada de dor.

"Julguei que a senhora poderia, se assim desejasse, pôr seu nome na lista...", ela ouviu Parvis continuar.

Ela abriu os olhos com um esforço, e eles caíram sobre o outro retrato. Era o de um homem jovem, de compleição delgada, em roupas simples, com feições um tanto vagas em virtude da sombra da aba proeminente de um chapéu. Onde ela já vira aquela silhueta? Ela a encarou perplexa, o coração a pulsar violentamente na garganta e nos ouvidos. Então ela deu um grito.

115

"É esse o homem... o homem que veio buscar meu marido!"

Ela ouviu Parvis levantar-se de um pulo e teve uma vaga sensação de cair de costas no canto do sofá e de que ele estava inclinando-se para ela alarmado. Com um grande esforço, ela endireitou-se e estendeu a mão para o jornal, que deixara cair.

"É o homem! Eu o reconheceria em qualquer lugar!", gritou ela numa voz que soava a seus próprios ouvidos como um guincho.

A voz de Parvis parecia vir de muito longe, das sinuosidades infindáveis, embaçadas pelas brumas.

"Sra. Boyne, a senhora não está bem. Devo chamar alguém? Deseja um copo d'água?"

"Não, não, não!" Ela se atirou para ele, sua mão freneticamente fechada em torno do jornal. "Estou lhe dizendo, é o homem! Eu o conheço! Ele falou comigo no jardim!"

Parvis tomou dela o jornal, dirigindo seus óculos para o retrato. "Não pode ser, sra. Boyne. É Robert Elwell."

"Robert Elwell?" O olhar vazio que ela lhe dirigiu parecia atravessar o espaço. "Então foi Robert Elwell quem veio buscá-lo."

"Veio buscar Boyne? No dia em que ele foi embora?" A voz de Parvis baixou enquanto a dela subiu. Ele se inclinou, pondo uma mão amigável sobre ela, como se para convencê-la a sentar-se. "Ora, Elwell estava morto! Não se lembra?"

Mary sentou-se, os olhos fixos no retrato, sem consciência do que ele estava dizendo.

"Não se lembra da carta inacabada de Boyne para mim... a que a senhora encontrou em sua escrivaninha naquele dia? Ela fora escrita exatamente após ele ter sabido da morte de Elwell." Ela notou um estranho tremor na voz impassível de Parvis. "Com certeza lembra-se disso!", insistiu ele.

Sim, ela se lembrava: e isso era o mais terrível. Elwell morrera no dia anterior ao desaparecimento de seu marido; e este era o retrato de Elwell; e era o retrato do homem que falara com ela no jardim. Ela levantou a cabeça e passou os olhos lentamente pela biblioteca. A biblioteca poderia prestar testemunho de que ele era também o retrato do homem que viera naquele dia para interromper Boyne, que escrevia a carta. Através das ondulações indistintas de seu cérebro, ela ouviu um fraco estrondo de palavras semiesquecidas — palavras ditas por Alida Stair no gramado em Pangbourne antes que Boyne e sua mulher vissem a casa em Lyng pela primeira vez, ou imaginassem que poderiam um dia viver lá.

"Foi esse o homem que falou comigo", ela repetiu.

Ela olhou novamente para Parvis. Ele estava tentando esconder sua perturbação sob o que imaginava ser uma expressão de compaixão indulgente; mas os cantos de seus lábios estavam azuis. "Ele pensa que estou louca; mas eu não estou louca",

Depois

ponderou ela; e subitamente lhe veio à mente um modo de justificar sua estranha afirmação.

Ela sentou-se quieta, controlando o tremor de seus lábios e esperando até que pudesse confiar em que sua voz mantivesse sua altura habitual; então disse, olhando diretamente para Parvis: "O senhor pode me responder a uma pergunta, por favor? Quando foi que esse Robert Elwell tentou suicidar-se?"

"Quando... quando?", gaguejou Parvis.

"Sim, a data. Por favor, tente lembrar-se."

Ela percebeu que o medo que ele sentia dela aumentava ainda mais. "Eu tenho um motivo", insistiu suavemente.

"Sim, sim. Mas não consigo me lembrar. Cerca de dois meses antes, diria."

"Quero a data", repetiu ela.

Parvis pegou o jornal. "Podemos ver aqui", disse ele, ainda animando-a. Correu os olhos pela página. "Aqui está. Em outubro último... em..."

Ela interrompeu-o. "No dia 20, não foi?" Com um olhar penetrante, ele verificou. "Sim, no dia 20. Então a senhora sabia?"

"Sei agora." Seu olhar vazio continuava a atravessá-lo. "Domingo, dia 20... foi esse o dia em que ele veio pela primeira vez."

A voz de Parvis estava quase inaudível. "Veio aqui pela primeira vez?"

"Sim."

"A senhora viu-o duas vezes, então?"

"Sim, duas vezes." Ela sussurrou para ele com olhos arregalados. "Ele veio pela primeira vez em 20 de outubro. Lembro-me da data, porque foi o dia em que subimos Meldon Steep pela primeira vez." Ela sentiu uma contração interna, quase um soluço, ao pensamento de que, não fosse por isso, ela poderia ter-se esquecido completamente do episódio.

Parvis continuou a perscrutá-la, como que tentando interceptar seu olhar fixo.

"Nós o vimos do telhado", ela continuou. "Ele desceu a alameda das tílias em direção à casa. Estava vestido exatamente como naquele retrato. Meu marido viu-o primeiro. Ele ficou amedrontado e desceu correndo em minha frente; mas não havia ninguém lá. Havia desaparecido."

"Elwell havia desaparecido?", balbuciou Parvis.

"Sim." Seus dois sussurros pareciam tentar encontrar-se. "Não pude conceber o que acontecera. Vejo agora. Ele tentou vir naquela época; mas não estava suficientemente morto... não podia alcançar-nos. Precisou esperar dois meses; e então voltou... e Ned foi com ele."

Ela acenou para Parvis com o olhar de triunfo de uma criança que resolveu com êxito um quebra-cabeça difícil. Mas subitamente ela ergueu as mãos com um gesto desesperado, pressionando com elas as têmporas a explodirem.

"Ah!, meu Deus! Eu o enviei a Ned — eu lhe disse aonde ir! Eu o enviei a esta sala!", ela gritou.

Ela sentiu que as paredes da sala avançavam em sua direção, como ruínas a implodir; e ouviu Parvis, muito distante, como se através das ruínas, gritando para ela e tentando aproximar-se dela. Mas ela estava insensível a seu toque, não sabia o que ele estava dizendo. Por entre o tumulto, ela ouviu apenas uma nota clara, a voz de Alida Stair, falando no gramado em Pangbourne.

"Não se sabe até muito tempo depois", dizia. "Não se sabe até muito, muito tempo depois."

A CASA DO JUIZ

Bram Stoker

Quando se aproximou a data de seu exame, Malcolm Malcolmson decidiu ir para algum lugar onde pudesse ler em paz. Ele receava os atrativos da praia e também um isolamento completo no campo, pois há muito conhecia seus encantos, e então resolveu encontrar alguma cidadezinha modesta onde não houvesse nada que o distraísse. Absteve-se de pedir sugestões a quaisquer de seus amigos, pois julgava que todos recomendariam algum lugar que ele já conhecia e onde já tinha conhecidos. Tanto quanto desejava evitar amigos, Malcolmson não queria de modo algum se sobrecarregar com a atenção de amigos e, assim, resolveu procurar uma casa. Encheu uma maleta com algumas roupas e todos os livros de que precisava e depois comprou passagem para o primeiro nome no quadro de horários que ele não conhecesse.

Quando ao cabo de uma viagem de três horas desembarcou em Benchurch, sentiu-se satisfeito por ter apagado seus rastos e garantido assim uma oportunidade de entregar-se a seus estudos em paz. Dirigiu-se imediatamente à única pousada que aquele lugar sossegado possuía e acomodou-se para a noite. Benchurch era uma cidade comercial e uma vez a cada três semanas ficava excessivamente populosa, mas nos restantes vinte e um dias era atraente como um deserto. Malcolmson procurou nos arredores, no dia seguinte a sua chegada, refúgios mais isolados ainda do que uma pousada tranquila como o "Bom Viajante". Apenas um único lugar cativou-o, e certamente excedia até mesmo suas ideias mais extravagantes no que diz respeito a tranquilidade; na verdade, tranquilidade não era a palavra adequada a qualificá--lo — solidão era o único termo que conviria a seu isolamento. Era uma velha casa de estilo jacobino, irregular, sólida, com caixilhos e janelas pesados, circundada por um muro alto e compacto de tijolos. Apesar de ser construída com altura maior do que o usual era excepcionalmente pequena. Com efeito, a um olhar mais atento, parecia-se mais a uma casa fortificada do que a uma morada comum. Mas todas essas coisas agradaram a Malcolmson. "Aqui", pensou ele, "está exatamente o canto que eu estava procurando, e se tiver a oportunidade de usá-lo, ficarei satisfeito." Sua alegria aumentou quando percebeu que ela, indubitavelmente, não estava habitada no momento.

Na agência do correio ele obteve o nome do corretor, que raramente era surpreendido pelo surgimento de alguém interessado em alugar parte da velha casa. O sr. Carnford, o advogado local e corretor, era um velho cavalheiro amável e confessou abertamente sua alegria em saber que alguém desejava viver na casa.

"Para ser sincero", disse ele, "eu ficaria muitíssimo feliz, em nome dos proprietários, em isentar qualquer um do aluguel pelo período de anos, apenas para acostumar as pessoas daqui a vê-la habitada. Faz tanto tempo que está vazia que se criou algum tipo de prevenção contra ela, e isso somente sua ocupação poderá eliminar — ainda mais", acrescentou ele com um olhar furtivo para Malcolmson, "por um letrado como o senhor, que deseja tranquilidade durante algum tempo."

Malcolmson julgou desnecessário interrogar o corretor sobre a "prevenção absurda"; ele sabia que poderia conseguir mais informações, caso quisesse, em outros cantos. Pagou o aluguel de três meses, pegou o recibo e o nome de uma velha senhora que provavelmente se encarregaria de "ajeitá-lo" e foi embora com as chaves no bolso. Foi então até a proprietária da hospedaria, que era uma pessoa alegre e muito gentil, e lhe pediu conselhos quanto aos víveres e provisões de que provavelmente necessitaria. Ela levantou as mãos em espanto quando ele lhe contou onde iria se instalar.

"Não na Casa do Juiz!", disse ela, empalidecendo. Ele explicou a localização da casa, dizendo que não sabia seu nome. Quando terminou, ela respondeu:

"Sim, é ela com certeza — com certeza é aquela! É sem dúvida a Casa do Juiz." Ele lhe pediu que falasse sobre a casa, por que era assim chamada e o que havia contra ela. A velha lhe contou que era assim chamada na localidade porque fora, muitos anos antes — quanto tempo não sabia, uma vez que viera de outra parte do país, mas julgava ter sido há dois séculos ou mais —, a residência de um juiz que inspirava grande terror por causa de suas sentenças severas e sua hostilidade a prisioneiros em sessões de tribunais superiores. Quanto ao que havia contra a casa em si, ela não sabia. Ela muitas vezes perguntara, mas ninguém pudera dar-lhe informações; mas havia um sentimento geral da existência de algo, e de sua parte nem todo o dinheiro do banco[1] a convenceria a ficar na casa sozinha durante uma hora. Depois ela se desculpou com Malcolmson por suas palavras perturbadoras.

"É muito ruim de minha parte, senhor, e o senhor — além disso, um jovem cavalheiro —, desculpe-me dizê-lo, está prestes a ir morar lá sozinho. Se fosse meu filho — e o senhor me perdoará dizê-lo —, não dormiria lá nem uma noite, nem

---

1) No original: *and for her own part she would not take all the money in Drinkwater's Bank and stay in the house an hour by herself*. Peter Drinkwater's Bank, denominação de estabelecimento bancário com origem no primeiro cotonifício de Manchester (UK) a ter os seus teares movidos a vapor, ca. 1788 (N.E.).

A casa do juiz

que eu tivesse de ir lá e puxar eu mesma a grande campainha que existe embaixo!" A boa criatura era tão claramente sincera e tão gentis suas intenções que Malcolmson, apesar de divertido, ficou comovido. Disse-lhe amavelmente o quanto apreciava seu interesse por ele e acrescentou:

"Mas, minha querida sra. Witham, na verdade a senhora não precisa preocupar--se comigo! Um homem que está lendo para os exames de Matemática Tripos[2] tem muito em que pensar para ser perturbado por qualquer dessas 'algumas coisas' misteriosas, e seu trabalho é de um tipo demasiado exato e prosaico para permitir que ele reserve algum canto em seu espírito para mistérios de qualquer espécie. Progressão harmônica, permutações e combinações e funções elípticas já possuem mistério suficiente para mim!" A sra. Witham foi providenciar seus pedidos e ele foi procurar pela velha senhora que lhe havia sido recomendada. Quando retornou com ela à Casa do Juiz, após um intervalo de algumas horas, encontrou a própria sra. Witham esperando com vários homens e meninos a carregar pacotes e um carpinteiro e estofador com uma cama numa carroça, pois, disse ela, embora as mesas e as cadeiras pudessem estar em boas condições, uma cama que ainda não fora arejada durante talvez cinquenta anos não era adequada para o descanso de ossos jovens. Ela estava obviamente curiosa para ver o interior da casa; e, não obstante, visivelmente tão receosa das "algumas coisas" que, ao menor som, agarrava-se a Malcolmson, a quem não deixou nem por um minuto e que percorreu toda a casa.

Depois de examinar a casa, Malcolmson decidiu ocupar a ampla sala de jantar, que era grande o suficiente para atender a todas as suas necessidades; e a sra. Witham, com a ajuda da arrumadeira, a sra. Dempster, continuou a organizar tudo. Quando as canastras foram trazidas e abertas, Malcolmson viu que, com uma previdência muito gentil, ela enviara de sua própria cozinha provisões suficientes para uns poucos dias. Antes de partir, ela expressou amavelmente seus votos de uma estada feliz; e à porta virou-se, dizendo:

"E talvez, senhor, como o aposento é grande e exposto a correntes de ar, seria conveniente ter uma daquelas cortinas grandes em volta de sua cama à noite — embora, para dizer a verdade, eu morreria se tivesse de me fechar assim, com todos os tipos de... de 'coisas', que põem suas cabeças pelos lados, ou acima, e olham para mim!" A imagem que ela invocara era demais para os seus nervos e ela fugiu incontinenti.

A sra. Dempster fungou de uma forma superior enquanto a proprietária desaparecia e observou que, de sua parte, não tinha medo nem de todos os diabos do reino.

"Vou lhe dizer o que é, senhor", disse ela; "demônios são toda espécie e tipos de coisas — exceto demônios!" Ratos e camundongos e besouros; e portas rangendo e telhas soltas e vidraças quebradas e maçanetas quebradas, que saem quando são

---

2) *Mathematical Tripos*. Exame de graduação da Universidade de Cambridge (UK) dividido em duas partes e destinado a estudantes de matemática. Utilizado até hoje (N.E.).

puxadas e então caem no meio da noite. Veja os lambris da sala! São velhos — têm cem anos! O senhor pensa que não há ratos e besouros lá? E imagina, senhor, que não vai ver nenhum deles? Ratos são demônios, isso sim, e demônios são ratos; e não comece a pensar outra coisa!"

"Sra. Dempster", disse Malcolmson gravemente, fazendo-lhe uma reverência polida, "a senhora sabe mais do que um polemista experiente! E digo-lhe que, como sinal de estima por seu coração e mente inquestionavelmente sãos, quando eu me for, dar-lhe-ei a posse desta casa e a deixarei ficar aqui sozinha pelos dois últimos meses de meu período como inquilino, pois quatro semanas me serão suficientes."

"Muito obrigada, senhor!", respondeu ela, "mas eu não poderia dormir fora de minha casa sequer uma noite. Moro no asilo de Greenhow e se eu dormir uma noite fora de meus aposentos perco tudo de que preciso para viver. As regras são muito estritas e há muita gente esperando uma vaga, para que possa me arriscar. Mas, mesmo assim, vou ficar contente em vir aqui e servir o senhor durante sua estada."

"Minha boa mulher", disse Malcolmson apressadamente, "vim para cá em busca de solidão; e, acredite-me, estou tão grato ao falecido Greenhow por ter assim disposto seu ato de caridade admirável — seja ele qual for — que me sinto obrigado a recusar a oportunidade de cair em tal tipo de tentação! O próprio Santo Antônio não poderia ser mais rigoroso sobre isso!"

A velha senhora deu uma gargalhada. "Ah!, meu jovem cavalheiro", disse, "o senhor não precisa temer nada; e talvez consiga a solidão que quer aqui". Ela pôs-se a trabalhar na limpeza; e ao cair da noite, quando Malcolmson retornou de seu passeio — sempre carregava um de seus livros para estudar enquanto caminhava —, encontrou o quarto varrido e arrumado, a velha lareira acesa e a mesa posta para o jantar, com a comida da excelente sra. Witham. "Isso é que é conforto", disse ele, esfregando as mãos.

Depois de terminar seu jantar e levar a bandeja para a outra extremidade da mesa de jantar antiga de carvalho, pegou novamente seus livros, colocou novas toras no fogo, ajustou seu lampião e acomodou-se para um período de trabalho realmente duro. Ele prosseguiu sem pausa até cerca de onze horas, quando interrompeu seu trabalho para ajeitar o fogo e o lampião e fazer uma xícara de chá. Ele sempre fora dado a um chá e durante sua vida acadêmica trabalhava e tomava chá até tarde da noite. O resto constituía um grande luxo para ele e, assim, desfrutou dele com uma sensação de tranquilidade deliciosa, voluptuosa. O fogo renovado estalava e brilhava e lançava sombras singulares através da grande e antiga sala; e enquanto ele sorvia seu chá quente deleitou-se com a sensação de isolamento. Foi então que começou a notar, pela primeira vez, como era grande o barulho que os ratos estavam fazendo.

"Seguramente", pensou, "não estavam a fazê-lo todo o tempo em que eu lia. Se tivessem feito, com certeza eu o teria notado!" Depois, quando o ruído aumentou,

A casa do juiz

ele se convenceu de que era realmente novo. Era evidente que de início os ratos estavam amedrontados pela presença de um estranho e pela luz do fogo e do candeeiro; mas com o passar das horas haviam se tornado mais ousados e estavam agora se divertindo à vontade.

Como estavam ocupados! E que estranhos ruídos! Para cima e para baixo, atrás dos velhos lambris, sobre o forro do teto e sob o soalho eles corriam, roíam e arranhavam! Malcolmson sorriu consigo ao recordar a frase da sra. Dempster, "Demônios são ratos, e ratos são demônios!" O chá começou a exercer seus efeitos estimulantes sobre o intelecto e os nervos; ele anteviu com alegria um outro período de trabalho antes do fim da noite e, com a sensação de segurança que isso lhe proporcionou, permitiu-se o luxo de uma boa olhada em torno da sala. Pegou seu lampião com uma das mãos e caminhou em volta, perguntando-se por que uma casa antiga tão singular e bela fora abandonada por tanto tempo. O entalhe do carvalho nas esquadrias dos lambris era primoroso, e acima e em volta das portas e das janelas ele era belo e de grande valor. Havia alguns quadros nas paredes, mas estavam cobertos de tanta poeira e sujeira que ele não conseguia distinguir seus pormenores, embora levantasse seu lampião à altura da cabeça. Aqui e lá, à medida que ele caminhava em volta da sala, viu uma rachadura ou buraco tapado no momento pela cara de um rato, com seus olhos brilhantes piscando na luz, mas num instante ele se fora e seguiram-se um guincho e ruído de patas a correr.

O que mais o chocou, contudo, foi o cordão da grande campainha do teto, que pendia em um canto da sala, à direita da lareira. Ele empurrou para perto da lareira uma grande cadeira de carvalho entalhado de espaldar alto e sentou-se para sua última xícara de chá. Depois, avivou o fogo e voltou para o trabalho, sentado a uma extremidade da mesa, com o fogo à sua esquerda. Durante certo tempo, os ratos o perturbaram um pouco com suas passadas incessantes, mas ele se habituou ao ruído como fazemos com o tique-taque de um relógio ou com o bramir de águas em movimento; e mergulhou tão profundamente em seu trabalho que tudo no mundo, exceto o problema que estava tentando resolver, lhe passava ao largo.

Ele subitamente levantou os olhos, seu problema ainda por solucionar, e havia no ar aquela sensação da hora antes do amanhecer, que é tão aterradora a uma vida incerta. O ruído dos ratos havia cessado. Na verdade, pareceu-lhe que cessara apenas há pouco e que foi o súbito cessar que o perturbara. O fogo baixara, mas ainda lançava uma luz vermelho vivo. Quando ele olhou, deu um pulo, apesar de seu sangue frio.

Sentado na grande cadeira de carvalho de espaldar alto, ao lado direito da lareira, estava um rato enorme, encarando-o fixamente com olhos malévolos. Ele fez um movimento em sua direção como que para expulsá-lo, mas ele não se mexeu. Então, ele fez o movimento de atirar algo. Ainda assim ele não se mexeu, mas mostrou

123

raivosamente seus grandes dentes brancos, e seus olhos cruéis brilharam à luz do lampião com o acréscimo de uma expressão vingativa.

Malcolmson espantou-se e, agarrando o atiçador da lareira, correu para ele a fim de matá-lo. Antes porém que pudesse atingi-lo, o rato, com um guincho que soou como a condensação do ódio, pulou para o chão e, subindo pelo cordão da campainha, desapareceu nas trevas, para além do raio de luz esverdeado do lampião. Nesse instante, estranhamente, o ruído de passos dos ratos nos lambris começou novamente.

A essa altura, o espírito de Malcolmson já se distanciara do problema, e quando um agudo canto de galo lá fora lhe anunciou a aproximação da manhã, ele foi para a cama dormir.

Dormiu tão profundamente que não foi despertado nem mesmo pela chegada da sra. Dempster para arrumar sua sala. Foi somente quando ela havia limpado o lugar e aprontado seu café da manhã e bateu de leve na tela que envolvia sua cama que ele acordou. Ainda estava cansado, após sua noite de trabalho pesado, mas uma xícara de chá forte logo o recompôs e, pegando seu livro, saiu para a caminhada matinal, levando consigo alguns sanduíches, para não ter de retornar até a hora do jantar. Encontrou uma aleia tranquila entre altos olmos um pouco além da cidade e lá passou a maior parte do dia estudando seu Laplace. Quando retornou, procurou a sra. Witham para agradecer-lhe a gentileza. Quando ela o viu chegando, através da janela de vidros facetados de seu quarto particular, veio ao seu encontro e convidou-o a entrar. Lançando-lhe um olhar interrogativo, balançou a cabeça enquanto dizia:

"Não deve exagerar, senhor. Está mais pálido esta manhã do que deveria. Ficar acordado até muito tarde e sobrecarregar o cérebro com trabalho muito pesado não é bom para ninguém! Mas diga-me, senhor, como passou a noite? Bem, espero? Mas, do fundo do coração, senhor, fiquei feliz quando a sra. Dempster me contou esta manhã que o senhor estava bem e dormindo profundamente quando ela chegou."

"Ah!, tudo correu bem para mim", respondeu ele, sorrindo, "as 'algumas coisas' não me perturbaram, até agora. Apenas os ratos; e eles tinham um circo, francamente, por todos os cantos. Houve um malvado, que parecia um diabo velho que sentou-se em minha própria cadeira ao lado da lareira e não queria ir embora, até que eu peguei o atiçador, e então ele subiu correndo pelo cordão da campainha e entrou por algum buraco na parede ou no teto — não consegui ver por onde, estava muito escuro."

"Cruzes", disse a sra. Witham, "um diabo velho e sentado em uma cadeira ao lado da lareira! Tome cuidado, senhor! Tome cuidado! Muita verdade é dita em tom de brincadeira."

"O que quer dizer? Juro que não entendi."

A casa do juiz

"Um velho diabo! O velho diabo, talvez. Ora, senhor, não deve rir!", pois Malcolmson dera uma sonora gargalhada. "Vocês, jovens, pensam que é fácil rir de coisas que fazem tremer os mais velhos. Não faz mal, senhor! Não faz mal! Deus queira que o senhor ria sempre. É tudo que eu lhe desejo!" E a boa senhora iluminou-se toda com a simpatia e a alegria demonstrada por ele; seus temores desapareceram por um instante.

"Ah!, perdoe-me!" disse Malcolmson depois. "Não me tome por mal-educado; mas a ideia foi demais para mim — que o próprio velho diabo esteve na cadeira a noite passada!" E tal pensamento o fez rir novamente. Então ele foi para casa jantar.

Naquela noite, as corridas dos ratos começaram mais cedo; na verdade, já aconteciam antes de sua chegada e somente cessaram quando a novidade de sua presença os perturbou. Após o jantar, ele sentou-se ao lado do fogo por um tempo e fumou; e, depois de tirar a mesa, começou a trabalhar como antes. Essa noite os ratos perturbaram-no mais do que na noite anterior. Como corriam para cá e para lá, para cima e para baixo! Como guinchavam e arranhavam e roíam! Como, tornando-se mais audaciosos, aproximavam-se da abertura de seus buracos, das frestas e das rachaduras dos lambris até que seus olhos brilhassem como lampadazinhas à medida que o fogo aumentava ou diminuía. Mas para Malcolmson, agora sem dúvida acostumado a eles, seus olhos não eram malignos; ele apenas sentia seu espírito brincalhão. Por vezes, o mais ousado fazia incursões pelo chão ou ao longo das molduras dos lambris. De quando em quando, sentindo-se perturbado, Malcolmson fazia um som para amedrontá-los, batendo na mesa com a mão ou emitindo um ameaçador "Fora, fora!" para que fugissem imediatamente para seus buracos.

E assim passou a primeira parte da noite; e apesar do barulho Malcolmson absorveu-se outra vez em seu trabalho.

De repente ele parou, como na noite anterior, tomado de uma súbita sensação de silêncio. Não havia o menor ruído de roedura, arranhadura ou guincho. O silêncio era tumular. Ele lembrou-se da estranha ocorrência da noite anterior e instintivamente olhou para a cadeira próxima à lareira. E então um sentimento estranhíssimo atravessou-o.

Lá, na grande e velha cadeira de espaldar alto de carvalho entalhado ao lado da lareira, estava sentado o mesmo rato enorme, encarando-o fixamente com olhos malévolos.

Instintivamente ele pegou o que estava mais próximo de sua mão, um livro de logaritmos, e atirou-o em sua direção. Não acertou a pontaria e o rato não se mexeu, e assim o blefe da noite anterior repetiu-se; e novamente o rato, caçado de perto, fugiu pelo cordão da campainha. Estranhamente também, a partida desse rato foi instantaneamente acompanhada do ressurgimento do barulho pela comunidade geral dos ratos. Nessa hora, assim como na noite anterior, Malcolmson não conseguiu ver em que parte da sala o rato desaparecera, pois a luz verde de seu candeeiro deixava a parte superior na escuridão, e o fogo estava baixo.

Ao olhar para seu relógio, ele descobriu que era perto da meia-noite; e, nada triste pela interrupção, acendeu o fogo e fez sua chaleira de chá noturno. Ele trabalhara durante um bom tempo e sentiu-se merecedor de um cigarro; e, assim, sentou-se na grande cadeira de carvalho entalhado diante do fogo e desfrutou dele. Enquanto fumava, começou a pensar que gostaria de saber por onde o rato desaparecera, pois tinha algumas ideias para o dia seguinte, não inteiramente desligadas de uma ratoeira. E assim, ele acendeu outro lampião e colocou-o de modo a que brilhasse bem dentro do canto direito da parede ao lado da lareira. Pegou todos os livros que trouxera e colocou-os à mão para atirá-los ao vilão. Por fim, levantou o cordão da campainha e pôs sua extremidade sobre a mesa, prendendo-a sob o lampião. Enquanto o manipulava, não pôde deixar de observar como era flexível, especialmente para um cordão tão forte e sem uso. "É possível enforcar um homem com ele", pensou consigo. Quando completou seus preparativos, olhou em volta e disse complacentemente:

"E agora, meu amigo, acho que fisgaremos você, desta vez!" Ele recomeçou seu trabalho, e embora, como antes, de início o ruído dos ratos o perturbasse, logo mergulhou nas suas proposições e em seus problemas.

Novamente o ambiente próximo chamou-lhe de repente a atenção. Desta vez poderia não ter sido o súbito silêncio apenas; houve um ligeiro movimento do cordão, e o lampião mexeu-se. Sem fazer um movimento, olhou para ver se sua pilha de livros estava ao alcance e então correu os olhos pelo cordão. Enquanto olhava, viu o grande rato cair do cordão para a poltrona de carvalho e sentar-se lá, encarando-o. Ele levantou um livro com o braço direito e, fazendo pontaria, atirou-o no rato. Este, com um movimento rápido pulou para o lado e esquivou-se do projétil. Pegou um outro livro, um terceiro e atirou-os um após outro no rato, mas todas as vezes sem sucesso. Por fim, como ele estivesse com um livro na mão para atirar, o rato guinchou e pareceu amedrontado. Isso fez com que Malcolmson ficasse mais do que nunca impaciente por atingi-lo, e o livro voou e atingiu o rato com uma pancada que ressoou. Ele deu um guincho de terror e, devolvendo ao seu perseguidor um olhar de terrível malignidade, subiu o espaldar da cadeira, deu um grande salto para o cordão da campainha e subiu como um raio. O lampião balançou com o puxão súbito, mas era pesado e não virou. Malcolmson seguiu o rato com os olhos e viu-o, à luz do segundo candeeiro, saltar para a moldura dos lambris e desaparecer por um buraco em um dos grandes quadros que pendiam da parede, obscurecido e invisível pela camada de sujeira e de poeira.

"Procurarei a morada de meus amigos pela manhã", disse o estudante, enquanto reunia seus livros. "O terceiro quadro a partir da lareira; não vou me esquecer." Pegou

A casa do juiz

os livros um a um, fazendo comentários sobre eles enquanto os levantava. "Com o *Secções Cônicas* ele não se importa, nem *Oscilações Cicloidais*, nem o *Principia*, nem os *Quatérnios*, nem a *Termodinâmica*. E aqui está o livro que o afugentou!" Malcolmson pegou-o e olhou para ele. Quando o fez, foi tomado de espanto e uma súbita palidez espalhou-se pelo rosto. Olhou em volta inquieto e estremeceu ligeiramente, enquanto murmurava consigo:

"A *Bíblia* que minha mãe me deu! Que extraordinária coincidência!" Sentou-se para trabalhar novamente, e os ratos nos lambris recomeçaram seus jogos. Eles não o perturbaram, contudo: de certo modo, sua presença deu-lhe uma sensação de companheirismo. Mas não conseguiu concentrar-se no trabalho e, após tentar dominar o assunto de que se ocupava, desistiu e foi para a cama enquanto a primeira réstia do amanhecer entrava pela janela leste.

Ele caiu em um sono pesado, mas inquieto e dormiu durante muito tempo; e, quando a sra. Dempster despertou-o na manhã já bem avançada, pareceu pouco à vontade e por alguns minutos não parecia perceber exatamente onde estava. Seu primeiro pedido surpreendeu a criada.

"Sra. Dempster, enquanto eu estiver fora hoje, gostaria que a senhora pegasse a escada e espanasse aqueles quadros, especialmente o terceiro a partir da lareira. Quero ver como são." No fim da tarde, Malcolmson trabalhou em seus livros na aleia sombreada, e a alegria do dia anterior retornou-lhe à medida que transcorria o dia, e ele descobriu que sua leitura estava indo a bom passo. Conseguira solucionar satisfatoriamente todos os problemas que até então o frustravam e estava em um estado tão eufórico que fez uma visita à sra. Witham no "Bom Viajante". Encontrou um estranho na aconchegante sala de estar com a proprietária, que lhe foi apresentado como dr. Thornhill. Ela não estava muito à vontade, e esse fato, associado ao dilúvio de perguntas da parte do dr. Thornhill, levou Malcolmson à conclusão de que sua presença não era um acidente e portanto, sem formalidades, ele disse:

"Dr. Thornhill, com prazer responderei a qualquer pergunta que o senhor quiser me fazer se me responder primeiro a uma."

O doutor pareceu surpreso, mas sorriu e respondeu de imediato. "Combinado! E qual é ela?"

"A sra. Witham pediu-lhe que viesse, encontrasse-me e me aconselhasse?"

O dr. Thornhill por um instante ficou espantado, e a sra. Witham enrubesceu violentamente e saiu; mas o doutor era uma pessoa franca e direta e respondeu imediata e abertamente:

"Sim, mas não queria que o senhor soubesse. Acho que foi minha pressa desajeitada que o fez suspeitar. Ela me disse que não gostava da ideia de o senhor ficar sozinho naquela casa e que julgava que o senhor tomava muito chá. Na verdade, ela quer que eu o aconselhe a, se possível, desistir do chá muito tarde à noite. Fui um estudante dedicado em minha época, e portanto imagino poder tomar a liberdade de um acadêmico e, sem ofendê-lo, aconselhá-lo na qualidade de alguém não muito estranho."

Malcolmson, com um sorriso aberto estendeu a mão. "Aperte, como dizem na América!", disse. "Devo agradecer-lhe pela gentileza e também à sra. Witham, e sua gentileza merece um retorno de minha parte. Prometo não tomar mais chá forte... nenhum chá até que o senhor me permita. E que irei para a cama esta noite à uma hora, no mais tardar. Está bem assim?"

"Muitíssimo bem", disse o doutor. "Agora, conte-nos tudo que observou na velha casa", e assim Malcolmson ali mesmo contou com detalhes tudo que acontecera nas duas últimas noites. Ele foi interrompido de quando em quando por exclamações da sra. Witham, até que finalmente, quando narrou o episódio da Bíblia, a emoção crescente da proprietária exprimiu-se num grito; e não foi senão depois de um bom copo de conhaque com água que ela se recompôs. O dr. Thornhill ouviu com fisionomia cada vez mais soturna e, quando a narrativa terminou e a sra. Witham se recuperou, perguntou:

"O rato subiu sempre pelo cordão da campainha?"

"Sempre."

"Imagino que o senhor saiba", disse o doutor, após uma pausa, "que cordão é esse".

"Não, não sei!"

"É", disse o doutor lentamente, "a mesma corda que o carrasco usava para as vítimas do rancor jurídico do Juiz!" Aqui ele foi interrompido por um outro grito da sra. Witham, e tiveram que providenciar sua recuperação. Malcolmson, após ter olhado para seu relógio e descoberto que estava perto da hora do jantar, fora para casa antes do completo restabelecimento da sra. Witham.

Quando a sra. Witham conseguiu recompor-se, ela praticamente investiu contra o doutor com perguntas agressivas acerca do que ele quisera dizer ao pôr ideias tão horríveis na cabeça do pobre jovem. "Ele já tem o suficiente lá para aborrecê-lo", acrescentou ela. O dr. Thornhill replicou:

"Minha cara senhora, meu propósito foi muito claro! Queria chamar a atenção dele para o cordão da campainha e a necessidade de mantê-la lá. Pode ser que ele esteja realmente exausto e tenha se dedicado demais aos estudos, embora eu possa dizer que parece ser o jovem mais forte e saudável, mental e fisicamente, que já vi. Mas os ratos... e aquela insinuação do diabo..." O doutor balançou a cabeça e continuou. "Eu queria oferecer-me para ficar esta noite com ele, mas tive certeza de que teria sido motivo de ofensa. Ele pode, à noite, ser tomado de estranho medo ou alucinação; e se ele o for, quero que ele puxe aquele cordão. Como ele está sozinho, isso nos alertará e poderemos chegar a tempo de socorrê-lo. Ficarei acordado até

A casa do juiz

bem tarde esta noite e de ouvidos atentos. Não se assuste se Benchurch tiver uma surpresa antes do amanhecer."

"Doutor, o que o senhor quer dizer? O que quer dizer?"

"Quero dizer o seguinte: que é possível — não, mais provável — que ouçamos a grande campainha da Casa do Juiz esta noite", e a saída do doutor foi tão significativa quanto se poderia imaginar.

Quando Malcolmson chegou à casa, descobriu que era um pouco mais tarde do que o habitual, e a sra. Dempster já se fora: as regras do asilo de Greenhow não deveriam ser desobedecidas. Ele ficou feliz em ver o lugar limpo e arrumado, com um fogo agradável e um lampião bem ajustado. A noite estava mais fria do que se poderia esperar em abril, e um vento forte soprava e sua força aumentava com tal rapidez que se podia prever com certeza uma tempestade durante a noite. Por alguns minutos após sua entrada, o ruído dos ratos cessou; mas, assim que eles se acostumaram à sua presença, começaram novamente. Ele ficou contente ao ouvi-los, pois teve uma vez mais a sensação de companhia que o ruído lhe dava, e veio-lhe rápida e novamente à mente o estranho fato de que eles apenas silenciavam para avisar que o outro — o grande rato com olhos malévolos — entrava em cena. Somente o lampião para leitura estava aceso, e sua sombra verde mantinha no escuro o teto e a parte superior da sala, dando à luz agradável da lareira, que se difundia sobre o chão e brilhava no tecido branco que recobria a extremidade da mesa, uma qualidade acolhedora e alegre. Malcolmson sentou-se para jantar com bom apetite e espírito animado. Após o jantar e um cigarro, ele sentou-se com o firme propósito de estudar, determinado a não deixar que nada o perturbasse, pois se lembrava da promessa ao doutor, e decidiu aproveitar ao máximo o tempo restante.

Durante mais ou menos uma hora, ele trabalhou bem, e então seus pensamentos começaram a afastar-se de seus livros. As circunstâncias atuais a sua volta, as exigências de sua atenção física e sua susceptibilidade nervosa eram inegáveis. A essa altura, o vento transformara-se em ventania, e a ventania, em tempestade. A velha casa, sólida que fosse, parecia tremer em suas fundações, e a tempestade rugia e intensificava-se através de suas muitas chaminés e suas bizarras torres antigas, produzindo sons estranhos, sobrenaturais, nas salas e corredores vazios. Até mesmo a grande campainha no teto deve ter sentido a força do vento, pois o cordão levantou-se e caiu ligeiramente, como se o sino fosse movido um pouco de tempos em tempos, e a corda flexível caiu no assoalho de carvalho com um som forte e oco.

Quando Malcolmson o ouviu, lembrou-se das palavras do doutor: "É a corda que o carrasco usava para as vítimas do rancor jurídico do Juiz". Dirigiu-se ao canto da lareira e pegou-a para examiná-la. Dela emanava uma espécie de atração irresistível, e enquanto esteve lá, ele perdeu-se por um momento em especulações acerca de quem eram essas vítimas e do desejo sinistro do Juiz de manter uma lembrança tão horrível sob seus olhos. Enquanto estava lá, o balançar da campainha no teto ainda levantava a corda de quando em quando; mas então veio uma nova sensação — uma espécie de tremor na corda, como se algo estivesse a mover-se ao longo dela.

Olhando instintivamente para cima, Malcolmson viu o grande rato descendo lentamente em sua direção, encarando-o fixamente. Ele largou a corda e pulou para trás, resmungando uma maldição, e o rato, virando-se, subiu novamente pela corda e desapareceu; no mesmo instante Malcolmson percebeu que o ruído dos ratos, que havia cessado por um certo tempo, recomeçou.

Tudo isso o pôs a pensar, e ocorreu-lhe que não investigara a toca do rato ou havia examinado os quadros, como pretendia. Acendeu o outro lampião sem copa e, erguendo-o, dirigiu-se para o terceiro quadro ao lado da lareira, no lado direito onde vira o rato desaparecer na noite anterior.

Assim que olhou, ele deu um salto para trás tão de repente que quase deixou cair o lampião, e uma palidez mortal espalhou-se pelo seu rosto. Seus joelhos tremeram, grossas gotas de suor desceram-lhe pela testa e ele estremeceu como um álamo. Mas ele era jovem e corajoso, e recompôs-se; após uma pausa de alguns segundos, deu novamente alguns passos à frente, levantou o lampião e examinou o quadro, que fora espanado e lavado e agora estava bem visível.

Era de um juiz, vestido com sua toga púrpura e arminho. Seu rosto era duro e cruel, mau, astucioso e vingativo, com uma boca sensual, nariz adunco e rubicundo, com a forma do bico de uma ave predadora. O restante do rosto era de cor cadavérica. Os olhos possuíam um brilho singular e uma expressão terrivelmente maligna. Ao olhar para eles, Malcolmson gelou, pois enxergou ali a própria imitação dos olhos do grande rato. O candeeiro quase caiu de sua mão, ele viu o rato com seus olhos malévolos espiando através do buraco no canto do quadro e notou o súbito cessar do ruído dos outros ratos. Contudo, ele se recompôs e continuou a examinar o quadro.

O Juiz estava sentado em uma grande cadeira de carvalho com espaldar alto, no lado direito de uma grande lareira de pedra, onde, no canto, pendia uma corda desde o teto, a extremidade enrolada no chão. Com uma sensação de algo semelhante a horror, Malcolmson reconheceu a cena da sala como estava e olhou em volta, tomado de pavor, como se esperasse encontrar alguma estranha presença atrás de si. Então ele olhou para o canto da lareira — e com um grito deixou o lampião cair-lhe da mão.

Lá, na cadeira do Juiz, com a corda pendendo atrás, estava sentado o rato com os olhos malévolos do Juiz, agora intensificados e com laivos demoníacos. Salvo pelo rugido da tempestade, lá fora era tudo silêncio.

O lampião caído despertou Malcolmson. Felizmente era de metal e, assim, o óleo não espirrara. Todavia, a necessidade prática de cuidar dele imediatamente acalmou o seu nervosismo. Quando ele o apagou, enxugou a fronte e pensou por um instante.

A casa do juiz

"Isso não vai bem", disse consigo. "Se continuar assim, tornar-me-ei um tolo insensato. Isso deve acabar! Prometi ao doutor que não tomaria chá. De fato, ele tinha toda razão! Devo estar ficando doente dos nervos. Estranho que não o notasse. Nunca me senti melhor em toda a minha vida. Mas está tudo bem agora, e não me comportarei como um tolo novamente."

Então ele misturou um copo bem forte de conhaque e água e resolutamente sentou-se para trabalhar.

Era quase uma hora quando levantou os olhos do livro, perturbado pelo súbito silêncio. Lá fora, o vento uivava e rugia mais alto do que nunca, e a chuva atingia pesadamente as janelas, batendo como granizo no vidro; mas dentro não se ouvia um som sequer, exceto o eco do vento, quando ele rugia na grande chaminé, e de quando em quando silvavam uns poucos pingos de chuva que desciam pela chaminé quando a tempestade amainava. O fogo baixara e deixara de arder, embora lançasse um brilho avermelhado. Malcolmson prestou atenção e então ouviu um ruído leve, um guincho muito fraco. Ele vinha do canto da sala onde pendia a corda, e ele julgou que fosse o arrastar da corda no assoalho, ao balançar da campainha, que a levantava e baixava. Ao olhar para cima, contudo, viu, iluminado vagamente, o grande rato agarrado à corda e a roê-la. A corda já estava quase partida — ele podia ver a cor mais clara onde as fibras estavam descobertas. Enquanto olhava, o trabalho completou-se, e a extremidade cortada da corda caiu com estrépito sobre o assoalho de carvalho, enquanto, por um instante, o grande rato permanecia como um puxador ou uma borla no fim da corda, que agora começava a balançar para cá e para lá. Malcolmson sentiu por um momento uma outra fisgada de terror enquanto pensou que agora a possibilidade de chamar o mundo exterior em seu socorro estava eliminada, mas uma raiva intensa tomou seu lugar e, agarrando o livro que estivera lendo, arremessou-o contra o rato. O golpe foi certeiro, mas antes que o projétil o alcançasse, o rato caiu e atingiu o chão com um baque surdo. Malcolmson imediatamente atirou-se em sua direção, mas ele safou-se e desapareceu na escuridão das sombras da sala. Malcolmson sentiu que seu trabalho havia terminado naquela noite, e decidiu, lá e então, variar a monotonia das ações por uma caça ao rato e tirou a copa verde do lampião para prover uma iluminação mais ampla. Quando o fez, a penumbra da parte superior da sala se desfez, e ao novo fluxo de luz, grande em comparação à escuridão anterior, os quadros na parede mostraram-se claramente. De onde estava, Malcolmson viu exatamente na parte oposta àquela em que estava o terceiro quadro na parede, à direita da lareira. Esfregou os olhos surpreso e então um grande medo começou a tomá-lo.

No centro do quadro, havia um grande remendo irregular de tela marrom, tão novo como quando fora esticado na moldura. O fundo estava como antes, com a cadeira, o canto da chaminé e a corda, mas a figura do Juiz desaparecera.

Malcolmson, quase paralisado num arrepio de horror, virou-se lentamente e então começou a sacudir-se e a tremer como alguém tomado de paralisia. Suas forças pareciam tê-lo abandonado, e estava incapaz de ação ou movimento e mal podia até mesmo pensar. Ele conseguia apenas ver e ouvir.

Lá, na grande cadeira de carvalho com espaldar alto, estava sentado o Juiz, em sua toga escarlate com arminho, com seus olhos malévolos olhando vingativamente e um sorriso de triunfo na boca resoluta, cruel, enquanto levantava com as mãos um barrete negro. Malcolmson sentiu como se seu sangue fugisse do coração, como alguém em momentos de prolongada expectativa. Uma cantiga soava em seus ouvidos. Fora, ele podia ouvir o rugido e o troar da tempestade e, através dele, varrido pela tempestade, vinha o soar da meia-noite pelos grandes sinos da praça do mercado. Ele permaneceu, por um espaço de tempo que lhe pareceu interminável, imóvel como uma estátua e com olhos arregalados, aterrorizados, sem fôlego. Quando o relógio bateu, o sorriso de triunfo no rosto do Juiz intensificou-se e ao último toque da meia-noite ele colocou o barrete negro em sua cabeça. Lenta e deliberadamente, o Juiz levantou-se de sua cadeira e apanhou o pedaço de corda da campainha que jazia no chão, envolveu-o nas mãos como se lhe agradasse seu toque e então, com determinação, começou a enrolar uma das extremidades, dando-lhe a forma de um laço. Ele o apertou e testou com o pé, puxando forte até ficar satisfeito e então fez um nó corrediço, que segurou com a mão. Depois, ele começou a mover-se ao longo da mesa, no lado oposto ao de Malcolmson, mantendo nele os olhos até passar por ele, quando, com um movimento rápido, postou-se em frente à porta. Malcolmson então começou a sentir que estava preso em uma armadilha e tentou pensar no que poderia fazer. Havia algo de fascinante nos olhos do Juiz, dos quais ele não conseguia desviar os seus, obrigando-o a encará-lo. Viu o Juiz aproximar-se — ainda no meio do caminho entre ele e a porta — levantar o laço e jogá-lo em sua direção como que para prendê-lo. Com um grande esforço ele fez um movimento rápido para o lado e viu a corda cair a seu lado e ouviu-a bater contra o assoalho de carvalho. Novamente o Juiz levantou o laço e tentou apanhá-lo, mantendo sempre seus olhos malévolos fixos nele, e a cada vez, com um enorme esforço, o estudante mal conseguiu desviar-se. Assim foi por muitas vezes, o Juiz aparentemente nunca disposto a desistir e a perder a calma, mas brincando como um gato com um rato. No clímax do desespero, Malcolmson lançou um rápido olhar a sua volta. A luz do lampião parecia ter reavivado e havia luz bastante na sala. Nos muitos buracos de rato e nas frestas e rachaduras dos lambris, ele viu os olhos dos ratos; e esse aspecto, que era puramente físico, deu-lhe um vislumbre de consolo. Olhou em volta e viu que a corda da grande campainha estava cheia de ratos. Cada centímetro dela estava coberto e cada vez mais uma multidão deles escorria do pequeno buraco circular no forro, de onde ela saía, de tal forma que, com seu peso, o sino começava a balançar.

A casa do juiz

Ouça! Ela balançara até que o badalo tocou o sino. O som era muito fraco, mas o sino estava apenas começando a balançar e aumentaria.

Ao som, o Juiz, que estivera com os olhos fixos em Malcolmson, olhou para cima e um repente de ira diabólica espalhou-se sobre seu rosto. Seus olhos faiscaram como brasas ardentes e ele bateu os pés com um som que parecia fazer tremer a casa. Um terrível troar de relâmpago rebentou acima quando ele levantou novamente a corda, enquanto os ratos continuavam a correr para cima e para baixo da corda, como que correndo contra o tempo. Desta feita, em vez de atirá-la, ele aproximou-se de sua vítima e abriu o laço. Enquanto ele se aproximava, parecia haver algo paralisante na sua própria presença, e Malcolmson permaneceu rígido como um cadáver. Ele sentiu os dedos gelados tocarem sua garganta ao ajustar a corda. O laço apertava cada vez mais. Então o Juiz, tomando em seus braços a forma rígida do estudante, levantou-o e colocou-o sentado na cadeira de carvalho e, subindo ao seu lado, estendeu a mão e agarrou a ponta da corda balouçante da campainha. Quando levantou sua mão, os ratos fugiram guinchando e desapareceram no buraco do teto. Tomando a ponta do laço que estava em volta do pescoço de Malcolmson, atou-a à corda balouçante do sino e então, descendo, empurrou para longe a cadeira.

* * *

Quando o sino da Casa do Juiz começou a soar, muita gente acatou ao chamado. Luzes e tochas de diversos tipos surgiram e logo uma multidão silenciosa correu ao local. Bateram com força à porta, mas não houve resposta. Arrombaram a porta e invadiram a grande sala de jantar, com o doutor à frente.

Na ponta da corda da grande campainha pendia o corpo do estudante e, no rosto do Juiz, no quadro, havia um sorriso maligno.

O SINALEIRO

Charles Dickens

I

"Olá! Você, aí embaixo!"

Quando ele ouviu uma voz chamando-o, estava à porta de sua cabine, com uma bandeira na mão, enrolada na sua vareta curta. Considerando-se a natureza da área, imaginar-se-ia que ele não pudesse duvidar de onde vinha a voz; mas em vez de olhar para cima, onde eu me postara no alto do patamar praticamente por sobre a sua cabeça, ele virou-se e olhou para a Linha abaixo. Havia algo de estranho na sua maneira de fazê-lo, mas eu não, absolutamente não, poderia dizer o quê. Mas sei que era estranho o bastante para atrair minha atenção, embora sua silhueta estivesse parcialmente oculta e ensombrecida na passagem de nível abaixo, e a minha, bem acima dele, tão imersa no brilho incandescente de um crepúsculo rubro que eu tivera de proteger meus olhos com a mão antes de o ver.

"Olá! Aí embaixo!"

Depois de olhar para a Linha abaixo, ele voltou-se novamente e, levantando os olhos, viu minha silhueta no alto.

"Existe um caminho pelo qual eu possa descer e falar com você?"

Olhou para mim sem responder e olhei para ele, sem pressioná-lo imediatamente com uma repetição de minha pergunta ociosa. Foi então que houve uma vaga vibração no chão e na atmosfera, rapidamente transformando-se em uma violenta pulsação e progressiva agitação que me fez recuar, como se ela tivesse força para arrastar-me para baixo. Quando uma nuvem de vapor do trem veloz havia passado por mim, olhei novamente o nível inferior e o vi enrolando novamente a bandeira que ele desfraldara à passagem do trem.

Repeti minha pergunta. Após uma pausa, durante a qual ele pareceu me olhar com uma atenção concentrada, acenou com sua bandeira enrolada em direção a um ponto em meu patamar, distante umas duas ou três centenas de jardas. Respondi-lhe "Está bem!" e desci àquele ponto. Lá, à força de olhar atentamente ao meu redor, encontrei um caminho escavado e irregular descendo em zigue-zague, que segui.

O entalho era extremamente profundo e anormalmente abrupto. Era feito em pedra úmida, que se tornava mais gotejante e molhada à medida que eu descia. Por isso, o percurso foi lento o bastante para me dar tempo de recordar um ar singular de relutância ou obrigação com o qual ele me apontara o caminho.

Após descer o zigue-zague o suficiente para vê-lo novamente, vi que ele se postara entre os trilhos pelos quais o trem passara recentemente, como se estivesse esperando que eu aparecesse. Tinha a mão esquerda no queixo e o cotovelo esquerdo pousava na mão direita, cruzada sobre o peito. Sua postura era de tal expectativa e cautela que me detive por um instante, surpreso.

Retomei minha descida e, caminhando cautelosamente até o nível dos trilhos e aproximando-me dele, vi que era um homem moreno e aparência doentia, com uma barba escura e sobrancelhas um tanto cerradas. Seu posto ficava no lugar mais solitário e lúgubre que eu jamais vira. De ambos os lados, um gotejante muro de pedras irregularmente recortadas, que a tudo ocultava, exceto uma faixa de céu; o panorama numa direção apresentava apenas um prolongamento torto desse grande calabouço; na outra direção, mais proximamente, avistava-se uma luz vermelha sombria e a entrada ainda mais sombria de um túnel negro, em cuja arquitetura maciça havia apenas um ar terrivelmente opressivo e irrespirável. Esse lugar recebia tão pouca luz do sol que exalava um cheiro de terra insuportável; e atravessava-o um vento tão frio que fiquei gelado, como se houvesse me distanciado do mundo real.

Antes que ele se movesse, eu fiquei tão próximo que poderia tocá-lo. Sem tirar os olhos de mim nem mesmo então, ele recuou um passo e levantou a mão.

Esse posto era solitário (disse eu) e havia chamado minha atenção quando de lá de cima olhara para baixo. Raramente aparecia um visitante, eu supunha; mas essa seria uma raridade indesejável? Talvez em mim ele pudesse ver um homem que igualmente fora encerrado em limites estreitos durante toda a vida mas que, finalmente livre, fora recentemente despertado para essas grandes obras. Assim dirigi-me a ele; mas não estou certo de que foram essas as palavras usadas, pois, além de eu não ser bom em entabular uma conversa, havia algo no homem que me intimidava.

Ele lançou um olhar muito estranho para a luz vermelha perto da boca do túnel e perscrutou-a, como se algo estivesse faltando ali e depois olhou para mim.

"Aquela luz fazia parte de sua ocupação? Não é?"

Respondeu numa voz baixa: "Você sabe que sim".

Um pensamento terrível me veio à mente enquanto examinava atentamente os olhos fixos e o rosto saturnino, que se tratava não de um homem, mas de um espectro. Desde então tenho me perguntado se seu espírito não estava contaminado.

O sinaleiro

Quanto a mim, recuei. Mas, ao fazê-lo, detectei em seus olhos algum medo latente de mim. Isso pôs a correr o pensamento terrível.

"Você olha para mim", falei, forçando um sorriso, "como se me receasse."

"Eu não tinha certeza", respondeu ele, "se o vira antes."

"Onde?"

Ele apontou para a luz vermelha para onde olhara.

"Lá?", disse eu.

Com um olhar atento e cauteloso, ele respondeu (mas com voz inaudível) que sim.

"Meu bom amigo, o que eu estaria fazendo lá? Mas, de qualquer forma, eu nunca estive lá, pode estar certo disso."

"Acho que posso", repetiu ele. "Sim, acho que posso."

Seu rosto se desanuviou, assim como o meu. Respondeu às minhas indagações com solicitude e palavras precisas. Ele tinha muito que fazer ali? Sim, diria que sim, tinha muitas coisas sob sua responsabilidade, mas o que se exigia dele eram pontualidade e atenção, não um trabalho real — manual. Para mudar aquele sinal, ajustar aquelas luzes e girar essa maçaneta de ferro de quando e quando era tudo que tinha a fazer. Com relação àquelas muitas horas longas e solitárias que me chamavam tanto a atenção, ele podia apenas dizer que a rotina de sua vida assim se acomodara e que a ela se habituara. Ele aprendera lá uma linguagem — se conhecê-la apenas pela visão e ter formado suas próprias ideias toscas de sua pronúncia pudesse ser chamado de aprendizado. Ele também trabalhava com frações e decimais e tentara um pouco de álgebra; mas tinha dificuldade, desde criança, com números. Era-lhe necessário, quando em serviço, permanecer sempre naquela corrente de ar úmido e não podia nunca subir para a luz do sol, por entre aqueles altos muros de pedra? Ora, isso dependia da hora e das circunstâncias. Sob certas circunstâncias, havia menos trabalho no Ramal do que nos outros, independente de horas diurnas ou noturnas. Quando o tempo estava bom, ele às vezes saía um pouco daquelas sombras inferiores; mas, como estava sempre sujeito a chamadas de sua campainha elétrica, e nessas ocasiões precisava ficar atento a ela com ansiedade redobrada, o alívio era menor do que eu poderia supor.

Ele me levou ao seu cubículo, onde havia uma lareira, uma escrivaninha para um livro oficial no qual ele devia registrar certas entradas, um aparelho telegráfico com seu dispositivo de discagem, mostrador e agulhas e o pequeno sino de que falara. Quando expressei minha certeza de que ele perdoaria minha observação quanto ao fato de que era um homem instruído e (sem ofensa, esperava eu) talvez acima daquele cargo, ele observou que era extremamente raro encontrarem-se exemplos de ligeira discordância desse tipo entre uma grande quantidade de pessoas; que ouvira casos assim nas oficinas, na polícia, até mesmo naquele último recurso desesperado,

137

o exército; e que ele sabia ser assim, mais ou menos, em qualquer equipe de uma grande companhia de estradas-de-ferro. Fora, quando jovem (se me fosse possível crer, sentado naquela cabina; até mesmo a ele era difícil crer), um estudante de filosofia natural e frequentara cursos; mas havia se comportado mal, perdido suas oportunidades, decaído, e nunca mais se recuperara. Não se queixava disso. Fizera sua cama e deitara-se nela. Era tarde demais para fazer outra.

Tudo isso — que eu resumi aqui — ele o disse de jeito calmo, com seus olhares sérios divididos entre mim e o fogo. Ele intercalava a palavra "Senhor" de tempos em tempos e especialmente quando se referia a sua juventude: como se me pedisse para compreender que ele não pretendia ser senão o que eu nele via. Diversas vezes ele foi interrompido pelo sininho e precisou ler mensagens e enviar respostas. Uma das vezes, teve de postar-se além da porta e agitar uma bandeira enquanto um trem passava e trocar algumas palavras com o foguista. Observei que, no desempenho de seus deveres, ele era notavelmente pontual e atento, interrompendo seu discurso numa sílaba e permanecendo em silêncio até terminar o que tinha a fazer.

Em suma, eu daria as melhores recomendações a respeito desse homem para esse emprego, salvo pela circunstância de que, enquanto falava comigo, interrompeu-se duas vezes, empalideceu, virou seu rosto para o sininho que não estava tocando, abriu a porta da cabina (que ficava fechada para impedir a umidade insalubre) e olhou para a luz vermelha próxima à boca do túnel. Em ambas as ocasiões voltou para o fogo com o ar inexplicável que eu observara, mas não fora capaz de definir, quando ainda estávamos muito distantes um do outro.

Eu disse, quando me levantei para despedir-me: "Você quase me fez pensar que encontrei um homem feliz". (Mas devo confessar que o disse para animá-lo).

"Creio que era", replicou ele, na voz baixa com que falara pela primeira vez, "mas estou perturbado, senhor, estou perturbado."

Ele teria retirado as palavras, se pudesse. Mas dissera-as, contudo, e eu rapidamente agarrei a deixa.

"Com o quê? O que o perturba?"

"É muito difícil explicá-lo, senhor. É algo sobre o que é muito difícil falar. Se algum dia o senhor me fizer uma outra visita, tentarei contar-lhe."

"Mas eu tenho realmente a intenção de fazer-lhe uma outra visita. Diga-me, quando poderei fazê-lo?"

"Saio de manhã cedo e volto novamente amanhã às dez da noite, senhor."

"Virei às onze."

Mostrou-se agradecido e foi até a porta comigo. "Acenderei minha luz branca, senhor", disse ele, naquele seu tom de voz baixa que lhe era peculiar, "até o senhor encontrar seu caminho para cima. Quando chegar lá, não grite! E quando estiver no topo, não grite!"

Sua atitude parecia fazer o lugar me parecer mais frio, mas eu nada mais disse senão "Está bem".

"E quando descer amanhã à noite, não grite! Permita-me fazer-lhe uma última pergunta. O que o fez gritar 'Alô! Alô, aí embaixo' esta noite?"

"Sabe-se lá", disse eu. "Gritei algo assim..."

"Não assim, senhor. As palavras foram exatamente essas. Conheço-as bem."

"Admito que foram essas as palavras. Eu as disse, sem dúvida, porque eu o vi embaixo."

"Por nenhum outro motivo?"

"Por que outro? Que outro motivo poderia haver?"

"Não teve nenhuma sensação de que lhe eram comunicadas de algum modo sobrenatural?"

"Não."

Ele me desejou boa noite e levantou sua lanterna. Andei pelo lado da linha de trilhos abaixo (com uma sensação muito desagradável de um trem vindo atrás de mim), até encontrar o lugar de subida. Era mais fácil subir do que descer, e eu voltei para meu hotel sem quaisquer incidentes.

II

Pontualmente, coloquei meu pé no primeiro entalhe do zigue-zague na noite seguinte quando os relógios ao longe estavam batendo as onze horas. Ele estava a minha espera no fundo, com sua luz branca acesa. "Não gritei", disse eu, quando nos aproximamos; "posso falar agora?". "Claro que sim, senhor." "Boa noite, então, e aqui está minha mão." "Boa noite, senhor; aqui está a minha." Com isso, caminhamos lado a lado até sua cabina, entramos, fechamos a porta e sentamo-nos ao lado do fogo.

"Decidi, senhor", começou ele, inclinando-se para frente assim que nos sentamos e falando num tom pouco acima de um sussurro, "que não precisará perguntar duas vezes sobre o que me perturba. Tomei o senhor por outra pessoa ontem à noite. O que me perturba."

"Esse engano?"

"Não. A outra pessoa."

"Quem é ela?"

"Não sei."

"Parecida comigo?"

"Não sei. Nunca vi o rosto. O braço esquerdo está na frente do rosto, e o braço direito está acenando. Acenando com violência. Assim."

Segui seu gesto com meus olhos e era o de um braço a agitar-se com extrema comoção e veemência. "Pelo amor de Deus, saia do caminho!"

"Numa noite enluarada", disse o homem, "eu estava sentado aqui quando ouvi uma voz gritar: 'Alô! Aí embaixo!' Fiz um movimento, olhei daquela porta e vi essa pessoa de pé, ao lado da luz vermelha perto do túnel, acenando exatamente como lhe mostrei agora. A voz parecia rouca de tanto gritar e gritava: 'Cuidado! Cuidado!'. E depois novamente: 'Alô! Aí embaixo! Cuidado!'. Peguei minha lanterna, acendi a luz vermelha e corri em direção à figura, dizendo: 'O que há de errado? O que aconteceu? Onde?'. Eu estava perto da escuridão do túnel. Avancei para bem perto dele, pois estranhei o fato de manter a manga diante de seus olhos. Corri para ele e, quando estendi minha mão para puxar a manga, ele desapareceu".

"Dentro do túnel?", indaguei.

"Não. Corri para dentro do túnel, quinhentas jardas. Parei e levantei minha lanterna acima da cabeça e vi as figuras de uma certa distância e as gotas de umidade descendo pelas paredes e escorrendo pelo arco. Corri para fora novamente, mais rápido do que correra para dentro dele (pois tenho um pavor mortal do lugar) e olhei tudo em volta da luz vermelha com a minha própria luz vermelha e subi a escada de ferro até a galeria acima e desci novamente, correndo de volta para cá. Telegrafei para ambos os lados: 'Houve um alerta. Alguma coisa errada?' A resposta de ambos foi: 'Tudo certo?'."

Afastando o lento toque de um dedo gelado a subir pela minha espinha, expliquei-lhe que aquela imagem devia ser uma ilusão de óptica e que se sabia que essas imagens, originadas por doença dos nervos delicados que comandam as funções dos olhos, muitas vezes perturbavam os pacientes, alguns dos quais haviam reconhecido a natureza de sua ansiedade e até mesmo comprovado-a por experiências consigo mesmos. "Quanto ao grito imaginário", expliquei, "ouça apenas por um momento o vento nesse vale artificial enquanto falamos com vozes tão baixas e como ele faz dos fios do telégrafo uma harpa extremamente sonora!"

Tudo isso estava muito certo, respondeu ele, depois que já estávamos sentados por bons minutos, e já deveria ter pensado no vento e nos fios, ele que tantas vezes passara longas noites de inverno ali, sozinho e em vigília. Mas rogou-me atentar para o fato de que ainda não terminara.

Pedi desculpas, e ele lentamente acrescentou estas palavras, tocando em meu braço:

"Seis horas após a Aparição, aconteceu o famoso acidente desta Linha e durante dez horas os mortos e feridos foram trazidos de dentro do túnel, sobre o ponto em que estivera a imagem".

Um calafrio desagradável subiu-me pelo corpo, mas fiz o possível para ignorá-lo. Era inegável, repliquei, que se tratava de uma coincidência notável e na medida certa para impressioná-lo. Mas era inquestionável que coincidências notáveis ocorriam

O sinaleiro

sempre e que elas devem ser levadas em conta ao lidar com assuntos desse tipo. Embora eu certamente devesse admitir, acrescentei (pois julgava prever que ele iria contra-argumentar) que homens de bom senso geralmente não incluem coincidências nas previsões dos acontecimentos cotidianos.

Ele novamente rogou-me que atentasse para o fato de que não terminara.

Novamente pedi desculpas por tê-lo interrompido.

"Isso", disse ele, pondo a mão em meu braço de novo e olhando por sobre o ombro com olhos vazios, "aconteceu exatamente um ano atrás. Seis ou sete meses se passaram, e eu me recobrara da surpresa e do choque quando uma manhã, ao amanhecer, de pé naquela porta, olhei para a luz vermelha e vi o espectro novamente". Ele parou, com um olhar fixo para mim.

"Ele gritou?"

"Não. Ficou em silêncio."

"Ele acenou?"

"Não. Encostou-se ao poste da lanterna, com as duas mãos diante do rosto. Assim."

Mais uma vez, segui seu gesto com os olhos. Era um gesto de luto. Já vi essa postura em figuras de pedra sobre túmulos.

"Você foi até ele?"

"Entrei e sentei-me, em parte para recobrar o domínio de meus pensamentos, em parte porque me sentia a ponto de desmaiar. Quando fui novamente até a porta, a luz do dia brilhava e o fantasma desaparecera."

"Mas nada mais aconteceu? Foi tudo?"

Ele me tocou o braço com seu dedo indicador duas ou três vezes, acompanhando cada um desses gestos com uma inclinação da cabeça, aterrorizado.

"Naquele mesmo dia, quando um trem saiu do túnel, notei, numa janela do vagão para o meu lado, o que parecia uma confusão de mãos e de cabeças, e algo acenava. Eu o vi, a tempo de fazer um sinal para o foguista parar. Ele desligou e freou, mas o trem arrastou-se outras cento e cinquenta jardas ou mais. Corri para ele e, enquanto o acompanhava, ouvi gritos agudos e choros terríveis. Uma bela e jovem senhora morrera instantaneamente em um dos compartimentos e foi trazida para cá; deitaram-na neste chão, aqui, entre nós dois."

Involuntariamente, recuei minha cadeira, enquanto meu olhar ia das tábuas para as quais ele apontava para ele próprio.

"Verdade, senhor. Verdade. Foi exatamente assim que aconteceu, estou lhe dizendo."

Eu não conseguia pensar em nada para dizer, nada que conviesse, e minha boca estava muito seca. O vento e os fios receberam a história com um longo gemido de lamento.

Ele recomeçou. "Agora, senhor, ouça bem e avalie a perturbação de meu espírito. O espectro voltou, uma semana atrás. Desde então, ele está lá, de quando em quando, intermitentemente."

"Ao lado da lanterna?"

"Ao lado da lanterna de alerta."

"O que ele parece estar fazendo?"

Ele repetiu, se possível com uma emoção e veemência maior, a gesticulação anterior de "Pelo amor de Deus, saia do caminho!"

Depois continuou: "Não tenho paz ou tranquilidade por causa disso. Ele me chama, durante minutos seguidos, de uma forma angustiada, 'Aí embaixo! Cuidado! Cuidado!' Ele fica acenando para mim. Ele toca meu sininho..."

Nesse momento, eu o interrompi. "Ele tocou seu sino ontem à noite, quando eu estava aqui e você foi até a porta?"

"Duas vezes."

"Ora, veja", disse eu, "como sua imaginação o engana. Meus olhos estavam no sino, e meus ouvidos atentos, e se estou vivo, ele NÃO tocou então. Não, nenhuma vez, exceto do modo natural das coisas físicas, quando a estação comunicou-se com você."

Ele balançou a cabeça. "Eu nunca me enganei, senhor. Nunca confundi a badalada do espectro com a humana. O badalar do fantasma é uma vibração estranha no sino que não provém de nada mais, e não afirmei que não se vê o sino balançar. Não surpreende que o senhor não o tenha ouvido. Mas eu ouvi."

"E o espectro pareceu estar lá, quando você olhou para fora?"

"Ele estava lá."

"Ambas as vezes?"

Repetiu com firmeza: "Ambas as vezes."

"Você poderia ir até a porta comigo e procurá-lo agora?"

Ele mordeu o lábio inferior como se relutasse um pouco, mas levantou-se. Abri a porta e fiquei no degrau, enquanto ele se deteve na soleira. Ali estavam as altas paredes de pedras molhadas do entalho. Ali estavam as estrelas bem acima delas.

"Você o vê?", perguntei-lhe, observando atentamente seu rosto. Seus olhos estavam arregalados e fatigados; mas não muito mais do que haviam estado os meus quando os dirigira atentamente para o mesmo ponto.

"Não", respondeu ele. "Ele não está lá."

"Exatamente", disse eu.

Entramos novamente, fechamos a porta e sentamo-nos. Eu estava pensando em como aproveitar essa vantagem, se é que podemos chamá-la assim, quando ele retomou a conversa de um modo tão direto, admitindo que não poderíamos discordar seriamente diante do fato, que senti estar em uma posição muito desfavorável.

O sinaleiro

"A esta altura o senhor compreenderá perfeitamente", disse ele, "que o que me perturba de modo tão terrível é a pergunta: o que quer dizer o espectro?"

Eu não tinha certeza, disse-lhe eu, de tê-lo compreendido perfeitamente.

"Ele está me avisando do quê?", disse ele, ruminando, os olhos no fogo e apenas de vez em quando os voltando para mim. "Qual é o perigo? Onde está o perigo? Há um perigo à espreita, em algum lugar na linha. Alguma terrível desgraça está para acontecer. Quanto a isso não há dúvida, nesta terceira vez, depois do que aconteceu antes. Mas com certeza isso me atormenta. O que posso fazer?!"

Ele tirou seu lenço e enxugou as gotas de suor de sua testa febril.

"Se eu telegrafar: Perigo, para um dos lados ou para ambos, não posso alegar nenhum motivo para tanto", continuou ele, enxugando as palmas das mãos. "Eu iria me arrumar problemas e não adiantaria nada. Eles pensariam que estou louco. O que sucederia seria isto: Mensagem 'Perigo! Cuidado!' Resposta: 'Que Perigo? Onde?' Mensagem: 'Não sei. Mas, pelo amor de Deus, cuidado!' Eles me demitiriam. O que mais poderia fazer?"

Seu sofrimento causava grande pena. Era a tortura mental de um homem consciencioso, oprimido intoleravelmente por uma responsabilidade ininteligível que envolvia vidas.

"Quando ele ficou pela primeira vez sob a luz de perigo", continuou, afastando da testa seus cabelos escuros e esfregando as mãos pelas têmporas, num gesto de desespero febril, "por que não me dizer onde esse acidente devia acontecer — se ele devia acontecer? Por que não me dizer como ele poderia ter sido evitado — se ele pudesse ser evitado? Quando de sua segunda aparição, ele escondeu o rosto; por que, em vez disso, não me disse, 'Ela vai morrer. Diga-lhes para mantê-la em casa?' Se ele viesse, nessas duas ocasiões, apenas para me mostrar que seus avisos eram verdadeiros e portanto para preparar-me para o terceiro, por que simplesmente não me avisar agora? E eu, Deus me ajude, um simples e pobre sinaleiro neste lugar solitário! Por que não ir até alguém com credibilidade e poder para agir?!"

Quando o vi nesse estado, compreendi que, em favor do pobre homem, assim como para a segurança do público, o que me cabia fazer no momento era acalmá-lo. Consequentemente, deixando de lado toda discussão entre nós sobre o que era real e o que não era, argumentei com ele que quem quer que exercesse tão conscienciosamente sua função fazia-o bem, e que ao menos para seu consolo ele compreendia seu dever, embora não compreendesse essas aparições malditas. Nesse esforço eu me saí muito melhor do que na tentativa de convencê-lo de que estava errado. Ele ficou calmo; as ocupações inerentes a seu posto, à medida que a noite avançava, começaram a requisitar cada vez mais sua atenção, e eu o deixei às duas da manhã. Eu me ofereci para ficar a noite toda, mas ele absolutamente não quis.

Que eu mais de uma vez olhei para trás, para a luz vermelha, enquanto subia pelo caminho, que eu não gostava da luz vermelha e que teria dormido muito mal se minha cama estivesse sob ela são fatos que não vejo motivo para esconder. Nem gostei das duas sequências do acidente e da moça morta. Não vejo motivo para esconder isso também.

Mas o que mais me ocupava o pensamento era a reflexão sobre como deveria agir, agora que me fora feita uma tal revelação. Eu verificara que o homem era inteligente, atento, escrupuloso e pontual; mas por quanto tempo ele continuaria assim, nesse estado de espírito? Apesar de sua posição subordinada, ele tinha uma responsabilidade da maior importância. Gostaria eu (por exemplo) de apostar minha própria vida nas possibilidades de ele continuar a executá-la com perfeição?

Incapaz de superar uma sensação de cometer de certa forma uma traição se comunicasse aos seus superiores na Companhia o que ele me dissera, sem primeiro ter uma conversa franca e propor uma solução intermediária para ele, resolvi por fim oferecer-me para acompanhá-lo (e também guardar segredo por uns tempos) ao melhor médico especialista que pudéssemos consultar na região e pedir sua opinião. Uma mudança no seu turno de serviço ocorreria na noite seguinte, segundo ele me informara; ele estaria livre uma hora ou duas após o amanhecer e voltaria logo depois do anoitecer. Tínhamos marcado nosso encontro conforme esse esquema.

A noite seguinte estava agradável, e eu saí cedo de casa, a fim de desfrutá-la. O sol ainda não se pusera quando atravessei a calçada próxima do topo do entalhe profundo. Eu estenderia minha caminhada por uma hora, disse comigo, meia hora para ir e meia hora para voltar, e então já seria hora de ir à cabina do meu sinaleiro.

Antes de prosseguir meu passeio, pisei na borda e mecanicamente olhei para baixo, no lugar de onde o vira pela primeira vez. Não consigo descrever o calafrio que me percorreu quando, junto à boca do túnel, vi o vulto de um homem, com sua manga esquerda sobre os olhos, acenando veementemente com o braço direito.

O indizível horror que me sufocava passou num minuto, pois logo vi que esse vulto era de fato um homem e que havia um pequeno grupo de outros homens em pé a uma pouca distância dali, para quem ele parecia estar encenando o gesto que fizera. A luz de perigo ainda não estava acesa. Junto ao poste, estava uma pequena tenda baixa, que nunca vira antes, com suportes de madeira e lona. Não parecia maior do que uma cama.

Com uma sensação inelutável de que havia algo errado — com um súbito medo do sentimento de culpa pelo erro fatal de ter deixado o homem ali e não ter feito com que enviasse alguém para supervisioná-lo ou corrigir o que ele fazia — desci o caminho chanfrado o mais depressa que pude.

"O que aconteceu?", perguntei aos homens.

O sinaleiro

"O sinaleiro foi morto esta manhã, senhor."

"Não é o homem daquela cabina, é?"

"É sim, senhor."

"O homem que conheço?"

"O senhor o reconhecerá, se o conhecia", disse o homem que era um porta-voz, descobrindo solenemente sua própria cabeça e levantando uma ponta da lona, "pois seu rosto não se alterou".

"Meu Deus! Como isso aconteceu, como isso aconteceu?", perguntei, virando para um e para outro, enquanto a cabina era novamente fechada.

"Ele foi morto por uma locomotiva, senhor. Ninguém na Inglaterra conhecia melhor seu trabalho do que ele. Mas, não se sabe por quê, ele não saiu do trilho externo. Foi em pleno dia. Ele havia acendido a luz e tinha na mão a lanterna. Quando a locomotiva saiu do túnel, ele estava de costas para ela e foi atingido. Aquele homem ali estava no comando e mostrando como aconteceu. Mostre a este cavalheiro, Tom."

O homem, que usava uma capa tosca e escura, recuou para o lugar onde estivera antes, junto à boca do túnel.

"Depois da curva do túnel, senhor", disse ele, "eu o vi no fim, como que numa luneta. Não deu tempo de diminuir a velocidade, e eu sabia que ele era muito cuidadoso. Como ele pareceu não ouvir o apito, eu desliguei a máquina quando estávamos próximos dele e chamei-o o mais alto que pude."

"O que você disse?"

"Eu disse: Alô, aí embaixo! Cuidado! Cuidado! Pelo amor de Deus, saia do caminho!"

Levei um choque.

"Ah!, foi horrível, senhor. Eu não parei de gritar para ele. Pus meu braço na frente dos olhos, para não ver, e acenei este outro até o último momento; mas de nada adiantou."

Para não prolongar a narrativa com detalhes acerca de algumas das estranhas circunstâncias mais do que de outras, posso, ao encerrá-la, sublinhar a coincidência de que o alerta do maquinista da locomotiva incluía não apenas as palavras que o infeliz sinaleiro repetira para mim e que dizia persegui-lo, mas também as palavras que não ele, mas eu próprio associara — e apenas mentalmente — ao gesto que ele imitara.

O LIVRO DE RECORTES DO CÔNEGO ALBERIC

M.R. James

Saint Bertrand de Comminges é uma cidade decadente nos contrafortes dos Pireneus, não muito longe de Toulouse e mais próxima ainda de Bagnères-de-Luchon. Fora a sede de um bispado até a Revolução e possuía uma catedral que era visitada por uma certa quantidade de turistas. Na primavera de 1883, um inglês chegou a esse lugar do mundo antigo — chamá-lo de cidade talvez fosse atribuir-lhe uma excessiva dignidade, pois seus habitantes não chegam a mil. Ele era um homem de Cambridge, que viera especialmente de Toulouse para ver a igreja de São Beltrão e deixara dois amigos, arqueólogos menos apaixonados do que ele, em seu hotel em Toulouse, com a promessa de reunirem-se a ele na manhã seguinte. Meia hora na igreja *lhes* seria suficiente, e todos os três poderiam depois prosseguir sua jornada em direção a Auch. Mas nosso inglês viera cedo no dia em questão e propusera-se encher um caderno e usar dezenas de ilustrações para descrever e fotografar cada canto da maravilhosa igreja que domina a colina de Comminges. A fim de levar a termo seu desígnio de modo satisfatório, era necessário monopolizar o maceiro da igreja durante o dia todo. O maceiro ou sacristão (prefiro esta última denominação, por mais inexata que seja) foi, portanto, chamado pela senhora um tanto rude que administra a pousada do Chapeau Rouge; e quando veio, o inglês viu nele um objeto de estudo inesperadamente interessante. Não era na aparência pessoal do pequeno, seco, mirrado velho que residia o interesse, pois ele era exatamente igual a dúzias de outros guardiões de igreja da França, mas num ar curiosamente furtivo, ou antes de alguém enxotado e oprimido, que ele tinha. Lançava incessantes olhares de soslaio atrás de si; os músculos de suas costas e de seus ombros pareciam encurvar-se numa contração nervosa contínua, como se à espera de a qualquer momento ver-se nas garras de um inimigo. O inglês não conseguia decidir-se quanto a considerá-lo um homem acossado por uma ideia fixa, ou alguém oprimido por uma consciência culpada, ou um marido intoleravelmente repreendido. A avaliação das probabilidades certamente apontava para essa última; mas mesmo assim a impressão era mais a de um opressor terrível do que a de uma esposa rabugenta.

Contudo, o inglês (chamemo-lo Dennistoun) logo estava demasiado absorto com seu caderno e demasiado ocupado com sua câmera para dar mais do que uma ocasional olhada de relance para o sacristão. Toda vez que o olhava, encontrava-o perto, quer apertando-se contra a parede ou agachando-se em um dos imponentes sólios do coro. Dennistoun ficou um tanto impaciente após um tempo. Suspeitas várias de que estava impedindo o velho de fazer seu desjejum, de que poderia evadir-se com a croça de marfim de St. Bertrand ou com o crocodilo empalhado e empoeirado que pendia sobre a fonte começaram a incomodá-lo.

"Você não quer ir para casa?", disse ele por fim. "Posso muito bem terminar minhas anotações sozinho; você pode trancar-me aqui dentro, se quiser. Vou precisar de pelo menos duas horas mais aqui e acho que está frio para você, não?"

"Cruzes!", disse o homenzinho, a quem a sugestão pareceu lançar num estado de inexprimível terror, "nem por um momento pode-se pensar nisso. Deixar o *monsieur* sozinho na igreja? Não, não; duas horas, três horas, não fazem diferença para mim. Já fiz meu desjejum, não estou absolutamente com frio, muito obrigado, *monsieur.*"

"Muito bem, meu homenzinho", disse Dennistoun para si, "você já foi avisado e deve aceitar as consequências."

Antes que se expirassem as duas horas, o enorme órgão em ruínas, o anteparo do coro do bispo João de Mauléon, os vestígios de vidro e de tapeçaria e os objetos da câmara do tesouro haviam todos sido examinados com cuidado e detalhadamente; com o sacristão ainda aos calcanhares de Denninstoun e vez por outra a virar-se repentinamente cada vez que ouvia um dos estranhos ruídos que perturbam um amplo e vazio edifício como se sentisse uma estocada. Ruídos estranhos havia, por vezes.

"Eu poderia jurar", disse-me Dennistoun, "ter ouvido uma vez o som de um riso alto metálico na torre". Lancei um olhar interrogativo para meu sacristão. Seus lábios estavam brancos. "É ele – isto é –, não é ninguém; a porta está trancada", foi tudo que ele disse, e olhamos um para o outro durante um minuto inteiro.

Um outro pequeno incidente intrigou bastante Dennistoun. Ele estava examinando um grande quadro escuro pendurado atrás do altar, um de uma série que ilustra os milagres de São Beltrão. A composição do quadro é quase indecifrável, mas há uma legenda em latim abaixo, que diz o seguinte:

Qualiter S. Bertrandus liberavit hominem quem diabolus diu volebat strangulare (Como São Beltrão libertou um homem a quem o Diabo há muito tentava estrangular).

Dennistoun voltou-se para o sacristão com um sorriso e uma observação jocosa qualquer em seus lábios, mas ficou surpreso ao ver o velho de joelhos, olhando fixamente para o quadro com os olhos de um suplicante aflito, as

O *livro de recortes do cônego Alberic*

mãos postas muito apertadas e um dilúvio de lágrimas nas faces. Dennistoun instintivamente fingiu que nada notara, mas não conseguia deixar de fazer-se a pergunta: "Por que uma pintura grosseira assim afetaria tanto alguém?" Ele pareceu chegar a algum tipo de pista quanto ao motivo do estranho olhar que o intrigara o dia todo: o homem deve ser um monomaníaco; mas qual seria sua monomania?

Eram quase cinco horas; o curto dia estava findando, e a igreja começou a encher-se de sombras, enquanto os ruídos estranhos — os sons abafados de passos e as vozes falando à distância que haviam sido perceptíveis durante todo o dia — pareciam, sem dúvida em virtude da diminuição da luz e o consequente aguçamento da audição, tornar-se mais frequentes e insistentes.

O sacristão começou pela primeira vez a mostrar sinais de pressa e impaciência. Deu um suspiro de alívio quando a câmera e o caderno foram finalmente acondicionados e guardados e apressadamente acenou para Dennistoun em direção à porta da igreja, sob a torre. Era a hora de soar o Ângelus. Uns poucos puxões na corda relutante, e o grande sino bertrandense, no alto da torre, começou a falar e elevou sua voz cantante acima dos pinheiros, e por sobre os vales, alta como os riachos da montanha, chamando os habitantes daquelas colinas solitárias a recordar e repetir a saudação do anjo àquela a quem ele chamou de Abençoada dentre as mulheres. Com isso, um silêncio profundo pareceu cair pela primeira vez no dia sobre a pequena cidade, e Dennistoun e o sacristão saíram da igreja. Na soleira, iniciaram uma conversa. "*Monsieur* pareceu interessar-se pelos velhos livros do coro na sacristia."

"Sem dúvida. Eu estava para lhe perguntar se há uma biblioteca na cidade."

"Não, *monsieur*; talvez houvesse uma pertencente ao Cabido, mas é agora um lugar tão pequeno..." Aqui ocorreu o que pareceu uma estranha pausa de hesitação; então, com uma espécie de salto no escuro, ele continuou: "Mas se *monsieur é amateur des viex livres*, eu tenho em casa algo que poderia interessar-lhe. Não chega a cem jardas."

Imediatamente todos os acalentados sonhos de Dennistoun de encontrar inestimáveis manuscritos nos cantos inexplorados da França iluminaram-se, para morrer novamente no momento seguinte. Era provavelmente um simplório missal da impressão de Plantin, de cerca de 1580. Qual probabilidade havia de que um lugar tão próximo a Toulouse não fora vasculhado há muito tempo por colecionadores? Todavia, seria tolice não ir; ele provavelmente depois se censuraria para sempre por ter recusado o convite. E assim partiram. A caminho, a estranha hesitação e súbita determinação do sacristão ocorreu novamente a Dennistoun, e ele se perguntou, envergonhado, se estaria sendo atraído por um engodo até alguns arredores para ser morto como um inglês supostamente rico. Começou, portanto, a conversar com seu guia e trouxe à baila, de uma maneira bastante desajeitada, o fato de que aguardava

149

dois amigos para a manhã seguinte bem cedo. Para sua surpresa, a notícia pareceu aliviar o sacristão imediatamente de alguma aflição que o oprimia.

"Ótimo", disse ele vivamente — "muito, muito bom. *Monsieur* viajará na companhia de seus amigos; eles sempre estarão juntos de si. É muito bom viajar assim, em companhia — algumas vezes."

A última palavra pareceu ser acrescentada como uma reflexão tardia, e trazer consigo uma recaída no acabrunhamento do pobre homenzinho.

Logo chegaram a casa, que era um pouco maior do que as vizinhas, feita de pedra, com um brasão gravado sobre a porta, o brasão de Alberic de Mauléon, um descendente colateral, segundo me informou Dennistoun, do bispo João de Mauléon. Esse Alberic fora um cônego de Comminges de 1680 a 1710. As janelas superiores da mansão estavam fechadas com tábuas, e o lugar todo portava, como tudo o mais em Comminges, o aspecto de velhice decadente. Chegando à soleira, o sacristão deteve-se por um instante.

"Talvez," disse ele, "talvez, afinal, *monsieur* não tenha tempo?"

"Absolutamente — muito tempo — nada a fazer até amanhã. Vejamos o que você tem aí."

A porta abriu neste instante, e um rosto apareceu, um rosto muito mais jovem do que o do sacristão, mas a mostrar a mesma fisionomia angustiada; mas aqui parecia ser a marca, não tanto do receio pela segurança pessoal quanto de grande preocupação por outrem. A possuidora do rosto era claramente filha do sacristão; e, salvo pela expressão que descrevi, era uma moça bastante bonita. Sua fisionomia iluminou-se consideravelmente ao ver seu pai acompanhado de um estranho saudável. Pai e filha trocaram algumas observações, das quais Denninstoun captou apenas estas palavras, ditas pelo sacristão: "Ele estava rindo na igreja", palavras que foram respondidas apenas por um olhar de terror da moça.

Mas logo eles estavam na sala de estar da casa, um aposento pequeno e de pé-direito alto, com piso de pedra, cheio de sombras moventes, lançadas pelas toras ardentes que tremulavam numa grande lareira. Um crucifixo alto, que quase alcançava o teto, num dos lados, dava-lhe um certo toque de oratório; a imagem estava pintada em cores naturais, a cruz era negra. Sob esta, havia uma cômoda um tanto antiga e maciça, e quando se trouxe um candeeiro e se colocaram as cadeiras, o sacristão foi até essa cômoda e dela tirou, com crescente excitação e nervosismo, segundo pareceu a Dennistoun, um livro grande, embrulhado num pano branco, no qual com linha vermelha estava bordada toscamente uma cruz. Mesmo antes de removido o pano, Dennistoun começou a interessar-se pelo tamanho e pela forma do volume. "Muito grande para um missal", pensou ele, "e não tem a forma de um antifonário; talvez seja algo bom, afinal." No momento seguinte, o livro estava aberto, e Dennistoun sentiu que conseguira por fim dar com algo excepcional. Diante dele estava um grande fólio, encadernado, talvez, em fins do século dezessete, com as armas do cônego Alberic de Mauléon estampados em ouro nos lados. Havia provavelmente umas cento e cinquenta folhas de papel no livro, e em quase todas estava presa uma folha de um manuscrito ornamentado. Dennistoun jamais sequer sonhara, mesmo em seus sonhos mais delirantes, em deparar-se com uma tal coleção. Ali estavam dez folhas de uma cópia do Gênese, ilustradas com imagens, que não podiam ser posteriores a 700 d.C. Além disso, havia um conjunto completo de imagens de um Saltério, de origem inglesa, da espécie mais refinada que o século treze poderia produzir; e, talvez o melhor de tudo, havia vinte folhas de escrita uncial em latim, as quais, como umas poucas palavras vistas aqui e lá lhe disseram imediatamente, deviam pertencer a algum tratado patrístico desconhecido muito antigo. Seriam um fragmento da cópia do *Sobre as palavras do Senhor*, de Papias, a qual, sabe-se, teria existido até o século doze em Nîmes?[1] De qualquer modo, ele já se decidira: aquele livro devia voltar para Cambridge com ele, ainda que precisasse sacar o total de seu dinheiro do banco e ficar em Saint Bertrand até que o dinheiro chegasse. Ele olhou para o sacristão para ver se seu rosto mostrava algum sinal de que o livro estava à venda. O sacristão estava pálido e seus lábios contraídos.

"Se *monsieur* olhar o fim", disse ele. Assim, *monsieur* folheou as páginas, nas quais encontrou sucessivos tesouros, e no fim do livro encontrou duas folhas de papel, de data muito mais recente do que as vistas até aquele momento, o que muito o intrigou. Elas devem ser contemporâneas, concluiu, ao inescrupuloso cônego Alberic, que sem dúvida saqueara a biblioteca do Cabido de Saint Bertrand para compor seu inestimável livro de recortes. Na primeira das folhas de papel estava um plano, cuidadosamente desenhado e imediatamente identificável por alguém que conhecesse o terreno, da nave sul e dos claustros de Saint Bertrand. Havia sinais estranhos que se assemelhavam a símbolos planetários e umas poucas palavras em hebraico, nos cantos; e no ângulo noroeste do claustro estava uma cruz desenhada com tinta dourada. Abaixo da planta havia algumas linhas de escrita em latim, que diziam o seguinte:

"*Responsa 12mi Dec. 1694. Interrogatum est: Inveniamne? Responsum est: Invenies. Fiamne dives? Fies. Vivamne invidendus? Vives. Moriarne in lecto meo? Itá*" (Respostas de 12 de dezembro, 1694. Foi perguntado: Eu o encontrarei? Resposta: Vós o encontrareis. Ficarei rico? Ficareis. Serei objeto de inveja? Sereis. Morrerei em minha cama? Morrereis.)

"Um bom espécime do registro do caçador de tesouro — lembra-me muito um do sr. Cônego Menor Quatremain na antiga igreja de Saint Paul", foi o comentário de Dennistoun, e virou a página.

---

1) Sabemos agora que essas folhas citadas contêm um fragmento considerável dessa obra, mas não possuímos cópia (N.A.).

O que ele então viu impressionou-o, como ele me disse repetidas vezes, mais do que imaginaria ser capaz qualquer desenho ou figura. E, embora o desenho que viu não mais exista, há uma fotografia dele (que eu possuo) que sustenta essa afirmação. A imagem em questão era um desenho em sépia do fim do século dezessete, representando, dir-se-ia a uma primeira vista, uma cena bíblica; pois a arquitetura (o desenho representava um interior) e as figuras possuíam aquele ar semiclássico que os artistas de duzentos anos atrás julgavam apropriado às ilustrações da Bíblia. À direita estava um rei em seu trono acima de uma escada de doze degraus, coberto por um baldaquino, leões em ambos os lados — evidentemente o rei Salomão. Ele estava inclinado para frente, com o cetro estendido, numa atitude de comando; seu rosto exprimia horror e repugnância; contudo, havia também nele a marca de vontade imperiosa e confiança em seu poder. A parte à esquerda do quadro era todavia a mais estranha. O interesse claramente centrava-se ali. No plano diante do trono estavam agrupados quatro soldados, cercando uma figura agachada que será logo descrita. Um quinto soldado jazia morto no chão, seu pescoço retorcido e os globos oculares saltando de sua cabeça. Os quatro guardas em volta estavam olhando para o rei. Em suas faces, o sentimento de horror era mais intenso; eles pareciam, na verdade, apenas paralisados pela confiança implícita em seu senhor. Todo esse terror era claramente provocado pelo ser agachado entre eles. Não tenho palavras para descrever a impressão que essa figura produz em qualquer pessoa que olhe para ela. Recordo-me de ter mostrado uma vez a fotografia do desenho a um estudioso de morfologia — uma pessoa, ia eu dizendo, de espírito excepcionalmente são e avesso a fantasias. Ele peremptoriamente recusou-se a ficar sozinho pelo resto daquela noite e contou-me depois que, durante muitas noites, não ousara apagar a luz antes de ir dormir. No entanto, os traços principais da figura posso ao menos indicar. A princípio, via-se somente uma massa de cabelos negros grossos e emaranhados, mas depois notava-se que eles cobriam um corpo de incrível magreza, quase um esqueleto, mas com os músculos a sobressaírem como arames. As mãos eram de uma palidez arenosa, cobertas, como o corpo, de pelos longos e grossos e horrendamente providas de garras. Os olhos, matizados de um amarelo chamejante, tinham pupilas de um negro intenso e estavam fixas no rei ao trono, com um olhar de ódio feroz. Imagine-se uma das horrendas aranhas caranguejeiras da América do Sul, traduzida para a forma humana e dotada de inteligência um pouco abaixo da humana, e ter-se-á uma fraca ideia do terror inspirado por essa efígie aterrorizadora. Uma observação comum é feita por aqueles a quem mostrei a imagem: "Foi desenhada do natural".

Assim que o primeiro choque desse susto diminuiu, Dennistoun lançou um olhar furtivo para seus anfitriões. As mãos do sacristão estavam apertadas contra seus olhos; sua filha, os olhos alçados para a cruz na parede, estava febrilmente rezando seu terço.

Por fim, perguntei: "Este livro está à venda?"

Houve a mesma hesitação, o mesmo salto de determinação que ele tivera anteriormente e então veio a resposta bem-vinda. "Se o *monsieur* o quiser."

"Quanto você pede por ele?"

"Aceitarei duzentos e cinquenta francos."

Era embaraçoso. Até mesmo a consciência de um colecionador é por vezes afetada, e a consciência de Dennistoun era mais forte do que a de um colecionador. "Meu bom homem!", disse ele repetidamente, "seu livro vale muito mais do que dois mil e quinhentos francos, asseguro-lhe. Muito mais."

Mas a resposta não mudou: "Aceitarei duzentos e cinquenta francos, não mais".

Não havia realmente nenhuma possibilidade de recusar uma oportunidade como aquela. O dinheiro foi pago, o recibo assinado, um copo de vinho bebido em honra à transação e então o sacristão pareceu transformar-se em outro homem. Endireitou o corpo, cessou de lançar aqueles olhares de suspeita atrás de si, na verdade riu ou tentou rir. Dennistoun levantou-se para partir.

"Terei a honra de acompanhar *monsieur* ao seu hotel?", disse o sacristão.

"Ah!, não, obrigado! São menos de cem jardas. Conheço muito bem o caminho e há luar."

A oferta foi repetida três ou quatro vezes e todas elas recusadas.

"Então, *monsieur* me chamará se — se precisar; caminhe pelo meio da estrada, pois as margens são muito irregulares."

"Certamente, certamente", disse Dennistoun, que estava impaciente para examinar seu troféu sozinho; e ele atravessou o corredor com o livro sob o braço.

Lá a filha do sacristão o esperava; ela, parecia, estava ansiosa para concretizar uma transação de sua própria iniciativa; talvez, como Gehazi, "levar mais algum" do estranho a quem seu pai poupara.

"Um crucifixo de prata e uma corrente para o pescoço; *monsieur* faria a gentileza de aceitá-los?"

Bem, na verdade, essas coisas não teriam muita serventia para Dennistoun. Quanto *mademoiselle* queria por elas?

"Nada, nada mesmo. *Monsieur* nada me deve por elas."

O tom com que isso e muito mais foi dito era claramente sincero, e assim Dennistoun foi obrigado a exprimir seus agradecimentos e a pôr a corrente em volta de seu pescoço. Parecia que ele realmente prestara ao pai e à filha algum favor que eles mal sabiam como recompensar. Enquanto ele partia com seu livro, eles ficaram à porta, cuidando dele e ainda estavam olhando quando ele acenou-lhes em despedida, nos degraus do Chapeau Rouge.

O jantar havia terminado, e Dennistoun estava em seu quarto, fechado sozinho com sua aquisição. A senhoria manifestara um especial interesse nele desde que ele lhe dissera ter visitado o sacristão e comprado dele um livro antigo. Ele julgou também ter ouvido um diálogo apressado entre ela e o dito sacristão no corredor fora da *salle à manger*, algumas palavras, seguidas por "Pierre e Bertrand dormiriam na casa", que encerrara a conversa.

Todo esse tempo, uma sensação crescente de desconforto estivera tomando conta dele — reação nervosa, talvez, após o prazer de sua descoberta. Fosse como fosse, resultou numa convicção de que havia alguém atrás dele e de que ele estava muito mais confortável com suas costas voltadas para a parede. Tudo isso, é claro, pesava pouco na balança, em vista do valor da coleção que ele adquirira. E agora, como eu disse, ele estava a sós em seu quarto, avaliando os tesouros do cônego Alberic, nos quais cada momento revelava algo mais encantador.

"Bendito cônego Alberic!", disse Dennistoun, que tinha um hábito inveterado de falar consigo mesmo. "Onde estará ele agora? Meu Deus! Eu gostaria que a senhoria aprendesse a rir de um modo mais agradável; ela faz sentir como se houvesse alguém morto na casa. Meia cachimbada mais, você diz? Acho que talvez você tenha razão. Que crucifixo é aquele que a jovem insistiu em me dar? Do século passado, imagino. Sim, provavelmente. É uma maçada tê-lo em volta do pescoço — pesado demais. É provável que seu pai o usou durante anos. Acho que poderia limpá-lo um pouco antes de tirá-lo."

Ele tirara o crucifixo e o pusera sobre a mesa, quando sua atenção foi atraída por um objeto que estava sobre o pano vermelho, perto de seu cotovelo esquerdo. Duas ou três ideias sobre o que ele poderia ser perpassaram sua cabeça com uma rapidez incalculável e singular.

"Um mata-borrão? Não, não nesta casa. Um rato? Não, preto demais. Uma aranha grande? Deus queira que não — não. Deus meu! Uma mão como a daquele desenho!"

Num outro átimo, ele o entendeu. Pele pálida, arenosa, a cobrir nada senão ossos e tendões de uma força espantosa; pelos negros e ásperos, mais longos do que os que jamais cobriram uma mão humana; unhas que avançavam das pontas dos dedos e curvavam-se em ângulo agudo para baixo e para frente, cinzentas, córneas e rugosas.

Ele pulou da cadeira com um terror mortal, inconcebível, a apertar seu coração. A forma, cuja mão esquerda jazia sobre a mesa, estava elevando-se a uma postura ereta atrás de seu assento, os cabelos ásperos cobriam-na, como no desenho. A mandíbula era fina — como diria eu? — rasa, como a de uma fera; os dentes mostravam-se atrás dos lábios negros; não havia nariz; os olhos, de um amarelo flamejante, contra os quais as pupilas eram negras e intensas, e o ódio exultante e a sede para destruir a vida que lá brilhava, eram os traços mais aterradores de toda a visão. Havia uma espécie de inteligência neles — inteligência para além da que possui uma fera e abaixo da que possui um homem.

O livro de recortes do cônego Alberic

Os sentimentos que esse horror incitou em Dennistoun eram os do mais intenso medo físico e da mais profunda repugnância mental. O que ele fez? O que podia fazer? Ele nunca soube muito bem que palavras proferiu, mas sabe que falou, que agarrou cegamente o crucifixo de prata, que estava consciente de um movimento em sua direção da parte do demônio, e de que gritou com a voz de um animal em agonia medonha.

Pierre e Bertrand, os dois pequenos criados vigorosos, que acorreram, nada viram, mas sentiram-se empurrados por algo que passava entre ambos, e encontraram Dennistoun desfalecido. Velaram-no naquela noite, e seus dois amigos chegaram a São Beltrão por volta das nove horas na manhã seguinte. Ele próprio, embora ainda trêmulo e nervoso, já estava quase restabelecido àquela hora, e sua história mereceu o crédito deles, embora não antes que vissem o desenho e falassem com o sacristão.

Quase ao amanhecer, o homenzinho viera à hospedaria sob um pretexto e ouvira com o mais profundo interesse a história contada com detalhes pela senhoria. Ele não mostrou surpresa.

"É ele... é ele! Eu também já o vi", foi seu único comentário; e a todas as perguntas respondeu apenas: "*Deux fois je l'ai vu; mille fois je l'ai senti*". Ele não quis lhes contar qual a origem do livro, nem quaisquer detalhes de suas experiências. "Logo dormirei, e meu repouso será agradável. Por que vocês me perturbariam?", disse ele.[2]

Nunca saberemos o que ele ou o cônego Alberic de Mauléon passaram. No verso daquele desenho sinistro haviam algumas linhas manuscritas que podem lançar alguma luz sobre o caso:

> "*Contradictio Salomonis cum demonio nocturno.*
> *Albericus de Mauleone delineavit.*
> *V. Deus in adiutorium. PS. Qui habitat.*
> *Sancte Bertrande, demoniorum effugator, intercede pro me miserrimo.*
> *Primo uidi nocte 12ᵐⁱ Dec. 1694:*
> *uidebo mox ultimum. Peccaui et passus*
> *sum, plura adhuc passurus. Dec. 29, 1701".*[3]

2) Ele morreu naquele verão; sua filha casou-se e estabeleceu-se em São Papoul. Ela jamais entendeu as circunstâncias da "obsessão" do seu pai (N.A.).

3) "A Luta de Salomão com um demônio da noite. Desenhada por Alberic de Mauléon. Versículo. Oh, Senhor, apresse-se em meu auxílio. Salmo. 'Quem quer que habite' [xci].
São Beltrão, que combateu aos demônios voadores, reza por mim, o maior dos infelizes. Eu o vi pela primeira vez na noite de 12 de dezembro de 1694; logo o verei de novo pela última vez. Pequei, sofri e ainda tenho de sofrer mais. 29 de dezembro de 1701."
O "*Gallia Christiana*" dá como data do falecimento do Cônego a data de 31 de dezembro de 1701, "na cama, de um ataque súbito". Detalhes dessa espécie não são comuns na grande obra de Sammarthani (N.A.).

Nunca compreendi inteiramente como Dennistoun vivenciou os fatos que narrei. Uma vez citou um trecho de Eclesiastes: "Alguns espíritos foram criados para a vingança, e, em sua fúria provocam as chagas e os golpes". Em outra ocasião falou: "Isaias foi um homem muito sensível; nunca disse nada sobre espíritos noturnos nas ruínas da Babilônia. Estas coisas estão fora de nosso entendimento".

Fiquei impressionado também com outra de suas confidências e senti pena dele. No ano passado estivemos em Comminges e fizemos uma visita ao túmulo do Cônego Alberic. É grande, feito de mármore, com a efígie do Cônego com uma grande peruca e manto clerical, e um elaborado elogio à sua sabedoria. Vi Dennistoun conversando com o vigário de São Beltrão e ao partirmos disse-me: "Espero não estar enganado, pois, como sabes, sou presbiteriano, mas penso que eles rezam missa e cantam lamentações pelo descanso da alma de Alberic de Mauléon", acrescentando, no tom do norte da Inglaterra, "mas parece que não o apreciam de verdade".

O livro acha-se na Coleção Wentworth, da Universidade de Cambridge. A gravura foi queimada por Dennistoun no dia em que partiu de Comminges por ocasião da sua primeira visita.

O LADRÃO DE CORPOS

Robert Louis Stevenson

O ano todo, todas as noites, nós quatro nos sentávamos na pequena sala do *George* em Debenham — o agente funerário, o proprietário, Fettes e eu. Às vezes havia outros mais; mas ventasse muito ou pouco, chovesse, nevasse ou geasse, cada um de nós quatro estaria plantado em sua devida poltrona. Fettes era um velho escocês bêbado, um homem visivelmente instruído e possuidor de alguns bens, uma vez que vivia no ócio. Ele viera para Debenham anos antes, ainda jovem, e, pela simples continuidade de sua existência, tornara-se um concidadão adotado. Sua capa de chamalote azul constituía uma antiguidade local, como a agulha da torre da igreja. Seu lugar na sala do *George*, sua ausência na igreja, seus velhos, ignominiosos vícios de embriaguez eram todos coisas sabidas em Debenham. Ele possuía algumas opiniões vagamente radicais e algumas infidelidades passageiras, as quais vez por outra expressava e enfatizava com pancadas titubeantes na mesa. Bebia rum — cinco copos regularmente toda noite; e durante a maior parte da sua visita noturna ao *George* sentava-se com seu copo na mão direita, em um estado de melancólica saturação alcoólica. Nós o chamávamos de Doutor, pois ele supostamente possuía algum conhecimento especial de medicina e sabia-se que, sob pressão, poderia consertar uma fratura ou um deslocamento; mas, além desses pequenos casos, não tínhamos conhecimento de seu caráter nem de seus antecedentes.

Numa noite escura de inverno — soara as nove um pouco antes de vir juntar-se a nós o proprietário —, havia um homem doente no *George*, um ilustre proprietário das vizinhanças subitamente tomado de apoplexia a caminho do Parlamento, e chamara-se por telegrama ao ilustríssimo doutor do ilustre proprietário. Era a primeira vez que tal coisa acontecera em Debenham, pois a estrada de ferro fora inaugurada havia pouco tempo, e nossa curiosidade pelo acontecimento aumentou na mesma proporção.

"Ele chegou", disse o senhorio, após ter enchido e acendido seu cachimbo.

"Ele?", disse eu. "Quem, o doutor?"

"Ele mesmo", respondeu nosso anfitrião.

"Como ele se chama?"

"Doutor Macfarlane", disse o senhorio.

Fettes já estava bem adiantado em seu terceiro tombo, totalmente embriagado, ora cabeceando de sono, ora olhando a sua volta em estupor; mas àquela última palavra pareceu acordar e repetiu o nome "Macfarlane" duas vezes, em voz baixa na primeira, mas com súbita emoção na segunda.

"Sim", disse o senhorio, "é esse seu nome, Doutor Wolfe Macfarlane."

Fettes ficou imediatamente sóbrio: seus olhos brilharam, sua voz tornou-se clara, alta e firme, sua articulação, enérgica e determinada. Ficamos todos surpresos diante da transformação, como se alguém tivesse retornado do mundo dos mortos.

"Perdoem-me", disse ele, "acho que não estava prestando muita atenção a sua conversa. Quem é esse Wolfe Macfarlane?". E então, quando ouviu o senhorio dizê-lo: "Não pode ser, não pode ser", acrescentou; "mas mesmo assim gostaria muito de encontrá-lo cara a cara".

"Você o conhece, Doutor?", perguntou o agente funerário, boquiaberto.

"Deus me livre, não!", foi a resposta. "E, no entanto, o nome é estranho; dificilmente imaginaríamos dois. Diga-me, senhorio, ele é velho?"

"Bem", disse o anfitrião, "não é jovem, com certeza, e seus cabelos estão brancos; mas ele parece mais jovem do que você".

"No entanto, ele é mais velho; anos mais velho. Mas", com um tapa na mesa, "é o rum que você vê em meu rosto — rum e pecado. Talvez esse homem tenha uma consciência tranquila e um bom aparelho digestivo. Consciência! Ouçam. Vocês não imaginariam que fui um bom, velho, decente cristão, não é? Mas não, eu não; eu jamais choraminguei. Voltaire poderia ter choramingado, se estivesse em meu lugar; mas o cérebro" — com um piparote em sua careca — "os miolos estavam limpos e ativos, e eu não vi nem fiz deduções".

"Se você conhece esse doutor", aventurei-me a observar, após alguns minutos de certa estupefação, "imagino que não partilhe da mesma boa opinião do senhorio".

Fettes não me deu atenção.

"Sim", ele disse, com uma determinação súbita, "preciso olhá-lo cara a cara."

Houve mais uma pausa e então se ouviu fechar uma porta com estrépito no primeiro andar, e depois um passo na escada.

"É o doutor", exclamou o senhorio. "Fique atento, e você poderá alcançá-lo."

Eram apenas dois passos da pequena sala à porta da velha taverna George; a ampla escadaria de carvalho descia até quase a rua; havia espaço para um tapete turco e nada mais entre a soleira e o último lance da escada; mas esse pequeno espaço ficava toda noite fortemente iluminado, não apenas pela luz sobre a escada e pela grande lanterna abaixo do letreiro, mas também pela radiância acolhedora da janela do bar. Assim anunciava-se o *George* radiantemente aos passantes da rua fria. Fettes caminhou resolutamente para aquele ponto e nós, que ficamos atrás, inclinados, observamos os dois homens se encontrarem, nas palavras de um deles, cara a cara. O Dr. Macfarlane era ágil e vigoroso. Seus cabelos brancos destacavam sua fisionomia pálida e plácida, embora enérgica. Estava ricamente vestido com a mais fina das casimiras e o mais branco dos linhos, com uma grande corrente de ouro de relógio e abotoaduras e óculos do mesmo metal precioso. Usava uma gravata larga em grande laço, branca, salpicada de lilás, e carregava no braço uma confortável capa de viagem de pele. Ele indubitavelmente abrira caminho ao longo dos anos imerso — e nela respirava — na riqueza e respeitabilidade; e era um contraste surpreendente ver nosso companheiro beberrão — careca, sujo, espinhento e envolto em sua velha capa de chamalote — defrontar-se com ele ao pé da escadaria.

"Macfarlane!", disse ele em voz um pouco alta, mais à maneira de um arauto do que a de um amigo.

O ilustre doutor deteve-se abruptamente no quarto degrau, como se a informalidade do tom surpreendesse e chocasse de algum modo sua dignidade.

"Toddy Macfarlane!", repetiu Fettes.

O londrino quase vacilou. Encarou por uma fração de segundo o homem diante de si, olhou para trás como que temeroso, e então, com um sussurro assustado, "Fettes!", disse ele, "você!".

"Sim", disse o outro, "eu! Pensou que eu também estivesse morto? Não nos livramos tão facilmente de nossos conhecidos".

"Fale baixo, fale baixo!", exclamou o doutor. "Fale baixo, fale baixo! Este encontro é tão inesperado... Vejo que você está abatido. De início, mal o reconheci, confesso; mas estou muito feliz... muito feliz em ter esta oportunidade. No momento, não há tempo senão para um breve cumprimento, pois minha carruagem de aluguel está esperando e não posso perder o trem; mas você pode — deixe-me ver — sim, você pode me dar seu endereço e esteja certo de que lhe mandarei notícias. Devemos fazer algo por você, Fettes. Parece que você está mal de vida; mas veremos o que é possível fazer, em nome dos velhos tempos, como cantávamos nas ceias."

"Dinheiro!", exclamou Fettes; "Dinheiro de você! O dinheiro que me deu está aonde o atirei, na lama".

O Dr. Macfarlane expressara-se com alguma superioridade e confiança, mas a energia incomum dessa recusa lançou-o novamente na sua confusão anterior.

Um olhar horrível, feio, emergiu e se apagou de sua fisionomia quase venerável. "Meu caro", disse ele, "faça como quiser; a última coisa que desejo é ofendê-lo. Não é de meu feitio intrometer-me na vida de ninguém. Deixo-lhe meu endereço, mesmo assim..."

"Não o quero. Não quero saber que teto o abriga", interrompeu-o o outro. "Ouvi seu nome; temia que fosse você; queria saber se, afinal, existe um Deus; sei agora que não existe nenhum. Vá embora!"

Ele ainda permaneceu no meio do tapete, entre a escada e a soleira; e o grande médico londrino, para fugir, teria de dar um passo para o lado. Era visível sua hesitação diante da ideia dessa humilhação. Não obstante sua palidez, havia um certo brilho perigoso em seus óculos; mas, enquanto ainda imóvel, hesitante, apercebeu-se de que o cocheiro de sua carruagem observava atentamente da rua aquela cena inusitada e ao mesmo tempo, num relance, do nosso pequeno grupo na sala, amontoado no canto do balaústre. A presença de tantas testemunhas convenceu-o imediatamente a escapar. Ele encolheu-se, encostando-se no lambril, e deu um salto, como uma serpente, arremetendo-se para a porta. Mas sua tribulação ainda não chegara a termo, pois exatamente quando ele passava Fettes agarrou-o pelo braço e disse estas palavras num sussurro, porém dolorosamente claras, "Você o viu novamente?"

O ilustre doutor londrino deu um grito agudo, sufocado; empurrou seu oponente para o espaço livre e, com as mãos na cabeça, voou pela porta como um ladrão pego em flagrante. Antes que a algum de nós ocorresse fazer um movimento, a carruagem já sacolejava em direção à estação. A cena passou como um sonho, mas o sonho deixara provas e vestígios de sua passagem. No dia seguinte, o criado encontrou os óculos de ouro quebrados na soleira e naquela mesma noite nos postamos, a respiração em suspenso, ao lado da janela do bar, Fettes ao nosso lado, sóbrio, pálido e com um olhar decidido.

"Deus nos guarde, sr. Fettes!", disse o senhorio, o primeiro a recobrar seu juízo normal. "O que, por todos os santos, foi aquilo? Aquelas coisas estranhas que você disse?"

Fettes virou-se para nós; olhou sucessivamente para o rosto de cada um de nós. "Cuidado com a língua", disse ele. "Aquele homem, Macfarlane, é perigoso contrariá-lo; aqueles que já o fizeram arrependeram-se tarde demais."

E então, terminando quando muito seu terceiro copo, e sequer esperando os outros dois, despediu-se de nós e mergulhou, sob a lanterna do hotel, na noite escura.

Nós três voltamos para nossos lugares na sala, com a grande lareira acesa e quatro candeeiros acesos; e, à medida que recapitulávamos o ocorrido, o fogo de nosso espanto, arrefecido pelo balde d'água fria, logo reavivou-se, incandescente, em curiosidade. Ficamos até tarde; foi a sessão mais longa, segundo sei, no velho *George*. Cada um, antes de nos despedirmos, tinha uma teoria e estava determinado a prová-la; e nenhum de nós tinha nada mais urgente a fazer neste mundo do que seguir os rastros do passado de nosso companheiro silenciado e descobrir o segredo que ele partilhava com o ilustre doutor londrino. Não é uma grande glória, mas

O ladrão de corpos

acredito que minhas chances em desenterrar uma história eram melhores do que as de quaisquer outros de meus companheiros do *George*; e talvez não reste agora mais ninguém vivo para lhes narrar os eventos sórdidos e extraordinários que se seguem.

Em sua juventude, Fettes estudara medicina nas escolas de Edimburgo. Possuía um talento medíocre, o talento que apanha rapidamente o que ouve e prontamente o costura a seu próprio modo. Trabalhava pouco em casa; mas, era educado, atento, e inteligente na presença de seus mestres. Eles logo o distinguiram como um rapaz que ouvia atentamente e tinha uma boa memória; mais do que isso, estranho que me parecesse quando o ouvi pela primeira vez, naqueles dias ele se beneficiava de uma aparência muito agradável. Havia, àquela época, um certo professor extramuros de anatomia, que aqui denominarei pela letra K. Seu nome tornou-se posteriormente muito conhecido. O homem que o portava transitou sob disfarce pelas ruas de Edimburgo enquanto a turba que aplaudia a execução de Burke clamava ruidosamente pelo sangue de seu empregador. Mas o sr. K. estava então no auge de sua fama; desfrutava de uma popularidade devida em parte a seu próprio talento e habilidade, em parte devido à inépcia de seu rival, o professor da universidade. Os estudantes, pelo menos, o admiravam, e Fettes acreditava — assim como os outros — que assentaria as bases do sucesso quando angariasse o favor desse homem de fama meteórica. O sr. K. era um *bon vivant* tanto quanto um professor talentoso; não tinha menos apreço por uma insinuação astuta do que por um raciocínio rigoroso. Tanto por esta como por aquela habilidade Fettes desfrutava de sua atenção — e a merecia —, e por volta do segundo ano de seu curso ocupava a posição semioficial de segundo demonstrador ou subassistente em suas aulas.

A esse título, o encargo do auditório e sala de conferências recaía particularmente sobre seus ombros. Era responsável pela limpeza dos recintos e pela conduta dos outros estudantes, e constituía parte de seus deveres providenciar, receber e distribuir os vários cadáveres. Em virtude desta última obrigação — àquela época muito delicada —, o sr. K. o alojara no mesmo beco e, por fim, no próprio edifício das salas de dissecção. Ali, após uma noite de prazeres turbulentos, a mão ainda vacilante, a visão ainda enevoada e confusa, ele seria tirado da cama nas horas sombrias antes da aurora invernal pelos sujos e brutais intrusos que supriam a mesa. Ele abriria a porta a esses homens, desde então mal-afamados em toda a região. Ele os ajudaria com sua trágica carga, pagar-lhes-ia seu sórdido preço e ficaria a sós, após sua partida, com os repugnantes restos da humanidade. De tal cenário ele retornaria para roubar uma hora ou duas de cochilo, recuperar-se dos abusos da noitada e preparar-se para os labores do dia.

Poucos rapazes poderiam ter sido mais insensíveis às impressões de uma vida assim, passada entre as insígnias da mortalidade. Seu espírito estava fechado a todas as considerações gerais. Era incapaz de ter interesse no destino e nos percalços de

161

outrem, escravo de seus próprios desejos e ambições ignominiosas. Frio, despreocupado e egoísta até o último grau, ele possuía aquela pequena parcela de prudência, alcunhada de moralidade, que afasta um homem da embriaguez inconveniente ou do roubo passível de punição. Além disso, ele ambicionava um certo respeito de seus mestres e condiscípulos e não tinha nenhum desejo de fracassar de modo conspícuo nos aspectos exteriores da vida. Desse modo, encontrou prazer em adquirir alguma distinção em seus estudos e dia após dia prestava irrepreensíveis serviços visíveis a seu empregador, o sr. K. Por seu dia de trabalho, ele recompensava-se com noites de prazer ruidoso e vil; e quando esse equilíbrio era atingido, o órgão que ele chamava de sua consciência declarava-se satisfeito.

O suprimento de cadáveres constituía um problema constante para ele, assim como para seu mestre. Naquela sala de aula grande e buliçosa, a matéria-prima dos anatomistas estava sempre em falta; e o trabalho assim requerido não era de todo desagradável em si, mas ameaçava acarretar consequências perigosas para todos os envolvidos. O sr. K. adotava a política de nunca lhe fazer perguntas sobre seus procedimentos naquele negócio. "Eles trazem o traste e nós pagamos o preço", costumava dizer, demorando-se na aliteração — *quid pro quo*. E, novamente e de uma forma um tanto profana, "Não faça perguntas", dizia a seus assistentes, "a bem da consciência". Não se cogitava que os cadáveres fossem fornecidos pelo crime de assassinato. Houvesse essa ideia sido aventada explicitamente a ele, teria se encolhido de horror; mas a leveza de seu discurso sobre uma questão tão grave era, em si, uma ofensa às boas maneiras e uma tentação para os homens com os quais lidava. Fettes, por exemplo, muitas vezes observava secretamente o singular frescor dos cadáveres. Repetidas vezes haviam-lhe causado forte impressão os rostos abjetos, abomináveis, dos rufiões que lhe chegavam antes do amanhecer; e ele, ponderando tudo muito bem intimamente, talvez atribuísse um significado demasiado imoral e categórico às opiniões levianas de seu mestre. Em suma, dividia seu dever em três partes: receber o que lhe era trazido, pagar seu preço e fazer vista grossa a quaisquer indícios de crime.

Numa manhã de novembro, essa política do silêncio foi decididamente posta à prova. Ele ficara acordado a noite toda, com uma torturante dor-de-dente — andando em seu quarto como uma fera enjaulada ou atirando-se furioso em sua cama — e caíra por fim naquele profundo, irrequieto estado de dormência que muito frequentemente se segue a uma noite de dor, quando foi acordado pela terceira ou quarta repetição enraivecida do sinal combinado. A luz do luar era tênue, mas clara; fazia um frio cortante, ventava e geava; a cidade ainda não acordara, mas uma vaga agitação já prenunciava os ruídos e a azáfama do dia. As figuras infames haviam chegado mais tarde do que o costume e pareciam mais ansiosas por partir do que habitualmente. Fettes, zonzo de sono, iluminou seu caminho até a sala superior. Ouviu seus resmungos irlandeses como que através de um sonho; e, quando

O ladrão de corpos

despejaram do saco sua deplorável mercadoria, ele se inclinou sonolentamente, o ombro apoiado na parede; precisou sacudir-se para encontrar o dinheiro e pagar-lhes. Quando o fez, seus olhos pousaram no rosto inerte. Assustou-se; deu dois passos mais perto, com o candeeiro levantado.

"Deus Todo-Poderoso!", gritou. "É Jane Galbraith!"

Os homens nada responderam, mas esgueiraram-se para mais perto da porta.

"Eu a conheço, estou dizendo", continuou, "estava viva e bem disposta ontem. É impossível que esteja morta; é impossível que vocês tenham conseguido esse corpo de forma honesta".

"Garanto, senhor, que está completamente errado", disse um dos homens.

Mas o outro olhou sombriamente Fettes nos olhos e exigiu o dinheiro imediatamente.

Era impossível ignorar a ameaça ou exagerar o perigo. O ânimo do rapaz cedeu. Balbuciou algumas desculpas, contou o dinheiro e olhou seus odiosos visitantes partirem. Tão logo o fizeram ele correu a confirmar suas dúvidas. Por uma dezena de marcas inquestionáveis identificou a moça a quem dirigira gracejos no dia anterior. Viu, horrorizado, marcas em seu corpo que poderiam muito bem ser produto de violência. Em pânico, refugiou-se em seu quarto. Lá, refletiu longamente sobre a descoberta; ponderou sobriamente o teor das instruções do sr. K. e o perigo que correria ao intrometer-se em um negócio assim tão sério e, por fim, perplexo e aflito, decidiu aguardar a opinião de seu superior imediato, o assistente de classe.

Este era um jovem doutor, Wolfe Macfarlane, um predileto dentre todos os irrequietos estudantes, extremamente esperto, corrupto e inescrupuloso. Havia viajado e estudado no exterior. Seus modos eram agradáveis e um tanto petulantes. Era entendido em teatro, habilidoso no gelo ou no gramado com patins ou bastão de críquete; vestia-se com elegante ousadia e, como o toque final a coroar sua glória, possuía um trole e um vigoroso cavalo trotador. Entre ele e Fettes havia uma relação de intimidade; na verdade, suas posições correspondentes exigiam algum companheirismo, e quando os cadáveres escasseavam o par se dirigia até bem longe no campo, no trole de Macfarlane, visitava e violava algum cemitério afastado e retornava antes do pôr-do-sol com seu butim à porta da sala de dissecção.

Naquela manhã em particular, Macfarlane chegou um pouco mais cedo do que de costume. Fettes ouviu-o e foi ao seu encontro na escadaria, contou-lhe sua história e mostrou-lhe o motivo de seu alarme. Macfarlane examinou as marcas do corpo.

"Sim", disse ele com um aceno, "parece suspeito."

"Então, o que devo fazer?", perguntou Fettes.

"Fazer?", perguntou o outro. "Você quer fazer alguma coisa? Todo silêncio é pouco, diria eu."

163

"Alguém mais poderia reconhecê-la", objetou Fettes. "Ela era bem conhecida."

"Vamos torcer para que isso não aconteça", disse Macfarlane, "e se isso acontecer — bem, você não viu, não é? E pronto. O fato é que isso foi longe demais. Revolva a lama e porá K. em um problema danado; você mesmo vai se ver em meio a um escândalo. E eu também, se isso lhe acontecer. Eu gostaria de saber como ficaríamos, cada um de nós, ou o que iríamos dizer em nossa defesa em qualquer banco de testemunha. De minha parte, você sabe que tenho só uma certeza: que virtualmente todos os nossos cadáveres foram assassinados."

"Macfarlane!", exclamou Fettes.

"Ora, vamos!", disse com desprezo o outro. "Como se você já não tivesse suspeitado disso!"

"Suspeitar é uma coisa..."

"E provar é outra. Sim, eu sei; e estou tão consternado quanto você por isso ter acontecido aqui", cutucando o corpo com sua bengala. "A melhor coisa a fazer é não reconhecê-lo; e", acrescentou friamente, "eu não o reconheço. Se você quiser, faça-o; e, posso acrescentar, imagino que é isso que K. esperaria de nossa parte. A pergunta é: por que ele nos escolheu para seus assistentes? Respondo: porque ele não queria velhas comadres faladeiras."

Foi esse tom, dentre todos os outros, que abalou o espírito de um rapaz como Fettes. Ele concordou em imitar Macfarlane. O corpo da infeliz jovem foi devidamente dissecado e ninguém disse ou pareceu reconhecê-la.

Uma tarde, quando as horas de trabalho haviam se encerrado, Fettes passou por uma taverna popular e encontrou Macfarlane sentado com um estranho. Era um homem pequeno, muito pálido e moreno, com olhos de azeviche. O talhe de suas feições prometia inteligência e refinamento, os quais pouco se cumpriam em suas maneiras, pois, a uma proximidade maior, Fettes verificou ser ele rude, vulgar e tolo. Ele exercia, todavia, um controle extraordinário sobre Macfarlane; dava-lhe ordens como o Grande Samurai; exaltava-se à mais insignificante discussão ou atraso e comentava grosseiramente a servilidade com a qual era obedecido. Essa pessoa extremamente repulsiva tomou-se imediatamente de simpatia por Fettes, saturou-o de bebidas e distinguiu-o com confidências singulares sobre sua carreira passada. Se uma décima parte do que confessava fosse verdade, tratava-se de um velhaco extremamente repugnante, e a vaidade do rapaz foi deliciosamente lisonjeada pela atenção de um homem tão experiente.

"Eu sou um mau sujeito, mesmo", observava o estranho, "mas Macfarlane é o tal — Toddy Macfarlane é como o chamo. Toddy, peça um outro copo para seu amigo". Ou então, "Toddy, vá já fechar a porta". "Toddy me odeia", dizia ele novamente. "Oh!, sim, Toddy, você me odeia!"

"Não me chame de novo por esse maldito nome", resmungava Macfarlane.

O ladrão de corpos

"Ouça-o! Você já viu os jovens brincarem com facas? Ele gostaria de fazer aquilo no meu corpo todo", observava o estranho.

"Nós, médicos, fazemos melhor do que isso", dizia Fettes. "Quando não gostamos de um de nossos amigos mortos, nós o dissecamos."

Macfarlane levantou os olhos, repentinamente, como se esse gracejo lhe fosse estranho.

A tarde escoou-se. Gray, pois esse era o nome do estranho, convidou Fettes para acompanhá-los ao jantar, pediu um banquete tão suntuoso que provocou espanto na taverna e quando tudo terminou ordenou a Macfarlane que pagasse a conta. Era tarde quando se separaram; Gray estava totalmente bêbado. Macfarlane, a quem a fúria tornara sóbrio, ruminava a soma de dinheiro que fora forçado a desperdiçar e o desprezo que fora obrigado a engolir. Fettes, com os muitos tragos cantando na cabeça retornou a casa com passos vacilantes e um espírito totalmente em suspenso. No dia seguinte, Macfarlane não compareceu à aula, e Fettes sorriu intimamente, imaginando que ainda estivesse escoltando o intolerável Gray de taverna a taverna. Logo que soou a hora da liberdade, ele saiu à procura dos seus companheiros da noite anterior. Não os encontrou, todavia, em lugar algum; e então retornou cedo a seus aposentos, recolheu-se cedo e dormiu o sono dos justos.

Às quatro da madrugada, ele foi despertado pelo bem conhecido sinal. Ao descer até a porta, encheu-se de espanto ao encontrar Macfarlane com sua carruagem de aluguel e nesta um daqueles grandes e terríveis pacotes que ele conhecia tão bem.

"O quê?", exclamou. "Você saiu sozinho? Como conseguiu?"

Mas Macfarlane ordenou-lhe rudemente que se calasse e se pusesse a trabalhar. Depois de terem carregado o corpo para cima e colocado-o sobre a mesa, Macfarlane fez um movimento como se estivesse indo embora. Então se deteve e pareceu hesitar; e em seguida disse: "É melhor você dar uma olhada no rosto", num tom algo constrangido. "É melhor", repetiu, enquanto Fettes o encarava espantado.

"Mas onde, como e quando você o conseguiu?", exclamou o outro.

"Olhe o rosto", foi a única resposta.

As pernas de Fettes bambearam; estranhas dúvidas o assaltaram. Seus olhos foram do jovem doutor para o corpo e novamente para o doutor. Por fim, num impulso fez como o ordenado. O que viu não foi de todo inesperado, e contudo o choque foi tremendo. Ver, imóvel na rigidez da morte e despido naquele leito grosseiro de pano de saco o homem que ele deixara bem vestido e cheio de comida e de pecado à porta de uma taverna despertou, até mesmo no estouvado Fettes, alguns dos acicates da consciência. Era um *cras tibi* que ressoou em sua alma, que dois dos que ele conhecera acabassem deitados sobre aquelas mesas geladas. No entanto, esses pensamentos eram apenas secundários. Sua principal preocupação era com Wolfe. Despreparado para um desafio de tal monta, ele não sabia como encarar seu companheiro. Não ousava olhar em seus olhos, nem controlava suas palavras ou sua voz.

Foi o próprio Macfarlane quem fez o primeiro movimento. Aproximou-se silenciosamente de suas costas e colocou a mão — suave, mas firmemente — no ombro do outro.

"Richardson", disse ele, "pode ficar com a cabeça."

Ora, Richardson era um estudante que ansiara longamente por dissecar aquela parte do cadáver humano. Não houve resposta, e o assassino prosseguiu: "A propósito de negócios, você deve me pagar; suas contas, como sabe, devem ser exatas".

Fettes recompôs-se e disse, com uma voz que era apenas uma sombra da sua: "Pagar-lhe!", exclamou. "Pagar-lhe pelo quê?"

"Ora, é claro que você precisa fazê-lo. É claro, em toda prestação de contas é necessário", replicou o outro. "Não ouso dá-lo em troca de nada, você não ousaria recebê-lo em troca de nada; seria comprometedor para nós dois. Este caso é como o de Jane Galbraith. Quanto mais erradas as coisas, mais devemos agir como se estivesse tudo certo. Onde o velho K. guarda seu dinheiro?"

"Lá", respondeu Fettes asperamente, apontando para um guarda-louça no canto.

"Dê-me a chave, então", disse o outro, calmamente, estendendo a mão.

Houve um instante de hesitação, e a sorte foi lançada. Macfarlane não pôde reprimir um repelão nervoso, a marca infinitesimal de um enorme alívio, ao sentir a chave entre os dedos. Abriu o guarda-louça, tirou pena e tinta e um caderno que ficava em um compartimento e separou das reservas em uma gaveta uma soma adequada à transação.

"Agora, olhe aqui", disse ele, "este é o pagamento feito — primeira prova de sua boa-fé: primeiro passo para sua segurança. Você deve segurá-lo por um instante. Registre o pagamento em seu livro e então, no que lhe diz respeito, pode desafiar o diabo."

Os poucos segundos que se seguiram foram para Fettes uma agonia; mas ao ponderar seus terrores, venceram os mais imediatos. Qualquer dificuldade futura parecia quase bem-vinda se pudesse evitar uma briga atual com Macfarlane. Ele pousou a vela que estivera carregando todo o tempo e, com mão firme, deu entrada da data, natureza e montante da transação.

"E agora", disse Macfarlane, "é muito justo que você embolse o lucro. Eu já embolsei minha quota. A propósito, quando um homem experiente dá de cara com uma pouco de sorte, alguns *shillings* extras entram em seu bolso — constrange-me falar disso, mas há uma regra de conduta para esse caso. Não mencioná-lo, não comprar livros de estudo caros, não pagar velhas dívidas; tomar emprestado, não emprestar".

"Macfarlane", começou Fettes, ainda com certa aspereza, "pus uma corda em meu pescoço para lhe fazer um favor".

O ladrão de corpos

"Para me fazer um favor?", gritou Wolfe. "Ora, vamos! Você fez, no máximo, a meu ver, o que claramente tinha de fazer em defesa própria. Suponha-se que eu tivesse me metido em encrenca, como você ficaria? Este segundo pequeno detalhe decorre claramente do primeiro. O sr. Gray é a continuação da senhorita Galbraith. Você não pode começar e depois parar. Se você começa, deve continuar a começar; essa é a verdade. Não há descanso para os maus."

Uma horrível sensação de negrume e de traição do destino tomou conta da alma do infeliz estudante.

"Meu Deus!", gritou ele, "mas o que foi que fiz? E quando comecei? Tornar-me um assistente de classe — em nome da razão, o que há de errado nisso? A posição demandava o serviço; o serviço poderia tê-lo demandado. Teria *ele* estado onde *eu* estou agora?"

"Meu caro amigo", disse Macfarlane, "que infantil você é! Que mal lhe *aconteceu*? Que mal *pode* lhe acontecer se mantiver a boca fechada? Ora, homem, você sabe como é a vida? Há dois grupos de pessoas — os leões e as ovelhas. Se você é uma ovelha, será deitado numa destas mesas, como Gray ou Jane Galbraith; se for um leão, viverá e terá um cavalo, como eu, como o sr. K, como todos que possuem algum talento ou coragem. Você vacilou no primeiro. Mas olhe para K.! Meu caro, você é esperto, tem peito. Gosto de você, e K. gosta de você. Você nasceu para liderar a matilha; e vou lhe dizer, pela minha honra e minha experiência de vida, daqui a três dias você vai rir de todos esses espantalhos como um colegial de uma farsa".

E com isso Macfarlane se despediu e sumiu em seu trole pelo beco, encoberto pela escuridão, antes do raiar do dia. Fettes ficou então sozinho com seus remorsos. Ele deu-se conta da desgraça a que se expusera. Ele deu-se conta, com indizível desalento, que não havia limites para suas fraquezas e que, de concessão em concessão, acabara árbitro do destino de Macfarlane e seu cúmplice pago e desarmado. Ele teria dado o mundo para ter sido um pouco mais corajoso na hora, mas não lhe ocorreu que poderia ainda ser corajoso. O segredo de Jane Galbraith e o maldito registro no diário fechavam sua boca.

Passaram-se as horas; os estudantes começaram a chegar; os membros do infeliz Gray foram distribuídos para um e outro e recebidos sem comentários. Richardson ficou feliz com a cabeça; e antes que soasse a hora de libertação Fettes tremia de exaltação ao perceber quanto já haviam caminhado em direção à segurança.

Durante dois dias ele continuou a observar, com alegria crescente, o terrível processo de dissimulação.

No terceiro dia, Macfarlane apareceu. Havia estado doente, disse; mas compensou o tempo perdido pela energia com a qual instruiu os estudantes. A Richardson em particular, ele ofereceu grande assistência e conselhos, e esse estudante, estimulado

167

pelos elogios do demonstrador, ardeu em esperanças ambiciosas e viu a medalha já a seu alcance.

Antes que a semana terminasse, a profecia de Macfarlane havia se cumprido. Fettes superara seus temores e esquecera sua vileza. Começou a gabar-se de sua coragem e em sua mente costurara sua história de tal modo que podia recordar esses eventos com um orgulho malsão. Seu cúmplice, ele pouco o via. Encontravam-se, é claro, nas atividades da aula; recebiam juntos as ordens de K. Às vezes trocavam algumas palavras em particular, e a atitude de Macfarlane foi sempre particularmente gentil e jovial. Mas estava claro que evitava qualquer referência ao seu segredo comum: e até mesmo quando Fettes lhe sussurrava que partilhava da sorte dos leões e repudiava as ovelhas, ele, com um sorriso, apenas fazia um gesto para silenciá-lo.

Por fim, surgiu uma ocasião que uniu mais uma vez o par. O sr. K. estava novamente precisando de cadáveres; os alunos estavam inquietos e constituía parte das pretensões desse professor estar sempre bem abastecido. Nesse momento chegaram notícias de um enterro no cemitério rústico de Glencorse. O tempo poucas transformações trouxe a esse lugar. Ele ficava então, como agora, em uma encruzilhada, longe de habitações humanas e mergulhado na densa folhagem de seis cedros. Os balidos das ovelhas nas colinas adjacentes, os riachos em ambos os lados, um deles murmurando entre seixos, o outro gotejando furtivamente de poça em poça, o assobiar do vento nos imensos carvalhos floridos e, uma vez a cada sete dias, o soar do sino e os velhos cânticos do chantre eram os únicos sons a perturbar o silêncio em volta da igreja rural. O Homem da Ressurreição — esse o nome na época — não seria impedido pelos sentimentos da piedade consuetudinária. Constituía parte de seu negócio desprezar e profanar os pergaminhos e trombetas de velhas tumbas, os caminhos batidos pelos pés de devotos e pranteadores, e as oferendas e as inscrições de desolados afetos. Para as cercanias rústicas, onde o amor é extraordinariamente tenaz e onde alguns laços de sangue ou companheirismo unem toda a sociedade de uma paróquia, o ladrão de corpos, longe de ser repelido por um respeito natural, era atraído pela facilidade de segurança na tarefa. Ao corpo que havia sido deitado na terra, em feliz expectativa de um despertar muito diferente, sobreveio aquela ressurreição apressada, à luz de velas, envolta em terror da pá e da enxada. O caixão foi aberto, as mortalhas rasgadas e os restos melancólicos, envoltos em pano de aniagem, depois de sacudidos durante horas em atalhos escuros, foram por fim expostos às mais indizíveis injúrias diante de uma classe de meninos boquiabertos.

Um pouco como dois abutres caem sobre uma ovelha moribunda, Fettes e Macfarlane caíram sobre um túmulo naquele lugar de descanso verdejante e tranquilo. A esposa de um fazendeiro, uma mulher que vivera durante sessenta

O ladrão de corpos

anos e fora conhecida somente por sua boa manteiga e uma conversa cristã, foi arrancada de sua tumba à meia-noite e carregada, morta e desnuda, para aquela cidade distante que ela sempre honrara com suas vestes domingueiras; seu lugar entre a família foi esvaziado até a dissolução de todas as coisas no dia do Juízo Final; seus membros inocentes e quase veneráveis foram expostos àquela curiosidade extrema do anatomista.

Numa tarde já avançada, o par se pôs, bem encobertos por capas e providos de uma enorme garrafa. Chovia ininterruptamente — uma chuva fria, densa, abundante. Vez por outra soprava uma rajada de vento, mas os aguaceiros a detinham. Apesar da garrafa, foi triste e silencioso o percurso de carruagem até Penicuik, onde eles deveriam chegar à noite. Pararam uma vez, para esconder suas ferramentas em uma moita densa, não distante do cemitério, e uma vez no Fisher's Tryst, para fazer um brinde diante da lareira da cozinha e alternar seus goles de uísque com um copo de cerveja. Quando chegaram ao fim de sua jornada, o trole foi abrigado, o cavalo alimentado e cuidado, e os dois doutores, em uma saleta retirada, sentaram-se para fazer seu lauto jantar, regado do melhor vinho que a casa podia fornecer. As luzes, o fogo, a chuva a bater na janela, o frio, o absurdo trabalho que os esperava, acrescentaram sabor à fruição da refeição. A cada copo crescia sua cordialidade. Logo Macfarlane passou uma pequena pilha de ouro a seu companheiro.

"Uma homenagem", disse ele. "Entre amigos, esses pequenos adiantamentos de m... deveriam fluir como fogo de cachimbo."

Fettes embolsou o dinheiro e aplaudiu entusiasticamente o pensamento. "Você é um filósofo", exclamou. "Eu era um asno até conhecê-lo. Você e K., entre vocês, Aleluia! Mas vocês farão de mim um homem."

"É claro que o faremos", aplaudiu Macfarlane. "Um homem? C'os diabos, foi preciso um homem para me dar cobertura outro dia. Há alguns covardões barulhentos, quarentões, que teriam vomitado diante da maldita coisa; mas você não: você manteve a cabeça fria. Eu o observei."

"Bem, e por que não?", Fettes assim se vangloriou. "Não era da minha conta. Nada havia a ganhar por um lado, senão perturbação, e, por outro, eu poderia contar com sua gratidão, não é mesmo?" E bateu em seu bolso, fazendo tilintar as peças de ouro.

Macfarlane, por algum motivo, sentiu um certo alarme a essas palavras desagradáveis. É possível que tenha lamentado ter ensinado tão bem a esse jovem companheiro, mas não houve tempo para retrucar, pois o outro ruidosamente continuou em sua veia jactanciosa:

"O segredo é não ter medo. Agora, cá entre nós, não quero ser enforcado — isso é claro; mas, por toda hipocrisia, Macfarlane, nasci com um menosprezo. Inferno,

Deus, Diabo, certo, errado, pecado, crime e toda a galeria de curiosidades — tudo isso pode aterrorizar meninos, mas homens do mundo, como você e eu, têm por eles apenas desprezo. À memória de Gray!"

A essa altura, a hora já ia adiantada. O trole, segundo as instruções, foi trazido à porta com ambas as lanternas a reluzir, e os dois jovens tiveram de pagar sua conta e pôr-se à estrada. Eles comunicaram que seu destino era Peebles e se dirigiram para aqueles lados, até deixar para trás as últimas casas da cidade; então, apagando as lanternas, retornaram em seu caminho e tomaram um atalho em direção a Glencorse. O silêncio só era quebrado por sua própria passagem e o ruído incessante do aguaceiro. Estava escuro como breu; aqui e ali uma cancela ou pedra brancas no muro guiavam-nos pelo caminho estreito através da noite; mas na maior parte do tempo era a passos lentos e quase às apalpadelas que abriam caminho em meio àquelas ressonantes trevas até seu destino soturno e ermo. Nas densas florestas que atravessam as cercanias do cemitério, desapareceram as últimas réstias de luz e foi preciso acender um fósforo e iluminar novamente uma das lanternas do trole. Assim, sob as árvores gotejantes e envoltos em grandes e semoventes sombras, chegaram ao palco de seus iníquos labores.

Eles eram bastante experientes nessas questões e vigorosos no manejo da enxada; e mal haviam se passado vinte minutos em sua tarefa quando foram recompensados por surdo ranger na tampa do caixão. No mesmo instante, Macfarlane, machucando a mão numa pedra, lançou-a descuidadamente sobre sua cabeça. A tumba, na qual eles agora estavam afundados quase até os ombros, ficava perto da beirada do plano do cemitério; e a lanterna do trole, para melhor iluminar seus trabalhos, fora escorada contra uma árvore e à borda da margem íngreme que descia até o riacho. O acaso mirara certeiro com a pedra. Ouviu-se então um ruído de vidro quebrado; a noite caiu sobre eles; sons alternadamente surdos e estridentes anunciaram o ricochetear da lanterna ladeira abaixo e sua aleatória colisão com as árvores. Uma ou duas pedras, que haviam sido deslocadas pela primeira na descida, pipocaram atrás dela até as profundezas do vale; e então o silêncio, como a noite, retomou seu domínio; e eles podiam aguçar seus ouvidos ao máximo que absolutamente nada se ouvia exceto a chuva, ora na direção do vento, ora caindo imperturbavelmente sobre milhas de campo aberto.

Eles estavam tão perto do fim de sua entediante tarefa que julgaram ser melhor completá-la na escuridão. O caixão foi exumado e forçado; o corpo enfiado no saco gotejante e carregado entre eles até o trole; um subiu para colocá-lo no lugar e outro, tomando o cavalo pela boca, arrastou-se ao longo do muro e da moita até que alcançassem a estrada mais larga pelo Fisher's Tryst. Ali havia um brilho difuso que eles aclamaram como a luz do dia; em direção a ela empurraram o cavalo a bom passo e começaram a ranger alegremente em direção à cidade.

O ladrão de corpos

Ambos haviam se ensopado até os ossos durante o cumprimento de sua tarefa e agora, com o trole sacolejando entre os sulcos profundos da trilha, a coisa que fora escorada entre eles caía ora sobre um, ora sobre outro. A cada repetição do horrendo contacto cada um deles instintivamente o repelia com maior rapidez; e, por natural que fosse, isso começou a dar nos nervos dos companheiros. Macfarlane fez alguns comentários desairosos sobre a esposa do fazendeiro, mas eles soavam insinceros e foram recebidos em silêncio. Sem embargo, sua carga abominável pulava de um lado para o outro; e ora a cabeça caía, como que a confidenciar, sobre seus ombros, ora o saco encharcado batia geladamente em seus rostos. Um frio enregelante começou a tomar conta da alma de Fettes. Ele observou atentamente o fardo e ele parecia um tanto maior do que de início. Em todo o campo e em todas as distâncias, os cães de fazendas acompanhavam sua passagem com lamentações lúgubres; e seu espírito foi tomado de uma sensação crescente de que algum milagre extraordinário se realizara, de que alguma mudança inominável se operara no corpo inerte e que era por medo de seu fardo terrível que os cães estavam uivando.

"Pelo amor de Deus", disse ele, fazendo um grande esforço para conseguir falar, "pelo amor de Deus, vamos acender uma vela!"

Aparentemente Macfarlane tivera a mesma sensação; pois, embora não respondesse, deteve o cavalo, passou as rédeas a seu companheiro, desceu e acendeu a lanterna que restara. A essa altura, eles não tinham alcançado senão a encruzilhada para Auchendinny. A chuva ainda precipitava-se, como se o dilúvio retornasse, e não foi fácil acender a luz nesse mundo de água e escuridão. Quando por fim a última chama azul vacilante fora transferida ao pavio e começou a se expandir e iluminar e lançou um amplo círculo de brilho enevoado em volta do trole, tornou-se possível aos dois jovens ver um ao outro e à coisa que traziam consigo. A chuva moldara o embrulho grosseiro, revelando os contornos do corpo envolto; a cabeça estava separada do tronco de ombros largamente modelados; algo ao mesmo tempo espectral e humano emanava do terrível companheiro de sua viagem.

Durante algum tempo Macfarlane ficou imóvel, segurando a lâmpada. Um pavor inominável o dominava, como um lençol branco, ao contemplar o corpo e fez com que a pele do rosto de Fettes se esticasse, esbranquiçada; e um medo que era quase sem causa, um horror do que não poderia ser, assomou a seu cérebro. Após uns instantes ele tentou falar. Mas seu companheiro se adiantou.

"Não é uma mulher", disse Macfarlane, com voz surda.

"Era uma mulher quando a colocamos dentro daí", sussurrou Fettes.

"Levante essa lâmpada," disse o outro. "Preciso ver seu rosto."

E enquanto Fettes pegava a lâmpada seu companheiro desatou as amarrações do saco e puxou para baixo o envoltório da cabeça. A lanterna iluminou com luz

171

clara as feições enegrecidas, bem moldadas e bochechas bem barbeadas de uma fisionomia muito familiar, frequentemente contempladas nos sonhos daqueles dois jovens. Um grito descontrolado rasgou a noite; cada um deles deu um salto de seu lado na estrada; a lâmpada caiu, quebrou e apagou-se; e o cavalo, aterrorizado por essa agitação incomum, deu um salto e partiu em galope em direção a Edimburgo, levando consigo, como único ocupante do trole, o corpo do morto e há muito dissecado Gray.

ELES

Rudyard Kipling

Um panorama me levou a outro; um pico a seu companheiro, até a metade do distrito, e, como eu não podia me ocupar de mais nada senão de uma alavanca, deixei que a região deslizasse sob minhas rodas. As planícies salpicadas de orquídeas da região leste deram lugar ao tomilho, ao azevinho e à grama acinzentada das colinas; e estas novamente às ricas plantações de trigo e de figueiras da costa mais baixa, onde se é acompanhado pela pulsação da maré à esquerda durante quinze milhas planas; e quando finalmente voltei para o interior em meio a um amontoado de colinas redondas e florestas, já me livrara completamente de meus conhecidos sintomas. Além daquela mesma vila madrinha da capital dos Estados Unidos, encontrei aldeias ocultas onde abelhas, as únicas coisas despertas, zumbiam em tílias de oitenta pés que pendem sobre cinzentas igrejas normandas; riachos prodigiosos a mergulhar sobre pontes de pedra construídas para um tráfego mais pesado que jamais as atormentaria novamente; celeiros de dízimos maiores do que suas igrejas e uma velha ferraria que declarava em altos brados ter sido outrora sede dos Cavaleiros Templários. Encontrei ciganos em um terreno comunitário onde o tojo, a samambaia e a urze juntos disputavam-no por uma milha de estrada romana; e, um pouco mais adiante, perturbei uma raposa vermelha bamboleando como um cão em plena luz do dia.

Quando as colinas arborizadas fecharam à minha volta, levantei-me no carro para avaliar a posição daquela grande colina, cuja cabeça em anel constitui uma baliza ao longo de cinquenta milhas através das regiões baixas. Julguei que a direção do campo me levaria até alguma estrada para o norte que corresse de seu sopé, mas... mas não levei em conta o efeito desorientador dos bosques. Uma virada súbita mergulhou-me de início numa clareira envolta em pura luz do sol e, em seguida, num túnel sombrio onde as folhas mortas dos anos anteriores sussurravam e brigavam com meus pneus. Os fortes galhos das aveleiras, que se juntavam acima, não eram cortados pelo menos há umas duas gerações, nem o machado auxiliado o carvalho corroído pelo musgo e a faia a crescer acima deles. Ali a estrada se transformou abruptamente num caminho atapetado, em cujo veludo castanho maços de prímulas brilhavam como jade, e uns poucos jacintos brancos de pedúnculo e murchos acenavam juntos. Como a inclinação era favorável, desliguei o motor e deslizei sobre as folhas rodopiantes, esperando a cada momento encontrar um caseiro; mas ouvi apenas um gaio, ao longe, discutindo com o silêncio sob a penumbra das árvores.

A trilha ainda descia. Eu estava prestes a virar e retornar em segunda marcha, antes que acabasse em algum brejo, quando vi a luz do sol através do emaranhado acima e puxei o freio.

Imediatamente recomeçou a descida. À medida que a luz batia em meu rosto, meus pneus dianteiros arrancavam a turfa de um vasto gramado rente, do qual saltavam cavaleiros de dez pés de altura com lanças em riste, pavões monstruosos e damas-de-honra lisas e de cabeças redondas — azuis, negras e resplandecentes —, todos de teixo aparado. Para além do gramado — as árvores, dispostas para o combate, sitiavam-na por três lados — ficava uma casa antiga de pedra gasta pelo tempo e coberta de líquen, com janelas altas e cobertura de telha vermelho rosado. Cercavam-na muros em meia-lua, também vermelho rosado, que fechavam o gramado no quarto lado, e a seus pés uma sebe quadrada da altura de um homem. Havia pombas no teto, em volta das chaminés estreitas de tijolos, e vi de relance um redil na forma de octógono, atrás da blindagem do muro.

Ali, então, parei — a espada verde de um cavaleiro apontada para meu peito — tomado pela estonteante beleza daquela joia em tal cenário.

"Se não sou despachado como um intruso, ou se este cavaleiro não me fizer bater em retirada", pensei, "Shakespeare e a rainha Elizabeth, pelo menos, devem sair daquele portão de jardim meio aberto e me convidar para o chá."

Uma criança surgiu numa janela do andar superior, e pareceu-me que a pequenina acenava amigavelmente. Mas era para chamar um companheiro, pois então surgiu uma outra cabeça reluzente. Em seguida, ouvi uma risada entre os pavões de teixo e, virando-me para me certificar (até então eu estivera observando apenas a casa), vi as águas prateadas de uma fonte atrás da sebe, iluminada pela luz do sol. As pombas do teto arrulhavam à água murmurante; mas entre as duas notas captei os risinhos de felicidades de uma criança absorvida em alguma pequena traquinagem.

O portão do jardim — carvalho pesado cravado na espessura da parede — abriu-se ainda mais: uma mulher, com um amplo chapéu de jardim pôs lentamente o pé no degrau corroído pelo tempo e, ainda devagar, caminhou através da turfa. Eu estava formulando um pedido de desculpas quando ela levantou a cabeça e percebi que era cega.

"Eu o ouvi", disse ela. "Não é um automóvel?"

"Acho que me perdi na estrada. Eu deveria ter virado logo acima... jamais sonhei...", comecei eu.

Eles

"Mas fico feliz. Imagine um automóvel entrando no jardim! Será uma ameaça tão grande..." Ela virou-se, como que olhando a sua volta. "Você... você não viu ninguém, não é... talvez?"

"Ninguém com quem pudesse falar, mas as crianças pareciam interessadas, à distância."

"Quais?"

"Vi umas duas na janela lá em cima, agora há pouco, e acho que ouvi um pequenino no gramado."

"Ah!, você tem sorte!", exclamou ela, e seu rosto brilhou. "Eu os ouço, é claro, mas é tudo. Você os viu e ouviu?"

"Sim", respondi. "E se conheço crianças, uma delas está se divertindo à beça ao lado da fonte, ali adiante. Ela fugiu, imagino."

"Você gosta de crianças?"

Dei-lhe uma ou duas razões pela quais não as odiava inteiramente.

"Certamente, certamente", disse ela. "Então você compreende. Então você não me julgará tola se eu lhe pedir para entrar no jardim com seu carro, uma vez ou duas — bem devagar. Tenho certeza de que elas gostarão de vê-lo. Elas têm tão pouco para olhar, coitadas. Tenta-se lhes agradar, mas...", ela estendeu as mãos para os bosques. "Estamos tão longe do mundo, aqui."

"Será ótimo", disse eu. "Mas não posso estragar sua grama."

Ela voltou-se para a direita. "Espere um pouco", disse. "Estamos no portão sul, não é? Atrás daqueles pavões há um caminho pavimentado. Nós o chamamos de Passeio do Pavão. Não se pode vê-lo daqui, segundo me dizem, mas se você abrir caminho pela borda do bosque poderá virar no primeiro pavão e chegar ao pavimento."

Era sacrilégio despertar a frente daquela casa de sonhos com o ranger de uma máquina, mas sacudi o carro para tirar a turfa, ladeei a borda do bosque e cheguei ao amplo caminho de pedra, onde a base da fonte jazia como uma safira.

"Posso entrar também?", gritou ela. "Não, por favor, não me ajude. Elas gostarão mais se me virem."

Ela tateou seu caminho rapidamente até a frente do carro e com um pé no estribo, chamou: "Crianças, olhem! Olhem e vejam o que vai acontecer!"

A voz teria despertado as almas perdidas do Inferno, pela piedade que subjazia a sua doçura, e não fiquei surpreso ao ouvir um grito de resposta atrás dos teixos. Devia ser a criança ao lado da fonte, mas ela fugiu quando nos aproximamos, deixando um pequeno barco de brinquedo na água. Vi o brilho de sua camisa azul entre os cavaleiros imóveis.

Com muita animação, desfilamos ao longo do pavimento e, a seu pedido, voltamos novamente. Desta vez a criança superara seu terror, mas ficou à distância e hesitante.

175

"O pequenino está nos observando", disse eu. "Será que ele quer dar uma volta?"

"Eles ainda estão muito assustados. Muito assustados. Ah!, mas que sorte você tem por poder vê-los! Vamos ouvir."

Desliguei o motor imediatamente, e o silêncio úmido, com um cheiro forte de madeira, envolvia-nos intensamente. Podíamos ouvir o ruído de tosquia de onde o jardineiro estava trabalhando; um murmúrio de abelhas e sons entrecortados de vozes que poderiam provir das pombas.

"Ah!, malcriado!", disse ela, aborrecida.

"Talvez eles estejam apenas com medo do motor. A pequenina à janela parece muitíssimo interessada."

"É mesmo?", ela levantou a cabeça. "Eu não devia ter dito isso. Elas realmente gostam de mim. É a única coisa por que vale a pena viver — quando elas gostam de você, não é? Nem ouso pensar como seria este lugar sem elas. A propósito, ele é bonito?"

"Acho que é o lugar mais bonito que já vi."

"Assim disseram-me. Posso senti-lo, é claro, mas não é a mesma coisa."

"Então você nunca...", comecei, mas detive-me, embaraçado.

"Não desde que posso me lembrar. Aconteceu quando eu tinha apenas alguns meses, segundo me dizem. E, contudo, devo lembrar-me de algo, do contrário como poderia sonhar com cores? Vejo luz em meus sonhos, e cores, mas nunca *as* vejo. Apenas ouço-os, exatamente como quando estou desperta."

"É difícil ver rostos em sonhos. Algumas pessoas conseguem, mas a maioria de nós não tem esse dom", continuei, levantando os olhos para a janela, onde a criança permanecia oculta.

"Também ouvir dizer isso", disse ela. "E dizem-me que nunca se vê em sonho o rosto de alguém que morreu. É verdade?"

"Acho que sim... agora que você mencionou."

"Mas como é com você — você?", Os olhos cegos voltaram-se para mim.

"Nunca vi os rostos de meus mortos em sonho algum", respondi.

"Então deve ser tão ruim quanto ser cego."

O sol mergulhara atrás das árvores, e as longas sombras estavam envolvendo os insolentes cavaleiros, um a um. Vi a luz morrer no alto de uma lança de folhas brilhantes, e todo o maravilhoso gramado escuro mudar para um negro suave. A casa, aceitando um outro findar do dia, assim como aceitara outras centenas, parecia acomodar-se mais profundamente para seu descanso nas sombras.

"Você alguma vez quis?", disse ela, após o silêncio.

"Muito, às vezes", respondi. A criança deixara a janela quando as sombras se fecharam sobre ela.

"Ah!, eu também! Mas acho que não é permitido... Onde você mora?"

Eles

"Bem distante, do outro lado da região — sessenta milhas ou mais, e preciso voltar. Vim sem meu lampião grande."

"Mas ainda não está escuro. Posso senti-lo."

"Acho que já é hora de ir para casa. Você poderia me emprestar um para iluminar o início de minha estrada? Estou completamente perdido."

"Vou pedir que Madden o acompanhe até a encruzilhada. Estamos tão distantes do mundo, não admira que você tenha se perdido! Eu o guiarei até a frente da casa; mas vá devagar, por favor, até sair do gramado. Você não acha que seja uma tolice, não é?"

"Prometo que sim", disse eu e deixei que o carro começasse a descer a trilha pavimentada.

Ladeamos a ala esquerda da casa, cujas calhas de chumbo fundido e trabalhado valiam bem a viagem de um dia; passamos sob o grande portão coberto de rosas e também à volta da alta fachada da casa, que excedia em beleza e magnificência ao lado posterior, assim como a tudo mais que eu vira.

"Ela é tão bonita assim?", disse ela ansiosamente, quando ouviu minhas exclamações. "E você também gosta dos desenhos de chumbo? Atrás há o velho jardim de azáleas. Dizem que este lugar deve ter sido feito para crianças. Pode me ajudar, por favor? Eu gostaria de acompanhá-lo até a encruzilhada, mas não devo deixá-las. É você, Madden? Quero que você mostre a este cavalheiro o caminho até a encruzilhada. Ele perdeu-se, mas... ele as viu."

Um mordomo surgiu silenciosamente no admirável portão de carvalho antigo que devia ser chamado de porta principal e inclinou-se para o lado, para pôr o chapéu. Ela ficou olhando para mim, com os olhos azuis abertos, que nada viam, e vi, pela primeira vez, que era linda.

"Lembre-se", disse ela calmamente, "se você gosta dela, você voltará", e desapareceu dentro da casa.

O mordomo nada disse no carro, até nos aproximarmos do portão da propriedade, onde, ao ver de relance um blusão azul numa moita, desviei-me subitamente para que o diabinho que põe os menininhos a brincar não me fizesse cometer o infanticídio.

"Perdão", disse ele subitamente, "mas por que o senhor fez aquilo, senhor?"

"A criança ali."

"Nosso jovem cavalheiro vestido de azul?"

"É claro."

"Ele corre um bocado. O senhor o viu ao lado da fonte?"

"Ah!, sim, várias vezes. Viramos aqui?"

"Sim, senhor. E por acaso o senhor os viu lá em cima também?"

"Um pouco antes disso. Por que você quer saber?"

Ele ficou em silêncio por um momento. "Apenas para me certificar de que... de que eles haviam visto o carro, senhor, porque com crianças correndo por todo lado, embora eu tenha certeza de que o senhor está dirigindo com muito cuidado, poderia haver um acidente. Só por isso, senhor. Aqui está a encruzilhada. O senhor não pode errar o caminho daqui para frente. Obrigado, senhor, mas não é *nosso* hábito, não com..."

"Peço desculpas", disse a ele, e abandonei os rodeios.

"Ah!, não há problemas com todos os outros, normalmente. Adeus, senhor."

Ele recolheu-se a sua fortaleza e afastou-se. Evidentemente um mordomo cioso da honra de sua casa e encarregado, provavelmente junto a uma criada, de cuidar das crianças.

Uma vez passados os postes sinalizadores, olhei para trás, mas as colinas enrugadas entrelaçavam-se tão ciumentamente que eu não conseguia ver onde estivera a casa. Quando perguntei seu nome em um chalé ao lado da estrada, a mulher gorda que vendia doces lá deu-me a entender que pessoas com automóveis não tinham muito direito de viver — e muito menos de "ficar falando por aí como gente de carroça." Essa não era uma comunidade de maneiras muito agradáveis.

Quando retracei meu caminho no mapa naquela noite compreendi um pouco mais. Antiga Fazenda de Hawkins parecia ser o nome de levantamento do lugar, e o velho Guia do Condado, geralmente tão completo, não a mencionava. A casa principal daquelas paragens era Hodnington Hall, georgiana com melhoramentos do início da era vitoriana, como uma horrível gravação de aço atestava. Levei meu problema a um vizinho — uma árvore profundamente enraizada naquele solo —, e ele me deu o nome de uma família que nada tinha a ver.

Mais ou menos um mês depois, fui novamente, ou meu carro pode ter tomado o caminho por vontade própria. Ele transpôs os campos estéreis, percorreu rapidamente todas as voltas do labirinto de alamedas ao sopé das colinas, atravessou os bosques semelhantes a muros altos, de folhagens exuberantes e impenetráveis, chegou à encruzilhada onde o mordomo me deixara e, um pouco mais adiante, apresentou um problema interno que me forçou a desviá-lo para um atalho gramado irregular, que dava para um bosque de aveleiras silencioso e quente. Tanto quanto pude ter certeza, pelo sol e um mapa pequeno de estado-maior, essa deveria ser a estrada que flanqueava aquele bosque que eu divisara inicialmente de cima dos morros. Preparei-me para dar conta de uma avaria séria, com um sortimento reluzente de ferramentas, chaves de parafuso, bomba de ar e coisas assim, que dispus em ordem sobre um tapete. Era uma armadilha para atrair a criançada, pois, num dia como esse, pensei, as crianças não estariam longe. Quando fiz uma pausa em meu trabalho, prestei atenção, mas o bosque estava tão cheio de ruídos do verão (embora os pássaros já tivessem acasalado) que de início não consegui distingui-los dos passos de pezinhos cautelosos a se esgueirarem pelas folhas mortas. Toquei minha buzina delicadamente, mas os pés fugiram, e me arrependi, pois, para uma criança um ruído súbito é realmente aterrorizante. Eu devia estar trabalhando há uma meia hora quando ouvi na floresta a voz da mulher cega exclamando: "Crianças, ah, crianças, onde estão vocês?" e o silêncio demorou a fechar-se sobre a beleza daquele chamado. Ela veio em minha direção, tateando seu caminho com dificuldade por entre os troncos de árvores, e embora uma criança, parecia, se agarrasse a sua saia, ela se desviava entre a folhagem como um coelho à medida que se aproximava.

"É você?", disse ela, "do outro lado do condado?"

"Sim, sou eu, do outro lado do condado."

"Então por que não veio pelas florestas acima? Elas estavam lá agora há pouco."

"Elas estavam aqui há poucos minutos. Acho que souberam que meu carro quebrou lá embaixo e vieram para ver a brincadeira."

"Espero que não seja nada sério. Como os carros quebram?"

"De cinquenta modos diferentes. Somente o meu escolheu o quinquagési-mo-primeiro."

Ela riu da pilhéria, um riso grave e delicioso, e empurrou o chapéu para trás.

"Deixe-me ouvir", disse ela.

"Espere um pouco", gritei, "e lhe consigo uma almofada."

Ele colocou o pé no tapete todo coberto de peças de reserva e parou sobre ele, impaciente. "Que coisas divertidas!" As mãos pelas quais ela via olharam, à luz quadriculada do sol. "Uma caixa aqui — outra caixa! Ora veja, você as dispôs como numa loja de brinquedos!"

"Confesso agora que as coloquei assim para atraí-las. Na verdade não preciso de metade delas."

"Que gentil! Ouvi sua campainha na floresta acima. Você diz que elas estavam aqui antes disso?"

"Tenho certeza. Por que elas são tão tímidas? Aquele rapazinho de azul que estava com você há pouco deve ter vencido seu medo. Ele esteve me observando como um pele vermelha."

"Deve ter sido sua buzina", disse ela. "Ouvi uma delas passar por mim assustada quando eu estava descendo. Eles são tímidos — muito tímidos, até mesmo comigo." Ela virou o rosto por cima do ombro e gritou novamente: "Crianças! Ah!, crianças, venham ver!"

"Elas devem ter se reunido para suas ocupações", aventei, pois havia um murmúrio atrás de nós, de vozes baixas e entrecortadas pelas risadinhas súbitas de crianças. Voltei aos meus consertos e ela inclinou-se para frente, o queixo na mão, ouvindo atentamente.

"Quantas são?", disse eu por fim. O trabalho estava terminado, mas eu não via motivo para ir.

Sua testa franziu um pouco, pensativa. "Não sei exatamente", disse ela candidamente. "Às vezes mais — outras menos. Elas vêm e ficam comigo porque eu as amo, sabe?"

"Isso deve ser muito agradável", disse eu, recolocando uma gaveta, e, enquanto falava, ouvi a futilidade de minha resposta.

"Você... você não está rindo de mim", exclamou ela. "Eu... eu não tenho nenhuma. Nunca me casei. As pessoas riem de mim às vezes por causa delas, porque... porque..."

"Porque são bárbaros", completei. "Não há nada com que se aborrecer. Esses tipos riem de tudo que não faz parte de suas vidas gordas."

"Não sei. Como poderia? Eu só não gosto de que riam de mim por causa *delas*. Isso dói; e quando não se pode ver... não quero parecer tola", seu queixo tremeu como o de uma criança enquanto ela falava; "mas nós, ceguinhos, somos muito sensíveis, acho eu. Tudo que vem do exterior atinge nossas almas. É diferente com vocês. Seus olhos são uma boa defesa — olhar — antes que alguém possa realmente feri-los intimamente. As pessoas se esquecem disso quanto a nós."

Fiquei em silêncio, a repassar aquela questão inesgotável — a brutalidade mais do que herdada (uma vez que também isso é cuidadosamente ensinado) das pessoas cristãs, ao lado da qual o paganismo simples dos negros da costa oeste é inocente e contido. Isso me levou a um retraimento pensativo.

"Não faça isso!", disse ela subitamente, pondo as mãos diante dos olhos.

"O quê?"

Ela fez um gesto com a mão.

"Isso! É... violeta e negro. Não faça! Essa cor dói."

"Mas como é possível que você conheça cores?", exclamei, pois aí estava uma verdadeira revelação.

"As cores como cores?", perguntou ela.

"Não. *Essas* cores que você viu agora há poucos instantes."

"Você sabe tão bem quanto eu", riu ela, "do contrário, não teria feito essa pergunta. Elas não pertencem ao mundo. Elas estão em *você* — quando você fica muito bravo."

"Você quer dizer uma mancha violeta baça, como vinho do porto misturado de tinta?", disse eu.

"Nunca vi tinta ou vinho do porto, mas as cores não são misturadas. Elas são separadas — todas separadas."

"Você quer dizer listas pretas e denteadas sobre o violeta?"

Ela fez que sim, com a cabeça. "Sim... se elas são assim", e fez um ziguezague com o dedo novamente. "Mas é mais vermelha do que violeta — essa cor ruim."

Eles

"E quais são as cores no topo do... do que quer que você veja?"

Lentamente ela inclinou-se para frente e traçou no tapete a figura do próprio Ovo.

"Eu os vejo assim", disse ela, apontando para uma haste de relva, "branco, verde, amarelo, vermelho, roxo, e quando as pessoas estão bravas ou mal, negro sobre o vermelho — como você estava agora há pouco".

"Quem lhe falou tudo sobre isso — no começo?", indaguei.

"Sobre as cores? Ninguém. Eu costumava perguntar de que cores eram, quando era pequena — nas toalhas de mesa, cortinas e tapetes, sabe? Porque algumas cores me ferem e outras me alegram. As pessoas me disseram; e quando fiquei mais velha foi assim que vi as pessoas." Novamente ela traçou o contorno do Ovo, que há muito poucos é dado ver.

"Tudo sozinha?", repeti.

"Sozinha. Não havia ninguém mais. Somente depois descobri que as outras pessoas não viam as cores."

Ela se encostou ao tronco de árvore dobrando e desdobrando talos de relva arrancados ao acaso. As crianças na floresta haviam se aproximado. Eu conseguia vê-las com rabo do olho, traquinando como esquilos.

"Agora tenho certeza de que você nunca rirá de mim", continuou ela, após um longo silêncio. "Nem *delas*."

"Meu Deus, não!", exclamei, despertado do fio de meus pensamentos. "Um homem que ri de uma criança — a menos que a criança também esteja rindo — é um pagão!"

"Eu não quis dizer isso, é claro. Você nunca riria *de* crianças, mas julguei — eu julgava — que talvez você poderia rir *por causa* delas. Portanto, agora lhe peço desculpas... Do que você vai rir?"

Eu não fizera nenhum som, mas ela sabia.

"Da ideia de você me pedir desculpas. Se você tivesse cumprido seu dever como um pilar da sociedade e como uma proprietária fundiária, deveria ter me chamado às falas por invasão quando entrei sem pedir licença em suas florestas no outro dia. Foi vergonhoso de minha parte — indesculpável."

Ela olhou para mim, a cabeça contra o tronco de árvore — longa e fixamente — essa mulher que podia ver dentro da alma.

"Que estranho", sussurrou ela. "Muito estranho."

"Por quê? O que fiz?"

"Você não compreende... e contudo entendeu as cores. Não entende?"

Ela falava com um sentimento que nada justificara, e eu a encarei perplexo, enquanto ela se levantava. As crianças haviam se reunido num círculo, atrás de um arbusto de amoreira-preta. Uma cabeça macia inclinou-se sobre algo menor, e os pequenos ombros em conjunto contaram-me que os dedos estavam sobre os lábios. Também elas tinham algum grande segredo infantil. Somente eu me encontrava perdido lá, em plena luz do sol.

"Não", disse eu e balancei a cabeça, como se os olhos mortos pudessem notar. "Seja o que for, ainda não compreendo. Talvez mais tarde — se você me permitir retornar."

"Você voltará", respondeu ela. "Com certeza voltará e andará pela floresta."

"Talvez as crianças venham a me conhecer bem o suficiente, então, para me deixarem brincar com elas — como um favor. Você sabe como são as crianças."

"Não é uma questão de favor, mas de direito", respondeu ela, e enquanto eu me perguntava o que ela queria dizer, uma mulher em desalinho surgiu na curva da estrada, de cabelos soltos, roxa, quase mugindo de agonia, enquanto corria. Era a minha mal-educada, gorda amiga da loja de doces. A mulher cega ouviu e recuou. "O que foi, sra. Madehurst?", perguntou.

A mulher atirou seu avental sobre a cabeça e literalmente rastejou na poeira, gritando que seu neto estava mortalmente doente, que o médico local estava fora, pescando, que Jenny, a mãe, estava fora de si e assim por diante, com repetições e berros.

"Onde está o médico mais próximo?", perguntei entre os paroxismos.

"Madden lhe dirá. Vá até a casa e leve-o com você. Eu cuido disso. Rápido!" Ela mal tolerava a mulher gorda, na sombra. Em dois minutos eu estava soprando todas as cornetas de Jericó à porta da Linda Casa, e Madden, na despensa, correspondeu à conjuntura como um mordomo e um homem.

Quinze minutos de velocidades acima do permitido conseguiram-nos um médico a cinco milhas. Em meia hora nós o despejamos, muito interessado em motores, à porta da loja de doces e estacionamos à beira da estrada para aguardar o veredicto.

"Muito úteis, os carros", disse Madden, na qualidade de homem, não de mordomo. "Se eu tivesse um quando a minha ficou doente, ela não teria morrido."

"Como foi isso?", perguntei.

"Crupe. A sra. Madden estava fora. Ninguém sabia o que fazer. Viajei oito milhas em uma carroça alugada, em busca do doutor. Ela havia se asfixiado quando voltamos. Este carro a teria salvo. Ela teria agora quase dez anos."

"Lamento", disse eu. "Pensei que você gostava muito de crianças, pelo que você me disse a caminho da encruzilhada, outro dia."

"O senhor as viu novamente — esta manhã?"

"Sim, mas elas são muito reticentes quanto a carros. Não consegui que nenhuma delas se aproximasse menos de vinte jardas dele."

Ele olhou-me cautelosamente como um escoteiro examina um estranho — não como um doméstico levantaria os olhos para seu superior designado pela divindade.

Eles

"Gostaria de saber por quê", disse ele, com um longo suspiro.

Nós aguardamos. Um vento leve do mar soprava pelas longas linhas das florestas, e o capim da trilha, já quase brancos da poeira do verão, levantava e pendia em acenos abatidos.

Uma mulher, enxugando a espuma das mãos, saiu do chalé ao lado da doceria. "Eu estava ouvindo no quintal", disse ela animadamente. "Ele diz que o Arthur está muito mal. Vocês o ouviram gritar agora há pouco? Muito mal mesmo. Acho que será a vez de Jenny caminhar pela floresta na próxima semana, sr. Madden."

"Perdão, senhor, mas seu cobertor está escorregando", disse Madden, solícito. A mulher sobressaltou-se, fez um cumprimento e afastou-se depressa.

"O que ela quer dizer com 'caminhar pela floresta'?", perguntei.

"Deve ser alguma expressão que eles usam por aqui. Eu sou de Norfolk", disse Madden. "Neste condado, as pessoas têm um jeito todo seu. Ela o tomou por um motorista, senhor."

Vi o doutor sair do chalé, seguido por uma meretriz com vestes sujas que se agarrava ao seu braço como se ele pudesse negociar com a Morte por ela. "Eles", gemia ela — "eles valem tanto para nós quanto se fossem legítimos. Valem tanto quanto — tanto quanto! E Deus pode ficar tão agradecido quanto se o senhor salvasse um deles, doutor. Não o tire de mim. A dona Florence vai lhe dizer o mesmo. Não deixe ele, doutor!"

"Eu sei, eu sei", disse o homem, "mas ele ficará calmo por algum tempo, agora. Conseguiremos a enfermeira e o remédio tão rápido quanto pudermos." Ele me fez um sinal para avançar com o carro, e eu procurei não me intrometer no que se seguiu; mas vi o rosto da moça, manchado e gelado de tristeza, e senti a mão sem anel apertar meus joelhos quando me afastei.

O doutor era um homem de certo senso de humor, pois me lembro de ele ter requisitado meu carro sob o juramento de Esculápio e fez uso dele e de mim sem piedade. Primeiramente escoltamos a sra. Madehurst e a cega para junto do leito do doente até que chegasse a enfermeira. Em seguida, invadimos uma asseada cidade do condado em busca de medicamentos (o doutor disse que o problema era meningite cérebro-espinal), e quando no Instituto do Condado, cercado e flanqueado por assustado gado de corte, declararam que por enquanto não havia enfermeiras, nos despachamos literalmente a esmo pelo condado. Conferenciamos com os proprietários de casas grandes — magnatas — nos extremos de alamedas em arco, cujas mulheres se afastaram a largos passos de suas mesas de chá para ouvir ao despótico doutor. Por fim, uma senhora de cabelos brancos, sentada sob um cedro do Líbano e cercada por uma corte de galgos — todos hostis a motores —, deu ao doutor, que as recebeu como de uma princesa, ordens escritas, que portamos por muitas milhas em velocidade máxima, através de um parque, a um convento francês, onde recebemos em troca uma freira

Rudyard Kipling

pálida e trêmula. Ela ajoelhou-se ao fundo da parte traseira do carro, rezando seu terço sem cessar até que, por atalhos providenciados pelo doutor, chegamos com ela à doceria, mais uma vez. Foi uma longa tarde, recheada de episódios loucos, que surgiram e se dissolveram como o pó das rodas; representantes de vidas remotas e incompreensíveis, entre os quais corríamos em ângulos retos; e fui para casa ao entardecer, exausto, para sonhar com os chifres em colisão do gado; freiras de olhos redondos a caminhar num jardim de cemitério; reuniões agradáveis de chá à sombra de árvores; os corredores pintados de cinza e recendendo a ácido fênico; os passos de crianças tímidas na floresta, e as mãos que apertavam meus joelhos enquanto o motor começava a funcionar.

* * *

Eu pretendia voltar em um ou dois dias, mas quis o destino que ficasse retido naquele lado do condado, sob muitos pretextos, até que florescesse a rosa mais velha e rebelde. Chegou por fim um dia brilhante, límpido a sudoeste e que mostrava as colinas ao alcance da mão — um dia de ventos instáveis e de nuvens altas e diáfanas. Sem nada a impedir, eu estava livre e pus o carro naquela estrada conhecida. Quando alcancei o topo das colinas, senti o ar suave mudar, vi-o brilhar sob o sol; e, olhando o mar abaixo, num instante divisei o azul do canal transformar-se em prata polida, e aço embaçado, em peltre desbotado. Um navio carvoeiro carregado que ladeava a costa dirigia-se ao largo em busca de águas mais profundas e, através da neblina acobreada, vi as velas erguerem-se uma a uma acima da frota de pesqueiros ancorada. Numa duna profunda atrás de mim, um redemoinho de vento subitamente ressoou através de carvalhos protegidos e levantou a primeira amostra de seca de folhas de outono. Quando alcancei a estrada costeira, o nevoeiro do mar elevava-se acima das olarias, e a maré avisava a todas as arestas do temporal além de Ushant. Em menos de uma hora, a Inglaterra estival desaparecera num cinzento gelado. Estávamos novamente na ilha fechada do norte, com todos os navios do mundo a vociferar em nossos portões em perigo; e entre seus clamores ouvia-se o lamento das gaivotas perplexas. Meu carro pingava umidade, as dobras do tapete represava-a em poças ou escorria-a em riachos, e a geada salgada grudava em meus lábios.

Na região interior, o perfume de outono enchia o nevoeiro adensado entre as árvores, e o orvalho se transformou em uma garoa contínua. Contudo, as flores tardias — malva de beira de estrada, escabiosa do campo e dália do jardim — mostravam-se alegres na névoa e, para além do sopro do mar pouco indício havia de decadência na folha. Todavia, nas aldeias, as portas das casas estavam todas abertas, e crianças de pernas e cabeças nuas estavam à vontade, sentadas nas soleiras úmidas para gritar "pihhh" para o forasteiro.

Tomei a liberdade de ir até a doceria, onde a sra. Madehurst veio ao meu encontro com as lágrimas hospitaleiras de uma mulher gorda. O filho de Jenny,

Eles

disse ela, morrera dois dias depois da chegada da freira. Fora melhor assim, achava ela, ainda que companhias de seguro, por razões que ela não pretendia compreender, não quisessem assegurar vidas tão incertas. "Não que Jenny não tenha cuidado de Arthur como se ele tivesse vindo ao mundo da maneira certa — como a própria Jenny." Graças à senhorita Florence, a criança fora enterrada com uma pompa que, na opinião da sra. Madehurst, compensava em muito a pequena irregularidade de seu nascimento. Ela descreveu o caixão, por dentro e por fora, o carro funerário com vidros e o revestimento de sempre-vivas no túmulo.

"Mas como está a mãe?", perguntei.

"Jenny? Ah!, ela vai se recuperar. Senti o mesmo com um ou dois dos meus. Ela vai se recuperar. Ela está passeando na floresta agora."

"Neste clima?"

A sra. Madehurst olhou-me com olhos apertados por trás da máquina registradora.

"Não sei, mas é como se abrisse o coração. Sim, abre o coração. É o que torna igual perder e dar à luz, no fim das contas, como dizemos."

Agora, a sabedoria das parteiras é maior do que a de todos os antepassados, e aquele último oráculo me pôs a pensar durante tanto tempo enquanto eu subia pela estrada, que quase atropelei uma mulher e uma criança na curva arborizada ao lado dos portões da Bela Casa.

"Tempo horrível!", gritei eu, enquanto diminuía quase totalmente a velocidade, para fazer a curva.

"Nem tanto", respondeu ela placidamente, por entre a névoa. "O meu está acostumado. Você encontrará o seu lá dentro, eu acho."

Lá dentro, Madden recebeu-me com cortesia profissional e perguntas gentis sobre a saúde do motor, que ele queria cobrir.

Esperei num saguão castanho e silencioso, agradavelmente adornado de flores tardias e aquecido pelo delicioso fogo de lenha acesa — um lugar de bons eflúvios e grande paz. (Homens e mulheres podem por vezes, após um grande esforço, fazer com que se acredite numa mentira; mas a casa, que é seu templo, nada pode dizer exceto a verdade daqueles que nela viveram.) Um carrinho de brinquedo e uma boneca jaziam sobre o chão preto e branco, de onde um tapete fora afastado. Senti que as crianças haviam acabado de fugir — para esconder-se, provavelmente — para um dos muitos lances da grande escadaria entalhada à mão que subia, imponente, do saguão, ou para se agacharem e olhar por entre os leões e das rosas do balcão entalhado acima. Ouvi então sua voz acima de mim, cantando como fazem os cegos: do fundo da alma.

Nos aprazíveis pomares.
E todos os meus primeiros verões responderam ao chamado.

Nos aprazíveis pomares,
Deus abençoe todas as nossas riquezas, dizemos...
Mas que Deus abençoe todas as nossas perdas,
Que melhor convêm à nossa condição.

Ela omitiu o quinto verso e repetiu:

Que melhor convêm à nossa condição!

Ela parou.

Eu a vi inclinar-se sobre o balcão, as mãos brancas como pérolas entrelaçadas contra o carvalho.

"É você... do outro lado do condado?", chamou ela.

"Sim, eu, do outro lado do condado", respondi rindo.

"Quanto tempo, desde que você veio aqui pela última vez." Ela desceu correndo as escadas, uma mão a tocar levemente o largo balaústre. "São dois meses e quatro dias. O verão acabou!"

"Minha intenção era vir antes, mas o destino não quis."

"Eu sabia. Por favor, faça algo com aquele fogo. Eles não me deixam mexer com ele, mas posso sentir que ele está se comportando mal. Bata nele!"

Olhei para ambos os lados da lareira funda e encontrei apenas um atiçador meio carbonizado, com o qual cutuquei uma tora negra para acendê-la.

"Ele nunca se apaga, noite ou dia", disse ela, como que explicando. "Caso venha alguém com dedos frios, você sabe."

"O interior é mais encantador ainda do que o exterior", murmurei. A luz vermelha difundia-se desde as guarnições escuras polidas pelo tempo até as rosas e leões Tudor do balcão, que adquiriam cor e movimento. Um antigo espelho convexo, encimado por uma águia, reunia o quadro em seu centro misterioso, distorcendo novamente as sombras distorcidas e dando às linhas curvas do balcão a curvatura de um navio. O dia estava se fechando numa quase tempestade, enquanto o nevoeiro transformava-se num chuvisco viscoso. Através das esquadrias nuas da ampla janela, eu podia ver os valentes cavaleiros do gramado recuar e recobrar-se contra o vento que os castigava com legiões de folhas mortas.

"Sim, deve ser lindo", disse ela. "Você gostaria de vê-la? Ainda há luz suficiente lá em cima."

Segui-a pela escadaria firme, ampla, até o balcão, que dava para portas elizabetanas, de canas estreitas.

"Sinta como eles punham as maçanetas bem baixo, por causa das crianças." Ele moveu uma porta para dentro.

Eles

"A propósito, onde estão elas?", perguntei. "Não as ouvi hoje."

Ela não respondeu imediatamente. Então, "Eu só consigo ouvi-las", respondeu suavemente. "Este é um de seus quartos — está tudo pronto, como você vê."

Ela apontou para um quarto todo revestido de madeira. Havia mesinhas baixas e cadeiras para crianças. Uma casa de bonecas, com a parte dianteira curva meio aberta, estava diante de um grande cavalo de balanço malhado, de cuja sela almofadada de um pulo uma criança poderia subir até o amplo banco embutido da janela que dava para o gramado. Uma arma de brinquedo jazia num canto, ao lado de um canhão de madeira pintada de dourado.

"Com certeza elas acabaram de sair", sussurrei. Na luz fraca, uma porta rangeu cautelosamente. Ouvi o farfalhar de um avental e o ruído de passos — passos ligeiros através de um quarto mais adiante.

"Ouvi isso", gritou ela triunfantemente. "E você? Crianças, ah, crianças, onde estão?"

A voz encheu as paredes, que a sustentaram amorosamente até a última nota perfeita, mas não houve um grito em resposta, como eu ouvira no jardim. Percorremos um a um os quartos de soalho de carvalho; um degrau acima aqui, três degraus abaixo acolá; por entre um labirinto de corredores; sempre enganados por nossa caça. Menos difícil seria procurar uma agulha no palheiro. Havia inúmeras saídas de fuga — reentrâncias em paredes, vãos de janelas estreitas e fundas, agora escurecidas, de onde eles poderiam escapar pelas nossas costas; e lareiras de alvenaria abandonadas, de seis pés de profundidade, assim como o entrançado de portas comunicantes. Sobretudo, em nosso jogo, eles tinham a penumbra a seu favor. Eu captara uma ou duas risadinhas de subterfúgio, e uma ou duas vezes vira a silhueta do avental de uma criança contra uma janela na penumbra no fim de um corredor; mas retornamos ao balcão de mãos vazias, exatamente quando uma mulher de meia-idade estava colocando um candeeiro em seu lugar.

"Não, não a vi nem nesta tarde, srta. Florence", ouvi-a dizer, "mas aquele Turpin disse que quer falar sobre a choupana dele."

"Ah!, o sr. Turpin precisa muito falar comigo. Diga-lhe que venha ao saguão, sra. Madden."

Olhei para o saguão abaixo, iluminado apenas pelo fogo fraco, e imersas na sombra vi-as finalmente. Elas deviam ter se esgueirado para baixo enquanto estávamos nos corredores, e agora se julgavam completamente escondidas atrás de um antigo biombo de couro dourado. Pelas leis infantis, minha caçada infrutífera servia como uma apresentação, mas, já que eu tivera tanto trabalho, decidi forçá-las a se mostrarem mais tarde mediante o truque simples, que as crianças detestam, de fingir não notá-las. Elas se agruparam, num grupinho amontoado, não mais do que sombras, exceto quando uma rápida chama traía um contorno.

"E agora beberemos um chá", disse ela. "Creio que eu deveria tê-lo oferecido a você de início, mas não se adquirem modos, de certa forma, quando se vive sozinho e é considerado — hum... — especial." Então, com um delicioso desdém, "Você gostaria de um candeeiro para ver o que come?"

"O fogo da lareira é muito mais agradável, acho." Descemos para aquela deliciosa penumbra, e Madden trouxe chá.

Levei minha cadeira para perto do biombo, pronto para surpreender ou ser surpreendido na continuação do jogo e, com a permissão dela, uma vez que uma lareira é sempre sagrada, inclinei-me para frente para brincar com o fogo.

"Onde você conseguiu essas lindas varas curtas?", perguntei ao acaso. "Ora essa, são talhas!"

"É claro", disse ela. "Como não posso ler ou escrever, voltei à antiga talha inglesa para fazer minhas contas. Dê-me uma e lhe direi o que ela significa."

Passei-lhe uma talha de aveleira não queimada, de cerca de um pé de comprimento, e ela correu seu polegar pelos cortes.

"Este é o registro do leite para a fazenda, para o mês de abril do ano passado, em galões", disse ela. "Não sei o que teria feito sem as talhas. Um dos meus velhos guardas-florestais ensinou-me o sistema. Está fora de moda agora, e ninguém mais o usa; mas meus inquilinos o respeitam. Um deles está vindo agora para me ver. Ah!, não importa. Ele não devia vir aqui fora do horário de trabalho. É um homem ganancioso, ignorante... muito ganancioso ou... não viria aqui depois do anoitecer."

"Você possui muitas terras, então?"

"Apenas uns duzentos acres, graças a Deus. Os outros seiscentos estão quase todos arrendados para pessoas que conheciam os meus antes de mim, mas esse Turpin é bastante novo — e um ladrão de estrada."

"Mas você tem certeza de que eu não...?"

"Claro que não. Você tem direito. Ele não tem filhos."

"Ah!, as crianças!", disse eu e deslizei minha cadeira para trás até que ela quase tocasse o biombo que as escondia. "Será que elas virão me procurar?"

Ouviram-se vozes — a de Madden e uma outra mais grave — à porta lateral baixa, e um gigante de cabeça ruiva, de galochas de lona, o inconfundível tipo de fazendeiro inquilino tropeçou ou foi empurrado para dentro.

"Venha até o fogo, sr. Turpin", disse ela.

"Com licença... com licença, senhorita, eu... eu prefiro ficar ao lado da porta." Ele agarrou-se ao trinco enquanto falava, como uma criança amedrontada. Subitamente percebi que ele estava tomado de um enorme pavor.

"Sim?"

Eles

"Sobre aquela nova choupana para os pequeninos... só isso. Essas primeiras tempestades de outono estão chegando... mas volto depois, senhorita." Seus dentes não batiam muito mais do que o trinco da porta.

"Acho que não", respondeu ela no mesmo tom. "A nova choupana... humm. O que meu administrador lhe escreveu no dia 15?"

"Eu... achei que talvez, se eu viesse vê-la... co... como de homem para homem, senhorita... mas..."

Seus olhos percorriam todos os cantos da sala, arregalados de pavor. Ele entreabriu a porta pela qual entrara, mas notei que ela se fechara novamente — do lado de fora e com força.

"Ele escreveu o que eu lhe ordenei", continuou ela. "Você já está abarrotado de estoque. A Fazenda Dunnett nunca teve mais do que cinquenta bois — mesmo no tempo do sr. Wright. E *ele* usava ração. Você tem sessenta e sete e não forra. Nisso você rompeu o contrato. Você está esgotando a fazenda."

"Eu... eu estou trazendo alguns minerais... superfosfatos... na próxima semana. Eu também já mandei uma carroça cheia. Vou até a estação amanhã para pegar. Depois eu posso vir e falar com a senhorita de homem para homem, à luz do dia... Esse senhor não está indo embora, está?" Ele estava quase gritando.

Eu havia apenas deslizado a cadeira um pouco mais para trás e estendera o braço atrás de mim para bater no couro do biombo, mas ele pulou como um rato.

"Não. Por favor, preste atenção a mim, sr. Turpin." Ela virou sua cadeira e encarou-o; ele permaneceu de costas para a porta. Era um estratagemazinho velho e sórdido o que ela empregava. "Seu pedido de um novo estábulo à custa da proprietária, para que ele pudesse com o esterco coberto pagar o aluguel do ano seguinte com o lucro, após (como ela deixou claro) ter exaurido as ricas pastagens."

Eu não poderia deixar de admirar o grau de sua ganância, quando o vi enfrentando, por ela, o pavor que lhe escorria da fronte, fosse qual fosse o motivo.

Parei de bater no biombo — na verdade, eu estava calculando o custo do estábulo — quando senti minha mão solta ser tomada suavemente entre macias mãos infantis. Eu ganhara, finalmente. Dentro de instantes, eu me viraria e conheceria aqueles caminhantes de pés ligeiros...

O beijinho roçou o centro de minha palma — como um presente, em torno do qual os dedos deveriam se fechar: como todos os sinais sinceros e de quase censura de uma criança que não está acostumada a ser ignorada, nem mesmo quando os adultos estão mais ocupados — um fragmento do código mudo inventado há muito, muito tempo.

Então eu soube. E era como se eu houvesse sabido desde o primeiro dia, quando olhei do gramado para a janela alta.

Ouvi a porta fechar-se. A mulher virou para mim em silêncio, e senti que ela sabia.

Quanto tempo se passou depois disso, não sei. Fui despertado pela queda de uma tora e mecanicamente levantei-me para colocá-la de volta. Então retornei ao meu lugar na cadeira, bem perto do biombo.

"Agora você compreende", sussurrou ela, em meio às densas sombras.

"Sim, eu compreendo... agora. Obrigado."

"Eu... eu apenas as ouço." Ela pendeu a cabeça sobre as mãos. "Não tenho o direito, você sabe... nenhum outro direito. Nem dei à luz, nem perdi... nem dei à luz, nem perdi!"

"Fique feliz, então", disse eu, pois minha alma toda se abriu dentro de mim.

"Perdoe-me!"

Ela ficou imóvel, e eu voltei para minha tristeza e minha alegria.

"Foi porque eu as amava tanto", disse ela por fim, a voz entrecortada. "Foi por *isso*, até mesmo da primeira... até mesmo antes que eu soubesse o que elas... elas eram tudo que eu jamais teria. E eu as amava tanto!"

Ela estendeu os braços para as sombras e as sombras dentro da sombra.

"Elas vieram porque eu as amava... porque eu precisava delas. Eu... eu devo tê-las feito vir. Foi errado, você não acha?"

"Não... não."

"Eu... eu lhe garanto que os brinquedos e... e tudo aquilo era loucura, mas... mas eu odiava tanto quartos vazios, quando era pequena!" Ela apontou para o balcão. "E os corredores todos vazios... E como jamais poderia eu suportar a porta do jardim fechada? Imagine..."

"Não! Por piedade, não!", exclamei. O crepúsculo trouxera uma chuva fria com rajadas de ventos de tempestade que batiam nas calhas de chumbo.

"E a mesma coisa com o fogo a noite inteira. *Eu* não acho que isso seja muito tolo. E você?"

Eu olhei para a larga lareira de alvenaria, vi, através das lágrimas, creio, que não existia um ferro intransponível sobre ela ou perto dela e acenei com a cabeça.

"Fiz isso e muitas outras coisas — só para fingir. Então elas vieram. Ouvia-as, mas não sabia que não eram minhas por direito, até que a sra. Madden me contou..."

"A mulher do mordomo? O quê?"

"Uma delas... eu ouvi... ela viu... e descobriu. A dela! *Não* para mim. Eu não sabia, de início. Talvez eu tivesse ciúmes. Depois eu comecei a compreender que era somente porque eu as amava, não porque... Ah!, você *precisa* dar à luz ou perder", disse ela piedosamente. "Não há outra maneira — e todavia elas me amam. Com certeza! Não é?"

Não havia nenhum som na sala exceto o do crepitar do fogo, mas ambos ouvíamos atentamente, e ela por fim consolou-se com o que ouvia. Ela recobrou-se e endireitou-se. Fiquei sentado, imóvel em minha cadeira ao lado do biombo.

Eles

"Não pense que sou uma coitada por assim lamentar-me, mas... mas estou em completa escuridão, você sabe, e *você* pode ver."

Era verdade, eu podia ver, e minha visão confirmava minha resolução, embora esta fosse como o dilaceramento do espírito e da carne. E, contudo, eu permaneceria um pouco mais, uma vez que era a última vez.

"Você acha que é errado, então?", exclamou ela, num tom agudo, embora eu nada dissera.

"Não de sua parte. Mil vezes, não. Para você está certo... sou grato a vocês, mais do que palavras poderiam expressar. Para mim seria errado. Para mim, somente..."

"Por quê?", disse ela, mas passou a mão diante do rosto como fizera em nosso segundo encontro no bosque. "Ah!, entendo", continuou, desafetadamente como uma criança. "Para você seria errado." Então, com uma risada interior, "E, você se lembra, eu o chamei de afortunado — uma vez — no início. Você não deve retornar aqui, jamais!"

Ela me deixou sentar por mais algum tempo ao lado do biombo, e ouvi o som de seus passos morrerem no balcão acima.

O CAPITÃO DO *ESTRELA POLAR*

Sir Arthur Conan Doyle

[Extrato do diário de JOHN McALISTER RAY, estudante de medicina, mantido por ele durante os seis meses de viagem aos mares da Antártida, no vapor baleeiro *Estrela Polar*, de Dundee, Capitão Nicholas Craigie.]

11 de setembro — Lat. 81º 40' N.; Long. 2º E. — Ainda preso nos vastos campos de gelo. O que se estende ao nosso norte e ao qual nossa âncora de gelo está presa não pode ser menor do que um condado inglês. À direita e à esquerda, lençóis contínuos se estendem até o horizonte. Esta manhã, o imediato relatou que havia sinais de banquisas ao sul. Se essa forma tiver espessura suficiente para impedir nosso retorno, ficaremos numa posição perigosa, uma vez que a comida, segundo ouço, já está escasseando. A estação já está avançada e as noites estão começando a reaparecer. Esta manhã vi uma estrela piscando acima da verga do traquete — a primeira desde o início de maio. Há muito descontentamento entre a tripulação, muitos estão ansiosos em voltar para casa a tempo de aproveitar a temporada de arenque, quando o trabalho sempre faz jus a um alto preço na costa escocesa. Até agora seu aborrecimento manifestou-se somente por fisionomias zangadas e olhares soturnos, mas ouvi do segundo imediato esta tarde que estavam pensando em enviar uma delegação ao Capitão para expor suas queixas. Tenho muitas dúvidas quanto ao modo pelo qual ele as receberá, pois é um homem de temperamento irritadiço e muito sensível a tudo que se aproxime de uma violação de seus direitos. Vou tentar, após o jantar, conversar um pouco com ele sobre esse assunto. Constato sempre que ele tolera de mim o que o ofende quando vem de qualquer outro membro da tripulação. A Ilha de Amsterdã, no lado noroeste do Spitzbergen, é visível acima de nosso estibordo — uma linha enrugada de rochas vulcânicas, entremeadas de camadas brancas, que representam as geleiras. É estranho pensar que até o presente momento não existe provavelmente nenhum ser humano mais próximo de nós do que os acampamentos dinamarqueses, no sul da Groenlândia — umas boas novecentas milhas em linha reta. Um capitão assume uma grande responsabilidade quando expõe seu navio a essas circunstâncias. Nenhum baleeiro jamais permaneceu nestas latitudes em um período tão avançado do ano.

21 horas — Falei com o Capitão Craigie e, embora o resultado tenha sido menos que satisfatório, posso certamente dizer que ele ouviu ao que eu tinha a dizer com muita calma e até mesmo deferência. Quando terminei, ele assumiu aquele ar de determinação férrea que muitas vezes observei em seu rosto e percorreu com passos rápidos, para cá e para lá, a estreita cabine, durante alguns minutos. De início, eu temia que o houvesse ofendido gravemente, mas ele afastou essa ideia ao sentar-se novamente e pôr a mão em meu braço com um gesto que quase equivalia a uma carícia. Havia também em seus olhos negros e tempestuosos uma ternura profunda que muito me surpreendeu. "Olhe, Doutor", disse ele, "lamento nunca tê-lo levado... lamento mesmo... e daria cinquenta libras neste instante para vê-lo em segurança no cais de Dundee. Desta vez, é tudo ou nada para mim. Há peixes ao nosso norte. Como ousa balançar sua cabeça, senhor, quando lhe digo que os vi do topo do mastro!", disse num súbito rompante de fúria, embora eu não estivesse consciente de ter manifestado nenhum sinal de dúvida. "Vinte e dois peixes durante tantos minutos quantos vivi, e nenhum com menos de dez pés. Ora, Doutor, o senhor julga que posso deixar a região, quando há apenas uma droga de faixa de gelo entre eu e minha sorte? Se acontecesse um vento norte amanhã, poderíamos encher o navio e ir embora antes que a geada pudesse nos apanhar. Se acontecesse um vento sul... bem, acho que os homens são pagos para arriscar suas vidas, e quanto a mim, pouco me importa, pois tenho mais a me prender ao outro mundo do que a este. Confesso que lamento por *você*, no entanto. Gostaria de ter o velho Angus Tait, que estava comigo na última viagem, pois é um homem de quem ninguém sentiria falta, e você... você disse uma vez que estava noivo, não?"

"Sim", respondi, pressionando a mola do medalhão que pendia da corrente de meu relógio de bolso e mostrando o pequeno retrato de Flora.

"Para o inferno!", gritou ele, saltando de seu assento em extrema agitação, a barba eriçada. "O que significa para mim sua felicidade? O que tenho eu a ver com ela, para que você me ponha diante dos olhos sua fotografia?" Quase cheguei a pensar que ele ia me golpear na exaltação de sua raiva, mas com uma outra imprecação ele arremessou-se à porta do camarote, abrindo-a e ganhando apressadamente o convés e deixando-me bastante perplexo pela sua extraordinária violência. Foi a primeira vez em que não se mostrou cortês e gentil. Posso ouvi-lo caminhando agitado de um lado para outro lá em cima, enquanto escrevo estas linhas.

Gostaria de apresentar um esboço do caráter desse homem, mas parece presunção tentar algo assim no papel, quando a ideia em meu próprio espírito é no máximo vaga e indefinida. Muitas vezes julguei ter captado a chave de sua definição, mas apenas para ver-me frustrado diante de uma nova luz que contradizia todas as minhas conclusões. É provável que nenhum olhar humano, salvo o meu, jamais vejam estas linhas, mas tentarei deixar algum registro do Capitão Nicholas Craigie.

A forma exterior de um homem geralmente dá alguma indicação da alma interior. O Capitão é alto e de boa compleição, com um rosto sombrio e belo e um modo peculiar de contrair seus membros, o que pode ter uma origem nervosa ou ser simplesmente produto de sua extrema energia. Seu queixo, assim como todo seu semblante, é másculo e determinado, mas os olhos constituem o traço característico de seu rosto. São de um castanho muito escuro, brilhantes e vivos, com uma expressão em que se misturam singularmente inquietude e algo mais, que por vezes eu julgava mais próxima do terror do que de qualquer outra emoção. Geralmente predominava a primeira, mas às vezes e mais particularmente quando estava pensativo, o olhar de medo se espalhava e se intensificava até imprimir um novo aspecto a todo o seu semblante. É nesses momentos que está mais sujeito a ataques tempestuosos de ira, e parece estar consciente disso, pois percebi que ele se retira, a fim de que ninguém possa se aproximar dele, até que passe a hora tenebrosa. Ele não dorme bem, e o tenho ouvido gritando durante a noite, mas seu aposento é um pouco distante do meu, e nunca pude distinguir as palavras que dizia.

Esse é um aspecto da sua personalidade e também o mais desagradável. Somente minha proximidade com ele, obrigados que somos a conviver dia após dia, permitiu-me observá-lo. No mais, ele é uma companhia agradável, culto e divertido e o marinheiro mais corajoso que jamais pisou um convés. Não me será fácil esquecer como ele lidava com o navio quando um vento forte nos apanhava entre os blocos soltos de gelo, no início de abril. Nunca o vi tão alegre e até mesmo espirituoso quanto naquela noite em que andava para frente e para trás na ponte de comando, por entre os clarões dos raios e o sibilar do vento. Me dissera várias vezes que o pensamento da morte lhe era agradável, algo triste para um jovem: não podia ter mais de trinta anos, embora seus cabelos e bigodes já fossem ligeiramente grisalhos. Alguma grande tristeza devia tê-lo tomado e arruinara toda a sua vida. Talvez me ocorresse o mesmo, se perdesse Flora — sabe Deus! Acho que se não fosse por ela pouco me importaria que o vento soprasse do norte ou do sul amanhã. Eis que o ouço descer pela gaiuta e se trancar em seu aposento, o que mostra estar ainda num humor cordial. E então para a cama, como diria o velho Pepys, pois a vela está se apagando (temos de usá-las agora, já que as noites estão chegando), e o camareiro está recolhendo-se e portanto uma outra é impossível.

12 de setembro — Dia claro e calmo, e ainda na mesma posição. O vento que sopra vem do sudeste, mas é muito fraco. O humor do Capitão está melhor e ele se desculpou comigo no desjejum por sua grosseria. Ainda parece um pouco *desatento*, no entanto, e seus olhos ainda mantêm aquele ar tempestuoso que, num montanhês

Sir Arthur Conan Doyle

da Escócia significaria que está "desvairado" — pelo menos foi essa a observação que me fez nosso engenheiro-chefe, e ele tem certa reputação de vidente e arauto de presságios entre os celtas de nossa tripulação.

É estranho que a superstição tenha alcançado tal mestria nessa raça cabeçuda e utilitária. Jamais poderia acreditar até que ponto vai, não o tivesse visto eu próprio. Já tivemos uma epidemia total dela nesta viagem, a ponto de eu me sentir tentado a servir rações de sedativos e tônicos para os nervos juntamente com a porção de sábado de grogue. Seu primeiro sintoma foi quando, logo após a partida de Shetland, os homens no leme se queixavam de terem ouvido lamentos e gritos ao movimento do navio, como se algo o estivesse seguindo e não conseguisse alcançá-lo. Essa afirmação fantasiosa tem se repetido durante toda a viagem, e nas noites escuras, no início da pesca às focas, encontrávamos grande dificuldade em persuadir os homens a cumprir seus turnos. Não há dúvida de que o que ouviam era ou o ranger das correntes do leme, ou o grito de algum pássaro marinho. Tenho sido tirado da cama várias vezes para ouvi-lo, mas é quase desnecessário dizer que nunca pude identificar nada de anormal. Os homens, todavia, estão tão absurdamente convencidos que é inútil discutir com eles. Falei com o Capitão sobre isso, mas, para minha surpresa, ele o recebeu com muita seriedade e na verdade pareceu bastante perturbado com o que lhe contei. Julgara que pelo menos ele estaria acima dessas ilusões populares.

Todas essas indagações sobre superstição estão relacionadas ao fato de que o sr. Manson, nosso segundo imediato, viu um fantasma na noite passada — ou, pelo menos, diz que viu; o que, obviamente, é a mesma coisa. É muito agradável ter algum novo assunto de conversa depois da incessante rotina de ursos e baleias que nos tem ocupado durante tantos meses. Manson jura que o navio é assombrado e que não ficaria nele um dia se tivesse outro lugar para onde ir. O sujeito está, de fato, realmente aterrorizado, e eu tive de lhe dar um pouco de cloral e brometo de potássio esta manhã para acalmá-lo. Ele pareceu bastante indignado quando insinuei que ele havia tomado um copo extra na noite anterior, e fui obrigado a apaziguá-lo, mantendo uma fisionomia tão solene quanto possível durante sua história, a qual ele indubitavelmente narrou de uma forma muito direta e verdadeira.

"Eu estava na ponte de comando", disse ele, "durante cerca de quatro batidas de sino durante a vigília intermediária, justamente quando a noite está mais escura. Havia algum luar, mas as nuvens estavam passando por ela, e por isso não se conseguia ver muito adiante do navio. John McLeod, o arpoador, veio da cabeça da proa e informou um estranho ruído na proa, a estibordo. Fui lá e juntos ouvimos aquilo, às vezes como um pássaro gritando, às vezes como uma coitada gemendo de dor. Já estive dezessete anos na região e nunca ouvi foca, velha ou nova, fazer um som como aquele. Enquanto estávamos lá na cabeça da proa, a lua saiu de trás de uma nuvem e nós dois vimos uma espécie de vulto branco movendo-se no campo de gelo, na mesma direção dos gritos que tínhamos ouvido. Nós o perdemos de vista por um momento, mas ele voltou pela proa de vigia e o vimos como uma sombra no gelo. Mandei buscar os rifles lá embaixo, e McLeod e eu descemos até o gelo, pensando que talvez fosse um urso. Quando chegamos lá perdi McLeod de vista, mas continuei na direção onde podia ainda ouvir os gritos. Eu os segui por uma milha ou talvez mais, e então correndo em volta de um monte dei de cara com ele, lá em pé, parece que me esperando. Não sei o que era. De qualquer modo, não era um urso. Era alto, branco e ereto, e se não era um homem nem uma mulher, aposto que era alguma coisa pior. Voltei correndo para o navio o mais depressa que pude e fiquei danado de feliz quando me vi a bordo. Assinei embaixo que faria meu dever no navio, e no navio vou ficar, mas ninguém vai me ver de novo no gelo depois do pôr-do-sol."

Essa foi sua história em suas próprias palavras, tanto quanto posso reproduzi-las. Imagino que o que ele viu, apesar de sua negativa, deve ter sido um jovem urso ereto sobre suas pernas traseiras, uma atitude que eles assumem quando alarmados. Sob pouca luz, ele se assemelharia a uma figura humana, especialmente a um homem cujos nervos já estavam um tanto abalados. Seja o que for, a ocorrência foi inoportuna, pois produziu um efeito muito desagradável na tripulação. Suas fisionomias estão mais desoladas do que nunca e seu descontentamento ainda mais intenso. O aborrecimento duplo de ser privado da pesca de arenque e estar preso no que preferem chamar de nave assombrada pode levá-los a fazer algo temerário. Até mesmo os arpoadores, que são os mais velhos e serenos dentre eles, estão se deixando contaminar pela agitação geral.

Apesar dessa explosão absurda de superstição, as coisas parecem um pouco mais animadoras. O bloco de gelo que estava se formando no sul desapareceu parcialmente, e a água está tão morna que me leva a crer que estamos em uma daquelas ramificações da corrente do golfo que passa entre a Groenlândia e Spitzbergen. Há uma grande quantidade de pequenas medusas e lesmas-do-mar à volta do navio, assim como uma profusão de camarões, e assim é bastante provável que se aviste "peixe". De fato, viu-se uma esguichando por volta da hora do jantar, mas numa posição que impedia os barcos de a seguirem.

13 de setembro — Tive uma conversa interessante com o imediato-chefe, o sr. Milne, na ponte de comando. Parece que nosso Capitão é um enigma tão grande aos marujos e até mesmo aos donos do navio quanto tem sido para mim. O sr. Milne me diz que quando se acertam as contas do navio, no retorno de uma viagem, o Capitão Craigie desaparece e não é visto novamente até a aproximação de outra temporada, quando ele entra silenciosamente no escritório da companhia e pergunta se seus serviços serão requisitados. Não tem amigos em Dundee, e ninguém alega ter informações acerca de sua história precedente. Sua posição baseia-se inteiramente em sua habilidade como marinheiro e na reputação de coragem e sangue-frio que angariou na posição de imediato, antes de lhe confiarem um comando independente. A opinião unânime parece ser que ele não é escocês e que seu nome é fictício. O sr. Milne acha que se dedicou à caça à baleia simplesmente porque é a ocupação mais perigosa que pôde encontrar e que corteja a morte de todas as maneiras possíveis. Ele citou vários exemplos disso, um dos quais bastante estranho, se verdadeiro. Parece que em uma ocasião ele não apareceu no escritório e tiveram de selecionar um substituto. Foi na época da última guerra russa e turca. Quando ele apareceu novamente na primavera seguinte, tinha uma ferida enrugada no lado de seu pescoço, que costumava tentar ocultar com a gravata. Se a inferência do imediato de que o Capitão estivera na guerra é verdadeira ou não, não posso afirmar. Foi certamente uma estranha coincidência.

O vento está mudando para a direção do leste, mas ainda é muito fraco. Acho que o gelo está mais próximo do que ontem. Até onde os olhos alcançam, há por todo lado uma vasta extensão de branco imaculado, quebrado apenas por uma greta ocasional ou pela sombra de uma elevação de gelo. Ao sul há a estreita passagem de mar aberto que constitui nosso único meio de fuga e que está se fechando dia a dia. O Capitão está assumindo uma grande responsabilidade. Eu soube que o suprimento de batatas acabou e que até mesmo os biscoitos estão escasseando, mas ele mantém o mesmo semblante impassível e passa a maior parte do dia no ninho de pega, a varrer o horizonte com sua luneta. Sua atitude varia muito, e ele parece evitar meu contacto, mas não se repetiu a violência mostrada na outra noite.

19h30 — Estou convencido de que somos comandados por um louco. Nada mais pode explicar as divagações extraordinárias do Capitão Craigie. Felizmente mantenho este diário de nossa viagem, pois ele servirá para justificar-nos, caso tenhamos de detê-lo, uma medida a que eu somente poderia consentir como último recurso. Muito curiosamente, foi ele próprio que sugeriu insanidade, e não mera excentricidade, como a chave para sua estranha conduta. Ele estava de pé na ponte de comando há cerca de uma hora, perscrutando como de costume com sua luneta, enquanto eu caminhava de um lado a outro do convés. A maioria dos homens estava lá embaixo, tomando seu chá, pois as vigílias não têm sido escaladas com regularidade ultimamente. Cansado de andar, apoiei-me na amurada e contemplei o suave brilho lançado pelo sol poente sobre os vastos campos de gelo que nos rodeavam. Fui subitamente despertado do devaneio em que caíra por uma voz áspera e virando-me descobri que o Capitão descera e se postara a meu lado. Ele olhava fixamente acima do gelo com uma expressão na qual o terror, a surpresa e um sentimento semelhante ao júbilo disputavam a supremacia. Apesar do frio, grandes gotas de suor escorriam em sua fronte e ele estava visivelmente tomado de uma exaltação assustadora. Seus membros retorciam-se como os de um homem à beira de um ataque epilético, e as linhas em torno de sua boca estavam estiradas e vincadas.

O Capitão do Estrela Polar

"Veja!", disse ele, ofegante, agarrando-me pelo pulso, mas ainda mantendo os olhos sobre o gelo distante e movendo vagarosamente a cabeça numa direção horizontal, como se seguisse algum objeto que se movia pelo campo de visão. "Veja! Lá, homem, lá! Entre os montes! Agora saindo de trás do mais distante! Você a vê, você deve vê-la! Lá ainda! Fugindo de mim, por Deus, fugindo de mim... desapareceu!"

Ele murmurou as duas últimas palavras num sussurro de agonia concentrada que jamais se me apagará da lembrança. Agarrando-se aos enfrechates, tentava subir até o topo da amurada, como se na esperança de obter um último relance do objeto que se afastava. Sua força não sustentou a tentativa, contudo, e recuou, a cambalear contra a claraboia21 do salão, onde se apoiou ofegante e exausto. Seu rosto estava tão lívido que achei que ele desfaleceria, e assim conduzi-o imediatamente à gaiuta e o estendi sobre um dos sofás do camarote. Servi-lhe então um pouco de conhaque, na verdade despejei em sua boca, e que produziu um efeito incrível sobre ele, devolvendo-lhe o sangue às faces brancas e serenando-lhe os pobres membros trêmulos. Ele apoiou-se no cotovelo e, olhando em volta para ver se estávamos sozinhos, fez-me um gesto para aproximar-me e sentar perto dele.

"Você a viu, não foi?", perguntou, ainda no mesmo tom de suave reverência tão alheio à natureza daquele homem.

"Não, não vi nada."

Sua cabeça afundou novamente nas almofadas. "Não, ele não conseguiria, sem a luneta", murmurou. "Ele não conseguiria. Foi a luneta que a mostrou para mim, e então os olhos amorosos... os olhos amorosos. Ouça, Doutor, não deixe o camareiro entrar! Ele julgará que estou louco. Tranque a porta, por favor!"

Levantei-me e fiz o que ordenara.

Deitou-se quieto por um momento, aparentemente perdido em pensamentos, e então apoiou-se novamente no cotovelo e pediu-me um pouco de conhaque.

"Você não acha que estou, não é, Doutor?", perguntou enquanto eu colocava de volta a garrafa no armário com chave. "Diga-me agora, de homem para homem, você acha que estou louco?"

"Acho que algo em seu espírito", respondi, "está excitando-o e fazendo-lhe grande mal."

"Exatamente lá, jovem!", exclamou ele, os olhos faiscando pelos efeitos do conhaque. "Muita coisa em meu espírito... muita coisa! Mas consigo calcular a latitude e a longitude, consigo manejar meu sextante e lidar com meus logaritmos. Você não conseguiria provar que estou louco em um tribunal agora, poderia?" Era estranho ouvir o homem deitado e friamente discutindo a questão de sua própria insanidade.

"Talvez não", disse eu, "mas ainda assim acho que seria conveniente o senhor ir para casa assim que puder e levar uma vida tranquila durante algum tempo."

199

"Ir para casa, é?", murmurou, com uma expressão de sarcasmo no rosto. "Uma palavra para mim e duas para você, jovem. Estabelecer-se com Flora... a pequena e bonita Flora. Pesadelos são sinais de loucura?"

"Às vezes", respondi.

"De que mais? Quais seriam os primeiros sintomas?"

"Dores de cabeça, ruídos nos ouvidos, clarões diante dos olhos, delírios..."

"Ah, e daí?", ele interrompeu. "O que você chamaria de delírio?"

"Ver algo que não está lá é um delírio."

"Mas ela *estava* lá!", resmungou ele para si. "Ela *estava* lá!", e levantando-se destrancou a porta e caminhou com passos vagarosos e vacilantes para seu próprio camarote, onde não tenho dúvida de que permanecerá até amanhã de manhã. Seu organismo parece ter recebido um choque terrível, seja o que for que ele imagine ter visto. O homem se torna um mistério cada dia maior, embora eu receie que a solução sugerida por ele próprio é a correta, e que sua razão está afetada. Não acho que uma consciência culpada tenha algo a ver com seu comportamento. Essa ideia tem muitos adeptos entre os oficiais e, creio, entre a tripulação; mas nada vi que a sustente. Ele não tem o ar de um homem culpado, mas sim de quem tem sofrido golpes terríveis da fortuna e que deveria ser considerado antes um mártir do que um criminoso.

O vento está mudando em direção ao sul, esta noite. Deus nos proteja, se ele bloquear aquela passagem estreita que é nossa única via para a segurança! Situados como estamos, na borda do principal bloco de gelo do Ártico, ou a "barreira", como os baleeiros o chamam, qualquer vento que venha do norte resulta no esgarçamento do gelo a nossa volta e nos permite fugir, ao passo que um vento do sul sopra todo o gelo solto atrás de nós e nos prende entre dois blocos. Deus nos proteja, repito!

14 de setembro — Domingo e um dia de descanso. Meus temores foram confirmados, e a fina faixa de mar aberto desapareceu do lado sul. Nada além dos vastos e imóveis campos de gelo a nossa volta, com seus bizarros montes e picos fantásticos. Há um silêncio mortal em toda a sua amplidão que é horrível. Nenhum marulho das ondas agora, nem gritos de gaivotas ou trapejamento de velas, mas um único silêncio absoluto, no qual os murmúrios dos marujos e o ranger de suas botas sobre o convés branco brilhante parecem destoantes e fora de lugar. Nosso único visitante foi uma raposa do Ártico, um animal raro nos blocos de gelo, embora muito comum em terra. Ela não se aproximou do navio, contudo, mas, após nos examinar à distância, fugiu rapidamente pelo gelo. Essa conduta foi estranha, pois elas geralmente nada sabem sobre o homem e, possuindo uma natureza inquisitiva, tornam-se tão mansos que são facilmente capturados. Por incrível que pareça, até mesmo esse pequeno incidente teve um efeito ruim sobre a tripulação. "Aquele pobre animal sabe mais, sabe sim, e vê mais do que você ou eu!", foi o comentário

O Capitão do Estrela Polar

de um dos principais arpoadores, e os outros fizeram um gesto de aquiescência. É inútil tentar argumentar contra tal superstição pueril. Eles já decidiram que há uma maldição sobre o navio, e nada jamais os convencerá do contrário.

O Capitão permaneceu recluso o dia todo, exceto por cerca de meia hora à tarde, quando subiu ao tombadilho. Observei que ele mantinha os olhos fixos no ponto em que a visão de ontem aparecera e estava preparado para outra explosão, mas isso não aconteceu. Ele não pareceu me ver, embora eu estivesse bem ao seu lado. As preces foram lidas, como de costume, pelo engenheiro-chefe. É curioso como nos navios baleeiros o livro de orações da Igreja da Inglaterra é sempre usado, embora nunca haja um membro dessa Igreja entre os oficiais ou entre a tripulação. Nossos homens são todos católicos romanos ou presbiterianos, com predominância daqueles. Uma vez que o ritual usado é alheio a ambos, nenhum deles pode se queixar da preferência do outro, e todos ouvem com igual atenção e devoção, de modo que o sistema é conveniente.

Um esplêndido pôr-do-sol, que fez com que os vastos campos de gelo parecessem um lago de sangue. Eu jamais vira um efeito mais belo e ao mesmo tempo mais espectral. O vento está mudando de direção. Se ele soprar vinte e quatro horas do norte, tudo estará bem, finalmente.

15 de setembro — Hoje é o aniversário de Flora. Minha querida! É bom que ela não possa ver seu menino, como costumava me chamar, preso entre os campos de gelo com um capitão louco e provisões para apenas umas poucas semanas. Certamente ela percorre as listas de carregamentos no *Scotsman* toda manhã, para ver se há informações de Shetland sobre nós. Tenho de dar o exemplo aos homens e parecer animado e despreocupado; mas Deus sabe que às vezes meu coração fica muito pesado.

O termômetro mostra dezenove Fahrenheit hoje [–7,2°C]. Há pouco vento, e o que sopra vem de um lado desfavorável. O Capitão está de excelente humor; acho que imagina ter visto algum outro presságio ou espectro, pobre homem, durante a noite, pois veio até meu camarote de manhã cedo e, inclinando-se sobre meu beliche, sussurrou: "Não era uma miragem, Doc, está tudo bem!" Depois do desjejum, pediu-me que verificasse quanta comida restara, o que o segundo imediato e eu fizemos. Há até menos do que esperávamos. Na proa, há meio tanque de biscoitos, três barris de carne salgada e um suprimento muito pequeno de café, feijão e açúcar. No porão e nos armários há uma grande quantidade de iguarias como salmão em lata, sopas, guisado de carneiro etc., mas é muito pouco para uma tripulação de cinquenta homens. Há dois barris de farinha na despensa e um suprimento ilimitado de tabaco. No todo, há quase o suficiente para manter os homens em meia ração durante dezoito ou vinte dias — não mais, com certeza. Quando relatamos o estado das coisas ao Capitão, ele ordenou que chamassem todos os marinheiros e, do tombadilho, dirigiu-se a eles. E nunca o vira tão imponente. Alto e bem proporcionado, o rosto moreno e animado, parecia um homem nascido para comandar e discutiu a situação num tom calmo e típico de marinheiro, o que mostrou que, embora avaliando o perigo, mantinha-se alerta para qualquer oportunidade de fuga.

"Meus rapazes", disse ele, "não há dúvida de que vocês julgam que eu os trouxe a esta posição difícil, e talvez alguns de vocês sintam mágoa de mim por isso. Mas devem lembrar que durante muitas temporadas nenhum navio chegou ao país com tanto dinheiro em óleo quanto o *Estrela Polar*, e cada um de vocês recebeu seu quinhão. Vocês podem deixar suas esposas em situação confortável, enquanto outros pobres rapazes voltam para encontrar suas meninas entregues à caridade da paróquia. Se devem me agradecer por um, devem me agradecer por outro, e estamos todos quites. Tentamos uma aventura ousada antes disso e tivemos êxito, e portanto agora, que tentamos mais uma e fracassamos, não temos motivo para chorar. Se o pior acontecer, podemos ganhar terra através do gelo e nos servir de focas, que nos manterão vivos até a primavera. Mas isso não acontecerá, no entanto, pois verão a costa escocesa novamente antes que se passem três semanas. Agora, todos receberão meia ração, todos indistintamente, sem quaisquer privilégios. Mantenham-se animados, e se sairão bem, assim como se saíram bem de muitos perigos antes." Este discurso breve e simples teve um efeito maravilhoso sobre a tripulação. Sua impopularidade anterior foi esquecida, e o velho arpoador, a quem já mencionei por sua superstição, deu três vivas, nos quais foi acompanhado com grande animação pela tripulação.

16 de setembro — O vento mudou para o norte durante a noite, e o gelo mostra alguns sinais de que está abrindo. Os homens estão de bom humor, apesar do racionamento a que foram submetidos. O vapor é alimentado na sala de máquinas, para que não haja demora, caso se apresente uma oportunidade de fuga. O moral do Capitão está muito alto, embora ainda conserve aquela expressão selvagem de "desvairado" que já mencionei. Essa explosão de ânimo me deixa mais perplexo do que sua tristeza anterior. Não consigo entendê-la. Acho que já mencionei numa parte anterior deste diário que uma de suas excentricidades é nunca permitir que pessoa alguma entre em seu camarote e insiste em fazer sua própria cama, assim como executar qualquer outro serviço sozinho. Para minha surpresa, hoje ele entregou-me a chave e me ordenou que descesse lá e visse a hora em seu cronômetro, enquanto media a altura do sol ao meio-dia. É um pequeno quarto simples, com um lavatório e alguns poucos livros, mas quase nenhum outro luxo, exceto alguns quadros nas paredes. A maioria deles são pequenas oleografias baratas, mas havia um esboço em aquarela de uma jovem senhora que atraiu minha atenção. Era obviamente um retrato, e não um desses tipos imaginários de beleza feminina de que gostam particularmente os

O Capitão do Estrela Polar

marinheiros. Artista algum poderia ter tirado de sua própria cabeça uma tal mistura de personalidade e sinceridade. Os olhos lânguidos, sonhadores, com seus longos cílios úmidos, e a fronte ampla, sem marcas de pensamento ou cuidado, faziam um forte contraste com o queixo bem marcado e proeminente e com a linha determinada do lábio inferior. Abaixo, em um dos cantos, estava escrito "M.B., aet. 19". Que alguém, no breve espaço de dezenove anos de existência pudesse ter desenvolvido tal força de vontade quanto a estampada em seu rosto pareceu-me, na época, quase inacreditável. Ela deve ter sido uma mulher extraordinária. Suas feições lançaram sobre mim um encanto que, não obstante eu as tivesse visto somente de um relance, poderia, se fosse um desenhista, reproduzi-las linha por linha nesta página do diário. Imagino que papel exerceu ela na vida do nosso capitão. Ele pendurou seu retrato aos pés do leito, para que seus olhos pousassem continuamente sobre ele. Fosse ele um homem menos reservado, eu lhe teria feito alguma observação sobre esse assunto. Entre os outros objetos de seu camarote nada havia que mereça menção — casacos de uniforme, um tamborete de acampamento, um espelho pequeno, caixa de tabaco e muitos cachimbos, incluindo um narguilé oriental — o qual, a propósito, dá alguma veracidade à história do sr. Milne sobre sua participação na guerra, embora a ligação possa parecer um tanto remota.

23h20 — O Capitão acabou de ir para a cama, após uma conversa longa e interessante sobre assuntos gerais. Quando quer, ele pode ser uma companhia extremamente fascinante, extraordinariamente culto e com uma capacidade de exprimir sua opinião com energia, sem parecer dogmático. Detesto quando pisam em meus calos intelectuais. Ele falou sobre a natureza da alma e fez um esboço das ideias de Aristóteles e de Platão acerca desse assunto de uma forma magistral. Parece ter uma preferência pela metempsicose e pelas doutrinas de Pitágoras. Ao discuti-las, fizemos algumas ligeiras observações sobre o espiritualismo moderno, e fiz uma alusão jocosa sobre as imposturas de Slade, e ele, para minha surpresa, admoestou-me veementemente a não confundir o inocente com o culpado e argumentou que, pela mesma lógica, classificar-se-ia o cristianismo como um engano porque Judas, que professava essa religião, era um homem vil. Pouco depois, ele se despediu com um boa-noite e retirou-se para seu quarto.

O vento está tomando força e sopra uniformemente do norte. As noites estão tão escuras agora quanto na Inglaterra. Espero que amanhã sejamos libertados de nossas cadeias geladas.

17 de setembro — O Bogie [duende] novamente. Graças a Deus que tenho nervos fortes! A superstição desses pobres rapazes e as explicações circunstanciais que dão, com a maior sinceridade e convicção, repugnariam a quem não estivesse acostumado com seu jeito. Há muitas versões da questão, mas a soma total delas é que algo sinistro adejou pelo navio inteiro durante a noite toda, e que Sandie McDonald de Peterhead e Peter Williamson "outrora" de Shetland o viram, como também o sr. Milne na ponte — portanto, com três testemunhas, eles podem argumentar mais fortemente do que o segundo imediato fizera. Falei com o sr. Milne após o desjejum e disse-lhe que ele deveria estar acima de tais absurdos e que, como oficial, deveria dar aos homens um exemplo melhor. Ele balançou agourentamente sua cabeça curtida pelo tempo, mas respondeu com a habitual cautela, "Talvez sim, talvez não, Doutor", murmurou, "eu não disse que era um fantasma. Num posso dizê que ponho minha fé em garrafas no mar e coisa assim, embora muita gente diz que viu uma coisa parecida. Não é fácil me dar medo, mas talvez seu sangue corria o mais que pode, homem, se em vez de procurá ele de dia o senhor estivesse comigo noite passada e visse uma forma feia como aquela, branca, repulsiva, ora aqui, ora lá, e saudando e chamando na escuridão como uma ovelhinha que perdeu a mãe. Ocê não teria tanta pressa em dizê que é coisa de comadres faladeiras, é o que penso." Vi que era inútil argumentar com ele, e portanto me contentei em lhe rogar, como um favor pessoal, que me chame na próxima vez que o espectro aparecer — um pedido com o qual ele concordou, exprimindo eloquentemente suas esperanças de que tal oportunidade jamais ocorra.

Como eu esperava, o branco deserto atrás de nós quebrou-se em muitas tiras estreitas de água, que o atravessam em todas as direções. Nossa latitude hoje era de 80° 52' N., o que mostra existir uma forte corrente para o sul, embaixo do bloco. Caso o vento continue favorável, ela se dissolverá tão rapidamente quanto foi formada. No momento, nada há a fazer senão fumar, aguardar e esperar pelo melhor. Estou rapidamente me tornando um fatalista. Quando se lida com fatores tão incertos como o vento e o gelo, não há outra alternativa. Talvez o vento e a areia dos desertos árabes tenham dado aos primeiros seguidores de Maomé sua tendência a curvar-se ao destino.

Esses alarmes espectrais exercem um efeito ruim sobre o Capitão. Eu receava que pudessem excitar seu espírito impressionável e me esforcei por esconder dele a história absurda, mas infelizmente ele ouviu um dos homens fazer uma alusão a ela e insistiu em ser informado sobre isso. Como eu esperava, ela trouxe à tona toda a sua insanidade latente de forma exacerbada. Mal posso acreditar que esse é o mesmo homem que discutia filosofia na noite passada com uma agudeza extremamente crítica e o juízo mais calmo. Ele está andando para frente e para trás no tombadilho como um tigre enjaulado, parando de quando em quando para estirar suas mãos com um gesto anelante e fixar os olhos impacientemente no gelo. Ele murmura incessantemente consigo mesmo e uma vez gritou: "pouco tempo mais, amor... pouco tempo mais!" Pobre coitado, é triste ver um marinheiro garboso e um cavalheiro bem-educado reduzido a esse estado e pensar que a imaginação e o delírio podem amedrontar um espírito para o qual o perigo real era apenas o sabor da vida. Existiu

O Capitão do Estrela Polar

jamais um homem em posição semelhante à minha, entre um capitão demente e um imediato que vê fantasmas? Às vezes penso que sou o único homem realmente são a bordo — exceto talvez o segundo engenheiro, que é de natureza contemplativa e jamais se importaria com nada por todos os demônios do Mar Vermelho, contanto que o deixem em paz e não desarrumem suas ferramentas.

O gelo ainda está se abrindo rapidamente e muito provavelmente poderemos partir amanhã de manhã. Pensarão que estou inventando quando contar em casa todas as coisas estranhas que me sucederam.

Meia-noite — Estou bastante assustado, embora me sinta mais calmo agora, graças a um copo de conhaque bem forte. Mas ainda estou muito abalado, como se verificará por minha caligrafia. O fato é que passei por uma estranha experiência e estou começando a duvidar de que estava certo ao classificar todos a bordo como loucos, porque afirmavam ter visto coisas que não pareciam razoáveis segundo meu entendimento. Ora bolas! Sou um louco em deixar que uma coisa insignificante me desanime, e contudo, como ocorreu depois de todos esses sinais, isso adquiriu uma importância adicional, pois não posso duvidar quer da história do sr. Milne quer da história do imediato, agora que passei por tudo aquilo de que costumava desdenhar.

Afinal, não era nada de muito alarmante — um mero som, e foi tudo. Não posso esperar que quem ler isto, se é que alguém jamais o fará, se solidarize com meus sentimentos ou compreenda o efeito que ele produziu em mim naquela época. A ceia terminara e fui ao convés para fumar calmamente meu cachimbo antes de entrar. A noite estava muito escura — tão escura que, mesmo estando no lado da popa do barco, não podia ver o oficial na ponte de comando. Acho que já mencionei o extraordinário silêncio que cobre esses mares gelados. Em outras partes do mundo, ainda que extremamente áridas, há alguma leve vibração do ar — algum rumor fraco, seja dos distantes abrigos dos homens, seja das folhas das árvores, seja das asas dos pássaros ou até mesmo o débil farfalhar da grama que cobre o chão. Podemos não nos dar conta do som e mesmo assim, se ele desaparecesse, daríamos por sua falta. É somente aqui, nestes mares árticos, que esse silêncio completo, imenso, abate-se sobre uma pessoa com todo o seu horrível realismo. Percebe-se o esforço do tímpano em captar algum pequeno murmúrio e a demorar-se em cada som acidental dentro da nave. Assim estava eu, apoiado no balaústre, quando se elevou do gelo, quase exatamente abaixo de mim, um grito, agudo e penetrante, no ar silencioso da noite, começando — assim me pareceu — com uma nota impossível de ser alcançada por uma prima-dona e ascendendo a tons cada vez mais altos até culminar num lamento de intensa dor, que poderia ter sido o último grito de uma alma perdida. O terrível guincho ainda soa em meus ouvidos. Parecia exprimir um pesar, um indescritível pesar, e uma profunda saudade, mas não obstante nele havia por vezes uma nota de louca exultação. Pareceu-me vir de perto de mim e contudo, quando olhei para a escuridão abaixo nada pude vislumbrar. Esperei um pouco, mas não ouvi nenhuma repetição do som, então desci, mais trêmulo do que jamais ficara em toda a minha vida. Enquanto descia a gaiuta, encontrei o sr. Milne, que subia para render sentinela. "Ora, Doutor", disse ele, "talvez sejam as comadres faladeiras, não é? O senhor não ouviu um som de gaita de foles? Seria uma superstição? O que o senhor acha?" Fui obrigado a desculpar-me com aquele sujeito franco e reconhecer que eu estava tão intrigado com aquilo quanto ele. Talvez amanhã as coisas pareçam diferentes. No momento, mal me atrevo a escrever tudo que penso. Ler isto novamente em dias futuros, quando me libertar de todas essas conotações, poderá fazer com que me despreze por ter sido tão fraco.

18 de setembro — Uma noite agitada e inquieta, ainda perseguido por aquele som estranho. O Capitão também não parece ter conseguido descansar muito, pois sua fisionomia está perturbada e seus olhos, injetados. Não lhe contei minha aventura da noite passada e nem o farei. Ele já está agitado e exaltado, ora levanta-se, ora senta-se, visivelmente incapaz de manter-se quieto.

Uma boa passagem surgiu no bloco esta manhã, como eu já esperava, e pudemos recolher nossa âncora de gelo e avançar cerca de doze milhas numa direção oeste--sudoeste para o oeste. Fomos então detidos por uma grande banquisa, tão compacta quanto as que tínhamos deixado para trás. Ela impede totalmente nosso curso e, portanto, nada podemos fazer senão lançar âncora novamente e aguardar até que se abra, o que provavelmente fará dentro de vinte e quatro horas, se o vento continuar. Várias focas-nariudas foram vistas a nadar na água, e uma foi morta — uma criatura imensa, de mais de onze pés de comprimento. São animais ferozes, belicosos, e dizem que um páreo duro para ursos. Felizmente seus movimentos são lentos e desajeitados, de modo que oferecem pouco perigo quando atacados sobre o gelo.

O Capitão demonstra claramente não julgar que nossos problemas estejam superados, embora eu não consiga imaginar o motivo de uma avaliação tão negativa, uma vez que todos a bordo consideram miraculosa nossa fuga e estejam convictos de alcançar mar aberto.

"Imagino que você julga estar tudo certo agora, não é, Doutor?", disse ele quando estávamos sentados juntos, após o jantar.

"Espero que sim", respondi.

"Não devemos ter tanta certeza — e no entanto não há dúvida de que você está certo. Estaremos logo todos nos braços de nossas fiéis amadas, não é, rapaz? Mas não devemos ter tanta certeza — não devemos ter tanta certeza."

Ele ficou em silêncio por um momento, balançando a perna pensativamente para a frente e para trás. "Veja", continuou, "este é um lugar perigoso, até mesmo em circunstâncias favoráveis — um lugar traiçoeiro, perigoso. Já vi homens morrerem muito subitamente numa terra como esta. Às vezes basta um escorregão — um

O Capitão do Estrela Polar

único escorregão, e lá vai você para baixo, por uma fenda, e apenas uma bolha nas águas verdes, para mostrar onde você afundou. É algo estranho", continuou, com uma risada nervosa, "mas durante todos esses anos em que estive nesta região nunca pensei em fazer um testamento — não que eu tenha algo em especial para deixar, mas mesmo assim, quando um homem está exposto ao perigo, ele deveria providenciar para que tudo estivesse em ordem e pronto — você não acha?"

"Certamente", respondi, imaginando aonde ele queria chegar.

"Ele se sente melhor ao pensar que está tudo em ordem", continuou, "agora, se qualquer coisa me acontecer, espero que você cuide de tudo para mim. Há muito pouco na cabine, mas são coisas que eu gostaria que fossem vendidas e o dinheiro dividido igualmente entre a tripulação. O cronômetro eu quero que fique com você, como uma pequena lembrança de nossa viagem. É claro que tudo isso é mera precaução, mas julguei que esta seria uma boa oportunidade de falar sobre isso com você. Posso contar com você se houver necessidade?"

"Com toda certeza", respondi, "e já que o senhor está tomando essa iniciativa, eu poderia também..."

"Você! Você!", interrompeu ele. "*Com você* está tudo bem. Que diabos há com *você*? Não pense que estou bravo, mas não gosto de ouvir um jovem, que apenas começou a vida, especular sobre a morte. Suba ao convés e aspire um pouco de ar fresco em vez de dizer bobagens na cabine e me encorajar a fazer o mesmo."

Quanto mais penso sobre essa nossa conversa, menos ela me agrada. Por que estaria o homem fazendo doações justamente quando o perigo parecia estar terminado? Deve haver algum método em sua loucura. Estaria ele pensando em suicídio? Lembro-me de que em uma ocasião ele se referiu de modo profundamente respeitoso ao crime infame de autodestruição. Vou vigiá-lo, contudo, e, embora não possa invadir a privacidade de sua cabina, pelo menos não o deixarei sozinho no convés enquanto ele estiver acordado.

O sr. Milne desdenha de meus receios e diz que se trata apenas de "frescuras do capitão". Ele próprio tem uma visão bastante rósea da situação. Segundo ele, sairemos do gelo depois de amanhã, passaremos por Jan Meyen dois dias depois e veremos Shetland em pouco mais de uma semana. Espero que ele não esteja otimista demais. Sua opinião pode muito bem ser contrabalançada pelas sombrias cautelas do Capitão, pois ele é um velho e experiente marujo e pesa suas palavras muito bem antes de proferi-las.

19 de setembro — A catástrofe que há muito tempo pairava no ar finalmente ocorreu. Não sei o que escrever sobre isso. O Capitão foi embora. É possível que volte vivo, mas temo... temo. Agora são sete horas da manhã do dia 19 de setembro. Passei a noite inteira percorrendo a grande banquisa que se estende diante de nós com um grupo de marujos, na esperança de encontrar alguns vestígios dele, mas em vão. Tentarei expor as circunstâncias que envolveram seu desaparecimento. Se porventura alguém tiver a oportunidade de ler as palavras que escrevo, confio em que se lembrará que não escrevo com base em conjeturas ou em rumores, mas sim que eu, um homem são e culto, estou descrevendo detalhadamente o que realmente ocorreu diante de meus olhos. Minhas inferências só a mim pertencem, mas dou garantias quanto aos fatos.

O ânimo do Capitão continuou excelente após a conversa por mim relatada. Contudo, ele parecia nervoso e impaciente, frequentemente mudava sua posição e movia seus membros de forma brusca e aleatória, como era de seu feitio de tempos em tempos. Num quarto de hora ele subiu ao convés sete vezes, apenas para descer após uns poucos passos apressados. Eu o seguia a cada vez, pois havia algo em seu rosto que confirmava minha decisão de não o perder de vista. Ele parecia dar-se conta do efeito que seus movimentos produziam, e reagia, com uma alegria excessiva e nervosa, gargalhando ruidosamente às menores brincadeiras, tentando apaziguar meus temores.

Depois da ceia, ele foi à popa uma vez mais, e eu o acompanhei. A noite estava escura e muito silenciosa, salvo pelo murmúrio melancólico do vento entre os mastros. Uma nuvem espessa estava surgindo do noroeste, e os tentáculos esfarrapados que ela lançava sobre o barco estavam se acumulando sobre a face da lua, que apenas brilhava intermitentemente através de uma fenda nas sombras. O Capitão marchou em passos rápidos para diante e para trás e, ao ver-me ainda seguindo-o insistentemente, veio ao meu encontro e deu a entender que eu deveria descer — o que, escusado dizer, teve o efeito de reforçar minha decisão de permanecer no convés.

Acho que depois disso ele se esqueceu de minha presença, pois permaneceu em silêncio, inclinado sobre o balaústre da popa, a observar atentamente o grande deserto de neve, parte envolto em sombras, parte coberto por uma névoa brilhante sob o luar. Por diversas vezes pude perceber, pelos seus movimentos, que ele estava se dirigindo ao objeto de sua atenção e uma vez resmungou uma frase curta, da qual somente pude captar a palavra "pronto". Confesso que um sentimento lúgubre foi lentamente tomando conta de mim enquanto observava o vulto de seu talhe alto por entre as trevas e notei como ele concretizava perfeitamente a ideia de um homem que aguardava um encontro marcado. Um encontro marcado com quem? Uma vaga percepção começou a se esboçar em mim, ao reunir os fatos, mas eu estava totalmente despreparado para o que se seguiu.

Pela súbita intensidade de sua postura, percebi que ele vira algo. Postei-me sorrateiramente atrás dele. Ele estava fitando com um olhar de ansiosa interrogação o que parecia ser uma grinalda de névoa, soprando rapidamente ao lado do navio. Era um corpo nebuloso e indistinto, desprovido de forma, ora mais, ora menos visível, conforme a luz incidia sobre ele. O brilho da lua estava ofuscado naquele momento por um pálio de nuvem muito tênue, como a capa de uma anêmona.

"Estou indo, menina, estou indo", gritou o capitão, numa voz de indescritível ternura e compaixão, como quem conforta uma amada por um favor há muito buscado, e tão prazeroso a dar quanto a receber.

O que se seguiu aconteceu num instante. Não pude impedi-lo. Ele ganhou de um salto a borda do balaústre e com outro alcançou o gelo, quase aos pés da lívida e nebulosa figura. Estendeu as mãos, como que para agarrá-la e assim correu para dentro das trevas, com os braços esticados e palavras amorosas. Eu ainda permanecia rígido e imóvel, esforçando-me por seguir com os olhos sua figura cada vez mais distante, até que sua voz morreu na distância. Julguei que não o veria novamente, mas naquele instante a lua resplandeceu por uma fenda no céu encoberto de nuvens e iluminou o grande campo gelado. Então vi sua figura sombria já muito ao longe, correndo com uma velocidade prodigiosa através da planície gelada. Foi a última visão que tive dele — talvez a última que jamais teremos. Organizou-se um grupo para segui-lo, e eu o acompanhei, mas os homens não estavam muito empenhados e nada se encontrou. Formou-se um outro algumas horas depois. Mal posso crer que não estava sonhando ou sofrendo de algum pesadelo terrível enquanto escrevo estas palavras.

19h30 — Acabei de retornar, atônito e exausto de uma segunda busca infrutífera pelo Capitão. A banquisa é enorme, pois embora tenhamos atravessado pelo menos vinte milhas de sua superfície, não se viu sinal de seus limites. A geada ultimamente foi tão forte que a cobertura de neve está tão dura quanto granito, do contrário teríamos encontrado pegadas que nos guiassem. A tripulação está ansiosa para que zarpemos e avancemos pela banquisa, em direção ao sul, pois o gelo abriu durante a noite e o mar está visível no horizonte. Eles argumentam que o Capitão Craigie está com certeza morto e que estamos todos arriscando nossas vidas inutilmente ao permanecer quando temos oportunidade de fuga. O sr. Milne e eu tivemos grande dificuldade em persuadi-los a aguardar até amanhã à noite e fomos obrigados a prometer que, sob nenhuma circunstância, adiaremos nossa partida para além desse prazo. Decidimos portanto dormir por algumas horas e então iniciar uma busca final.

20 de setembro, anoitecer — Atravessei o gelo esta manhã com um grupo de homens, explorando a parte sul da banquisa, enquanto o sr. Milne partiu na direção do norte. Avançamos por dez ou doze milhas, sem divisar vestígio algum de ser vivo, exceto um único pássaro, que volteou durante algum tempo sobre nossas cabeças e que, a julgar por seu voo, parecia ser um falcão. A extremidade sul do campo de gelo afilava-se até uma península estreita, que se projetava até o mar. Quando chegamos à base desse promontório, os homens pararam, mas implorei-lhes que continuassem até o extremo, para que nos certificássemos de não haver mais nada a ser explorado.

Sir Arthur Conan Doyle

Mal havíamos avançado umas cem jardas, quando McDonald de Peterhead gritou que vira algo a nossa frente e começou a correr. Todos nós o vislumbramos e corremos também. De início era apenas uma vaga sombra escura contra o gelo branco, mas à medida que corríamos juntos ela tomou a forma de um homem e gradativamente a do homem que procurávamos. Ele estava de bruços sobre um banco gelado. Muitos cristais minúsculos de gelo e ondas de neve haviam deslizado sobre seu corpo deitado e faiscavam sobre sua jaqueta escura de marinheiro. Enquanto nos aproximávamos, uma lufada de vento apanhou aqueles minúsculos flocos em seu redemoinho e eles giraram no ar, desceram em parte e então, presos novamente na corrente, lançaram-se rapidamente em direção ao mar. Aos meus olhos parecia apenas uma nuvem de neve, mas muitos de meus companheiros afirmaram que tomou inicialmente a forma de uma mulher, deteve-se sobre o cadáver e o beijou e então precipitou-se através da banquisa. Aprendi a jamais rir da opinião de quem quer que seja, por muito estranha que possa parecer. Não há dúvida de que o fim do Capitão Craigie não foi doloroso, pois havia em sua face marcada de manchas azuladas um sorriso luminoso, e suas mãos ainda estavam estendidas, como para alcançar o estranho visitante que o chamara até o mundo indistinto existente além do túmulo.

Nós o sepultamos na mesma tarde, envolto na bandeira do navio e com trinta e duas salvas de tiro. Presidi às exéquias, enquanto os rudes marujos choravam como crianças, pois muitos deles haviam sido objeto de sua generosidade e agora demonstravam o afeto que os modos estranhos do Capitão haviam repelido em vida. Ele deslizou pela grade com um surdo e sombrio chapinhar, e quando olhei para a água verde vi-o afundando gradativamente até tornar-se apenas uma tira branca flutuando sobre as fímbrias das trevas eternas. Então até mesmo ela desvaneceu-se e ele se foi. Lá jazerá, com seu segredo e suas mágoas e seu mistério ainda encerrados todos eles em seu peito, até aquele grande dia quando o mar devolver seus mortos e Nicholas Craigie retorne do gelo com o sorriso em seu rosto e seus braços rígidos estendidos numa saudação. Rezo para que sua sorte seja mais feliz naquela vida do que foi nesta.

Não darei continuidade ao meu diário. Diante de nós, a estrada para casa está aberta e desimpedida, e o grande campo de gelo em breve será apenas uma lembrança do passado. Algum tempo se passará até que eu me recupere do choque causado pelos acontecimentos recentes. Quando iniciei esse registro de nossa viagem, não imaginava como seria obrigado a encerrá-lo. Estou escrevendo estas palavras finais na cabina solitária, ainda me assustando às vezes e imaginando ouvir o passo apressado e nervoso do morto no convés acima de mim. Entrei em sua cabina esta noite, como era meu dever, para fazer uma lista de seus bens, para que possa ser registrado no diário de bordo oficial. Tudo estava como da minha visita anterior,

O Capitão do Estrela Polar

exceto pelo retrato que então, como eu o descrevi, estava pendurado ao pé de sua cama e que agora fora cortado de sua moldura, como por uma faca, e desaparecera. Com esse último elo numa estranha cadeia de provas, encerro meu diário da viagem do *Estrela Polar*.

[NOTA pelo Dr. John McAlister Ray, pai. "Li sobre os estranhos acontecimentos ligados à morte do Capitão do *Estrela Polar*, tal como narrados no diário de meu filho. Estou inteiramente convencido de que tudo ocorreu exatamente como ele descreveu e, com efeito, disso tenho a mais absoluta certeza, pois conheço-o e sei que ele é um homem calmo e avesso a voos da imaginação, com o maior respeito pela veracidade. Ainda assim, a história é, à primeira vista, tão vaga e tão improvável que durante muito tempo me opus à sua publicação. Nos últimos dias, porém, chegou-me um testemunho independente sobre ela que a colocou sob nova luz. Eu fora a Edimburgo para uma reunião da Associação Médica Britânica, quando encontrei-me casualmente com o Dr. P., um antigo colega, agora clinicando em Saltash, Devonshire. Quando lhe contei essa experiência de meu filho, ele me declarou que conhecia o homem e passou, para minha surpresa, a descrevê-lo de uma forma que se adequava admiravelmente bem à registrada no diário, exceto pelo fato de referir-se aos tempos em que ele era mais jovem. Segundo seu relato, ele fora noivo de uma jovem senhora de beleza singular e que residia na costa da Cornualha. Durante sua ausência no mar, sua noiva morrera em circunstâncias particularmente terríveis.]

OS OLHOS

Edith Wharton

I

Um conto de Fred Murchard — a narrativa de uma aparição estranha —, naquela noite, após um ótimo jantar em casa de nosso amigo Culwin, nos predispusera à discussão sobre fantasmas.

Vista através da fumaça de nossos charutos e à luz soporativa dos tições da lareira, a biblioteca de Culwin, com suas paredes de carvalho e antigas guarnições escuras, compunha um bom cenário para tais invocações; e uma vez que experiências pessoais de contactos com espectros, após a brilhante introdução de Murchard, eram as únicas bem-vindas para nós, passamos a fazer um balanço de nosso grupo e a exigir contribuições de cada um. Éramos oito, e sete conseguiram, de modo mais ou menos adequado, cumprir a determinação. Surpreendeu-nos descobrir que podíamos reunir uma tal amostragem de impressões sobrenaturais, pois nenhum de nós, à exceção do próprio Murchard e do jovem Phil Frenham — cuja história era a mais superficial do grupo —, tinha o hábito de entregar nossas almas ao invisível. E assim, tudo considerado, tínhamos todos os motivos para nos orgulharmos de nossas sete "apresentações" e nenhum de nós teria jamais sonhado em obter de nosso anfitrião uma oitava.

Nosso velho amigo, o sr. Andrew Culwin, que, afundado numa poltrona, ouvia e piscava em meio aos anéis de fumaça com a condescendência satisfeita de um sábio ídolo antigo, não era o tipo de homem que tais contactos provavelmente escolheriam, embora tivesse imaginação suficiente para desfrutar, sem inveja, dos altos privilégios de seus convidados. Por idade e por educação, ele pertencia à sólida tradição positivista, e sua mente fora formada nos dias da disputa heroica entre a física e a metafísica. Porém ele fora, então e sempre, essencialmente um espectador, um observador distante e bem-humorado do espetáculo da variedade imensamente desnorteadora da vida, escapulindo de seu canto, de tempos em tempos, para um mergulho na jovialidade imperante nos fundos da casa, mas nunca, que se soubesse, mostrando o mínimo desejo de saltar para o palco e pegar uma "deixa".

Entre seus contemporâneos, pairava uma vaga tradição de ter ele, em época remota e em um clima romântico, sido ferido em um duelo; mas essa lenda não se acordava mais ao que os mais jovens conheciam de sua personalidade do que a afirmação de minha mãe de que ele fora outrora "um homenzinho encantador, com belos olhos" correspondia a qualquer reconstituição possível de sua fisionomia seca e contrariada.

"Sua aparência nunca deve ter sido diferente de um feixe de varas", dissera Murchard uma vez. "Ou melhor, de uma tora fosforescente", corrigiu alguém; e reconhecemos o acerto dessa descrição de seu tronco pequeno e atarracado, com o piscar avermelhado dos olhos num rosto semelhante a uma casca sarapintada. Ele sempre desfrutara de um ócio que acalentara e protegera em vez de dissipá-lo em vãs atividades. Suas horas cuidadosamente preservadas haviam sido dedicadas ao cultivo de uma bela inteligência e de uns poucos hábitos judiciosamente selecionados; e nenhuma das perturbações comuns à experiência humana parecia ter cruzado seu firmamento. Todavia, sua inspeção impassível do universo não lhe aumentara o apreço por aquele experimento dispendioso, e seu estudo da raça humana parecia tê-lo levado à conclusão de que todos os homens eram supérfluos, e as mulheres, necessárias apenas porque alguém tinha de cozinhar. Sobre a importância desse ponto, suas convicções eram absolutas, e a gastronomia era a única ciência que ele reverenciava como a um dogma. Deve-se convir que seus jantares íntimos constituíam um forte argumento em favor dessa opinião, além de ser um motivo — embora não o principal — da fidelidade de seus amigos.

Espiritualmente, ele exercia uma hospitalidade menos sedutora, mas não menos estimulante. Seu espírito era como um foro, ou algum lugar de reuniões aberto para a troca de ideias: algo frio e exposto a correntes de ar, mas elegante, espaçoso e pacífico — uma espécie de bosque acadêmico que perdera todas as folhas. Nessa área privilegiada, uns doze costumávamos exercitar nossos músculos e abrir nossos pulmões; e, como que para prolongar tanto quanto possível a tradição do que sentíamos ser uma instituição em extinção, um ou dois neófitos eram vez por outra adicionados ao grupo.

O jovem Phil Frenham era o último, o mais interessante desses novatos e um bom exemplo da afirmação algo mórbida de que nosso velho amigo "gostava dos suculentos". O fato, indubitavelmente, é que Culwin, não obstante toda a sua secura espiritual, apreciava as qualidades líricas da juventude. Como ele era um epicurista bom demais para beliscar as flores da alma que reunia em seu jardim, sua amizade não constituía uma influência deletéria; pelo contrário, obrigava a ideia jovem a uma florescência mais robusta. E em Phil Frenham ele encontrara um belo objeto de experimento. O rapaz era realmente inteligente, e a robustez de sua natureza era como a massa pura

Os olhos

sob um esmalte delicado. Culwin pescara-o da densa névoa de uma família embotada e o empurrara a um cume em Darien; e a aventura absolutamente não o ferira. Com efeito, a habilidade com que Culwin conseguira estimular sua curiosidade sem privá-la das tenras flores da admiração parecia-me uma resposta suficiente à imagem de bicho-papão que dele fazia Murchard. Nada havia de febril na florescência de Frenham, e seu velho amigo não encostara um dedo nas imbecilidades sagradas. Não havia melhor prova disso do que o fato de Frenham ainda reverenciá-las em Culwin.

"Existe um lado seu que vocês, meus caros, não veem. Eu acredito naquela história do duelo!", declarava ele; e era a própria essência dessa crença que deve tê-lo induzido — justamente quando nosso grupo estava se dispersando — a voltar-se para nosso anfitrião com a absurda exigência: "E agora você tem de nos contar sobre o seu fantasma!"

A porta de saída fechara-se depois de Murchard e os demais; restávamos apenas Frenham e eu; e o solícito criado que supervisionava as Parcas de Culwin, após trazer um novo suprimento de água gasosa, fora laconicamente dispensado.

A sociabilidade de Culwin era uma flor noturna, e sabíamos que ele aguardava que o núcleo de seu grupo se fechasse a sua volta após a meia-noite. Mas o pedido de Frenham pareceu desconcertá-lo de modo cômico, e ele se levantou da cadeira na qual acabara de se sentar após suas despedidas no vestíbulo.

"Meu fantasma? Você acha que sou tolo o bastante para me dar ao trabalho de ter um, quando há tantos outros encantadores nos armários de meus amigos? — Tome mais um charuto", disse ele, voltando-se para mim com uma risada.

Frenham riu também, aproximando sua figura alta e delgada da cornija da lareira enquanto voltava o rosto para seu amigo baixo e eriçado.

"Ah!", disse ele, "você nunca estaria disposto a compartilhá-lo, se encontrasse um de que realmente gostasse."

Culwin mergulhara de volta em sua poltrona, a cabeça lanosa encaixada no espaldar em seu buraco habitual, os olhinhos luzindo fracamente sobre um charuto novo.

"Gostasse... gostasse? Deus meu!", rosnou.

"Ah!, então você tem!", atirou-lhe Frenham no mesmo instante, com um olhar triunfante de soslaio para mim; mas Culwin escondeu-se como um gnomo em suas almofadas, dissimulando-se numa nuvem protetora de fumaça.

"De que adianta negá-lo? Você viu tudo, e portanto obviamente viu um fantasma!", insistiu seu jovem amigo, falando intrepidamente com a nuvem. "Ou, se você não viu um, é apenas porque viu dois!"

A forma de desafio pareceu atingir nosso anfitrião. Ele lançou sua cabeça para fora da névoa com um movimento esquisito semelhante a uma tartaruga que por vezes fazia e piscou aprovadoramente para Frenham.

215

Edith Wharton

"Sim", ele subitamente arremessou-se para nós, com uma gargalhada aguda; "apenas porque vi dois!"

As palavras foram tão inesperadas que caíram num silêncio impenetrável, enquanto continuávamos a nos fitar com olhos arregalados acima da cabeça de Culwin, e Culwin fitava seus fantasmas. Por fim, Frenham, sem dizer uma palavra, lançou-se à cadeira do outro lado da lareira e inclinou-se para frente com seu sorriso de ouvinte...

II

"Ah!, é claro que não são apenas fantasmas de espetáculos — um colecionador nunca teria muita consideração por eles... Não despertemos suas esperanças... seu único mérito é sua força numérica: o fato excepcional de serem dois. Mas, contra isso, estou pronto a admitir que em qualquer instante poderia provavelmente tê-los exorcizado a ambos, pedindo uma receita a meu médico, ou pedindo óculos ao meu oculista. Somente que, como eu nunca poderia me decidir a ir ou ao médico ou ao oculista — indeciso quanto a estar sofrendo de uma ilusão óptica ou digestiva —, deixei que continuassem sua interessante vida dupla, embora por vezes tornassem a minha extremamente desconfortável...

"Sim — desconfortável; e vocês sabem como odeio o desconforto! Mas isso era parte de meu tolo orgulho, quando a coisa começou: não admitir que eu poderia ser perturbado pela questão trivial de ver dois...

"E também não tinha nenhum motivo, realmente, para supor que estivesse doente. Tanto quanto soubesse, eu estava apenas entediado — terrivelmente entediado. Mas fazia parte de meu tédio — lembro-me — estar me sentindo tão incomumente bem, e não sabia como diabos gastar minha energia excedente. Eu chegara de uma longa viagem — à América do Sul e ao México — e me estabelecera, para o inverno, perto de Nova York, com uma velha tia que conhecera Washington Irving e se correspondia com N.P. Willis. Ela vivia, não muito longe de Irvington, numa *villa* gótica úmida, circundada por abetos noruegueses, e na forma exata de uma cabeleira na forma de um emblema memorial. Sua aparência pessoal era semelhante a essa imagem, e sua própria cabeleira — da qual pouco restara — poderia ter sido sacrificada à manufatura do emblema.

"Eu havia chegado ao fim de um ano agitado, com dívidas consideráveis em dinheiro e emoções a compensar; e teoricamente parecia que a hospitalidade indulgente de minha tia seria tão benéfica aos meus nervos quanto à minha bolsa. Mas o diabo é que, assim que me senti seguro e abrigado, minhas energias começaram a renascer, e como lhes dar expansão dentro de um emblema memorial? Eu tinha, àquela época, a doce ilusão de que um esforço intelectual contínuo podia ocupar todas as atividades de um homem; e decidi escrever um grande livro — não lembro sobre o quê. Minha tia, sensibilizada com meu plano, cedeu-me sua biblioteca gótica, cheia de clássicos com capas negras e daguerreótipos de celebridades desaparecidas, e sentei-me à minha escrivaninha para conquistar um lugar entre elas. E, para facilitar minha tarefa, ela cedeu-me uma prima para copiar meu manuscrito.

"A prima era uma boa moça, e na minha ideia uma boa moça era justamente o que necessitava para restaurar minha fé na natureza humana — principalmente em mim mesmo. Ela não era nem bonita nem inteligente — pobre Alice Norwell! —, mas despertava-me o interesse ver qualquer mulher satisfeita em ser tão desinteressante e queria descobrir o segredo de sua satisfação. Mas eu o fiz de forma bastante cruel e estraguei tudo — ah, por um momento apenas! Não há presunção em dizê-lo, pois a pobre garota jamais vira senão primos...

"Muito bem, eu lamentava o que fizera, é claro, e tolamente me preocupei em encontrar um meio de consertá-lo. Ela estava hospedada na casa e uma noite, após minha tia ter-se retirado para dormir, desceu à biblioteca para apanhar um livro que colocara no lugar errado, como qualquer heroína inexperiente, nas prateleiras atrás de nós. Ela estava com o nariz rosado e agitada, e subitamente ocorreu-me que seus cabelos, embora fossem abundantes e bonitos, iriam parecer exatamente com os de minha tia quando envelhecesse. Fiquei contente por tê-lo notado, pois isso me tornava mais fácil fazer o que era certo; e, quando encontrei o livro que ela não havia perdido, contei-lhe que partiria para a Europa naquela semana.

"A Europa era terrivelmente distante naqueles dias, e Alice imediatamente soube o que eu queria dizer. Ela não o tomou absolutamente como eu esperava — teria sido mais fácil se o tivesse feito. Segurou seu livro com muita força e virou-se por um instante para aumentar a chama do lampião em minha escrivaninha — que possuía uma redoma de vidro fosco com folhas de videira e pingentes de vidro em volta da extremidade, lembro-me. Então ela voltou, estendeu a mão e disse: 'Adeus'. E enquanto o dizia olhou-me com olhos sinceros e me beijou. Eu nunca sentira nada tão puro, tímido e valente quanto seu beijo. Era pior do que qualquer repreenda e me fez sentir vergonha por merecer dela uma censura. Disse a mim mesmo: 'Caso-me com ela, e quando minha tia morrer ela nos deixará esta casa, e então sentar-me-ei aqui, à escrivaninha, e continuarei meu livro; e Alice sentar-se-á ali, com seu bordado, e olhará para mim como está olhando agora. E a vida continuará assim por muitos anos'. A perspectiva me amedrontou um pouco, mas, na ocasião, não tanto quanto fazer algo que a ferisse, e dez minutos mais tarde ela tinha meu anel de selo em seu dedo e minha promessa de que, quando viajasse para o exterior, ela iria comigo.

"Vocês podem estar se perguntando por que me estendo nesse incidente familiar. É porque a noite em que isso ocorreu foi justamente aquela em que primeiro tive a visão estranha de que falei. Como eu era, naquela época, um crente fervoroso na sequência necessária entre causa e efeito, naturalmente tentei fazer algum tipo de ligação entre o que acabara de me acontecer na biblioteca de minha tia e o que estava por acontecer naquela mesma noite, algumas horas mais tarde; e portanto a coincidência dos dois eventos sempre permaneceu em meu espírito.

"Subi para o quarto com o coração bastante apertado, pois me curvara ao peso da primeira boa ação que jamais cometera conscientemente e, jovem, compreendera a gravidade de minha situação. Não imaginem por isso que eu fora até então um instrumento de destruição. Eu era simplesmente um jovem inofensivo, que seguira sua inclinação e declinara de qualquer colaboração com a Providência. Agora, pusera-me a promover a ordem moral do mundo e sentia-me exatamente como o espectador confiante que deu seu relógio de ouro ao prestidigitador e não sabe em que estado ele o receberá de volta quando o truque acabar... No entanto, um brilho de retidão mitigava meus receios, e disse a mim mesmo, enquanto me despia, que, quando me habituasse a ser bom, isso provavelmente não me faria tão nervoso quanto no início. Já na cama, depois de assoprar a chama do candeeiro, senti que realmente estava me acostumando com a ideia e que, até aquele ponto do caminho, a sensação não diferia de afundar em um dos colchões de lã mais macios de minha tia.

"Com essa imagem, fechei os olhos, e o momento em que os abri deve ter sido bem mais tarde, pois meu quarto ficara frio e a noite estava extremamente silenciosa. Fui despertado subitamente pelo sentimento que todos conhecemos — o sentimento de que havia algo perto de mim que não estivera lá antes, quando adormecera. Sentei-me e perscrutei a escuridão. O quarto estava escuro como breu, e a princípio nada vi; mas gradualmente uma luminosidade fraca e indistinta aos pés da cama transformou-se em dois olhos que me encaravam. Não consegui ver o rosto que os continha — em virtude da escuridão, imaginei —, mas, enquanto olhava, os olhos se tornaram cada vez mais distintos: eles emanavam uma luz própria.

"A sensação de ser assim objeto de um olhar fixo estava longe de agradável, e vocês podem imaginar que meu primeiro impulso teria sido pular da cama e me arremessar contra a figura invisível presa aos olhos. Mas não foi — meu impulso foi simplesmente ficar deitado imóvel... Não sei se isso se deveu à certeza de que, se eu pulasse da cama, me lançaria ao nada... ou meramente ao efeito paralisante dos olhos em si. Eram os olhos mais vis que jamais vira: os olhos de um homem — mas que homem! Meu primeiro pensamento foi que ele devia ser terrivelmente velho. As órbitas eram fundas, e as pálpebras grossas e estriadas de vermelho pendiam sobre os globos oculares como cortinas cujos cordões estão quebrados. Uma pálpebra era mais caída do que a outra, e o efeito era do olhar de soslaio de um trapaceiro; e, entre essas duas dobras de carne flácida, com suas escassas cerdas de cílios, os olhos em si, pequenos discos vítreos com um círculo semelhante à ágata em volta das pupilas, olhava como seixos do mar nas garras de uma estrela-do-mar.

"Mas a idade dos olhos não era seu traço mais desagradável. O que me causou repugnância foi sua expressão de segurança malévola. Não sei de que outra forma

Os olhos

descrever o fato de me parecerem pertencer a um homem que perpetrara muito mal em vida, mas sempre se mantivera rigorosamente dentro das linhas de perigo. Não eram os olhos de um covarde, mas de alguém esperto demais para se arriscar; e meu estômago se revirou ante seu olhar de vil astúcia. Mas isso não era o pior; pois enquanto continuávamos a nos inspecionar mutuamente, neles vi um traço de leve derisão, e senti ser eu mesmo seu objeto.

"Diante disso, fui tomado de um impulso de ira que me catapultou para fora da cama e me lançou diretamente contra a forma invisível, a seus pés. Mas obviamente não havia nenhuma forma lá, e meus punhos golpearam o vazio. Envergonhado e gelado, tateei em busca de um fósforo e acendi os candeeiros. O quarto estava exatamente como de costume — como eu sabia que estaria; rastejei de volta para a cama e apaguei as luzes.

"Logo que o quarto ficou novamente escuro, os olhos reapareceram; e agora me esforço para explicá-los sob princípios científicos. De início julguei que a ilusão poderia ter sido causada pelo brilho das últimas brasas no fumeiro; mas a lareira estava do outro lado de minha cama e, nessa posição, o fogo não poderia ser refletido no espelho de meu lavatório, que era o único espelho do quarto. Então me ocorreu que eu podia ter sido iludido pelo reflexo das brasas em algum pedaço polido de madeira ou metal; e embora não conseguisse descobrir qualquer objeto desse tipo em minha linha de visão, levantei-me novamente, tateei meu caminho à lareira e cobri o que restava do fogo. Mas assim que voltei para a cama os olhos reapareceram a seus pés.

"Tratava-se de uma alucinação, então: isso estava claro. Mas o fato de que não se devia a qualquer engano exterior não os tornavam nem um pouco mais agradáveis à vista. Pois, se era uma projeção de minha consciência interior, que diabo de problema havia com aquele órgão? Eu mergulhara suficientemente no mistério dos estados patológicos mórbidos para conceber as condições sob as quais um espírito investigativo poderia ficar exposto a tais admoestações noturnas; mas não conseguia adequá-lo ao meu caso atual. Nunca me sentira mais normal, espiritual e fisicamente; e o único fato incomum em minha situação — o de haver garantido a felicidade de uma moça afável — não parecia do tipo que convocasse espíritos impuros à volta de meu travesseiro. Mas lá estavam os olhos ainda a me fitar...

"Fechei os meus e tentei evocar uma visão dos de Alice Norwell. Não eram olhos excepcionais, mas eram tão saudáveis como água cristalina, e se ela tivesse tido mais imaginação — ou cílios mais longos — sua expressão poderia ter sido mais interessante. Tais como eram, não evidenciavam muito poder, e em poucos minutos percebi que se haviam misteriosamente transformado nos olhos aos pés da cama. O que mais me exasperava era antes senti-los a me fitar através de minhas pálpebras fechadas do que vê-los, e abri novamente os meus e olhei diretamente para seu odioso olhar fixo...

"E assim foi durante a noite toda, e não consigo descrever-lhes aquela noite, nem dizer quanto durou. Alguma vez já se viram deitados na cama, bem despertos, e tentaram manter os olhos fechados, sabendo que se os abrissem veriam algo que temessem e detestassem? Parece fácil, mas é infernalmente difícil. Aqueles olhos permaneciam lá e me atraíam. Tive a *vertige de l'abîme*, e suas pálpebras vermelhas eram a borda do meu abismo... Eu vivera horas de aflição anteriormente: horas em que sentira o hálito do perigo em meu pescoço; mas nunca esse tipo de tensão. Não é que os olhos fossem tão terríveis; não possuíam a majestade dos poderes das trevas. Mas tinham — como direi? — um efeito físico que era o equivalente de um mau odor: seu olhar deixava uma mancha como a de uma lesma. E, de qualquer modo, eu não compreendia o que tinham a ver comigo — e eu fitava-os, fitava-os, tentando descobrir...

"Não sei que efeito eles estavam tentando produzir; mas seu efeito real foi me fazer arrumar minha mala e correr para a cidade na manhã seguinte. Deixei um bilhete para minha tia, explicando que estava doente e fora ver meu médico; de fato, eu me sentia realmente muito mal — parecia que a noite esvaíra todo o meu sangue. Mas quando cheguei à cidade não fui ao consultório médico. Fui até os aposentos de um amigo, atirei-me numa cama e dormi por dez horas celestiais. Quando acordei, era o meio da noite, e gelei diante do pensamento do que poderia estar me esperando. Sentei-me, tremendo, e perscrutei a escuridão; mas nenhuma mudança havia em sua abençoada superfície, e, quando vi que os olhos não estavam lá, caí novamente em outro longo sono.

"Eu não deixara nenhum bilhete para Alice quando fugira, porque pretendia voltar na manhã seguinte. Mas na manhã seguinte eu estava exausto demais para me mover. À medida que o dia passava, a exaustão aumentou, em vez de ceder como a lassidão deixada por uma noite comum de insônia: o efeito dos olhos parecia ser acumulativo, e o pensamento de vê-los novamente tornou-se intolerável. Durante dois dias lutei com meu pavor; mas na terceira noite me recompus e decidi voltar na manhã seguinte. Senti-me muito mais feliz assim que tomei a decisão, pois sabia que meu súbito desaparecimento e a estranheza por não receber nenhuma carta minha deviam ter sido muito dolorosos para a pobre Alice. Naquela noite, fui para a cama com o espírito tranquilo e adormeci quase imediatamente; mas no meio da noite acordei, e lá estavam os olhos...

"Bem, eu simplesmente não conseguia encará-los; e em vez de voltar para a casa de minha tia amontoei algumas coisas em uma mala e saltei para o primeiro vapor para a Inglaterra. Estava tão exausto quando cheguei a bordo que me arrastei para meu beliche e dormi quase todo o caminho, e não tenho palavras para descrever a felicidade que sentia ao despertar daquelas longas estiradas de sono sem sonhos e olhar confiantemente para a escuridão, sabendo que não veria os olhos...

Os olhos

"Permaneci no exterior durante um ano, e depois mais um, e durante esse tempo nunca os vi sequer de relance. Era um motivo suficiente para prolongar minha estada, ainda que fosse em uma ilha deserta. Um outro era, obviamente, que eu viera a perceber com a máxima clareza, durante a viagem, a loucura, a completa impossibilidade, de meu casamento com Alice Norwell. O fato de ter demorado tanto a fazer essa descoberta aborreceu-me e me fez desejar evitar explicações. A felicidade de escapar ao mesmo tempo dos olhos e desse outro embaraço deu a minha liberdade um sabor extraordinário; e quanto mais eu a saboreava mais apreciava seu gosto.

"Os olhos haviam cavado um tal buraco em minha consciência que, durante um longo tempo, me pus a deslindar a natureza da aparição e a me perguntar nervosamente se ela um dia retornaria. Mas, à medida que o tempo passava, perdi esse medo e retive apenas a precisão da imagem. E depois até mesmo essa desapareceu.

"O segundo ano encontrou-me estabelecido em Roma, onde estava planejando, creio eu, escrever outro grande livro — uma obra definitiva sobre as influências etruscas na arte italiana. De qualquer forma, encontrara um pretexto desse tipo para alugar um apartamento ensolarado na Piazza di Spagna e perambular indefinidamente pelo Forum; e lá, uma manhã, aproximou-se de mim um jovem encantador. Sob a cálida luz, esbelto, imberbe e jacintino, ele poderia ter descido de um altar em ruínas — a Antínoo, digamos —, mas, em vez disso, viera de Nova York, com uma carta (justamente ela!) de Alice Norwell. A carta — a primeira que dela recebera desde nosso rompimento — era simplesmente uma linha, apresentando seu jovem primo, Gilbert Noyes, e solicitando que o ajudasse. Parece que o pobre rapaz 'tinha talento' e 'desejava escrever'; e, como uma família empedernida insistira em que sua caligrafia tomasse a forma de escrituração por partidas dobradas, Alice interviera para lhe obter seis meses de *sursis*, durante os quais ele deveria viajar com uma mesada insignificante e de alguma forma provar sua habilidade fundamental em aumentá-la com sua pena. De início, impressionaram-me as condições singulares do teste: elas me pareciam quase tão peremptórias quanto um 'ordálio' medieval. Depois, comoveu-me o fato de ela tê-lo encaminhado a mim. Eu sempre desejara prestar-lhe algum favor, antes para reabilitar-me aos meus próprios olhos do que aos dela; e ali estava uma bela concretização de minha oportunidade.

"Bem, imagino poder estabelecer o princípio geral de que gênios predestinados geralmente apareçam a alguém sob o sol de primavera, no Forum, sob a forma de um dos deuses banidos. De qualquer modo, o pobre Noyes não era um gênio predestinado. Mas tinha uma bela aparência e era também uma companhia encantadora. Foi somente quando ele começou a falar sobre literatura que meu coração fraquejou. Eu conhecia tão bem os sintomas — as coisas que ele tinha 'dentro de si' e as coisas fora dele que se intrometiam! Eis o verdadeiro teste, afinal. Era sempre — marcadamente, inevitavelmente, com a inexorabilidade de uma lei mecânica — a coisa errada que o afligia. Acabei por sentir uma fascinação mórbida em decidir de antemão exatamente que coisa errada ele escolhera; e adquiri uma habilidade espantosa no jogo...

"O pior era que sua *bêtise* não era do tipo muito óbvio. As senhoras que o encontravam em piqueniques julgavam-no um intelectual; e até mesmo em jantares ele passava por um jovem talentoso. Eu, que o tinha sob o microscópio, imaginava de quando em quando a possibilidade de que ele desenvolvesse algum tipo de talento superficial, algo que ele poderia fazer 'render' e com que prosperar; e não era esse, afinal, meu ofício? Ele era tão encantador — continuou a ser tão encantador — que reclamava todos os meus sentimentos caridosos em defesa desse argumento; e durante os primeiros poucos meses eu realmente acreditei que havia uma possibilidade...

"Aqueles meses foram deliciosos. Noyes estava sempre comigo, e quanto mais eu o via, mais gostava dele. Sua obtusidade constituía uma graça inata — era tão bonita, na verdade, quanto seus cílios. E era tão alegre, tão afetuoso e tão feliz comigo que lhe dizer a verdade teria sido quase tão prazeroso quanto cortar a garganta de um animal indefeso. A princípio, eu costumava me perguntar o que pusera naquela radiante cabeça a ilusão detestável de que ela continha um cérebro. Depois comecei a ver que isso era simplesmente um mimetismo protetor — um artifício instintivo para fugir da vida familiar e de uma mesa de escritório. Não que Gilbert — querido rapaz! — não acreditasse em si mesmo. Não havia vestígio de hipocrisia em sua ficção. Ele estava seguro de que sua 'vocação' era irresistível, ao passo que para mim a graça salvadora de sua situação dramática era não o ser, e que um pouco de dinheiro, um pouco de ócio, um pouco de prazer o teriam transformado num preguiçoso inofensivo. Infelizmente, contudo, não havia esperança de dinheiro, e com a alternativa sombria da mesa de escritório diante dele ele não podia adiar suas tentativas na literatura. O material que produziu era deplorável, e vejo agora que eu o sabia desde o início. Mesmo assim, o despropósito de decidir todo o destino de um homem com base numa primeira tentativa parecia justificar o adiamento de meu veredicto e talvez até mesmo um pouco de estímulo, pelo motivo de que a planta humana geralmente precisa de calor para florescer.

"De qualquer modo, continuei a agir sob esse princípio e cheguei a conseguir-lhe uma extensão de seu prazo de *sursis*. Quando deixei Roma, ele foi comigo e gastamos um delicioso verão entre Capri e Veneza. Disse a mim mesmo: 'Se ele tiver algo dentro de si, isso surgirá agora'; e de fato surgiu. Ele nunca esteve mais encantador e encantado. Havia momentos em nossa peregrinação em que a beleza nascida de um som murmurante parecia realmente atravessar seu rosto — mas apenas para resultar numa corrente rasa da mais pálida das tintas...

"Bem, chegara a hora de fechar a torneira; e eu sabia que não havia senão minha mão para fazê-lo. Voltáramos a Roma, e eu o acolhera em meu apartamento, pois não queria deixá-lo sozinho na horrível pensão quando tivesse de enfrentar a necessidade

Os olhos

de renunciar a sua ambição. Ele, é claro, não confiara unicamente em meu próprio julgamento para decidir aconselhá-lo a abandonar a literatura. Enviara seu material a várias pessoas — editores e críticos —, e eles sempre o haviam devolvido com a mesma deprimente ausência de comentários. Não havia, realmente, absolutamente nada que se pudesse dizer sobre aquilo...

"Confesso que nunca me senti mais vil do que no dia em que decidi esclarecer tudo com Gilbert. Era passável dizer a mim mesmo que era meu dever estraçalhar as esperanças do pobre rapaz — mas que ato de crueldade gratuita não se justificara sob esse pretexto? Sempre me repugnou usurpar as funções da Providência, e quando tenho de exercê-las prefiro indiscutivelmente que não seja em uma missão de destruição. Além disso, em última instância, quem era eu para decidir, mesmo após uma tentativa de um ano, se o pobre Gilbert era capaz ou não?

"Quanto mais eu olhava o papel que resolvera representar, menos gostava dele; e gostava ainda menos quando Gilbert se sentava diante de mim, com sua cabeça a refletir a luz do lampião, exatamente como a de Phil agora... Eu estivera examinando seu último manuscrito, e ele o sabia, ele sabia que seu futuro dependia de meu veredicto — concordáramos tacitamente nisso. O manuscrito jazia entre nós, em minha mesa — um romance, seu primeiro romance, por favor! —, e ele estendeu o braço, pôs a mão sobre ele e olhou-me com um olhar que continha toda a sua vida.

"Levantei-me e pigarreei, tentando manter os olhos afastados de seu rosto e sobre o manuscrito.

"'O fato é, meu caro Gilbert', comecei...

"Vi que ele ficara pálido, mas num instante pôs-se em pé e me fitou.

"'Ora vamos, não fique tão preocupado, meu caro amigo! Não sou tão tremendamente crítico assim!' Suas mãos estavam sobre meus ombros, e ele estava rindo para mim, do alto de sua estatura, com uma espécie de júbilo terrivelmente afetado que senti como uma facada.

"Ele era tão maravilhosamente corajoso que não pude prosseguir com qualquer lengalenga sobre meu dever. E subitamente me ocorreu que eu magoaria outros ao magoá-lo: a mim próprio, primeiramente, uma vez que mandá-lo para casa significava perdê-lo; porém mais especialmente à pobre Alice Norwell, a quem eu tão ansiosamente almejava provar minha boa-fé e meu imenso desejo de servir-lhe. De fato, decepcionar Gilbert equivaleria quase a decepcioná-la duas vezes...

"Mas minha intuição era semelhante àqueles clarões de relâmpago que abarcam o horizonte por inteiro, e no mesmo instante vi no que eu poderia estar me enredando se não lhe dissesse a verdade. Disse a mim mesmo: 'Vou ficar com ele para a vida toda' — e jamais vira alguém, homem ou mulher, a quem eu estava tão seguro de desejar naqueles termos. Bem, esse impulso de egoísmo me decidiu. Ele me envergonhou, e para fugir dele dei um salto que me aterrissou diretamente nos braços de Gilbert.

Edith Wharton

"'A coisa está muito boa, e você completamente errado!' gritei para ele; e enquanto ele me abraçava e eu ria e tremia em seu abraço incrédulo, tive por um minuto o sentimento de autocomplacência que deve acompanhar os passos do justo. Que se dane tudo o mais, tornar felizes as pessoas possui seus encantos...

"Gilbert, é claro, desejava festejar sua emancipação de alguma forma espetacular; mas despachei-o sozinho para dar vazão a suas emoções e fui para a cama para dormir até que as minhas se acalmassem. Enquanto me despia, comecei a imaginar qual seria seu sabor logo mais... muitos dos sabores mais refinados não perduram! Mesmo assim, eu não o lamentava e pretendia esvaziar a garrafa, ainda que ela acabasse por se revelar insípida.

"Já na cama, a lembrança de seus olhos me fez sorrir durante muito tempo... aqueles olhos felizes... Então caí no sono, e quando despertei o quarto estava extremamente frio e sentei-me de um pulo... e lá estavam os outros olhos...

"Fazia três anos que os vira, mas pensava neles tão frequentemente que cheguei a imaginar que eles nunca poderiam me pegar desprevenido novamente. Agora, com seu olhar vermelho de escárnio sobre mim, eu soube que jamais acreditara realmente em seu retorno e que eu estava tão indefeso contra eles quanto sempre estivera... Como antes, era o despropósito insano de sua chegada que os tornava tão medonhos. Que diabos queriam, para se arremessarem contra mim numa hora como aquela? Eu vivera mais ou menos despreocupadamente nos anos que se haviam seguido à primeira vez que os vira, embora minhas piores imprudências não fossem tenebrosas o suficiente para provocar as inquirições de seu olhar fixo infernal; mas nesse momento em especial eu estava no que se poderia chamar um estado de graça; e me é impossível descrever o quanto esse fato aumentava o horror que deles emanava...

"Mas não basta dizer que eram tão malévolos quanto antes: eram mais. Mais malévolos justamente na proporção do que eu aprendera sobre a vida no intervalo de tempo; por todas as implicações execráveis que minha maior experiência lia neles. Eu via agora o que não vira anteriormente: que eram olhos de uma série de pequenas torpezas lentamente acumuladas através dos anos laboriosos. Sim... ocorreu-me que o que os tornava tão maus era que haviam se tornado maus tão lentamente...

"Lá estavam eles na escuridão, suas pálpebras inchadas caídas sobre os pequenos bulbos aquosos movendo-se frouxamente nas órbitas, e a protuberância de carne flácida, que produzia uma sombra turva abaixo... e, à medida que seu olhar embaciado se movia junto com meus movimentos, dei-me conta de sua cumplicidade tácita, de um profundo e oculto entendimento entre nós que era pior do que o primeiro choque de sua estranheza. Não que eu os compreendesse; mas que eles tornavam tão claro que algum dia eu poderia... Sim, essa era a pior parte, sem sombra de dúvida; e foi esse sentimento que se tornou mais forte a cada vez que eles retornavam a mim...

"Pois eles adquiriram o hábito detestável de voltar. Lembravam-me vampiros com um gosto por carne jovem, pareciam do mesmo modo exultar malignamente diante

Os olhos

do gosto de uma consciência satisfeita. A cada noite, durante um mês, eles vieram reivindicar seu bocado da minha: uma vez que eu fizera Gilbert feliz, eles simplesmente não dariam descanso a seus caninos. A coincidência quase me fez odiá-lo, pobre rapaz, não obstante a considerasse fortuita. Pensei bastante sobre ela, mas não consegui encontrar nenhuma hipótese de explicação, exceto na circunstância de sua associação com Alice Norwell. Por outro lado, os olhos tinham me deixado no momento em que a abandonara, portanto dificilmente poderiam ser os emissários de uma mulher desprezada, ainda que fosse possível imaginar a pobre Alice encarregando tais espíritos de vingá-la. Isso me pôs a pensar e comecei a me perguntar se eles me deixariam se eu abandonasse Gilbert. A tentação era traiçoeira, e tive de resistir contra ela; mas realmente, querido rapaz! Ele era por demais encantador para ser sacrificado a tais demônios. E assim, afinal, nunca descobri o que eles queriam..."

III

A lenha desintegrou-se, enviando um clarão que pôs em relevo o rosto vermelho e sulcado do narrador sob a grisalha barba por fazer. Afundado na concavidade da poltrona de couro escuro, ele sobressaiu por um instante como um *intaglio* de pedra com veios vermelho-amarelados, com manchas de esmalte como olhos; então o fogo apagou e, à luz sombreada da lâmpada, ela se tornou novamente um borrão indistinto à Rembrandt.

Phil Frenham, sentado numa cadeira de espaldar baixo no lado oposto da lareira, um dos longos braços apoiado na mesa diante dele, a mão a sustentar sua cabeça caída para trás e seus olhos imóveis e fixos no rosto de seu velho amigo, não fizera um movimento desde que o conto iniciara. Ele conservou sua imobilidade silenciosa após Culwin ter cessado de falar, e fui eu que, com uma vaga sensação de desapontamento diante do súbito término da história, finalmente perguntei: "Mas por quanto tempo você continuou a vê-los?"

Culwin, tão afundado em sua poltrona que parecia uma pilha de suas roupas vazias, agitou-se um pouco, como que surpreso diante de minha pergunta. Ele parecia ter-se quase esquecido do que nos estivera contando.

"Por quanto tempo? Ah!, durante todo aquele inverno. Foi infernal. Nunca me habituei a eles. Fiquei realmente mal."

Frenham mudou silenciosamente sua postura, e assim que o fez seu cotovelo bateu contra um pequeno espelho numa moldura de bronze, em cima da mesa diante de si. Ele virou-se e mudou ligeiramente seu ângulo; então retomou sua postura anterior, a cabeça escura a pender para trás, sobre sua palma levantada, os olhos concentrados no rosto de Culwin. Algo em seu olhar fixo desconcertou-me e, como que para desviar dele a atenção insisti em mais uma pergunta:

225

Edith Wharton

"E você nunca tentou sacrificar Noyes?"

"Ah!, não. Na verdade, não tive de fazê-lo. Ele o fez por mim, pobre rapaz apaixonado!"

"Ele o fez por você? O que quer dizer?"

"Ele me cansou — cansou todo mundo. Continuou a jorrar sua lamentável tagarelice e a apregoá-la por todos os cantos até que se tornou objeto de aversão. Tentei curá-lo do vício de escrever — ah, sempre muito gentilmente, entendam-me, compartilhando-o com pessoas agradáveis, dando-lhe a oportunidade de fazer-se notar, reconhecer o que realmente tinha a oferecer. Eu previra essa solução desde o princípio — tinha certeza de que, uma vez debelado o inicial entusiasmo pela profissão de escritor, ele encontraria seu lugar como um encantador parasita, o tipo de eterno querubim para quem, nos grupos de velha cepa, há sempre um assento à mesa e um abrigo atrás das saias das senhoras. Eu o vi tomar seu lugar como 'o poeta': o poeta que não escreve. Reconhece-se essa espécie em qualquer sala de estar. Viver desse modo não custa muito — em minha mente, eu planejara tudo isso e estava certo de que, com uma pequena ajuda, ele o conseguiria dentro de alguns poucos anos; e entrementes ele certamente se casaria. Eu o vi casado com uma viúva, um tanto mais velha, com um bom cozinheiro e uma casa bem administrada. E, com efeito, eu tinha em vista uma viúva… Enquanto isso, fiz de tudo para facilitar a transição — emprestei-lhe dinheiro para acalmar sua consciência, apresentei-o a mulheres atraentes para fazê-lo esquecer-se de seus votos. Mas nada o satisfazia: tinha apenas uma única ideia em sua bela e obstinada cabeça. Queria o laurel, não a rosa, e continuou a repetir o axioma de Gautier e a martelar e a desfilar sua prosa claudicante até espalhá-la por Deus sabe quantas milhares de páginas garatujadas. Vez por outra, enviava a um editor um maço, o qual, obviamente, era sempre devolvido.

"De início, isso não importava — ele julgava-se 'incompreendido'. Adotou atitudes de gênio e, sempre que uma obra chegava a casa, escrevia outra para fazer-lhe companhia. Então teve uma reação de desespero e acusou-me de enganá-lo e Deus sabe mais o quê. Isso me enraiveceu e eu lhe disse que ele próprio se enganara. Ele aproximara-se de mim determinado a escrever, e eu fazia o possível para ajudá-lo. Fora esse meu grande crime, e eu o cometera por causa de sua prima, não dele.

"Isso pareceu atingi-lo, e por um instante ele não respondeu. Depois ele disse: 'Meu prazo acabou e meu dinheiro acabou. O que você acha que eu deveria fazer?'

"'Acho que você não deveria ser um imbecil', eu disse.

"Ele enrubesceu e perguntou: 'O que quer dizer com imbecil?'

"Peguei uma carta de minha escrivaninha e estendi-a para ele.

"'Quero dizer recusar esta oferta da sra. Ellinger: ser seu secretário por um salário de cinco mil dólares. Isso pode envolver muito mais do que essa quantia.'

"Ele lançou a mão repentinamente com uma violência que arrancou a carta das minhas. 'Ah!, sei muito bem o que isso envolve!', disse ele, escarlate até as raízes dos cabelos.

Os olhos

"'E qual é sua resposta, se é que você sabe?', perguntei.

"Ele ficou em silêncio por um instante, mas virou-se lentamente para a porta. Lá, com a mão no batente, parou para perguntar, quase em um sussurro: 'Então você realmente julga que meu material não é bom?'

"Eu estava cansado e exasperado; dei uma risada. Não defendo minha risada — foi de péssimo gosto. Mas é preciso levar em consideração que o rapaz era um tolo e que eu me esforçara ao máximo em ajudá-lo... Eu realmente me esforçara.

"Ele saiu da sala, fechando a porta silenciosamente atrás de si. Naquela tarde, parti para Frascati, onde prometera passar o domingo com alguns amigos. Eu estava feliz por fugir de Gilbert e por isso, como descobri naquela noite, escapara também dos olhos. Caí no sono letárgico que me sobreviera anteriormente quando suas aparições cessavam; e quando acordei na manhã seguinte, em meu tranquilo quarto pintado, acima dos azevinhos, senti a completa exaustão e profundo alívio que sempre se seguiam àquela dormência reparadora. Intercalei duas noites abençoadas em Frascati e, quando voltei a meus aposentos em Roma, descobri que Gilbert se fora... Ah!, nada de trágico acontecera — o episódio nunca chegou a tanto. Ele simplesmente empacotara seus manuscritos e partira para a América — para sua família e a mesa em Wall Street. Deixou um bilhete curto e sensato para comunicar-me sua decisão e comportou-se de modo geral, dadas as circunstâncias, da forma menos tola possível para um tolo..."

IV

Culwin silenciou novamente, e novamente Frenham permaneceu sentado, imóvel, o contorno fosco de sua jovem cabeça refletido no espelho às suas costas.

"E o que foi feito de Noyes depois?", eu finalmente perguntei, ainda perturbado por uma sensação de incompletude, pela necessidade de algum fio de ligação entre as linhas paralelas da história.

Culwin contraiu os ombros. "Ah!, ele não deu em nada — porque se tornou nada. Não poderia haver nada de 'feito' nisso. Ele vegetou num escritório, creio eu, e finalmente conseguiu um cargo num consulado e fez um casamento lamentável na China. Vi-o uma vez em Hong Kong, anos depois. Estava gordo e a barba por fazer. Soube que bebia. Ele não me reconheceu."

"E os olhos?", perguntei, após uma outra pausa, que o silêncio de Frenham tornou opressiva.

Culwin, alisando o queixo, piscou para mim pensativamente através das sombras. "Nunca os vi depois de minha última conversa com Gilbert. Tire suas conclusões, se puder. De minha parte, não encontrei a ligação."

Ele levantou-se tenso, as mãos nos bolsos, e caminhou até a mesa, sobre a qual bebidas restauradoras haviam sido postas.

227

"Você deve estar desidratado depois dessa história exaustiva. Aqui está, sirva-se, meu caro. Tome, Phil..." Ele virou-se para a lareira.

Frenham ainda estava sentado em sua cadeira de espaldar baixo, sem dar sinais de reação aos convites hospitaleiros de seu anfitrião. Mas quando Culwin avançou em sua direção seus olhos encontraram-se num olhar demorado; em seguida, para minha surpresa, o jovem, virando-se subitamente em seu assento, atirou seus braços sobre a mesa e pendeu o rosto sobre eles.

Culwin, diante do gesto inesperado, deteve-se, o rosto tomado de um rubor intenso.

"Phil... que diabos? Ora, os olhos o amedrontaram? Meu caro rapaz... meu querido amigo... eu nunca recebi tal homenagem a minhas habilidades literárias, nunca!"

O pensamento provocou-lhe uma gargalhada, e ele deteve-se sobre o tapete diante da lareira, as mãos ainda nos bolsos, os olhos abaixados, fixos num olhar de franca perplexidade para a jovem cabeça inclinada. Então, como Frenham ainda não respondesse, deu uns dois passos em sua direção.

"Vamos lá, meu caro Phil! Já se passaram anos desde que os vi — ao que parece, não fiz nada de mau o bastante ultimamente para invocá-los do caos. A menos que esse meu depoimento tenha feito com que você os veja; o que seria um golpe ainda pior da parte deles!"

Seu apelo provocador terminou numa risada trêmula e inquieta, e ele aproximou--se ainda mais, inclinando-se para Frenham e pondo suas mãos gotosas sobre os ombros do rapaz.

"Phil, meu querido menino, ora essa... o que foi? Por que não responde? Você viu os olhos?"

O rosto de Frenham ainda estava apertado contra seus braços, e de onde eu estava, atrás de Culwin, vi este, como que repelido por essa atitude inexplicável, afastar-se lentamente de seu amigo. Ao fazê-lo, a luz da lâmpada sobre a mesa incidiu totalmente sobre seu rosto congestionado e perplexo, e captei seu súbito reflexo no espelho atrás da cabeça de Frenham.

Culwin também viu o reflexo. Ele deteve-se, o rosto à altura do espelho, como se mal reconhecesse como sua a fisionomia refletida. Mas, à medida que olhava, sua expressão gradualmente alterou-se e, por um espaço de tempo considerável, ele e sua imagem no vidro enfrentaram-se com um olhar fixo no qual lentamente aflorou o ódio. Então Culwin soltou os ombros de Frenham e recuou um passo, cobrindo os olhos com as mãos...

Frenham, o rosto ainda oculto, não fez um movimento.

SCHALKEN, O PINTOR

Joseph Sheridan Le Fanu
(1839)

O tema desta narrativa, meu caro amigo, certamente o surpreenderá. O que tenho eu que ver com Schalken, ou Schalken comigo? Ele retornara a sua terra natal e estava já morto e enterrado antes de meu nascimento; nunca visitei a Holanda ou falei com um nativo daquele país. Tudo que eu disse até este ponto já é de seu conhecimento, creio eu. Quanto ao restante, somente em minha palavra estará confiada a credibilidade da estranha história que passo a lhe narrar.

Conheci, em minha juventude, um Capitão Vandael, cujo pai servira o Rei Guilherme nos Países Baixos e também em meu infeliz país durante as campanhas irlandesas. Não sei por que motivo apreciava a companhia desse homem, a despeito de suas ideias políticas e religiosas, mas assim foi; e foi no livre curso de nossa amizade que me chegou a estranha história que você vai ouvir.

Em minhas visitas a Vandael, muitas vezes me chamara a atenção um quadro extraordinário, no qual, embora eu não passasse de um amador, não pudera deixar de notar algumas características muito peculiares, especialmente na distribuição de luz e sombra, assim como uma certa estranheza no próprio desenho que aguçou minha curiosidade. Representava o interior do que poderia ser um aposento em algum edifício religioso antigo — o primeiro plano era ocupado por uma figura feminina, vestida com uma espécie de manto branco, parte do qual disposto à maneira de um véu. A vestimenta, contudo, não era a de uma ordem religiosa. Em sua mão, a figura portava uma candeia, e dessa fonte de luz somente vinha a iluminação de sua forma e face; as feições eram marcadas por um sorriso brejeiro, como o que vemos em belas mulheres ocupadas em praticar algum estratagema malicioso; no plano de fundo e (salvo onde a fraca luz vermelha de um fogo baixo tornava a imagem visível) totalmente na sombra, ficava uma figura masculina, vestida à maneira antiga, com gibão e coisas assim, em uma atitude de alarme, a mão no punho de sua espada, que parecia estar prestes a desembainhar.

"Existem algumas figuras", disse eu a meu amigo, "que causam uma forte impressão de que não representam meras formas, ideias e combinações provenientes da imaginação do artista, mas cenas, rostos e situações que realmente existiram. Quando olho para esse quadro, algo me convence de que contemplo a representação de algo real."

Vandael sorriu e, mirando pensativamente o quadro, disse:

"Sua imaginação não o enganou, meu bom amigo, pois esse quadro é o registro — e acredito que um registro fiel — de um evento extraordinário e misterioso. Foi pintado por Schalken e o rosto da figura feminina que ocupa o lugar principal da cena é um retrato exato de Rose Velderkaust, a sobrinha de Gerard Douw, o primeiro e, creio eu, o único amor de Godfrey Schalken. Meu pai conhecia bem o pintor e do próprio Schalken ouviu a história do misterioso drama, do qual o quadro representa uma cena. Esse quadro, que é tido como um belo exemplo do estilo de Schalken, foi doado em testamento pelo artista ao meu pai e, como você observou, é uma obra impressionante e curiosa."

Bastou-me um pedido para que Vandael contasse a história do quadro; e assim é que posso fornecer-lhe uma repetição fiel do que eu próprio ouvi, cabendo-lhe rejeitar ou aceitar o testemunho sobre o qual depende a verdade da tradição — com uma única garantia, a de que Schalken era um holandês franco e rude e, creio eu, absolutamente incapaz de voos de imaginação; mais ainda, que Vandael, de quem ouvi a história, parece firmemente convencido de sua veracidade.

A poucas formas o manto de mistério e fantasia cairia menos elegantemente do que ao desajeitado e ridículo Schalken — o matuto holandês —, o rude e obstinado, mas extremamente habilidoso trabalhador da pintura a óleo, cujas obras deliciam os iniciados de hoje quase tanto quanto seus modos causavam aversão às pessoas refinadas de sua própria época; e no entanto esse homem, tão rude, tão obstinado, tão desleixado — diria eu quase selvagem em seu aspecto e maneiras — durante seus êxitos posteriores, fora eleito pela deusa caprichosa, em sua infância, para protagonizar como herói de uma aventura romanesca não menos despida de interesse ou mistério.

Como saber se em sua juventude estivera à altura do papel de amante ou herói? Como afirmar que em sua infância fora o mesmo matuto carrancudo, mal-educado e rude que se mostrava na idade madura? Ou até que ponto o grosseiro desleixo que posteriormente imprimiu-se em sua aparência, em seu porte e maneiras, poderia ser o desenvolvimento daquela apatia inquieta, não poucas vezes produzida por amarguras e decepções no início da vida?

Essas perguntas jamais poderão ser agora respondidas.

Devemos nos contentar, pois, com uma simples exposição de fatos, deixando essas especulações àqueles que com elas se comprazem.

Schalken, o pintor

Quando estudara com o imortal Gerard Douw, Schalken era um jovem; e apesar da constituição fleumática e maneiras nervosas mostradas, acreditamos, assim como seus compatriotas, não era incapaz de impressões profundas e vívidas, pois é fato aceito que o jovem pintor via com considerável interesse a bela sobrinha do rico mestre.

Rose Velderkaust era muito jovem, não tendo, no período ao qual nos referimos, atingido a idade de dezessete anos; e se a tradição é verdadeira, possuía os encantos suaves das belas e loiras donzelas holandesas. Não havia muito tempo que estudava na escola de Gerard Douw quando Schalken sentiu seu interesse transformar-se em um sentimento mais agudo e intenso do que convinha à tranquilidade de seu digno coração holandês; e ao mesmo tempo percebeu — ou julgou ter percebido — sinais lisonjeiros de afeição recíproca, e isso bastou para eliminar qualquer vacilação que poderia até então ter sentido e levá-lo a destinar exclusivamente a ela toda esperança e sentimento de seu coração. Em suma, ele estava tão apaixonado quanto poderia estar um holandês. Não demorou muito para que revelasse seu amor à própria donzela, e sua declaração foi seguida de uma confissão de reciprocidade.

Entretanto, Schalken era pobre e não possuía quaisquer vantagens de nascimento ou condição social que convencessem o ancião a consentir em uma união que deveria mergulhar sua sobrinha nas lutas e dificuldades de um jovem e quase solitário artista. Ele deveria, portanto, esperar até que o tempo lhe fornecesse uma oportunidade e algum evento inesperado, o sucesso; e então, se seus esforços se mostrassem suficientemente lucrativos, esperava-se que suas propostas recebessem pelo menos uma certa atenção por parte do ciumento guardião. Meses passaram-se e, encorajados pelos sorrisos da pequena Rose, redobraram-se os esforços de Schalken, e tanto que seus resultados pareciam trazer a fundada promessa de realização de suas esperanças e celebridade de sua arte num futuro não muito distante.

O curso regular dessa prosperidade animadora estava, desgraçadamente, destinada a sofrer uma súbita e tremenda interrupção e de uma forma não menos estranha e misteriosa o bastante para frustrar todas as investigações e lançar sobre os próprios eventos a sombra de um terror quase sobrenatural.

Certa noite, Schalken havia permanecido no estúdio do mestre um tempo consideravelmente mais longo do que seus companheiros mais inconstantes, que alegremente se permitiam o pretexto da penumbra da tarde para afastar-se de suas várias tarefas, a fim de terminar um dia de trabalho nos prazeres e na sociabilidade da taverna.

Mas Schalken trabalhava pela perfeição, ou antes, por amor. Além disso, sua ocupação presente era apenas um esboço, um trabalho que, ao contrário da pintura, poderia prosseguir enquanto houvesse luz suficiente para distinguir entre tela e carvão. Não tinha então, e de fato nem muito tempo depois, descoberto as qualidades

231

singulares de seu lápis e trabalhava na composição de um grupo de diabinhos e demônios de aparência extremamente traquinas e grotesca, que infligiam vários tormentos engenhosos a um santo Antônio suarento e barrigudo, reclinado entre eles, aparentemente no último estágio de embriaguez.

O jovem artista, contudo, apesar de incapaz de executar ou mesmo compreender algo verdadeiramente sublime, possuía no entanto discernimento suficiente para não se satisfazer com a própria obra; e muitas eram as pacientes retificações e correções que os membros e feições do santo e do diabo sofriam, sem todavia produzir em suas novas disposições algum aperfeiçoamento ou intensificação.

O grande e antigo aposento estava em silêncio e, exceto pela presença do pintor, absolutamente vazio de seus ocupantes habituais. Uma hora — quase duas — passou-se sem qualquer resultado melhor. A luz do dia já declinara, e a penumbra estava rapidamente cedendo às trevas da noite. A paciência do jovem se esgotara, e ele postou-se diante da obra inacabada, absorto em ruminações nada agradáveis, uma das mãos mergulhada nas camadas de sua longa cabeleira negra, a outra segurando o pedaço de carvão que tão mal executara sua função, e que ele agora apagara, quase descuidado dos negros traços que fazia, com pressão irritada sobre sua inexpressibilidade flamenga.

"Arre!", disse em voz alta o jovem, "queria que esse quadro, diabos, santo e tudo o mais, estivessem onde deveriam — no inferno!"

Uma breve e súbita risada, soada surpreendentemente perto de seu ouvido, instantaneamente respondeu à exclamação.

O artista virou-se num pulo e agora, pela primeira vez, deu-se conta de que seus esforços haviam sido inspecionados por um estranho.

A cerca de um metro e meio e bem atrás dele, postava-se o que era, ou parecia ser, a figura de um homem idoso: usava uma capa curta e um chapéu de abas largas com uma copa em forma de cone, na mão, protegida por uma luva pesada, à maneira de luva de esgrima, portava uma bengala longa de marfim, coroada pelo que parecia, com um fraco brilho na penumbra, ser uma cabeça de ouro maciço; e sobre seu peito, por entre as dobras da capa, brilhavam os elos de uma rica corrente do mesmo metal.

O aposento estava tão escuro que nada mais da aparência da figura podia ser afirmado, e o rosto estava totalmente imerso na sombra da pesada aba de feltro que sobre ele pendia, de forma que nenhum traço podia ser divisado. Uma massa de cabelo negro escapava desse chapéu sombrio, uma circunstância que, ligada ao porte ereto, estático, do intruso, provava que seus anos não excediam os sessenta ou algo assim.

Havia um ar de gravidade e importância no garbo de sua pessoa e algo de indescritivelmente extraordinário — eu diria terrível — na imobilidade total, pétrea,

Schalken, o pintor

da figura que realmente refreou o comentário impertinente que imediatamente subiu aos lábios do irritado artista. Ele portanto, tão logo se recuperara suficientemente da surpresa, pediu ao estranho, polidamente, que se sentasse e dissesse se tinha alguma mensagem ao seu mestre.

"Diga a Gerard Douw", disse o desconhecido, sem alterar minimamente sua atitude, "que Mynher Vanderhausen, de Roterdã, deseja lhe falar amanhã à noite a esta hora e, se assim desejar, neste mesmo lugar, sobre questões importantes; isto é tudo. Boa noite."

O estranho, ao cabo dessa mensagem, virou-se abruptamente e, com um passo rápido mas silencioso, deixou o aposento antes que Schalken tivesse tempo de responder.

O jovem ficou curioso para ver em que direção o cidadão de Roterdã iria ao deixar o estúdio e para isso foi imediatamente para a janela que dava vista para a porta.

Um salão bastante amplo ficava entre a porta interior do aposento do pintor e a porta de entrada, e assim Schalken ocupou o posto de observação antes que o velho pudesse ter alcançado a rua.

Em vão ele espiou, contudo. Não havia outra via de saída.

Desaparecera o velho, ou espreitava ele nos recessos do salão com algum propósito escuso? Essa última consideração encheu de um vago terror o espírito de Schalken, que foi tão inexplicavelmente intenso que o tornou igualmente temeroso de permanecer sozinho no aposento e relutante a atravessar o salão.

Contudo, com um esforço que parecia desproporcional à ocasião, ele reuniu forças para decidir-se a sair do aposento e, tendo dado uma volta dupla à chave e enfiado a chave em seu bolso, sem olhar à direita ou à esquerda, atravessou a passagem que havia sido há pouco, talvez ainda, ocupada pela pessoa desse misterioso visitante, mal se aventurando a respirar até chegar em plena rua.

"Mynher Vanderhausen", disse Gerard Douw para si, quando se aproximava a hora marcada; "Mynher Vanderhausen de Roterdã! Nunca ouvira falar de tal homem até ontem. O que poderia ele querer de mim? Pintar um retrato, talvez; ou tomar como aprendiz o filho mais novo de um parente pobre; ou a avaliação de uma coleção; ou — arre! Não existe ninguém em Roterdã que pudesse me deixar uma herança. Bem, seja qual for o assunto, logo saberemos do que se trata."

O fim do dia aproximava-se e todos os cavaletes, salvo o de Schalken, estavam vazios. Gerard Douw andava de um lado para outro com o passo inquieto de expectativa impaciente; de quando em quando cantarolava uma passagem de uma música que ele próprio estava a compor, pois, embora não fosse um grande conhecedor, admirava a arte; detendo-se às vezes para dar uma olhada na obra de algum de seus discípulos ausentes, mas, mais frequentemente, postava-se diante da janela, da qual podia observar os passantes da obscura travessa na qual se localizava seu estúdio.

"Você não disse, Godfrey", exclamou Douw, após uma longa e infrutífera mirada de seu posto de observação e virando-se para Schalken — "você não disse que a hora marcada era por volta das sete, pelo relógio da Stadhouse?"

"Já haviam dado as sete quando o vi pela primeira vez, senhor", respondeu o estudante.

"Já está quase na hora, então", disse o mestre, consultando um relógio tão grande e redondo quanto uma laranja. "Mynher Vanderhausen, de Roterdã — não é?"

"Foi esse o nome."

"Um homem mais velho, ricamente vestido?", continuou Douw.

"Tanto quanto pude ver", respondeu o discípulo. "Não devia ser jovem nem muito velho, e sua vestimenta era cara e formal, como conviria a um cidadão rico e importante."

Nesse momento, o sonoro relógio da Stadhouse deu, batida após batida, sete horas; os olhos do mestre e do discípulo dirigiram-se para a porta; e não foi senão depois que o último repique do velho sino acabou de vibrar que Douw exclamou:

"Ora, ora; agora veremos Sua Senhoria — isto é, se ele for pontual; se não, podereis esperar por ele, Godfrey, se concederdes o que é devido a um burgomestre caprichoso. Quanto a mim, penso que nosso velho Leyden contém uma quantidade suficiente de tais produtos, sem importação de Roterdã."

Schalken riu, educadamente; e após uma pausa de alguns minutos, Douw subitamente exclamou:

"Pode ter sido uma brincadeira, uma palhaçada aprontada por Vankarp ou alguém de sua laia! Gostaria que você tivesse corrido o risco e dado uma boa bordoada no velho burgomestre, *stadholder* ou o que quer que ele possa ser. Eu aposto uma dúzia de Rhenish que Sua Senhoria juraria ser um velho conhecido antes do terceiro golpe".

"Aqui vem ele, senhor", disse Schalken, em um tom baixo, admonitório; e no mesmo instante, após virar-se para a porta, Gerard Douw observou a mesma figura que havia, no dia anterior, se apresentado tão inesperadamente à vista de seu discípulo Schalken.

Havia algo na aparência e no semblante da figura que ao mesmo tempo convenceu o pintor de que não se tratava de uma palhaçada e de que ele realmente estava em presença de um homem importante; e portanto, sem hesitação, tirou seu boné e, saudando cortesmente o estranho, pediu-lhe que se sentasse.

O visitante acenou levemente com a mão, como que em resposta à cortesia, mas permaneceu em pé.

Schalken, o pintor

"Tenho a honra de ver Mynher Vanderhausen, de Roterdã?", disse Gerard Douw.

"Ele próprio", foi a resposta lacônica.

"Soube que Vossa Senhoria deseja me falar", continuou Douw, "e estou aqui, à hora marcada, ao seu dispor."

"Esse homem é de confiança?", disse Vanderhausen, virando-se para Schalken, que se postara logo atrás de seu mestre.

"Certamente", respondeu Gerard.

"Então ele deverá levar esta caixa ao joalheiro ou ourives mais próximo para avaliar seu conteúdo e retornar com um certificado da avaliação."

Ao mesmo tempo ele colocou uma pequena caixa, medindo cerca de vinte e três centímetros de cada lado, nas mãos de Gerard Douw, que se espantou tanto com seu peso quanto com a rudeza com a qual ela lhe foi entregue.

De acordo com os desejos do estranho, ele a passou às mãos de Schalken e, repetindo as ordens, despachou-o para a missão.

Schalken guardou sua preciosa carga cuidadosamente entre as dobras de sua capa e rapidamente atravessando duas ou três ruas parou em uma casa de esquina, cujo andar térreo era então ocupado pela loja de um ourives judeu.

Schalken entrou na loja e chamando o pequeno hebreu na obscuridade de sua sala traseira, colocou diante dele o pacote de Vanderhausen.

Examinado à luz de um candeeiro, pareceu ser inteiramente envolvido em chumbo, cuja parte exterior apresentava muitas ranhuras e manchas e quase esbranquiçado pelo passar dos tempos. Esse envoltório foi parcialmente removido, com dificuldade, e revelou uma caixa de madeira escura e particularmente dura; também esta foi aberta com dificuldade e, após a remoção de duas ou três camadas de linho, verificou conter uma quantidade de lingotes de ouro, empilhados de forma compacta e, segundo afirmou o joalheiro, da mais pura qualidade.

Cada um dos lingotes foi submetido ao exame pelo judeuzinho, que pareceu sentir um prazer epicuriano em tocar e examinar essas porções do glorioso metal; e cada um deles foi recolocado na caixa com uma exclamação:

"*Mein Gott*, que perfeição! Nem um único grão de liga — belíssimo, belíssimo!"

A tarefa foi por fim concluída e o judeu certificou por escrito que o valor dos lingotes submetidos ao seu exame chegava a muitos milhares de *rix-dollars*.

Com o desejado documento em seu peito e a rica caixa de ouro cuidadosamente apertada sob seu braço e oculta sob sua capa, refez o trajeto e, entrando no estúdio, encontrou seu mestre e o estranho em uma conversação concentrada.

Tão logo Schalken deixara o estúdio a fim de executar a ordem que lhe fora confiada, Vanderhausen dirigiu-se a Gerard Douw com as seguintes palavras:

"Não demorarei convosco esta noite senão alguns minutos e, portanto, relatarei brevemente o motivo de minha vinda. Visitastes a cidade de Roterdã cerca de quatro meses atrás, e na ocasião vi, na Igreja de São Lourenço, vossa sobrinha, Rose Velderkaust. Desejo casar-me com ela e se vos satisfizer o fato de que sou muito rico — mais rico do que qualquer marido que pudésseis sonhar para ela — creio que concedereis aos meus propósitos a máxima atenção. Se aprovardes minha proposta, devereis fechar o acordo imediatamente, pois não tenho tempo suficiente para esperar por cálculos e retardamentos."

Gerard Douw ficou talvez tão perplexo quanto qualquer pessoa diante do caráter extremamente inusitado da comunicação de Mynher Vanderhausen; mas não deu qualquer manifestação inconveniente de surpresa. Além dos motivos ditados pela prudência e polidez, o pintor sentiu uma espécie de calafrio e sensação de opressão — um sentimento como o que supostamente toma um homem colocado inconscientemente em contato com algo por que tenha uma antipatia natural — um horror e um pavor indefiníveis — quando diante da presença do estranho excêntrico, que lhe tirou toda vontade de dizer algo que pudesse ser ofensivo.

"Não tenho dúvidas", disse Gerard, após uma ou duas hesitações preliminares, "de que a ligação que propondes poderia ser tanto vantajosa quanto honrosa para minha sobrinha; mas devo informar-vos de que ela tem vontade própria e pode não aquiescer ao que julgaríamos lhe ser benéfico."

"Não tenteis me enganar, Senhor Pintor", disse Vanderhausen; "vós sois seu guardião — ela é vossa protegida. Ela é minha, se assim o determinardes."

O homem de Roterdã deu um passo à frente enquanto falava, e Gerard Douw, quase inadvertidamente, rezou interiormente pelo rápido retorno de Schalken.

"Desejo", disse o misterioso cavalheiro, "colocar em vossas mãos imediatamente uma prova de minha riqueza e uma garantia de minha generosidade para com vossa sobrinha. O garoto retornará em um ou dois minutos com uma soma equivalente a cinco vezes a fortuna que ela tem o direito de esperar de um marido. Ela será posta em vossas mãos, juntamente com seu dote, e podereis aplicar a soma conjunta como julgar conveniente ao interesse da moça, e será exclusivamente dela enquanto ela viver. Será isso suficientemente generoso?"

Douw concordou, e interiormente pensou que a sorte fora extremamente generosa com sua sobrinha. O estranho, estimou, devia ser extraordinariamente rico e generoso, e tal oferta não deveria ser desprezada, embora feita por um mal-humorado e sem uma presença muito agradável.

Rose não acalentava expectativas muito altas, pois seu dote era quase nulo; na verdade absolutamente nulo, exceto pelo fato dessa carência ter sido suprida pela generosidade de seu tio. Tampouco tinha ele qualquer direito de alegar quaisquer escrúpulos contra o casamento por motivo de nascimento, pois sua própria origem não era absolutamente elevada; e quanto a outras objeções, decidiu Gerard — e,

Schalken, o pintor

de fato, segundo os costumes da época tinha o direito de fazê-lo — não ouvi-las no momento.

"Senhor", disse ele, dirigindo-se ao estranho, "vossa oferta é muito generosa e qualquer hesitação que eu possa sentir em aceitá-la imediatamente dever-se-á somente a não ter eu a honra de saber algo sobre vossa família ou condição social. Sobre esse ponto poderíeis, com certeza, facilmente esclarecer-me?"

"Quanto à minha respeitabilidade", disse o estranho secamente, "tendes minhas garantias por ora; não me importuneis com interrogatórios; nada podereis descobrir a meu respeito se não o que eu decidir revelar-vos. Tereis, como garantia bastante de minha respeitabilidade, minha palavra, se fordes honrado; se sórdido, meu ouro."

"Um velho cavalheiro bem petulante", pensou Douw; "ele só faz o que quer. Mas, tudo considerado, tenho motivos para lhe dar a mão de minha sobrinha. Fosse ela minha própria filha, não faria diferente. Não me comprometerei desnecessariamente, contudo."

"Não vos comprometereis desnecessariamente", disse Vanderhausen, proferindo estranhamente as mesmas palavras que haviam acabado de vir à mente de seu interlocutor: "mas o fareis se necessário, imagino; e vos mostrarei que o considero indispensável. Se o ouro que pretendo deixar em vossas mãos vos bastar e se não desejardes que minha proposta seja imediatamente retirada, devereis, antes que eu deixe esta sala, assinar este compromisso."

Tendo assim falado, ele colocou um papel nas mãos de Gerard, cujo conteúdo explicitava um solene compromisso firmado por Gerard Douw em dar a Mynher Vanderhausen, de Roterdã, Rose Velderkaust em casamento e assim por diante, dentro de uma semana a partir desta data.

Enquanto o pintor lia esse acordo, Schalken, como dissemos anteriormente, entrou no estúdio e, tendo entregado a caixa e a avaliação do judeu às mãos do estranho, estava para se retirar quando Vanderhausen pediu-lhe que esperasse; e, entregando a caixa e o certificado a Gerard Douw, esperou em silêncio até que ele se certificasse, pelo exame de ambos, do valor da caução entregue a suas mãos. Por fim, disse ele:

"Estais satisfeito?"

O pintor pediu "se poderia ter mais um dia para pensar".

"Nem mesmo uma hora", disse friamente o pretendente.

"Bem, então", disse Douw, "estou satisfeito; é uma pechincha."

"Assine imediatamente, então", disse Vanderhausen, "minha paciência chegou ao fim."

Ao mesmo tempo, ele apresentou uma pequena caixa de papéis escritos e Gerard assinou o importante documento.

"Que este jovem testemunhe o acordo", disse o velho; e Godfrey Schalken inconscientemente assinou o instrumento que concedia a um outro aquela mão que durante tanto tempo ele vira como objeto de recompensa por todos os seus esforços.

Concluído assim o acordo, o estranho visitante dobrou o papel e guardou-o com segurança em um bolso dentro da capa.

"Visitar-vos-ei amanhã à noite, às nove horas, em sua casa, Gerard Douw, e verei o objeto de vosso contrato. Adeus." E com essas palavras Mynher Vanderhausen moveu-se rígida, mas rapidamente para fora do aposento.

Schalken, ansioso por esclarecer suas dúvidas, postou-se ao lado da janela para observar a porta de entrada; mas o experimento serviu apenas para confirmar suas suspeitas, pois o velho não saiu pela porta. Isso era muito estranho, muito singular, muito amedrontador. Ele e seu mestre retornaram juntos e pouco conversaram no caminho, pois cada um tinha seu próprio objeto de reflexão, de ansiedade e de esperança.

Schalken, todavia, não sabia a desgraça que ameaçava seus acalentados planos.

Gerard Douw nada sabia acerca dos laços que haviam sido estabelecidos entre o seu pupilo e sua sobrinha; e mesmo que soubesse é duvidoso que teria considerado sua existência como uma obstáculo sério para os desejos de Mynher Vanderhausen.

Casamentos eram então questões de negociação e cálculos; e teria sido tão absurdo aos olhos do guardião fazer de uma afeição mútua um elemento essencial em um contrato de casamento, tanto quanto teria sido descrever suas obrigações e contratos na linguagem de romance de cavalaria.

O pintor, contudo, não comunicou a sua sobrinha o passo importante que havia tomado em seu benefício, e sua resolução não nasceu de qualquer antecipação de oposição da parte da moça, mas somente de uma consciência ridícula de que, se sua protegida lhe pedisse, como o faria muito naturalmente, para descrever a aparência do noivo que ele lhe destinara, ele seria obrigado a confessar que não vira seu rosto e, se instado, ser-lhe-ia impossível identificá-lo.

No dia seguinte, após o jantar, Gerard Douw chamou sua sobrinha e examinou cuidadosamente sua aparência com um ar de satisfação, tomou sua mão e, mirando sua bela e inocente face com um sorriso bondoso, disse:

"Rose, minha garota, esse vosso rosto vos fará a fortuna." Rose enrubesceu e sorriu. "Faces e temperamentos como esses raramente andam juntos e, quando o fazem, o composto é uma poção amorosa à qual poucas cabeças ou corações podem resistir. Crede-me, sereis em breve uma noiva, garota. Mas chega de frivolidades; o tempo urge e portanto apronte a sala grande por volta das oito horas esta noite e dê ordens para servirem o jantar às nove. Espero um amigo para esta noite; e cuide, minha criança, para se apresentar em belas roupas, a fim de que ele não nos julgue pobres ou sujos."

Com essas palavras ele deixou a sala e dirigiu-se ao aposento que já apresentamos aos nossos leitores — aquele no qual seus discípulos trabalhavam.

Schalken, o pintor

Quando chegou a noite, Gerard chamou Schalken, que estava prestes a tomar o caminho de seu alojamento obscuro e confortável e lhe pediu para vir a sua casa e cear com Rose e Vanderhausen.

O convite é claro, foi aceito e Gerard Douw e seu discípulo logo se viram na bela e algo antiquada sala que havia sido preparada para a recepção do estranho.

Uma lareira acesa alegrava a ampla sala; em um canto, colocara-se uma mesa antiga, com pés ricamente esculpidos — destinada, sem dúvida, a receber a ceia para a qual se adiantavam os preparativos; e dispostas com exata regularidade ficavam as cadeiras de espaldar alto cuja deselegância era mais do que contrabalançada pelo conforto.

O pequeno grupo, formado por Rose, seu tio, e o artista aguardou a chegada do esperado visitante com muita impaciência.

Por fim chegaram as nove horas e com elas, batidas à porta da rua, as quais, rapidamente atendidas, foram seguidas por pisadas lentas e enfáticas na escada; os passos moveram-se lentamente através do vestíbulo, a porta da sala em que o grupo que descrevemos estava reunido abriu-se lentamente e entrou uma figura que chocou, quase estarreceu, o fleumático holandês e quase fez Rose gritar de medo; era a forma, e em roupagens adornadas, de Mynher Vanderhausen; a atitude, o porte, a altura eram os mesmos, mas as feições nunca haviam sido vistas antes por qualquer daquelas pessoas.

O estranho parou à porta da sala e exibiu inteiramente sua forma e face. Ele usava um manto de tecido escuro, que era curto e volumoso, não chegando aos joelhos; suas pernas estavam envoltas em meias de seda púrpura escura e seus sapatos adornados com rosas da mesma cor. A abertura frontal do manto mostrava uma vestimenta que parecia consistir de um material muito escuro, talvez de zibelina, e suas mãos estavam envoltas em um par de luvas pesadas de couro que iam bem além dos punhos, à maneira de uma manopla. Em uma das mãos ele levava sua bengala e seu chapéu, que havia tirado, e a outra pendia pesadamente ao seu lado. Abundantes melenas de cabelos grisalhos desciam em longos cachos de sua cabeça, e suas dobras repousavam sobre as pregas de uma rígida gola franzida, que ocultava totalmente seu pescoço.

Até este ponto, tudo estava bem; mas o rosto! — toda a carne do rosto estava colorida de um tom azul-acinzentado que às vezes é produzido pela ação de medicamentos metálicos administrados em quantidades excessivas; os olhos eram enormes e o branco aparecia tanto acima quanto abaixo da íris, o que lhes dava uma aparência de insanidade, intensificada por seu vermelho vítreo; o nariz era bem feito, mas um dos lados da boca estava consideravelmente repuxado, onde se abria para dar lugar a dois longos e descoloridos caninos, que se projetavam da mandíbula superior até bem abaixo do lábio inferior; a cor dos próprios lábios

239

era correspondente à da face e consequentemente quase negra. A fisionomia era extremamente malévola, mesmo satânica; e, com efeito, uma combinação tão horrível mal poderia ser descrita, exceto pela imagem do cadáver de algum malfeitor atroz, que pendera de uma corda, escondido, durante longo período, para tornar-se finalmente a morada de algum demônio — o horrendo passatempo de possessão satânica.

Notava-se que o digno estranho permitia que apenas o mínimo possível de sua carne aparecesse e que durante sua visita nem uma vez sequer tirou suas luvas.

Permanecendo por alguns momentos à porta, Gerard Douw por fim encontrou ânimo e calma para dar-lhe as boas vindas e, com um mudo aceno da cabeça, o estranho entrou na sala.

Havia algo de indescritivelmente singular, horrível mesmo em todos os seus movimentos, algo indefinível, algo não natural, inumano — era como se os membros fossem guiados e dirigidos por um espírito desabituado ao funcionamento da maquinaria corporal.

O estranho mal disse algumas palavras durante sua visita, que não excedeu meia hora; e o próprio anfitrião pôde reunir coragem suficiente para proferir alguns cumprimentos e cortesias necessárias; e, na verdade, tal era o nervoso terror que a presença de Vanderhausen inspirava que por pouco todos os seus convivas não fugiram gritando da sala.

Contudo, eles não perderam totalmente a calma a ponto de deixar de notar duas estranhas peculiaridades de seu visitante.

Durante sua estadia, ele nem uma só vez fechou os olhos, nem mesmo moveu-os ainda que minimamente; mais ainda, havia uma quietude quase cadavérica em toda a sua pessoa, em virtude da total ausência de movimento do peito causado pelo processo de respiração.

Essas duas peculiaridades, embora quando descritas possam parecer triviais, produziam um efeito impressionante e extremamente desagradável quando vistas e observadas. Vanderhausen, por fim, aliviou o pintor de Leyden de sua presença agourenta e, com não pouca satisfação, o pequeno grupo ouviu a porta da rua fechar-se atrás dele.

"Querido tio", disse Rose, "que homem horrível! Eu não desejaria vê-lo novamente nem pelas riquezas dos Estados!"

"Cale-se, garota tola!", disse Douw, cujos sentimentos estavam longe de confortáveis. "Um homem pode ser tão feio quanto o demônio, e ainda assim, se seu coração e ações forem bons, valerá todos os belos e perfumados janotas que passeiam no Mall. Rose, minha criança, é bem verdade que ele não tem uma face graciosa como a tua, mas sei que é rico e generoso; e ainda que dez vezes mais feio."

"O que é inimaginável", observou Rose.

Schalken, o pintor

"Essas duas virtudes seriam o bastante", continuou seu tio, "para contrabalançar toda a sua deformidade; e se não têm o poder para realmente alterar a forma de sua aparência, são ao menos eficazes o suficiente para impedir alguém de considerá-las erroneamente."

"Sabe, meu tio", disse Rose, "quando o vi à porta não pude tirar de minha cabeça que via a cabeça velha, pintada, de madeira que me amedrontava tanto na igreja de São Lourenço em Roterdã".

Gerard riu, embora não pudesse deixar de reconhecer interiormente a justeza da comparação. Todavia, ele estava decidido, tanto quanto possível, a deter a inclinação de sua sobrinha a ridicularizar a feiura de seu pretendente, embora não lhe agradasse nem um pouco observar que ela parecera totalmente livre daquele misterioso medo do estranho que — impossível não podia deixar de reconhecê-lo — afetava-o consideravelmente, assim como ao seu discípulo Godfrey Schalken.

Na manhã daquele mesmo dia, chegaram de diversas partes da cidade ricos presentes de sedas, veludos, joias e assim por diante para Rose; e também um pacote endereçado a Gerard Douw, o qual, aberto, revelou conter um contrato de casamento formalmente redigido, em Roterdã, entre Mynher Vanderhausen de Boom-quay, e Rose Velderkaust de Leyden, sobrinha de Gerard Douw, mestre na arte da pintura, também da mesma cidade; e contendo compromissos da parte de Vanderhausen a prover sua noiva de luxos muito superiores do que ele havia anteriormente levado seu tutor a esperar e cujo uso deveria ser garantido incondicionalmente à moça — o dinheiro seria confiado ao próprio Gerard Douw.

Eu não descreverei cenas sentimentais, nem crueldade de guardiões ou magnanimidade de protegidos ou sofrimentos de amantes. Ofereço registros de sordidez, leviandade e interesse. Em menos de uma semana após o primeiro encontro que já descrevemos, o contrato de casamento foi realizado e Schalken viu o troféu pelo qual arriscara tudo o mais para conquistar ser levado triunfantemente pelo seu poderoso rival.

Durante dois ou três dias ele se ausentou da escola; depois retornou e trabalhou, com menos alegria, mas com uma obstinação redobrada; o sonho de amor dera lugar ao da ambição.

Passaram-se meses e, contrariando suas expectativas e até mesmo as promessas explícitas das partes, Gerard Douw nenhuma notícia teve de sua sobrinha ou de seu venerável esposo. Os benefícios em dinheiro, que deveriam ser solicitados em somas entregues trimestralmente, jaziam intocados em suas mãos. Ele começou a se sentir extremamente inquieto.

Possuía o endereço de Mynher Vanderhausen em Roterdã. Após algumas hesitações, ele finalmente decidiu-se a viajar até lá — algo muito simples e facilmente realizável — e assim certificar-se da segurança e conforto de sua protegida, pela qual nutria um sincero e intenso afeto.

Sua busca foi em vão, contudo. Ninguém em Roterdã jamais ouvira falar de Mynher Vanderhausen.

Gerard Douw procurou por todas as casas de Boom-quay; mas em vão. Ninguém pôde lhe dar qualquer informação acerca do objeto de sua busca, e ele foi obrigado a retornar a Leyden tão desinformado quanto antes.

Ao chegar, ele correu para o estabelecimento do qual Vanderhausen havia alugado o pesado, embora, em vista dos tempos, luxuoso veículo que o casal de noivos empregara para levá-los a Roterdã. Pelo condutor dessa máquina ele ficou sabendo que, tendo marchado em lentas etapas, haviam chegado altas horas da noite a Roterdã; mas, antes de entrar na cidade e ainda a uma milha de seu destino, um pequeno grupo de homens sobriamente vestidos e à moda antiga, com barbas e bigodes pontiagudos, postados no meio da estrada, obstruíram o caminho e detiveram a carruagem. O condutor freou seus cavalos, temendo, pela escuridão da noite e a solidão da estrada, que se tratasse de algum intento maléfico.

Seus receios foram, contudo, acalmados ao observar que aqueles homens estranhos carregavam uma grande liteira, de forma antiga, que eles imediatamente puseram ao chão, onde o noivo tendo aberto a porta do coche, desceu e, tendo auxiliado a noiva a fazê-lo também, conduziu-a, a ela que chorava copiosamente e torcia as mãos, à liteira, na qual ambos entraram. A liteira, erguida pelos homens que a rodeavam foi conduzida sem demora em direção à cidade, e antes que andassem muito as trevas a ocultaram da vista da carruagem holandesa.

No interior do veículo, ele encontrou uma bolsa, cujo conteúdo excedia o triplo do pagamento devido pelo aluguel da carruagem e do condutor. Ele nada mais viu ou pôde contar sobre Mynher Vanderhausen e sua bela senhora. Esse mistério foi uma fonte de profunda angústia e quase pesar para Gerard Douw.

Vanderhausen evidentemente o enganara, embora por qual motivo ele não podia imaginar. Ele duvidava da possibilidade de que um homem que mostrasse em sua fisionomia indícios tão fortes da presença de sentimentos extremamente demoníacos não fosse na realidade senão um bandido; e o passar dos dias sem notícias de sua sobrinha, ao contrário de induzi-lo a esquecer seus temores, tendia a intensificá-los cada vez mais.

A perda da companhia alegre de sua sobrinha tendia também a deprimi-lo; e para dissipar esse desânimo, que muitas vezes tomava seu espírito quando terminavam seus afazeres diários, ele frequentemente costumava persuadir Schalken a acompanhá-lo até a casa e, com sua presença, até certo ponto afastar a tristeza de sua ceia solitária.

Uma noite, o pintor e seu discípulo estavam sentados ao pé da lareira, terminada uma ceia confortante. Haviam se entregado àquela melancolia pensativa por vezes

Schalken, o pintor

induzida pelo processo da digestão, quando suas reflexões foram perturbadas por um barulho na porta da rua, como se causado por alguém que a forçasse repetidamente. Um criado acorrera sem demora para averiguar a causa do tumulto, e eles ouviram-no duas ou três vezes interrogar a quem batia na porta, mas sem obter qualquer resposta ou cessação dos sons.

Ouviram-no então abrir a porta do saguão e imediatamente seguiu-se uma luz e passos rápidos na escada. Schalken pôs a mão na espada e avançou em direção à porta. Esta abriu antes que ele a alcançasse, e Rose precipitou-se na sala. Ela parecia fora de si e magra, pálida de exaustão e terror; mas sua vestimenta os chocou quase tanto quanto seu surgimento inesperado. Esta consistia em uma espécie de roupão de lã branca, fechada até o pescoço e chegando até o chão. Estava toda em desalinho e suja, talvez pela viagem. A pobre criatura mal havia entrado no aposento quando caiu sem sentidos. Com alguma dificuldade, eles conseguiram fazê-la voltar a si e ela, ao recobrar os sentidos, instantaneamente exclamou num tom impetuoso e aterrorizado:

"Vinho, vinho, depressa, ou estarei perdida!"

Extremamente alarmados com a estranha agitação em que o pedido fora feito, imediatamente satisfizeram seu desejo e ela tomou vinho com uma rapidez e avidez que os surpreendeu. Mal o havia sorvido, ela exclamou com a mesma urgência:

"Comida, comida, agora, ou morrerei!"

Uma grande porção de carne estava sobre a mesa, e Schalken imediatamente avançou para cortar um pedaço, mas foi impedido; pois tão logo percebera o alimento ela se precipitou em sua direção com a voracidade de um abutre e, tomando-o em suas mãos, dilacerou a carne com os dentes e a engoliu.

Quando o paroxismo da fome mitigou, ela pareceu subitamente aperceber-se da estranheza de sua conduta, ou por terem outros pensamentos mais perturbadores acorrido a seu espírito, pois ela começou a chorar copiosamente e a esfregar as mãos.

"Oh! Chamem um sacerdote de Deus", disse ela, "não estarei salva até que ele chegue; chamem-no sem demora."

Gerard Douw despachou um mensageiro imediatamente e convenceu sua sobrinha a servir-se de seu quarto; ele também a persuadiu a nele permanecer imediatamente para descansar; sua concordância foi obtida à condição de que não a deixariam só nem por um momento sequer.

"Oh!, quem dera que o santo homem já estivesse aqui!", disse ela, "ele pode me libertar. O morto e o vivo jamais podem ser um só — Deus não quis."

Com essas misteriosas palavras ela cedeu aos seus pedidos e eles entraram no aposento que Gerard Douw colocara a sua disposição.

"Não — não me deixem nem por um instante", disse ela. "Estarei perdida para sempre se o fizerem."

Para se chegar ao quarto de Gerard Douw era preciso atravessar um salão espaçoso, no qual eles estavam agora prestes a entrar. Gerard Douw e Schalken carregavam candeeiros, de modo que uma luz iluminava todos os objetos circundantes. Eles estavam entrando agora no salão espaçoso, o qual, como eu disse, se comunicava com o quarto de Douw, quando Rose deteve-se subitamente e, num sussurro que parecia tremer de horror, disse:

"Meu Deus! Ele está aqui... ele está aqui! Vejam, vejam... lá vai ele!"

Ela apontou para a porta do quarto interno, e Schalken julgou ver o vulto de uma forma indefinida deslizar para dentro dele. Desembainhou a espada e, erguendo o candeeiro para iluminar mais fortemente os objetos do quarto, entrou no local para onde a sombra deslizara. Nada havia lá — nada senão a mobília que pertencia ao quarto, e contudo não restava dúvida de que algo se movera diante deles em direção ao quarto.

Um pavor terrível tomou-o, e o suor frio jorrou em enormes gotas sobre sua fronte; pavor que só aumentou por continuar a ouvir a insistência cada vez maior, as súplicas aflitas com as quais Rose lhes implorava para não a deixarem nem por um instante.

"Eu o vi", disse ela. "Ele está aqui! Tenho certeza... eu o conheço. Ele está ao meu lado... ele está comigo... ele está no quarto. Então, pelo amor de Deus, salvem-me, não se afastem de mim!"

Por fim, eles conseguiram convencê-la a deitar-se na cama, onde ela continuou a suplicar que ficassem perto dela. Murmurava muitas frases incoerentes, repetindo sem cessar: "O morto e o vivo não podem ser um só... Deus não quis!", e então novamente: "Paz aos despertos... sono aos sonâmbulos".

Ela continuou a dizer essas frases misteriosas e entrecortadas até a chegada do sacerdote.

Gerard Douw começou a temer, muito naturalmente, que a pobre garota, em virtude do terror e dos maus-tratos, enlouquecera; e ele tinha algumas suspeitas, pelo inesperado de sua vinda, pelo inusitado da hora e sobretudo pelo desvario e terror de seu comportamento, que ela fugira de algum hospício e estava agora com medo da perseguição. Ele resolveu consultar um médico assim que conseguisse acalmar o espírito de sua sobrinha com a ajuda do sacerdote, cuja presença ela implorava tão ardentemente; e até que este chegasse ele não se arriscaria a fazer-lhe perguntas, o que só reaviviria lembranças penosas ou terríveis e aumentaria sua agitação.

O sacerdote chegou logo — um homem de fisionomia ascética e idade venerável —, por quem Douw tinha grande respeito, porquanto fosse um polemista de longa data, embora, talvez, mais temido como guerreiro do que amado como cristão, de moral pura, cérebro refinado e coração gelado. O sacerdote entrou no quarto que se comunicava com aquele em que Rose estava deitada e imediatamente

Schalken, o pintor

à sua chegada pediu para rezarem por ela, que estava nas mãos de Satã e não tinha esperanças de libertação, a não ser dos céus.

Para que nossos leitores possam perceber claramente todas as circunstâncias do acontecimento que estamos para descrever imperfeitamente, é necessário esclarecer as posições relativas dos envolvidos. O velho sacerdote e Schalken estavam na antecâmara de que já falamos; Rose estava deitada no quarto interno, cuja porta estava fechada; e ao lado da cama, a seus pedidos insistentes, estava seu guardião; havia uma vela acesa no quarto e mais três no salão.

O velho senhor pigarreou, como que para começar; mas antes que o fizesse, um súbito golpe de vento apagou a vela que iluminava o quarto no qual estava deitada a pobre garota e ela, grandemente alarmada, exclamou:

"Godfrey, traga outra vela; não estou segura na escuridão".

Gerard Douw, esquecendo por um instante suas repetidas ordens, num impulso momentâneo, dirigiu-se para o salão, a fim de fazer o que ela pedira.

"Meu Deus, não vá, querido tio!", gritou a infeliz menina; e ao mesmo tempo ela saltou da cama e correu ao seu encalço, para agarrá-lo e detê-lo.

Mas o aviso veio tarde demais, pois mal ele atravessara a soleira e sua sobrinha mal tivesse acabado de pronunciar essas palavras assustadoras, a porta que dividia os dois aposentos fechou-se violentamente atrás dele, como que movida por uma forte rajada de vento.

Schalken e ele correram ambos para a porta, mas, não obstante seus esforços desesperados, não conseguiram movê-la.

Grito após grito soaram do quarto interno, com toda a altura aguda de pavor desesperado. Schalken e Douw empregaram toda a energia e distenderam todos os nervos para forçar a porta a abrir; mas em vão. Nenhum som de luta se ouvia lá dentro, mas os gritos pareciam se tornar mais altos, e ao mesmo tempo ouviram os ferrolhos da janela de treliça moverem-se e a própria janela ranger no peitoril como se abrisse com um solavanco.

Um ÚLTIMO grito, tão prolongado, agudo e agoniado que mal parecia humano, veio do quarto e subitamente seguiu-se um silêncio mortal.

Ouviram-se pisadas leves pelo chão, como que da cama para a janela; e quase no mesmo instante a porta cedeu e abriu, fazendo com que ambos os homens, que sobre ela estavam exercendo pressão, quase se precipitassem para dentro do quarto. Este estava vazio. A janela estava aberta, e Schalken pulou para uma cadeira e olhou para a rua e o canal abaixo. Não viu nenhuma forma, mas divisou, ou pensou ter divisado, as águas do largo canal abaixo agitarem-se em grandes ondas concêntricas, como se, momentos antes, fossem perturbadas pela imersão de um grande e pesado corpo.

Jamais se descobriu um vestígio sequer de Rose, ou se obteve alguma informação clara com relação ao seu misterioso pretendente; nenhuma pista que orientasse

Joseph Sheridan Le Fanu

alguém pelo labirinto e chegar a uma conclusão definitiva. Mas ocorreu um incidente que, embora não seja aceito por nossos leitores racionais como algo próximo a uma prova do ocorrido, produziu todavia uma impressão forte e duradoura sobre Schalken.

Muitos anos depois dos acontecimentos que descrevemos, Schalken, num lugar muito distante, recebeu a notícia da morte de seu pai e de seu sepultamento num dia marcado, na igreja de Roterdã. Foi consideravelmente longo o caminho percorrido pela procissão funerária, que não foi acompanhada por muitas pessoas. Schalken não conseguiu chegar a Roterdã no dia marcado para o enterro senão à tarde. A procissão ainda não havia chegado. Anoiteceu e, mesmo então, ela não chegara.

Schalken caminhou lentamente até a igreja na qual se anunciara o funeral — e que, portanto, estava aberta — e a câmara morturária onde deveria ser colocado o corpo à disposição. O funcionário que corresponde ao nosso sacristão, ao ver um cavalheiro bem vestido, que pretendia assistir ao aguardado funeral, andando pela nave lateral de igreja, hospitaleiramente convidou-o a dividir com ele o conforto de uma boa fogueira, a qual, segundo seu hábito durante o inverno e em ocasiões semelhantes, ele costumava acender na lareira de um aposento que se comunicava, por um pequeno lance de escada, com a câmara mortuária abaixo.

Nesse quarto, Schalken e seu anfitrião sentaram-se, e o sacristão, após algumas tentativas infrutíferas para iniciar uma conversa com seu hóspede, foi obrigado a ocupar-se de seu cachimbo e de sua caneca para compensar sua solidão.

Apesar de seu pesar e preocupações, a fadiga de uma cansativa jornada de aproximadamente quarenta horas gradualmente venceu o espírito e o corpo de Godfrey Schalken que caiu num sono pesado, do qual foi acordado por alguém que o sacudia delicadamente pelo ombro. Ele julgou primeiramente que o velho sacristão o chamara, mas ELE não estava mais no aposento.

Schalken levantou-se e assim que conseguiu ver claramente o que havia a sua volta, percebeu uma forma feminina, vestida numa espécie de manto leve de musselina, parte do qual servia de véu, e em sua mão carregava um candeeiro. Ela movia-se para longe dele e para o lance de escadas que conduzia às câmaras mortuárias.

Schalken sentiu um certo temor ao ver essa imagem e ao mesmo tempo um impulso irresistível de segui-la. Ele a acompanhou até as câmaras mortuárias, mas quando a forma alcançou o topo da escada ele se deteve; a imagem também parou e, voltando-se suavemente, mostrou à luz do candeeiro que portava, o rosto e as feições de seu único amor, Rose Velderkaust. Não havia nada de terrível, ou mesmo triste, em sua fisionomia. Pelo contrário, ela mostrou o mesmo sorriso brejeiro que encantava o artista muito tempo atrás, nos dias felizes.

Schalken, o pintor

Um sentimento de espanto e de curiosidade, irresistivelmente intenso, obrigou-o a seguir o espectro, se é que era um espectro. Ela desceu os degraus e ele seguiu-a; e, voltando-se para a esquerda, através de um corredor estreito, ela conduziu-o, para sua enorme surpresa, ao que parecia ser um salão holandês do tipo antigo, como os que os quadros de Gerard Douw ajudaram a imortalizar.

Havia um grande número de peças de mobiliário caro e antigo no aposento, e em um canto, uma cama de dossel, com cortinas negras e pesadas a sua volta; a imagem voltou-se várias vezes para ele com o mesmo sorriso brejeiro; e ao chegar ao lado da cama, abriu as cortinas e, à luz do candeeiro, exibiu para o pintor aterrorizado a forma lívida e demoníaca de Vanderhausen, sentada rigidamente na cama. Schalken mal olhou para ele e caiu sem sentidos no chão, onde ficou até que o encontraram, na manhã seguinte, pelas pessoas encarregadas de fechar os corredores entre as câmaras mortuárias. Ele jazia deitado numa cela de tamanho considerável, que durante muito tempo não era visitada, e caíra ao lado de um grande caixão sustentado por pequenos pilares de pedra, uma garantia contra os ataques dos vermes.

Até o dia de sua morte, Schalken esteve convencido da realidade da visão que testemunhara, e deixou atrás de si uma prova estranha da impressão que ela produzira em sua imaginação, num quadro executado pouco depois do evento narrado por nós e que é valioso não somente em virtude dos detalhes, pelos quais Schalken é tão apreciado, mas até mesmo mais por mostrar um retrato, tão detalhado e fiel quanto pode ser o que é feito de memória, de seu antigo amor, Rose Venderkaust, cujo destino misterioso será para sempre objeto de especulação.

O quadro representa um aposento de construção antiga, como os que se encontram na maioria das velhas catedrais, e iluminado fracamente por um candeeiro, levado pela mão de uma imagem feminina, como o que tentamos descrever acima; e no fundo, à esquerda do espectador do quadro, há a forma de um homem aparentemente recém-despertado do sono e cuja postura, com a mão sobre sua espada, expressa um grande susto: esta última imagem está iluminada apenas pelo débil brilho do fogo de uma tora de madeira ou de carvão.

A obra toda constitui um belo exemplo daquela astuciosa e singular distribuição de luz e sombra que tornou imortal, entre os artistas de seu país, o nome de Schalken. Este conto é tradicional, e o leitor facilmente perceberá, por termos intencionalmente deixado de dar relevo a muitos pontos da narrativa, quanto de umas poucas cores a mais poderia ter-lhe acrescentado de realce, que desejamos apresentar-lhe não uma ficção do cérebro, mas uma tradição singular relacionada e pertencente à biografia de um famoso artista.

CADASTRO
ILUMI/URAS

Para receber informações
sobre nossos lançamentos e
promoções envie e-mail para:

cadastro@iluminuras.com.br

Este livro foi composto em Garamond pela *Iluminuras*, e terminou de
ser impresso em fevereiro de 2019 nas oficinas da Meta Brasil *Gráfica*,
em Cotia, SP, em papel Off-white 80g.